Für meine Frau Geli.
Für Monika und Ralf, auf dass die Buchhandlung und der Verlag blühen.
Für Wolfgang Menzel zum 60. – und alle die, die er zu einem lächelnden Leben braucht.
Und die ganze Breite des Lebens für Ille und Pit!

You can get it if you really want

(amerikanische Ansicht)

Verwirrt schüttelte ich den Kopf. Ich hatte bisher immer ange-nommen, die Logik sei eine universale Waffe, und jetzt musste ich plötzlich erkennen, dass ihre Kraft und Gültigkeit davon abhängt, wie man sie einsetzt und gebraucht. Andererseits hatte mich das Zusammensein mit meinem Meister gelehrt (und sollte mich in den nächsten Tagen noch immer besser lehren), dass die Logik zu mancherlei Dingen nützlich sein kann, sofern man sie nur im rechten Moment beiseite lässt ...

Umberto Eco, *Der Name der Rose*

Jacques Berndorf – Pseudonym des Journalisten **Michael Preute** – wurde 1936 in Duisburg geboren und wohnt – wie sollte es anders sein – in der Eifel. Berndorf kann ohne Katzen und Garten nicht gut leben und weigert sich, über Menschen und Dinge zu schreiben, die er nicht kennt oder nicht gesehen hat. Ist unglücklich, wenn er nicht jeden Tag im Wald herumstreifen kann, und wird selten auf ausgefahrenen Wegen gesehen.

Eifel-Blues (1989) war der erste Krimi mit Siggi Baumeister. Es folgten *Eifel-Gold* (1993), *Eifel-Filz* (1995), *Eifel-Schnee* (1996), *Eifel-Feuer* (1997), *Eifel-Rallye* (1997), *Eifel-Jagd* (1998), *Eifel-Sturm* (1999), *Eifel-Müll* (2000) und *Eifel-Wasser* (2001).

Eifel-Filz war 1996 für den Glauser, den Autorenpreis deutschsprachiger Kriminalschriftsteller, nominiert. Ebenfalls 1996 erhielt Michael Preute für sein Gesamtwerk den Eifel-Literaturpreis. *Eifel-Schnee* wurde unter dem Titel *Brennendes Schweigen* für das Fernsehen (arte und ZDF, 2000/2001) adaptiert.

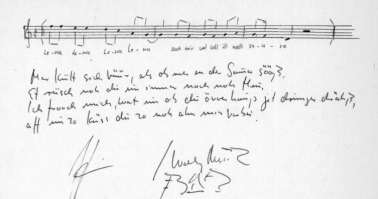

Le - na le - na Le - na Le - na   sach mir val soll ich noch sa - a - re

Mer küßt sich hüür, als ob mer en de Sunne sööch,
Et rüsch noch dir un immer noch noch fleu,
Ich frooch mich, wat un ob ди övver hinops jet doinger drääch,
aff un zo küss dir zo noch üm mir verbei.

ERSTES KAPITEL

Ich wurde wach und wusste sofort, dass es regnete. Das Wasser singt auf den Blättern der Bäume ein ganz eigenes Lied, die Morgenjubilate der Vögel sind verhalten, klingen nach einem leicht melancholischen Piano. Zuweilen kam eine Bö und warf den Regen heftig gegen das schräg gestellte Fenster über meinem Kopf. Ich weigerte mich, die Augen zu öffnen, lauschte in die Welt hinein und fühlte mich hervorragend, locker, leicht und windschlüpfrig. Diese Sekunden des Glücks waren kurz.

Ich hegte immer schon den Verdacht, dass die beiden Kater im Garten es hören, wenn ich die Augen aufschlage. Sofort beginnt ihr aufdringliches Lied vom drohenden Hungertod. Auch mein Hund musste den Hauch vom Stoffknistern meines Kopfkissens wahrgenommen haben. Er begann, zögernd und leise zuerst, dann hoch und grell zu jaulen, während er in schneller werdendem Rhythmus an der Tür kratzte.

Landleben hat etwas archaisch Schönes.

Ich linste vorsichtig zum Wecker, es war acht Uhr. Prompt sprang das Radio an und lärmte hinaus in meine stille Welt. Thomas Nettelmann sprach die Nachrichten auf SWR 1 und er sprach sie beneidenswert wach. Da hatte es unser aller Bundeskanzler doch tatsächlich übers Herz gebracht, den Verteidigungsminister zu feuern. Zeit seines Amtes hatte der hartnäckig wie ein preußischer Gartenschlauch operiert, der sich ohne Wasserdruck bemüht, aufrecht zu stehen.

Das war eine gute Nachricht. Die Skandälchen in deutscher Politik haben immer etwas vom Ambiente der Gartenzwerge. Zweifellos würde der Geschasste behaupten, die Deutschen seien noch nicht reif für einen Mann wie ihn.

Glücklicherweise kam der Redakteur von SWR 1 dann auf die Idee, eine Nummer vom alten Satchmo anzubieten: die Edelschnulze *What a wonderful world*. Aber nicht die Standardnummer, sondern die, in der der Drummer einen Latinrhythmus unterlegt und der alte Haudegen so klingt wie eine Harley-Davidson im Standgas. Das ist richtig schön und macht die Welt weich.

Ich stand auf und öffnete die Schlafzimmertür, woraufhin mein Hund Cisco Anlauf nahm und im Bett landete. Diesen Moment genießt er jedes Mal wie einen endgültigen Kick. Anschließend wühlte er sich unter mein Kopfkissen, vielleicht weil das so schön roch, und kam zum Erliegen.

»Hund«, sagte ich, »es gibt ein Häppchen.«

Ich zog den Bademantel über und befand mich auf der dritten Stufe ins Erdgeschoss, als er mir japsend ins Kreuz flog. Wir haben so unsere Rituale.

In der Küche bekam Cisco das versprochene Häppchen, dann füllte ich die Schüsseln der Kater mit Industriefutter und stellte sie auf die Terrasse. Ich nahm zwei Hand voll Koi-Sticks für die Gartenteichbewohner und strich frohgemut und leicht beschürzt durch mein bescheidenes Biotop. Als ich, so grell ich konnte, pfiff, kamen sie alle, dreißig oder vierzig, ich hatte es aufgegeben, sie zu zählen. Zuweilen schwimmen im Hochsommer fünfzig bis sechzig Babyfische im Flachwasser, was darauf hindeutet, dass die Viecher Liebe machten. Die Regel aber ist, dass die Kleinen von heute auf morgen wieder verschwinden, vermutlich weil die Eltern sie zum Fressen gern haben.

Plötzlich begriff ich, aus welchem Grund ich so eine unverschämt gute Laune hatte. Ich war allein, ich hatte das Haus und den Garten ganz allein für mich. Ein seltsam beglückender Zustand. Meine Gefährtin Vera war zum Landeskriminalamt nach Mainz gefahren, weil ihre Vorgesetzten sie angerufen und irgendeinen dringlichen Umstand für ihre Teilnahme an einer Konferenz geltend gemacht hatten.

Vermutlich wollten sie ihr trotz ihres Urlaubsjahres irgendeine Ehrenaufgabe anhängen. Behörden sind so.

Das Haus meiner Freunde Emma und Rodenstock in Heyroth war fertig gebaut, ein Traum in der Mischung ›aus Alt mach Neu‹. Seltsamerweise hielten sie sich jedoch nach wie vor meistens bei mir in Brück auf. Vielleicht war es Gewohnheit, vielleicht war es die Sehnsucht, in mir so etwas wie einen Freund und Sohn zu haben. Warum, zum Teufel, hatten sie eigentlich nicht einfach einen vergrößerten Wintergarten an mein Haus gebaut?

Wie auch immer, die beiden waren weit fort, in den USA. Irgendwo abseits von Washington im Shenondoah Valley zur Beerdigung einer der siebenundvierzig hochbetagten US-Tanten von Emma. Emmas Familie ist eine gewaltige, tratschreiche, kosmopolitische Mischpoke.

So konnte ich, nackt und schmutzige Wirtinnenverse grölend, Billard auf dem Dachboden spielen. Ich konnte laut Heine rezitieren oder vielleicht Hamlets Monolog. Ich konnte, o Wunder, in jeden Raum meines Hauses grußlos und ohne zu klopfen hineinstürmen und brauchte nicht zu befürchten, auf irgendeine Person zu stoßen, die sich möglicherweise gestört fühlte. Ich konnte ... ich konnte tatsächlich alles tun, ohne auf Widerstand zu stoßen. Welch ein Fest für meine ausgetrockneten Sinne!

Wenn man vom Teufel spricht – mein Handy schrillte, ich ließ mich auf einem Gartenstuhl nieder, der etwas geschützt vor dem Regen stand, zog mir züchtig den Bademantel über die Blöße und sagte brav: »Krematorium, Ofen vier.«

»Hei, Alter!«, brüllte Rodenstock, als stünde er neben mir. »Wir wollten uns nur kurz melden. Wir feiern immer noch Tante Hannahs Abgang. Und es gibt eine Menge netter Menschen hier. Meine Frau stellt mich dauernd mit den Worten vor: Das ist mein letzter Mann!« Er kicherte.

»Ihr müsst doch, ihr ... Es ist bei euch mitten in der Nacht«, sagte ich zaghaft.

»Das ist richtig. Aber ich sagte schon, wir feiern noch ein bisschen. Was macht die Eifel? Ist da noch Leben?«

Er musste betrunken sein. Immer wenn er mich mit ›Alter‹ anredete, war er betrunken.

»Hier ist nichts los.«

»Na, nicht schlimm«, grölte er. »Warte mal, meine Frau will noch mit dir reden.«

Drei Sekunden Hörerübergabe.

»Baumeister, Schätzchen«, kam Emmas Stimme über den Großen Teich und klang nach sechzig holländischen Zigarillos. »Wie geht es dir? Nein, antworte nicht. Es geht dir schlecht, weil du allein bist.«

»Wieso das? Ich feiere meinen Freiheitstag. Du hast mit Vera telefoniert?«

»Richtig, Schätzchen. Also, mein Mann …«, jetzt kicherte auch sie. »Mit dem mache ich richtig Staat. Meine Leute hier sagen, er wäre eine himmlische Mischung aus dem alten Kontinent, aus erstklassiger Bildung und englischem Gentleman. Und sie können nicht fassen, dass er ein Bulle ist. Die Frauen sagen alle, er wäre richtig süß. Wenn ich ihm das verrate, schmeißt er mit dem Ming-Porzellan. Na ja, Tante Hannah hat es ja jetzt endlich geschafft. Wurde auch irgendwie Zeit. Sie war ja schon über neunzig. Und die rechte Hüfte machte nicht mehr mit und immer brauchte sie wen, der den Rollstuhl schob. Nun hat sie sich einfach verabschiedet. Gießt du auch immer die Blumen in Heyroth?«

»Ja, Emma.«

»Das ist fein. Weißt du, man denkt ja bei Beerdigungen immer über das Leben nach. Und ich finde, dass wir dich haben, ist sehr schön.« Sie schniefte. Mit Sicherheit war auch sie angeheitert. »Ach, Baumeister, Schätzchen, wie vermissen wir dich. Bei der nächsten Beerdigung musst du unbedingt mitkommen. Meine Leute werden sicher auch dich heiß und innig lieben. Du holst uns doch in Frankfurt ab?«

»Aber klar. Wisst ihr schon, wann?«

»Nein, morgen früh steht ja noch die Testamentsverlesung aus. Tante Hannah hatte ziemlich viel an den Füßen, weißt du. Und dann muss ich meinen Mann unbedingt noch einem anderen Teil meiner Mischpoke vorführen. Soll ich dir etwas mitbringen?«

»Ja, eine Harley-Davidson, bitte, und eine ganz große Tüte dieser furchtbaren amerikanischen Freiheit.«

»Erbschleicher!«, schimpfte Emma und brach das Gespräch ab.

Ich hatte trotz des Bademantels einen eiskalten Hintern bekommen und verzog mich schleunigst in mein Haus. Als ich im heißen Wasser in der Badewanne saß und meinen verwandtenfreien Tag plante, meldete sich Vera aus Mainz. Sie war im Gegensatz zu den Amerikanern nüchtern.

»Baumeister, ich habe hier noch eine Weile zu tun. Wie geht es dir? Und liebst du mich noch?«

»Gut. Eben habe ich mit Emma gesprochen. Sie versaufen das Fell der alten Tante Hannah und sind gut drauf. Was wollen sie denn von dir?«

»Das ist eine etwas längere Geschichte«, erwiderte sie zögerlich. »Ich erzähle sie dir später. Ich muss jetzt noch mal ins Office. Es geht um den Jahresrückblick, weißt du?«

»Aha«, sagte ich, weil mir sonst nichts einfiel. »Ruf mich an, bevor du einfliegst.«

»Das mache ich, Baumeister, das mache ich.«

Endlich grölte ich: »Frau Wirtin hat auch einen Schmiiiied …« Von irgendwoher tauchte mein Hund auf und stellte sich mit beiden Vorderläufen auf den Badewannenrand. Nur mit Mühe konnte ich ihn davon abhalten, zu mir ins Wasser zu hüpfen.

Schließlich legte er sich auf die Matte vor der Wanne und spielte beleidigt. Das kann er meisterhaft.

Ein wenig später ging ich frisch wie der junge Tag und gut gekleidet nach unten und setzte mir einen Kaffee auf, wobei ich mich fragte, wie ich eigentlich bis dahin ohne Kaffee überlebt hatte. Der erste Becher war noch nicht zur Hälfte geleert, als die alte Frau kam.

Sie kam zu Fuß, nicht mit irgendeinem Auto, was mich erstaunte, denn der Eifler erscheint grundsätzlich mit seinem Auto, vielleicht noch mit einem Truck oder einem Schlepper, ein Moped kommt auch vor. Aber niemals zu Fuß. Zu Fuß kommen sie nur zu Beerdigungen.

Die alte Dame kam also zu Fuß, war klein und mit einem Gesicht gesegnet, das voller Misstrauen schien. So als ob sie Böses von mir gehört hätte. Vor dem linken Wohnzimmerfenster machte sie Halt, nahm eine kleine schwarze Handtasche in beide Hände, zog eine Brille daraus hervor, setzte sie sich auf die Nase, entfaltete einen Zettel, starrte auf meine Hausnummer und schien dann zufrieden. Sie verschwand aus meinem Blickfeld und schellte.

Ich kann mich noch genau daran erinnern, was ich dachte: Sie sammelt – Kleider für Sibirien, für die Waisenbetreuung der katholischen Landfrauen, für eine Patenpfarrei in Timbuktu, Jugendheime in Rumänien, was wusste ich.

Ich öffnete die Haustür.

»Das ist aber gut«, begann sie mit höchst energischer Stimme. »Man weiß ja nie, ob Sie für unsereinen überhaupt zu sprechen sind. Sind Sie dieser Journalist?«

»Bin ich«, nickte ich freundlich. »Was kann ich für Sie tun?«

Sie lächelte leicht. »Hier draußen geht das aber nicht.«

Sie war fein angezogen, schwarze Stoffe, glänzende, solide Schuhe, eindeutig von guter Qualität. Ihre Augen waren ruhig und gelassen in einem Gesicht voller Falten, die wie Strahlen um diese Augen gruppiert waren, so als habe ein schlechter Grafiker nachgeholfen.

»Selbstverständlich«, sagte ich. »Kommen Sie herein. Gleich links. Wie ist es mit einem Kaffee? Gerade frisch.«

»Das wäre schön«, sagte sie und ging an mir vorbei ins Wohnzimmer. »Das dauert nämlich eine Weile.«

»Aha«, murmelte ich und spazierte in die Küche, um alles zu holen, was wir zum Kaffeetrinken brauchten.

»Es geht nämlich um ein Geschäft«, sagte sie weiter in einem Ton, als sei ausgerechnet das ja nun selbstverständlich.

»Aha«, sagte ich wieder und goss ihr ein. »Milch, Zucker?«

»Eine Winzigkeit Zucker.« Sie sah sich um. »Viele Bücher und Bilder hier.«

Ich löffelte ihr die gewünschte Winzigkeit Zucker in ihren Kaffee und gab mir den Anschein von leichter Strenge. »Wer ich bin, wissen Sie anscheinend. Aber wer sind Sie?«

Sie hatte sich auf das Sofa gesetzt, die kleine schwarze Handtasche akkurat neben sich auf der Sitzfläche. Jetzt griff sie danach und drehte sie in ihrem Schoß. »Ja, richtig«, sie lächelte flüchtig über sich selbst. »Ich bin die Oma Ohler.«

»Das ist schön für Sie. Und wer, bitte, ist Oma Ohler?«

»Nun, ich«, entgegnete sie und drehte weiter ihre Beruhigungspille, die kleine schwarze Handtasche. Dann musste sie lachen und wirkte einen Moment lang wie Pippi Langstrumpf. »Ach Gott! Ach Gott!«

»Sie können mit mir reden wie mit einem kranken Pferd.« Ich mochte sie, was immer sie wollte.

Sie stellte die Handtasche neben sich. »Also, ich fang mal von vorne an.«

»Das ist gut«, sagte ich und stopfte mir die Saturnia von Savinelli, die durch ihre Massigkeit signalisierte, ich sei ein netter, gemütlicher älterer Kerl.

»Mein Name ist Gertrud Ohler, ich bin achtundsiebzig. Ich komme aus Meerfeld. Das ist …«

»Ich kenne das«, sagte ich.

»Ja, gut. Mein Bruder hat mich hierher gefahren. Ich habe gedacht, ich melde mich nicht telefonisch an, weil ich gedacht habe, dann sagen Sie Nein. Weil, Sie sind wahrscheinlich sehr beschäftigt.«

»Wo ist denn Ihr Bruder? Sitzt der in einer Kneipe beim Bier?«

»O nein, so einer ist der nicht. Der wartet unten bei der Kirche auf dem Parkplatz. Ich will ihn nicht dabeihaben. Das geht den im Grunde nichts an.«

»Aha, so ist das. Dann legen Sie mal los.«

Sie griff wieder nach der blödsinnigen Handtasche. »Ich mache mir Sorgen.« Sie senkte den Kopf und schluchzte unvermittelt. Sekunden später hatte sie sich wieder im Griff und stellte die Handtasche ab. »Tja, das ist schwer. Nun, wo fange ich an? Oder nein, ich erzähle mal, wie das jetzt ist. Also, die Ehe von meiner Enkelin ist kaputt, sie wohnt jetzt zusammen mit … mit einem anderen Mann in meinem Haus. Ich verstehe das alles nicht. Ich habe die Grundschuld auf mein Haus nicht mehr und brauche mir eigentlich keine Sorgen zu machen. Nur der Junge, der macht mir Sorgen. Der geht daran kaputt, das ist mal sicher. Und Kinsi ist weg und kein Mensch weiß, wo er steckt. Das ist auch noch nie vorgekommen.« Sie schwieg und lächelte unsicher.

»Das klingt nach einer sehr privaten Geschichte, das klingt so, als könnte ich überhaupt nichts für Sie tun. Sie haben einen Haufen Sorgen. Aber ich fürchte, ich kann Ihnen nicht helfen.«

Sie war maßlos enttäuscht, um ihren Mund zuckte es.

Da setzte ich schnell hinzu: »Wer ist denn der Junge, der da kaputtgeht?«

Sie neigte ihren Kopf und antwortete leise: »Rolf, Rolf Hennef heißt er. Wir sagen immer nur Rolli.«

»Wie kommen Sie eigentlich auf mich?«

»Sie haben doch ein Buch geschrieben. ›Wenn du alt wirst in Deutschland‹. Das waren doch Sie. Und da steht drin, dass Sie in Altenheimen nachgeforscht haben, wie es alten Leuten dort geht. Und da habe ich gedacht, dass Sie auch in dieser Sache … na ja, mal nachforschen könnten.«

»Ihre Sache ist aber eine sehr private Sache, eine Familiengeschichte vermutlich. So etwas mache ich grundsätzlich nicht.«

»So!«, stellte sie zornig fest. Die Kinnpartie wurde hart wie bei einem Mann. »Ich dachte ja auch, dass ich das bezahle. Ich meine, Sie müssen ja bezahlt werden. Ich dachte, Sie gucken sich das an und forschen nach und ich zahle Ihnen eintausend auf die Hand. Vorher meinetwegen.«

Ich fühlte mich flüchtig an Philip Marlowe erinnert und musste grinsen. »Ich bin aber kein Privatdetektiv.«

»Tausendfünfhundert«, sagte sie flach, als säßen wir bei einer Partie Poker.

Ich stellte sie mir mit ihrem Sparbuch vor einem Bankschalter vor, wie sie das Geld einpackte. »Oma Ohler, das geht nicht. Ich bekomme Geld von Tagezeitungen und Magazinen, wenn sie etwas von mir drucken. Ich nehme nie privates Geld, ich bin nicht bestechlich, mich kann man nicht kaufen. Was Sie brauchen, ist ein privater Ermittler.«

»Die sind aber teuer!«, warf sie ein. »Ich habe schon rumgefragt.«

Einen Moment wartete ich, ich wollte, dass sie überlegte. »Sie haben Kummer bis zum Hals, nicht wahr?«

Sie nickte und griff statt einer Antwort wieder zu dieser blöden kleinen Handtasche.

»Na gut, erzählen Sie. Fangen Sie mit einer Person an. Ihrer Enkelin zum Beispiel. Die anderen kommen von selbst dazu.«

»So geht es«, murmelte sie. »Also, meine Enkelin ist die Anna, sie ist jetzt zweiunddreißig Jahre alt und Sozialarbeiterin bei der Caritas. Eigentlich hat sie Krankenschwester gelernt. Sie ist die Tochter meiner Tochter. Die heißt Agnes Vaals. Aber das ist nicht wichtig. Anna lernte einen jungen Mann kennen. Bei einer Disco. Das ist der Rolli. Der ist jetzt fünfunddreißig. Er ist ungelernter Maurer, arbeitet aber als Polier. Er ist gut und nett zu mir. Erst lebten die beiden in einer Mietwohnung in Manderscheid. Er arbeitete wie verrückt. Und er unterstützte es, dass die Anna umschulte und Sozialarbeiterin wurde. Sie haben zwei Kinder, einen

Sohn, eine Tochter. Sieben und neun Jahre alt. Die ersten Jahre ging alles gut, bis das jetzt vor ein paar Monaten irgendwie knallte, sozusagen explodierte. Ich weiß ja nicht genau, was dahinter steckt, aber …«

»Bitte, in der Reihenfolge bleiben. Wann explodierte das genau und was war das für eine Explosion?«

»Das ist jetzt vielleicht acht, neun Wochen her. Rolli hat einen Chef, das ist der Besitzer der Bauunternehmung, bei der Rolli arbeitet. Der … Nein, halt, ich erzähle es anders. Die ersten Jahre ging das mit den beiden sehr gut, die Kinder sind ganz prächtige Kinder. Dann wurde mir klar, dass die Wohnung in Manderscheid zu klein wurde. Mein Mann ist schon vor fünfzehn Jahren gestorben, ich lebe allein in unserem Haus. Meine Tochter hat mit ihrem Mann auf dem rückwärtigen Teil meines Grundstücks ein Haus gebaut, so blieb die Familie zusammen. Ich hocke da also allein in meinem Haus und denke: Wieso bin ich allein, warum sollen die Kinder nicht hier einziehen? Ist doch Platz genug. Also habe ich mit Rolli geredet, ob sie nicht Lust haben, in mein Haus zu ziehen. Er war begeistert, machte Pläne. Er wollte mein ganzes Haus umbauen, neue Heizung, neue Bäder, all solche Dinge. Mir war das recht. Und ich habe eine Grundschuld auf das Haus aufgenommen. Hundertzwanzigtausend Euro. Rolli legte los. Alles ganz allein. Und jetzt kommt dieser Chef vom Rolli ins Spiel. Der hat die Baufirma und kriegt alles Baumaterial billiger. Rolli konnte alles bei ihm kaufen. Und der Chef machte bei mir die Bauleitung, mit Anna zusammen. Ich fand es von Anfang an komisch, dass Rollis Chef morgens um acht vor der Tür stand und die Anna ihn einließ. Sie hatte oft fast nichts an. Aber ich habe nichts gesagt. Die müssen ja wissen, was sie tun, habe ich gedacht. Heutzutage ist eben alles anders als zu meiner Zeit. Jedenfalls endete das so, dass …«

Ich musste sie stoppen. Sie berichtete tatsächlich von einer miesen privaten Familienkeilerei. »Oma Ohler, genau so ein Fall ist nichts für mich. Noch einmal: Als Journalist kann ich da nicht helfen. Gleich werden Sie erzählen, dass der Chef von Rolli bei Rollis Frau landete …«

»Ja, ja, ja«, unterbrach sie mich hart. »Nicht nur das, er landete in meinem Haus. Und er löste die Grundschuld bei der Bank ein und sagte angeberisch: Oma, das ist doch egal. Für dich ist bis an dein Lebensende gesorgt. Ich kriegte einen Brief, in dem steht, dass ich Wohnrecht habe bis an mein Lebensende und dass er aufkommt für ein Altenheim und die Kosten der Pflege, wenn ich eine brauche.« Oma Ohler sprach voller Zorn.

»Was macht Rolli jetzt?«

»Der hat wieder eine Wohnung in Manderscheid und redet nicht mehr. Mit keinem, nicht mal mit mir. Er geht wie ein Gespenst rum, sagen alle.«

»Was ist mit Anna?«

»Die sagt, es wäre alles schön und in Ordnung und ich bräuchte mir keine Sorgen zu machen. Mein Leben lang nicht mehr. Und sie sei glücklich mit dem … mit diesem … Rainer Bliesheim.«

Ich unterbrach erneut: »Der Mann hat sich scheinbar eingekauft, so einfach ist das. Und niemand kann so etwas verbieten.«

»Aber das geht doch nicht! Und ich bin ja deshalb hier, weil dahinter … Da stimmt was nicht. Der Bliesheim gehört doch auch zu der Clique. Und, sicher, er hat eine Baufirma. Aber woher hat er so viel Geld, einfach mal eben so hundertzwanzigtausend Euro hinzublättern? Und außerdem ist Kinsi verschwunden.« Sie hielt sich wieder an ihrer kleinen Handtasche fest.

»Was für eine Clique? Und wer ist Kindi?«

»Nicht Kindi, Kinsi mit s. Das ist einer aus unserem Ort, einer, der vom ganzen Ort durchgefüttert wird.« Sie lächelte leicht. »Der ist wie ein Kind, obwohl er schon zweiundvierzig ist. Jetzt ist er weg.«

Sie schwieg und sah mich erwartungsvoll an, als sei diese Nachricht irgendeine besondere Reaktion wert.

Jeder Journalist kennt eine Menge Leute, die aus ganz alltäglichen Vorfällen unbedingt das große, bedrückende Geheimnis machen wollen, die unbedingt und zwanghaft Unvorstellbares träumen, als bestünde unsere Welt nur aus Betrug und Gefahr. Ich hatte diese Leute scharenweise erlebt und fast keiner hatte wirklich Bedeutsames zu berichten gewusst – aber sie alle litten unter Ängsten. Die Welt dieser alten Frau war zusammengebrochen, nichts stimmte mehr, und ihre Angst und ihre Wut waren verständlich.

»Oma Ohler, zum letzten Mal: Das ist eine höchst private Geschichte. Ihre Enkelin bringt einen neuen Mann ins Haus, der hat viel Geld und kauft Ihr Haus. Zudem sichert er Ihre Zukunft ab. Der Ehemann Rolli rennt wie ein Verirrter durch die Gegend, weil seine kleine Welt kaputtgegangen ist. Das ist privat, verstehen Sie? Da ist nichts herauszufinden. Und jetzt verschwindet noch ein Mann aus Ihrem Dorf und Sie flüstern darüber in geheimnisvollen Andeutungen, obwohl der möglicherweise auf Mallorca am Strand liegt und Tequila schlürft.«

»Der liegt nicht auf Mallorca am Strand, der ist einfach weg!«, giftete sie, stellte das Handtäschchen neben sich und atmete hastig ein und aus. Dann griff sie erneut an: »Es ist doch so, dass Kinsi immer um diesen Bliesheim herum war. Der schenkte ihm zum Beispiel zwei Euro, wenn er auf sein Auto aufpasste, obwohl da gar nichts aufzupassen war. Kinsi schleppte auch die Einkaufstaschen von Anna. Und er saß mit den beiden im Auto, wenn sie irgendwo hinfuhren. Und jetzt ist Kinsi weg, obwohl er eine Freundin in Münstermaifeld hat, verdammte Hacke! Entschuldigung. Wenn ich mich aufrege, fluche ich und das darf man ja nicht. Die Freundin hat gesagt, Kinsi wollte kommen. Das ist jetzt mehr als vierzehn Tage her und Kinsi ist einfach weg. Das ist in zweiundvierzig Jahren nicht passiert. Wieso passiert das jetzt?«

»Ich weiß nicht, warum das jetzt passiert, aber was soll ich tun ...«

Sie öffnete das Handtäschchen, nahm ein kleines schwarzes Notizbuch heraus, blätterte darin und sagte dann kühl wie eine Flunder: »Zweitausend auf die Hand.«

Sie kramte weiter in dem Täschchen und zog einen kleinen schwarzen Lederbeutel heraus. Sie entnahm ihm vier Fünfhunderteuroscheine und legte sie vor mich hin. »Es ist nicht so, dass Sie mir was schenken sollen.«

»Es geht nicht um das Geld«, sagte ich knapp. »Stecken Sie es wieder ein. Das, was Sie an Hintergründen wissen wollen, werden Sie selbst herausfinden. Das Geld legen Sie besser für Rollis Kinder zurück. Sie fühlen sich mies. Das kann ich gut verstehen. Gibt es denn keinen Geistlichen im Dorf, mit dem Sie reden können?«

»O nein. Da kriege ich doch nur zu hören, dass unser Herr das alles so gerichtet hat und dass ich Demut üben soll. Ich hatte eine Freundin, die Eva-Maria, die ist nun schon ein paar Jahre tot. Die ist mal zu ihrem Pfarrer gegangen, weil ihr Mann jeden Tag was ... was von ihr wollte. Einfach so und nicht mit Liebe. Da hat der Pfarrer gesagt: Gute Frau, der Herrgott hat das so eingerichtet. Wenn dein Mann das jeden Tag haben will, dann musst du demütig schweigen und ihm das geben. Daran ist sie gestorben. Und, stellen Sie sich mal vor, die Eva-Maria war damals schon über fünfzig! Wo kommen wir denn da hin?«

»Das ist eigentlich ein nicht erlaubter Vergleich«, sagte ich sanft, hatte aber keine Hoffnung, dass sie das akzeptierte.

»Ha!«, rief sie prompt. »Ich weiß schon, auch ich soll mich in Demut üben. Will ich aber nicht. Einen eigenen Pfarrer haben wir ja sowieso nicht mehr. Man kennt den ja nicht mehr so gut. Na ja, der Kaplan vielleicht. Das nennt sich jetzt eine Seelsorgeeinheit.«

»Was wollen Sie eigentlich?«

»Ich will, dass Anna wieder vernünftig wird und Rolli zurückholt. Und dass dieser Bliesheim mitsamt seiner Clique verschwindet. Für immer und ewig. Und dass Kinsi wieder auftaucht und …«

»Das alles können Sie vielleicht auch allein schaffen. Treten Sie allen Beteiligten einmal kräftig in den Arsch und vergessen Sie nicht, den Schuh stecken zu lassen. Vielleicht klappt das ja. Privates Kuddelmuddel ist nicht meine Sache. Ihr Geld müssen Sie wieder einstecken.«

Sie nickte betrübt, raffte die Scheine zusammen, steckte sie in den kleinen Beutel und den wiederum in die Handtasche.

»Ich habe es versucht«, sagte sie trocken mit einem breiten Mund. »Nichts für ungut.«

Ich brachte sie zur Tür und sah ihr nach, wie sie davonging. Eine alte, mutige und würdevolle Frau mit viel Kummer und einem Bauch voller Wut.

Sie hatte mich nachdenklich gemacht, ich trödelte herum und dachte darüber nach, wie die alten Eifler wohl mit den neuen gesellschaftlichen Regeln zurechtkommen mochten, die im Grunde keine Regeln waren, nur die stille Übereinkunft, alle alten Regeln brechen zu können.

Im Teich waren drei oder vier Wolken aus Fadenalgen aufgestiegen, um zu blühen.

Ich fischte sie ab und erinnerte mich an meinen Vater, der mich einmal zu einer Pfütze auf einem Feldweg geführt hatte, um mir zu erklären: »Sieh dir diese Fadenalgen an. Man muss sich fragen, wo sie herkommen. Im Sommer wird die Pfütze verschwinden. Die Algen liegen dann vollkommen trocken und nicht mehr erkennbar im Erdreich, sind weg. Aber sie verschwinden nur scheinbar, sie sind wieder da, wenn es regnet.« In der Regel hatte er hinzugefügt: »Die meisten Menschen wissen nichts davon. Gar nichts. Woher auch? Aber es ist wie ein Wunder.«

So war er, mein Alter.

Als Oma Ohler mich anrief und triumphierend schnaufte: »Jetzt isser wieder da! Aber er hat sich aufgehängt«, war es mittags ein Uhr, die Sonne hatte sich durchgesetzt.

»Wer hat sich aufgehängt?«

»Na, Kinsi«, entgegnete sie trocken. »Sie können sagen, was Sie wollen, irgendwie passt das nicht.«

»Wo hat er sich denn aufgehängt?«

»In der Scheune vom alten Karl. Der verkauft Heu und Stroh an die Betriebe in Belgien und Holland. Und er lagert das in einer Scheune, eigentlich eher eine Halle. Da soll sich Kinsi aufgehängt haben, so sagen die Leute. Jedenfalls ist er tot. Ich wollte nur Bescheid sagen.« Der letzte Satz war ein feiner Stich gegen den überheblichen Journalisten, der sich angemaßt hatte, nichts zu glauben und nichts wichtig zu nehmen.

»Das ist gar nicht nett«, sagte ich. »Ist die Polizei schon da?«

»O ja. Jetzt warten sie auf einen Arzt oder so. Na ja, wir werden ja sehen, was dabei rauskommt.«

»Danke für die Information«, intonierte ich lahm.

Ich wusste, dass es überhaupt keinen Sinn machen würde, mit mir zu diskutieren. Ich bin hoffnungslos neugierig und Oma Ohlers Bemerkungen waren da wie Benzin im Buschbrand.

Ich versprach meinem Hund, sehr schnell wiederzukommen, aber er zeigte keinerlei Verständnis dafür, dass er nicht an einer fremden, gänzlich uninteressanten Leiche herumschnüffeln durfte.

Die ewige Baustelle an der zukünftigen Autobahnauffahrt in Dreis, die seit Monaten aus dem betonierten Versprechen einer zukünftigen Unterführung bestand, hielt mich kurz auf. Weiter ging es nach Kradenbach und Rengen, Daun und über die Bundessstraße nach Manderscheid, dann steil rechts hinein in das Tal der Lieser und ihren so unfallträchtigen Kurven und löchrigen Asphalt. In der Anfahrt nach Meerfeld überlegte ich, dass dieses Dorf Vorlage für ein Bilderbuch sein könnte.

Ein Mann, ein gewichtiger, glatzköpfiger, freundlich wirkender Fünfziger, fuhrwerkte mit einem Reisigbesen im Rinnstein vor seinem Häuschen herum.

»Guten Tag. Ich suche die Scheune vom alten Karl. Die …«

»Weiß schon. Wo Kinsi hängt. Da sind Sie richtig. Da vorne bis zum Wendehammer, dann kommt ein Feldweg. Den bis zum Ende, dann links, dann sehen Sie es schon. Ist ja furchtbar, das mit Kinsi.«

»Was war er für ein Typ?«

Der Dicke stützte sich auf den Besenstiel. »Ein bisschen zurückgeblieben, aber ein netter und hilfsbereiter Mensch. Wieso der wohl so was gemacht hat? Meine Frau sagt ja, ich soll da nicht hingehen, weil da schon genug Leute rumstehen.«

»Sie könnten mir den Weg zeigen«, schlug ich aufmunternd vor, weil Macker einander helfen müssen.

Er zeigte sich augenblicklich begeistert, legte den Reisigbesen in den Rinnstein und rannte um mein Auto herum.

»Klar zeige ich dir den Weg. Erst mal geradeaus.« Dabei schnaufte er und schnallte sich an. »Dass Kinsi das getan hat, will mir nicht in den Kopf. Sicher, wollen mal sagen, er war ein bisschen doof. Aber er war immer gut gelaunt. Hast du ihn gekannt?«

»Nein, habe ich nicht. Ich bin von der Presse, ich bin von Berufs wegen neugierig.«

»Ach so«, er wusste nicht, wie er das bewerten sollte. »Na ja. Da oben ist Polizei. Schon seit morgens.«

»Wer hat ihn gefunden?«

»Der alte Karl. Der ist raufgegangen, weil ein Holländer heute Nachmittag Stroh holen wollte. Da vorne rein und dann nach links.«

»War Kinsi beliebt?«

24

»Ja, war er. Ganz gleich, wer ein Fest machte, Feuerwehr oder Sportverein oder die Junggesellen oder so, immer war er da, immer half er. Zwar hatte er meist keinen Job. Mal hier und da, mal im Wald, mal bei einem Landwirt, aber meistens nix. Das Sozialamt kam für ihn auf. Er konnte kaum schreiben, eigentlich überhaupt nicht. Er war wie ein Kind, weißt du. Da vorne, da kannst du es sehen, da ist es.«

Rechts war eine Wiese, die sich lang über den Hang erstreckte. Darauf befand sich ein großes, geducktes, flaches Gebäude, eine Halle aus Aluminiumfertigteilen. Der Zaun um die Wiese war neu. Es gab eine Durchfahrt zu der Halle, vor der ein paar Trecker und Pkw standen und ein Streifenwagen der Polizei. Zwischen den Fahrzeugen bildeten ein paar Männer eine Gruppe, die nun zu uns hersahen und beobachteten, wie wir ausstiegen. Der Dicke ging gleich zu den Männern rüber.

Im Zaun war eine breite Lücke, die durch ein Gestänge geschlossen werden konnte. Die Lücke bewachte ein Polizist, der sich sichtlich langweilte. Zum Glück kannte ich ihn flüchtig.

»Ist das richtig, hat sich Kinsi hier erhängt?«

Er grinste. »Normalerweise sage ich nicht Nein und nicht Ja. Aber in diesem Fall kann ich sagen: Er hängt da drin an einem Querholm.«

»Und ihr wartet jetzt auf die Beamten der Todesermittlung?«

»Auch richtig. Aber die lassen sich Zeit, weil sie noch einen anderen Fall in Wittlich haben.«

»Wie sieht das aus? Hängt er schon lange da? Er wird ja wohl schon seit Tagen vermisst.«

»Na ja, so wie es aussieht, hängt er da eine Weile. Sie können aber ruhig gucken. Nur nicht fotografieren.«

Darauf erwiderte ich nichts und ging auf die etwa fünfzig Meter entfernte Halle zu.

In das große Tor war eine normale, kleine Tür eingelassen. Sie stand offen. Hinter mir hörte ich das gedämpfte Gemurmel der Männer, links, ein wenig entfernt, jagten sich Eichelhäher in einem Gebüsch. Weit über dem dunklen Schattenriss der Halle kreiste ein Turmfalke in der hellen Sonne und ich überlegte sekundenlang, ob es normal war, dass diese Räuber um diese Nachmittagszeit jagten. Dann tauchte ich in das Dämmerlicht, das sofort derartige Gedanken auslöschte. Immer wenn ich einen Schock erwarte, denke ich über irgendeine Sache nach, die völlig unwesentlich ist.

Kinsis Anblick war kein Schock.

Ich habe mich leidlich kennen gelernt. Ich weiß, dass Anblicke grausamer Natur mich weniger schockieren als der Geruch, den sie ausströmen. Es roch nicht neutral, es roch warm nach Heu und Stroh. Ich fühlte mich an meine Kindheit erinnert, an alte Scheunen mit einem Gewirr an schweren dunkelbraunen Balken, an Glasdachziegeln, vor die Generationen von Spinnen ihre Netze gewirkt haben, an das leise Rascheln von Mäusen.

In das leicht geneigte Dach der Halle waren Lichtbahnen eingelassen, das Auge gewöhnte sich schnell an den Dämmerzustand. Etwa alle sechs Meter waren massive Querträger aus Eisen eingespannt. Kinsi hing am vierten, ziemlich genau in der Mitte der Halle.

Es war leicht zu begreifen, wie er es gemacht hatte. Er war rechts mit einer Leiter auf einen hohen Haufen Strohballen gestiegen, der bis an das Dach reichte. Vorher hatte er die Schlinge gezogen und das andere Ende des Seils über den Träger geworfen. Dann war er – die Schlinge um den Hals – von der Leiter oder direkt vom Stroh aus in die Tiefe gesprungen. Die Leiter stand noch da, als sei es Sekunden vorher passiert.

Ich trat langsam näher.

Kinsi war kein abschreckender Toter, er strahlte so etwas wie Gelassenheit aus. Nicht einmal sein Gesicht war sonderlich verzerrt. Es war das Gesicht eines Mannes, der immer ein jugendlicher, gut aussehender Typ gewesen war. Und dass er lange dort hing, war auch klar, denn der sichtbare Hautton war grau bis braun.

Jemand links von mir sagte gemütlich: »Noch eine Woche und er wäre vollständig mumifiziert gewesen. Dafür sorgt der trockene Luftzug hier drin.«

Der Mann war sehr jung und saß, eine Zigarette rauchend, auf einer umgedrehten Schubkarre. »Sie sind von der Presse, nicht wahr?«

»Ja, ich bin Journalist. Was schätzen Sie, wie lange er hier hängt?«

»Mindestens eine Woche, wahrscheinlich sogar länger. Ich warte auf den Gerichtsmediziner.«

»Ich hörte, dass es einen weiteren Fall in Wittlich gibt.«

»Nicht nur das. In Wittlich handelt es sich um eine Selbsttötung. Aber in Kues ist irgendeine Sexgeschichte mit tödlichem Ausgang passiert. Wieso machen die Leute so was Blödes?«

»Ich weiß es nicht«, erwiderte ich.

Der Kripomann war schmal und blond und sah höchst intellektuell aus, was wahrscheinlich auf die randlose Brille zurückzuführen war.

»Ich habe mit Leuten aus dem Dorf gesprochen. Sie sagen, dieser Kinsi sei kein Selbstmordkandidat gewesen.«

»Ja, das hörte ich auch«, bestätigte er.

Nach einer Weile fügte er hinzu: »Man steckt nicht drin. Vielleicht war er ja auch besoffen.«

»Möglich«, entgegnete ich lahm. »Darf ich Kinsi fotografieren?«

Er war erstaunt. »Na klar, ich habe nichts dagegen. Aber ist das … ist das nicht irgendwie morbide?«

Ich ging um den Leichnam herum und schoss ein paar Fotos. »Schon. Aber irgendwie ist es auch eine bestimmte Form von Erinnerung, die man nicht mehr schönreden kann. Es zwingt zur Wahrheit, wissen Sie.«

»So habe ich das noch nie gesehen. Sie haben doch eine

27

Freundin, die beim Landeskriminalamt in Mainz ist, nicht wahr? Und Ihr Name ist – Baumeister.«

»Ja. Warum?«

»Nur so«, murmelte er. »Polizistenehen gehen oft kaputt.«

»Man muss daran glauben, dass man eine Chance hat«, sagte ich leichthin. »Eine Chance reicht doch. Das ewige Glück ist eine Erfindung der Dummen. Ich will mal wieder. Sagen Sie mir Bescheid, wenn etwas an dieser Sache faul ist? Oder nein, ich kann ja selbst Ihren Chef Kischkewitz anrufen. Er ist ein alter Freund von mir.«

»Das ist auch so einer, bei dem vielleicht die Ehe kaputtgeht, weil er ständig weg ist und nur noch seinen Job kennt.« Der Mann zuckte zusammen, als habe er etwas zur Sprache gebracht, was mich absolut nichts anging.

»Und Sie haben wahrscheinlich eine Freundin, die heiraten möchte.« Ich grinste.

Er lächelte leicht. »Stimmt«, nickte er. »Ich weiß einfach nicht, wie ich mich entscheiden soll. Ich will noch auf die Polizeihochschule.«

»Versuchen Sie es trotzdem. Wenn Sie es nicht versuchen, fragen Sie sich eines Tages, ob Sie nicht was verkehrt gemacht haben. Machen Sie es gut.« Ich verließ die Halle und war sauer auf mich. Wieso, um Himmels willen, geben wir ständig anderen Menschen Ratschläge, die wir selbst nicht befolgen?

Ich schlenderte über die Wiese zu der Männergruppe. Der Dicke, der seiner Frau entkommen war, bemerkte leutselig, er könne auch zu Fuß zurückkehren, also machte ich mich gemächlich allein auf den Heimweg. Vielleicht war der Rest des Tages für Billard gut und anschließend für ein Video, zum Beispiel *Antonias Welt*. Gute Filme sind so selten.

Ich war noch unterwegs, als Vera sich schon wieder meldete und mit Kleinmädchenstimme sagte: »Baumeister, es dauert mindestens noch zwei Tage. Ich muss an zwei wichtigen Konferenzen teilnehmen.«

»Aber ja, das macht doch nichts. Keine Eile. Ich fühle mich sauwohl allein. Du musst dich nicht hetzen, lass dir Zeit. Da kommt anscheinend viel Arbeit auf dich zu, oder?«

»Ja«, sagte sie nur. »Gibt es bei dir was Besonderes?«

»Ich habe mir einen Suizidfall angeschaut. Langweilig. Ja, das ist gut für dich, wenn du deinen Kollegen hilfst.«

»Meinst du das wirklich so?«

»Das meine ich wirklich so. Du bist schließlich eine gute Polizistin. Und ich verkomme hier nicht. Wenn du während deines Urlaubsjahres deiner Truppe helfen willst, dann tu das.«

Vor meiner Haustür stand ein Korb. In dem Korb befand sich eine verschlossene Warmhalteschüssel. Maria Latten hatte mir Nudeln mit Gehacktem zugedacht. Gute Nachbarn muss man haben – und wenn die auch noch kochen können, ist es der Himmel.

Oma Ohler und ein Selbstmörder namens Kinsi – vielleicht ein Tag der Kuriositäten.

Und ich bekam es mit einer weiteren Kuriosität zu tun. Etwas musste mit meiner Billardplatte nicht in Ordnung sein, denn Kater Paul lag vor dem Fußende, Satchmo auf der gegenüberliegenden Seite. Beide pressten sich platt auf die Dielen und nur ihre Schwanzenden zuckten vor Nervosität. Cisco lag ebenso platt auf der Sofalehne und betrachtete das Ganze von seinem Feldherrnhügel, als überwache er eine höchst sensible Operation. Es war sehr still.

Ich sagte kein Wort, setzte mich auf einen Stuhl, der an der Längsseite der Platte stand, und starrte gebannt auf das, was zunächst nicht passierte. Weil es ziemlich schnell langweilig wurde, nahm ich den Tabakbeutel und eine 300er-Winslow und stopfte sie betulich. Ich würde sagen, ich machte keinen Lärm, aber beide Katzen sahen mich so an, als litte ich vorübergehend unter einer geistigen Verwirrung. Am vorwurfsvollsten schaute mein Hund.

Ich zündete die Pfeife an, wobei mein Feuerzeug einen geradezu mörderischen Krach machte. Zwischen zwei Zügen hörte ich dann, was Sache war. In meiner Billardplatte rumorte es, ganz ohne Zweifel eine Maus. Nein, es waren zwei Mäuse, es mussten zwei sein, denn es rumorte links und es rumorte rechts. Es gab einen Ausgang links, nämlich das Fach, in das versenkte Kugeln rollten, und es gab einen Ausgang rechts für die weiße Kugel.

Paul bewegte sich. Träge und scheinbar desinteressiert schlich er zu dem einen Fach und stellte sich hoch, um durch das Fenster zu schauen, in dem die bunten Kugeln sichtbar waren. Er kratzte ganz vorsichtig an der Glasplatte, wahrscheinlich um herauszufinden, ob die Mäuse reagierten. Die reagierten nicht, rumorten aber leise weiter in den hölzernen Gängen des Tisches herum.

Es tat sich wieder etwas. Satchmo reckte sich hoch und zog sich geräuschlos in das Fach, in dem die weiße Kugel lag. Das Fach schien bequem, der Kater rückte sich zurecht und blies seinen Atem in einen der Rollwege.

Mir wurde klar: Meine Katzen versuchten, die Mäuse aus dem Tisch zu treiben. Falls die Mäuse klug waren, würden sie sich nicht davon beeindrucken lassen. Aber sie ließen sich davon beeindrucken. Sie bewegten sich offensichtlich nach links auf die Position zu, die Paul ursprünglich eingenommen hatte. Doch der war viel zu gerissen, auf diese Position zurückzuschleichen. Er bewegte keinen Muskel.

Satchmo stieg aus dem Fach der weißen Kugel und machte sich erneut auf dem Boden platt.

Dann plumpste es sanft. Die erste Maus kugelte aus dem einen Fach, schnupperte an den Dielen und wollte sich auf und davon machen. Aber sie hatte keine Chance, Paul war über ihr, als sie noch keine fünfzig Zentimeter zurückgelegt hatte. Er nagelte sie auf der Diele fest und nahm sie dann vorsichtig ins Maul, um ein wenig mit ihr zu spielen.

Aber noch war mindestens eine Maus in dem Kasten und Satchmo lauerte bewegungslos auf das nächste graue Bällchen, das vom Himmel fallen würde.

Weil sich das Mäuschen im Kasten wahrscheinlich langweilte und nicht allein bleiben wollte, plumpste es tatsächlich auch kampflos vor Satchmos Nase aus dem Ablagekasten. Selbst in der Eifel gibt es dämliche Mäuse. Satchmo nahm es gelangweilt in Empfang und legte die rechte Pfote auf das Tierchen.

Dann allerdings wurde es ekelhaft im Katzenprogramm. Beide, Paul und Satchmo, nahmen je eine Maus ins Maul und hüpften elegant auf das grüne Tuch, um mit den Mäusen das letzte und letztlich blutige Spiel zu treiben. Auf meinem wunderbaren, grün leuchtenden Velours.

»Verdammte Scheiße!«, brüllte ich.

Die Kater sahen mich etwas irritiert an, die Mäuse im Maul.

»Runter da, verdammte Hacke! Das ist meine Billardplatte und kein Metzgertisch!«

Da hüpften sie herunter und verschwanden die Treppe hinunter. Mein Hund Cisco lief hinter ihnen her, weil er es wahrscheinlich spannend fand, was sie alles mit den Mäusen anstellten, bevor die notgedrungen ihren Geist aufgaben.

Ich trug Marias Nudeln auf den Dachboden und schob einen Streifen in den Videoplayer. Zu einem kuriosen Tag gehörte ein kurioser Film, daher hatte ich mich für *Das fünfte Element* entschieden. Ich kam bis zu der Stelle, an der Bruce Willis mehrmals sehr überzeugend »Padabum«, »Padabum« zu der kaum bekleideten Bewohnerin eines fremden Planeten sagt, dann gerieten meine Pläne erneut durcheinander.

Das Telefon schrillte und eine glückselige Emma sagte eine Oktave zu hoch: »Baumeister, ich erbe!«

»Aha!« Mehr fiel mir dazu nicht ein.

»Ja, stell dir das vor! Kein Geld, keine Aktien, keine Staatspapiere oder so ein Pipikram. Mehr so genannte Sachwerte. Rate mal, Baumeister.«

»Emma!«, mahnte ich. »Ich verstehe nichts von Sachwerten. Vielleicht ein Dutzend Einfamilienhäuser oder so was?«

»Viel spannender.«

»Also, ich weiß nicht. Eine Bohrinsel vor Florida?«

»Nein, Baumeister, nein. Einmal darfst du noch.«

»Das Oval Office im Weißen Haus.«

»Du willst mich verhohnepipeln. Nein, es sind sechzehn Autos. Aber nicht irgendwelche Autos, sondern sechzehn Cadillacs. Von 1959 bis 1975, von jedem Jahr einen. Und alle funkelnagelneu. Ich weiß, du glaubst das nicht, aber es stimmt. Damit du es glaubst, gebe ich dir jetzt Rodenstock.«

»Hallo, Baumeister, das ist wirklich wahr«, dröhnte Rodenstock. »Die verblichene Tante Hannah hat sechzehn Jahre lang jedes Jahr den neuesten großen Cadillac gekauft, obwohl sie selbst niemals ein Auto gefahren hat, sie konnte gar nicht wegen der deformierten Hüfte. Jetzt hat meine Frau diese sechzehn Dinger am Bein und freut sich wie ein kleines Kind, obwohl man solche Blechdosen eigentlich nicht fahren sollte. Sie brauchen mehr Sprit als eine mittlere Kleinstadt zur Elektrizitätsgewinnung.«

»Kannst du mir verraten, was ihr mit sechzehn Schaukeln dieser Art in Heyroth machen wollt? Vielleicht für jeden Meter zum Lokus ein neues Auto?«

»Es sind schöne Autos, Baumeister, wirklich schöne Autos. Emma hat bereits entschieden, was damit passiert. Sie bietet sie am Golf von Oman irgendwelchen Scheichs an. Die sind verrückt genug, so was haben zu wollen.«

Ich hatte einige weitere Szenen des Spielfilms angeschaut, als das Telefon sich wieder meldete.

»Kischkewitz!«, giftete der Chef der Wittlicher Mordkommission wie eine Kriegserklärung. »Wie kommt es, dass du bei dem Erhängten namens Kinsi in Meerfeld auftauchst? Der Mann ist doch, verdammt noch mal, ganz unwichtig.«

»Mag ja sein«, sagte ich behutsam. »Aber ich hatte vorher Besuch von Oma Ohler. Und die sagte mir, möglicherweise sei der verschwundene Kinsi ja nicht einfach verschwunden. Als ich dann von seinem Selbstmord hörte, dachte ich, mich laust der Affe!«

»Wer ist Oma Ohler?«

»Ach, die kennst du nicht. Sie ist eine energische, komische, nette Alte.« Ich erzählte ihm kurz von Oma Ohler, soweit das kurz überhaupt möglich war. »Tja, dann rief die alte Dame hier erneut an und sagte so ungefähr: Ätsch! Das war, nachdem sie erfahren hatte, dass man Kinsi in der Scheune entdeckt hat. Und weshalb rufst du jetzt hier an?«

»Na ja, weil du da aufgekreuzt bist. Wenn du irgendwo aufkreuzt, kann man davon ausgehen, dass es sich lohnt, da aufzukreuzen.«

»Willst du dich in mein Hirn einschleichen und mir mitteilen, dass irgendetwas mit Kinsis Tod nicht stimmt?«

»Nein, nein«, erwiderte er schnell. »Das ist es nicht. Das hätte mir gerade noch gefehlt. Aber ich werde einen meiner Leute zu dieser Oma Ohler schicken. Und sei es auch nur, um jeden Verdacht einer Fremdeinwirkung auszuschließen.«

»Du hast einen neuen Mann, nicht wahr? So ein junger mit intellektueller Brille.«

»Ja, der ist gut«, murmelte Kischkewitz. »Er muss nur darauf trainiert werden, systematischer vorzugehen. Und nicht zu vorschnell zu urteilen. Mach es gut, Baumeister, und höre weiter das Gras wachsen.«

»In diesem Sinne«, sagte ich. »Arbeit hast du ja genug.«

»Stimmt. Eine Selbsttötung in Wittlich, unten an der Mosel eine Schweinerei mit tödlichem Ausgang bei so einem Sexspielchen, dann dein Kinsi in Meerfeld. Und seit zwei Stunden ein erschossener Jungförster bei Duppach, dicht an der belgischen Grenze.«

»Erschossen? Ein Förster? Wilderer?«

»Wilderer wahrscheinlich nicht. Eher schon ein Profi. Der Mann ist in einem Buchenhochwald auf einem breiten, gut ausgebauten Weg mit einem Gewehr aus großer Entfernung direkt in den Kopf geschossen worden. Meine Spezialisten sagen ...«

»Was nennst du denn eine große Entfernung?«

»Wollte ich gerade erklären. Sie sind der Meinung, dass nach Art des Geschosses auf ein Gewehr mit Zielfernrohr geschlossen werden kann. Entfernung einhundertfünfzig bis zweihundert Meter. Punktgenau zwischen die Augen. Näheres gibt es erst, wenn das Projektil unter dem Mikroskop war. Der Förster war jung und dynamisch und wollte in sechs Wochen nach Neuseeland auswandern. Er hatte dort schon eine Stelle fest. Er scheint so der Typ Sunnyboy gewesen zu sein, Gegner sind keine festzustellen. Seine Verlobte ist nach der Nachricht durchgeknallt, die musste in die Psychiatrie eingewiesen werden.«

»Wo ist das genau passiert?«

»Erinnerst du dich an das alte Adenauer-Haus? Unterhalb der Ruine in einem schmalen Taleinschnitt steht eine alte Jagdhütte an einem Bach. Einige Meter weiter gibt es ein paar Forellenzuchttümpel. Kannst du folgen?«

»Sehr gut. Bei der Hütte sollte ursprünglich die Stromversorgung für Adenauer eingerichtet werden.«

»Richtig. Nun müssen wir uns fragen, was der Jungförster da wollte. Er war da nicht zuständig. Zuständig war er im Raum Meisburg und Wallenborn und das liegt verdammt viele Kilometer weit weg.«

»Was sagt die Verlobte?«

»Sie hat keinen Schimmer, wie der Junge da hingekommen ist, wo er starb.«

»Wie heißt er?«

»Ach Gott, willst du dir das antun? Na gut, er heißt Klaus Mertes, war achtundzwanzig Jahre alt.«

»Ist er schon in der Pathologie?«

Kischkewitz lachte bitter auf. »Was glaubst du, wie schnell wir mit all dem durchkommen? Der liegt immer noch genau da, wo er gefunden wurde. Die Spurenleute versuchen herauszufinden, von wo aus genau geschossen wurde. Wir hoffen, dass der Schütze die Patrone nicht aufgehoben und eingesteckt hat. Sobald wir den Toten abtransportieren, wird die Spurenlage bekanntlich unklar. Willst du dir das ansehen?«

»Warum nicht? Ich habe in den letzten Stunden bereits eine Verabredung mit einem Toten eingehalten. Wo wohnte dieser junge Mann denn?«

»In Pantenburg. Kennst du das?«

»Klar. Mach es gut.«

Es würde noch mindestens zwei bis drei Stunden hell sein und ich war ohnehin betriebsam. Ich setzte mich in den Wagen und fuhr los. Cisco schaute mir so elendiglich nach, dass ich daran dachte, ihm nachher etwas Leberwurst zukommen zu lassen. Ich nahm die B 410 nach Gerolstein und dann die schmale alte Straße nach Scheuern und Duppach, die kurvenreich, eng und kompliziert an die alten Zeiten gemahnte, als Straßen noch so gebaut werden mussten, wie das Gelände es zuließ.

Ich kam zu spät.

Weder Kischkewitz noch sein junger, intellektuell angehauchter Adlatus waren da. Zu sehen war nur eine vierköpfige Spurengruppe, die eng beieinander stand und über irgendetwas diskutierte. Mir entgegen kamen zwei grau gekleidete Männer mit der Zinkwanne zwischen sich, die das Opfer zu dem wartenden Beerdigungswagen trugen und mich neugierig musterten.

Ich stellte mich zu den vieren und bemerkte: »Kischkewitz hat mir erzählt, was hier los ist.«

Nicht ohne Spott murmelte einer, ein Grauhaariger mit Bart: »Hat er wirklich behauptet zu wissen, was hier los ist? Das wüssten wir nämlich auch gern.«

Mir war bekannt, dass mich einige Mitglieder der Kripo Wittlich als ›Kischkewitz' Schätzchen‹ bezeichneten, deshalb spielte ich die heilige Einfalt: »Er hat gesagt, bei dem Toten handele es sich um den Jungförster Klaus Mertes, der hier eigentlich nichts zu suchen hatte und auf große Distanz zwischen die Augen getroffen wurde. Seine Verlobte habe so etwas wie einen Zusammenbruch gehabt, liege in der Psychiatrie und …«

»Liegt sie nicht mehr«, unterbrach mich der Grauhaarige erstaunlich freundlich. »Sie hat ein paar Spritzen bekommen und ist nach Hause entlassen worden.«

»Gut«, sagte ich. »Haben Sie die Geschosshülse gefunden?«

»Gucken Sie unsere Knie an, dann wissen Sie's«, antwortete ein schmaler, zäher Junge, der direkt neben mir stand.

Ihre Hosen sahen tatsächlich so aus, als hätten sie im Dreck gespielt.

»Ja, wir haben sie gefunden«, nickte der mit dem Bart. »Sehen Sie da in hundertdreißig Metern die Eiche, die ihre Zweige weit über den Weg streckt? Da stand der Schütze, da lag die Hülse.« Er grinste müde. »Und jetzt bin ich auf Ihre nächste Frage gespannt.«

»Ihr seid wie verhinderte Pauker«, murmelte ich. »Der Tote wurde hier gefunden?«

»Genau hier«, antwortete der schmale Zähe. »Er lag auf dem Gesicht.«

»Kopf nach oben, Kopf nach unten?«, fragte ich weiter.

»Kopf nach oben, also Richtung bergauf.«

Ich überlegte. »Das heißt, Mertes ist dem Schützen entgegengegangen. Und das wiederum heißt, er kam aus Richtung Duppach und lief den Berg hinauf. Ist aus den Spuren ersichtlich, ob er den Schützen sah, also stehen blieb?«

»Er blieb nicht stehen. Keine Hinweise auf ein Innehalten. Was heißen kann, dass er mit so etwas wie einem Gegner nicht rechnete. Nächste Frage.«

»Hier ist weit und breit kein Mensch. Kann das heißen, dass er sich mit dem Schützen treffen wollte oder sollte?«

»Das haben wir auch überlegt«, stimmte der mit dem Bart zu. »Wenn das so war, hat er nicht damit gerechnet, dass der Mann oder die Frau auf ihn schießen würde. Vielleicht kannte er die Person und blieb deshalb nicht stehen.«

»Andere Möglichkeit«, sagte ich. »Er wollte niemanden

treffen, er wusste nicht, dass der Schütze ihn erwartete. Weitere Möglichkeit: Es konnte den Schützen nicht sehen, weil ... Moment mal, wann ist das hier passiert?«

»Etwa um sechzehn Uhr«, antwortete der schmale Zähe.

»Dann muss er in die Sonne hineingegangen sein. War also geblendet. Stimmt das?«

»Bemerkenswert«, sagte der Bärtige. »Noch etwas?«

»Ja. Der Tote kommt also aus Duppach. Wieso geht er zu Fuß? Wohin will er? Wenn er hier in dieser Westrichtung über den Prümer Kopf läuft, kann das auch bedeuten, dass er nach Kleinlangenfeld will oder auf die Straße Kleinlangenfeld–Olzheim. Aber, verdammt noch mal, warum geht er zu Fuß? Er ist mit dem Wagen über Steffeln oder Schwirzheim zehnmal so schnell ... Halt, wo steht sein Auto eigentlich?«

»Der Kandidat hat neunundneunzig Punkte und gewinnt ein Wasserschloss am Niederrhein«, sagte der mit dem Bart gemütlich. »Das Auto, sein Auto, steht im Hof des Hauses, in dem die jungen Leute leben. In Pantenburg.«

»Nicht schlecht für einen Anfänger«, brummte der Zähe.

»Nächste Frage«, beharrte ich. »Ist der Schütze hierher gekommen, nachdem der Getroffene gestürzt war?«

»Ist er!«, bestätigte der Zähe. »Die Spuren sagen, er kam von der Eiche da oben. Er ging rechts auf dem Weg, Schuhgröße wahrscheinlich zweiundvierzig oder dreiundvierzig, wahrscheinlich solide, uralte Treter, kaum noch Sohlenprofil, könnten von *Mephisto* stammen. Der Täter kam her und bückte sich. Die Spuren sagen, er bewegte beide Füße auf einem engen Raum mehrmals deutlich hin und her. Wahrscheinlich unter Belastung, wahrscheinlich hat er den Körper des Toten angehoben, um zu gucken, wie gut der Schuss war. Das ergibt sich auch aus den Blutspritzern. Dann entfernte er sich.«

»Halt, halt, nicht so schnell«, bat ich. »Gibt es Hinweise, dass der Mörder dem Toten etwas abnahm. Papiere aus der Kleidung oder so?«

»Das wissen wir noch nicht, das können wir hier nicht überprüfen.« Der mit dem Bart sagte das schnell, als würde ich mich auf gefährlichem Gelände bewegen.

»Nachdem er sich zu dem Toten gebückt hat, was tat der Schütze dann?« Dabei wurde ich wütend und murmelte: »Ich finde das Spielchen hier Scheiße.«

»Er ging weiter«, sagte der Bärtige ungerührt.

»Gut, der Täter ging also weiter. Den Weg rauf oder runter nach Duppach?«

»Weder noch«, antwortete der Zähe. »Er bog im rechten Winkel hier in den Wald ein. Zwischen die Bäume.«

Ich überlegte und setzte nach: »Beantworten Sie mir auch die Frage, wo der Schütze sein Auto stehen hatte?«

»Einhundertfünfzig Meter von hier, Nase nach unten, also Richtung Duppach. Zu dem Wagen können wir allerdings nichts sagen. Größe etwa Golf, auf keinen Fall etwas Größeres.« Der mit dem Bart zog ein Päckchen Tabak aus der Tasche und begann sich eine Zigarette zu drehen. »Das Ganze ist ziemlich blöde, weil es so eindeutig ist. Und weil es überhaupt nicht in diese Gegend passt.«

»Jemand wusste, dass Klaus Mertes hier vorbeikommt. Er sucht sich eine Stelle, von der aus er schießen kann. Er sucht sich diese Stelle, weil das Opfer besonders klar und deutlich erkennbar ist, gut in der Sonne. Er schießt, er überzeugt sich vom Tod des Opfers, er geht zu seinem Wagen und verschwindet. Gut getimt, gut geplant, gut durchgezogen. Hat jemand in Duppach den Wagen des Täters gesehen? Um die fragliche Zeit?«

»Niemand«, sagte der Zähe. »Ein richtig professioneller Mord ist das.«

»Das ist mehr als verdammt gut gearbeitet, aber es gibt noch immer einen unsicheren Punkt für mich«, ließ ich nicht locker. »Als der Täter sich zu dem Opfer herunterbückte – was kann er da getan haben, außer festzustellen, dass sein Opfer tot ist?«

»Kischkewitz hat immer gesagt, Sie seien ein Steher. Nun gut, möglicherweise hat der Täter etwas mitgenommen, was der Tote bei sich trug. Aber irgendwelche deutlichen Hinweise haben wir noch nicht. Vielleicht kriegen wir was vom Mikroskop geliefert.«

»Aber Sie denken doch an etwas Bestimmtes?«, ich blieb hartnäckig.

»Das verkneifen wir uns«, sagte der Zähe mit schmalen Augen. »Das hat gar keinen Wert. Und jetzt will ich ein Bier und dann ab nach Hause.« Er musterte mich. »Morgen früh lesen wir dann die ganze Geschichte in der Zeitung.«

»Nicht von mir«, antwortete ich knapp.

Sie nickten mir noch mal freundlich zu, dann zockelten die vier mit ihren Aluminiumkoffern in den Händen den Weg hinunter. Unten standen drei Pkw und ich sah zu, wie sie einstiegen und wegfuhren.

Es gab keinen Grund für mich zu bleiben, der Weg, der Wald, der Bach – alles wirkte wieder vollkommen unberührt.

Zu Hause setzte ich mich in den Garten an den Teich, die Katzen kamen und legten sich neben mich. Auch Cisco trollte heran und rollte sich zu meinen Füßen ins Gras. So ließen wir unsere Gedanken schweifen und warteten auf die Nacht.

Es war ruhig, eine sehr bescheidene Mondsichel zog auf und verschwand langsam wieder. Irgendwann wurde es kühl, mein Hund spürte es als Erster und verzog sich.

Ich ging ins Haus. Hier war es aufdringlich still und ich dachte plötzlich, wie es wohl sein mochte, wenn ich erst ein alter Mann war und niemand mehr den Vorschlag machen würde, zusammen ins Bett zu gehen.

Später starrte ich schlaflos in das Dunkel meines Schlafzimmers. Was Vera wohl gerade tat? Wahrscheinlich lag sie in ihrer kleinen Singlewohnung in Mainz und dachte an ihre Arbeit. Sie war gründlich und sie war ehrgeizig. Im Grunde war sie nicht dafür geschaffen, in einem einsamen Eifeldorf zusammen mit mir zu leben.

Die Frage war, ob sie es fertig bringen würde, mir das zu sagen. Und wann sie es fertig bringen würde. Und ob es nicht sowieso besser wäre, ihr zu sagen, dass ich all das sehr genau wusste. Und wenn ich schon bereit war zu einer gewissen Form von Ehrlichkeit, blieb die Frage, was ich eigentlich wollte. Was wollte ich von ihr, was konnte ich sagen? Ich will, dass du da bist, ungeteilt und nur für mich. Und ich weiß genau, dass das beschissen egoistisch klingt – aber so ist der Mensch nun mal.

Ich knipste die Lampe auf dem Nachttisch an und spürte Trauer und Wut im Bauch. Weil ich das nicht aushalten konnte, stand ich auf und zog mich wieder an. Als ich den Fernseher einschaltete und mich durch die Programme zappte, war es nach Mitternacht. Eine reichlich gewichtige, fettig und höchst vulgär wirkende Frau knetete ihre eigenen Brüste und eine weibliche Stimme hauchte auf rauchige, verdorbene Art: »Erfahrene Frauen über fünfzig wollen dich verwöhnen. Ruf jetzt an!«

Da war ich in Sekunden zurück auf dem Teppich und war mir sicher, dass Vera natürlich darüber nachdachte, ob es nicht besser wäre, ihre Karriere als Polizistin voranzutreiben, statt in der Eifel nach den Dingen zu fragen, die möglicherweise kommen konnten, aber wahrscheinlich nie passieren würden. Und sie hatte ein Recht darauf, verdammt noch mal!

Als ich erneut ins Bett ging und zu schlafen versuchte, war es vier Uhr und meine Seele waberte in Finsternis, das ganze Leben schien mir traurig: Eines Tages würde auch ich abgerufen werden und feststellen müssen, dass alles Mühsal und Arbeit gewesen war, nichts sonst.

»Lieber alter Mann«, röhrte ich laut und wütend in die Stille des Hauses, »tritt mir in den Arsch!«

Ich wurde wach, weil das Telefon neben meinem Bett fiepte. Es war acht Uhr und zugleich mit dem Telefon meldeten sich die Nachrichten. Ich schaltete das Radio ab und griff nach dem Hörer.

»Bitte, nur gute Nachrichten«, krächzte ich.

»Sie hatten zweitausend Liter Heizöl bestellt, Herr Baumeister. Wir sind in zwanzig Minuten bei Ihnen.«

»Das freut mich aber.«

»Sie wollten ja auch eine gute Nachricht hören«, entgegnete der Mann süffisant.

Ich zog mich an, ohne Verschönerungsarbeiten vorzunehmen, fütterte meinen Zoo, schaltete die Heizung aus, starrte in einen grauen und nieseligen Tag, knipste das Morgenmagazin im Fernsehen ein, ließ mir Neuigkeiten um die Ohren rieseln und wurde dann durch ein merkwürdig kreischendes Geräusch endgültig geweckt: Bei Rudi Latten gegenüber lief der Zementmixer.

Endlich rauschte der Tankwagen mit dem Heizöl vor. Der Serviceman nölte, dass der Sommer entschieden zu nass und sein Gemüsegarten reinweg ersoffen sei. Tragikumwittert nickten wir uns zu, bis er nach einer halben Stunde das Weite suchte.

Wieder meldete sich das Telefon und Oma Ohler sagte ohne Umschweife: »Nun haben wir den Salat! Die Elvira Klein ist tot. Umgebracht, sagen die Leute. Auch sie war ja in der Clique. Ich habe Ihnen ja gesagt, dass man mal nachschauen sollte, was denn da in der Clique alles los ist. So sieht das hier in Meerfeld aus. Jetzt wissen Sie Bescheid!«

Einen Moment war ich sprachlos. Dann sagte ich: »Guten Morgen, erst einmal. Und jetzt, bitte, ganz langsam und der Reihe nach alles noch mal. Wer ist Elvira Klein?«

»Eine aus der Clique. Das sagte ich doch.« Oma Ohler war wütend, gleichzeitig kostete sie die Situation aus.

»Oma Ohler, Sie sagten ›umgebracht‹. Wer hat das behauptet?«

»Alle.«

»Wer ist alle?«

»Na ja, alle hier im Dorf. Sie ist frühmorgens gefunden worden. Sie lag abseits ... also, da gibt es einen alten Weg, der von der Manderscheider Straße zur Bleckhausener Mühle geht. Längs der Kleinen Kyll. Da ist sie gefunden worden. Das muss so gegen sechs, sieben Uhr rum gewesen sein. Ich habe ja gesagt, dass mit der Clique was nicht stimmt. Und dass die Anna ... dass mit der auch was nicht stimmt. Und dass es dem Rolli dreckig geht und dass die Clique eine Menge damit zu tun hat.«

»Und wieso umgebracht?« Ich wollte auf diese ominöse Clique nicht eingehen, Oma Ohler würde mir erneut die Ohren zudröhnen und ich würde nichts verstehen.

»Erstochen!«, kam es wie eine Explosion.

»Die Tote heißt Elvira Klein?«

»Ja, die Polizei hat schon alles abgesperrt.«

»Ich seh mir das an und komme anschließend bei Ihnen vorbei. Wo wohnen Sie?«

»Am alten Maarweg. Es ist die Nummer siebenundvierzig.« Plötzlich begann sie zu lamentieren: »Eigentlich habe ich doch gar keine Zeit, ich muss doch Essen für die Kinder machen. Und richtig angezogen bin ich auch noch nicht.«

Das war die Höhe, das war einfach der Gipfel, ich konnte nicht einmal lachen. Ich unterbrach die Verbindung, zog mir die Lederweste über, stopfte Tabak und Pfeifen in die Taschen und saß schon im Auto.

Unterwegs kamen mir erhebliche Zweifel. Was, wenn Oma Ohler sich verhört hatte? Was, wenn das Dorfgeklatsche nur ein wenig außer Kontrolle geraten war?

Ich fuhr rechts in einen Waldweg hinein und rief die Kriminalwache in Wittlich an. Ich fragte, ob es eine Tote namens Elvira Klein gäbe. Doch der Mann am Telefon wusste noch nichts von seinem Glück und antwortete missmutig: »Kann sein, kann nicht sein, weiß ich nicht. Wer sind Sie denn?«

»Ich bin von der Presse, Siggi Baumeister. Verbinden Sie mich dann bitte mit der Bereitschaft oder wie das heißt?«

»Das bin ich«, konstatierte er kühl.

»Dann geben Sie mir doch Herrn Kriminalrat Kischkewitz.«

Er schwieg einige Sekunden. »Sie haben Wünsche! Der ist nicht im Haus. Alle meine Kolleginnen und Kollegen sind draußen. Wir arbeiten hier richtig.«

Artig bedankte ich mich und überlegte, ob ich Kischkewitz' Handynummer auswendig wusste. Sicherheitshalber kramte ich den Notizblock heraus, auf dem ich sie aufgeschrieben hatte, eine Nummer, die jedermann ausschließlich nach seiner strengen Richtlinie »nur im äußersten Notfall« benutzen durfte. Ich entschied, der äußerste Notfall war eingetreten, und wählte die Nummer.

»Ich will dich nicht nerven. Aber Oma Ohler hat mir erzählt, dass eine gewisse Elvira Klein getötet wurde. Stimmt das?«

»Ja, aber ich habe keine Zeit.«

»Ist das zwischen der Bleckhausener Mühle und der Straße von Meerfeld nach Manderscheid passiert?«

»Auch das stimmt. Und ich habe noch immer keine Zeit ... Beeile dich. Ich brauche Auskünfte.«

»Wie bitte?«, fragte ich verblüfft.

Wir waren befreundet, aber er unterstand den geschriebenen und ungeschriebenen Gesetzen eines Beamten. Wenn wir in einem Fall miteinander zu tun hatten, tanzten wir beide auf einem messerscharfen Grat zwischen Schweigen und Information, zwischen Vertrauen und verordnetem Misstrauen.

»Die Frau, die du Oma Ohler nennst«, erklärte er. »Ich will genau wissen, was sie dir erzählt hat, wie sie auf dich gewirkt hat. Also setz deinen Hintern in Bewegung und komm her!«

Folgsam startete ich den Wagen wieder und beeilte mich.

Der Himmel zeigte sich immer noch grau und wolkenverhangen, aber es war trocken, der Temperaturfühler am Auto behauptete, es wären einundzwanzig Grad. Ich hatte keinen Blick für Ortsdurchfahrten und Landschaften.

Die L 50, die Straße nach Manderscheid, verläuft in sanften Kurven hinunter ins Tal der Kleinen Kyll. Unübersehbar der Punkt, an dem der Weg, der nach links zur Bleckhausener Mühle führt, mündet. Ein Streifenwagen stand dort, besetzt mit einem Uniformierten, der ausstieg, als ich hinter ihm bremste. »Sie können hier nicht durch.«

»Ich weiß«, sagte ich. »Mein Name ist Siggi Baumeister, ich bin von Kriminalrat Kischkewitz bestellt. Ist es noch weit bis zum Tatort?«

Er lächelte leicht. »Ob es ein Tatort ist, wissen wir noch gar nicht. Bis jetzt ist es erst mal nur ein Fundort.«

»Na gut, ein Fundort«, wiederholte ich friedlich.

Er ging zu seinem Fahrzeug und sprach etwas in sein Funkgerät. Dann kehrte er zurück und nickte. »Okay. Aber Sie müssen zu Fuß gehen. Halten Sie sich bitte in der Mitte des Weges. Von wegen der Spuren und so.«

Ich versprach es ihm und stiefelte los.

Zu Beginn stieg der Weg an, war asphaltiert und ausgebaut wie ein Wirtschaftsweg. Das Tal des Flüsschens lag rechter Hand tief unter dem Wanderer und die Wiesenflecken leuchteten in einem beinahe unwirklichen Grün. Es gab eine Menge Haselbüsche am Hang, dazu Ginster und vereinzelte Fichten. Unten im Tal standen Gruppen von Erlen, ein paar von ihnen mitten im Fluss. Ein äußerst romantischer Flecken Eifel. Nach ein paar hundert Metern endete das Asphaltband und wurde zu einem mit Grundschotter belegten Pfad. Der Weg war uralt und einmal die beste Verbindung zwischen Manderscheid und Schutz gewesen.

Ungefähr da, wo der Asphalt endete, stand der Bereitschaftswagen der Mordkommission, der alles enthielt, was eine Kommission an einem Tatort brauchte.

Kein Mensch war zu sehen. Dafür funkelte plötzlich die Sonne durch ein blaues Loch. Nach rechts führte ein breiter Wiesenweg den Hang hinunter und schlängelte sich zwischen einem großen Gebüsch aus Schlehen und Haselnuss und einem kleinen Fichtenwäldchen sanft in das Tal.

Ich wollte schon weitergehen, als er mir entgegengeschlendert kam und *Stormy Weather* vor sich hin pfiff. Der junge Kripomann bemerkte mich und lächelte. Seine so kühle Intellektuellenbrille reflektierte im Licht.

»Ich soll Sie abholen«, erklärte er leichthin. »Ich habe mich noch gar nicht vorgestellt. Mein Name ist Gerald Özcan.«

»Sind Sie Kurde?«, fragte ich erstaunt.

»Ja und nein«, antwortete er. »Ich wurde in Deutschland geboren. Meine Eltern sind Kurden, aber schon ein Leben lang hier. Sie haben ein Gemüsegeschäft in Frankfurt, frisches Obst und so.«

»Wie sind Sie zu den Bullen gekommen?«

Er lachte. »Das fragt mich jeder. Ich mag Deutschland, es ist mein Land. Und es ist doch so, dass alle Bullen antreten, um die Ordnung aufrechtzuerhalten. So auch ich. Kommen Sie. Mein Herr und Meister wartet.«

Wir liefen langsam den Weg zurück, den er gekommen war.

»Was ist mit Kinsi?«, fragte ich.

»Noch nichts Neues«, erwiderte er kurz. »Die Gerichtsmediziner hatten noch keine Zeit. Aber Kinsi ist auch nicht eilig, bei dem ist die Sache ja wohl klar. Diese Geschichte hier ist eilig. Sie ist komisch und rätselhaft.«

»Wieso komisch?«

»Das werden Sie gleich sehen. Welchen Eindruck hat diese Oma Ohler auf Sie gemacht?«

»Sehr resolut. Sie weiß, was sie will. Notfalls kauft sie es. Sie wollte mich als Privatdetektiv engagieren. Es war eine Premiere für mich. Sie blätterte ein paar Fünfhunderter auf meinen Wohnzimmertisch. Ich habe sie heimgeschickt, es roch nach einer miesen privaten Geschichte. Und sie sprach dauernd von einer Clique. Diese tote Frau hier gehörte zu dieser Clique. Sagt jedenfalls Oma Ohler.«

Der schmale Waldstreifen lichtete sich. Rechts begann eine üppig wuchernde Wiese, durchsetzt mit Tausenden von Wildblumen, eine richtige Orgie in Gelb und allen Rosaschattierungen.

»Nicht diese Spur gehen!«, sagte er hastig. »Das war der Mörder beziehungsweise derjenige, der sie hierher brachte. Die Spur ist wegen des Nieselregens heute Nacht stehen geblieben. Wir gehen um den Pudding herum.«

Nun sah auch ich den kaum noch erkennbaren Strich im hohen Gras, den irgendjemand hinterlassen hatte.

Unten am Flüsschen stand Kischkewitz, rechts neben ihm drei Männer, einige Meter weiter zwei weitere Männer, die nur zur Hälfte sichtbar waren, weil sie im Flussbett standen. Einer war der bärtige Spurenspezialist, den ich gestern im Wald getroffen hatte.

Kischkewitz winkte.

Wir umrundeten die Wiese und gingen dicht am Wasser entlang.

»Hei, Alter«, murmelte der Kripochef und gab mir die Hand. »Bleib stehen und lauf nicht rum. Das ist ein Scheißfall.«

»Wieso das?«

»Es ist nicht hier passiert. Die Spurenlage sagt, dass der Täter die Frau bis hierher getragen hat. Wahrscheinlich transportierte er sie in einem Auto und ließ den Wagen da oben auf dem Weg zur Bleckhausener Mühle stehen. Das hier ist kein Tatort.«

»Was ist das für ein Mord? Sexualverbrechen?«

»Eher nein, aber das wissen wir noch nicht genau. Das, was wir jetzt schon sagen können, ist, dass der Täter wahrscheinlich ziemlich groß ist, mindestens über eins achtzig. Und er muss ziemlich kräftig sein, denn er hat sie quer über die Wiese getragen, gute hundert Meter, schätze ich. Schuhgröße achtundvierzig, du hörst ganz richtig, achtundvierzig. Nach der Tiefe der Fußeindrücke, beladen mit der Leiche und unbeladen, muss es sich um einen Elefanten handeln. Das Gewicht des Mörders kann nicht unter einhundertsechzig Kilogramm liegen. Das ist alles bisher.«

»Ist ein Grund erkennbar, weshalb er sie hierher getragen hat? Und wer hat sie denn gefunden?«

»Weshalb er sie hierher getragen hat, ist uns noch ein Rätsel. Gefunden hat sie der Bauer, dessen Kühe hier weiden. Und er hat sie nur deshalb entdeckt, weil der Täter aus irgendeinem Grund eine große blaue Mülltüte mit sich trug, die er hier liegen ließ. Und die leuchtete schön blau im Gras. Schau dir die Tote ruhig mal an. Steig auf das Brett da und geh vier Schritte vorwärts, dann kannst du sie sehen.«

Ich balancierte also wie vorgeschlagen auf dem Brett vorwärts, bis ich die Frau im Blick hatte.

Ihr Körper wirkte in der Sonne beinahe unwirklich weiß. Sie war nackt und lag unter drei Erlen. Der Unterkörper befand sich halb im Wasser, der rechte Arm umschlang absurd und pittoresk zwei ineinander verwachsene, starke Wurzeln, die ins Wasser führten. Es schien so aus, als hielte sich die Tote daran fest.

Ohne Zweifel war sie eine schöne, schlanke Frau gewesen, die Fußnägel hatte sie blutrot lackiert und durch die Bewegung des schnell fließenden Wassers entstand der Eindruck, als schwängen diese Füße sanft hin und her. Sie starrte blicklos in den Himmel, ihr kurzes, wirres, wildes Haar war kupferfarben. Ich fotografierte die Tote.

»Ein Messer«, erläuterte Kischkewitz hinter mir. »Wahrscheinlich ein scharfes großes Fleischmesser. Länge der Klinge mindestens fünfzehn Zentimeter. Sechs Stiche. Alle in Brustkorb und Bauch. Da ist jemand durchgedreht.«

»Gehen Sie bitte einmal zwei Schritte zurück?«, bat der Bärtige, der in hohen Stiefeln im Wasser stand und an einer Kamera auf einem Stativ herumbastelte.

Ich ging drei Schritte zurück und wartete, bis er die Aufnahme gemacht hatte.

»Sie hieß Elvira Klein, war fünfunddreißig Jahre alt. Von Beruf Krankenschwester. Stationsschwester in einem Krankenhaus, einer Kurklinik in Bad Bertrich. Ledig, kinderlos. Nicht vorbestraft, bisher in keiner Weise aufgefallen.« Gerald Özcan leierte das herunter, als habe er es auswendig gelernt.

»Sie trägt einen einfachen goldenen Reif am Ringfinger der linken Hand«, sagte ich.

»Richtig«, murmelte Özcan leise. »Sie war verlobt. Mit einem Mann aus Bettenfeld, ein Verwaltungsangestellter. Den haben wir schon kassiert. Aber ein Motiv ist bei ihm nicht erkennbar.«

»Kupfernes kurzes Haar ist ja in der letzten Zeit in der Eifel schwer in Mode«, sinnierte ich.

Kischkewitz räusperte sich. »Du bist auf einer richtigen Spur, mein Lieber. Denn das Haar war nicht kurz, als sie ihren letzten Atemzug tat. Das Haar fiel bis auf die Schultern, reichlich kupferrotes, wunderschönes Haar. Der Täter hat es abgeschnitten. Und genau das macht die Sache spannend: Warum tut ein Mensch so was?«

ZWEITES KAPITEL

Özcan sagte sanft in die eingetretene Stille: »Wir sollten uns nun vielleicht über diese komische Oma Ohler unterhalten. Vielleicht da hinten, wir können uns in die Wiese setzen.«

Wir schlenderten zu zweit einhundert Meter weiter flussaufwärts und suchten uns eine trockene Stelle.

»Also, wann genau tauchte sie bei Ihnen auf?« Özcan setzte sich zurecht, nahm einen Block und einen Kugelschreiber aus der Tasche und wartete ergeben.

»Gestern, Montag. Gestern Morgen. Gegen neun Uhr. Ihr Bruder brachte sie, ihn habe ich aber nicht gesehen. Er wurde unten auf dem Parkplatz an der Kirche abgestellt, er sollte nichts von der Geschichte wissen ...«

Ich berichtete, so genau ich es vermochte.

Die Sonne war wieder hinter dunklen Wolken verschwunden, zwei Männer mit einer geschlossenen Leichtmetallwanne umrundeten die Wiese. Die Leiche wurde angehoben, in etwas eingeschlagen, das wie eine silberne Folie aussah, und dann in die Wanne gelegt. Sie trugen die Wanne an uns vorbei und nickten uns zu.

Dann kam ein Mann, knötterte wiederholt frustriert und zornig: »Mann o Mann!«, umrundete die Wiese und kniete sich hin, das Gesicht zum Fluss. Nur ganz langsam begann er, sich vorwärts zu bewegen, wobei nur sein Kopf zu sehen war.

»Er kriecht die Spur entlang, die der Täter durch das Gras gezogen hat. Er sucht nach Hinweisen, Auffälligkeiten, möglichen Hinterlassenschaften. Anschließend wird er uns zum Beispiel sagen können, ob der Unbekannte Rechtshänder war«, erklärte Özcan.

»Wie das?«, fragte ich verblüfft.

»Na ja, Rechtshänder verlagern grundsätzlich mehr Gewicht auf ihr rechtes Bein, ganz automatisch. Also hat der Fußabdruck rechts ein anderes Gesicht als der Fußabdruck links. Na ja, und Fusseln sucht er, die von der Kleidung stammen könnten. Und natürlich nach Erdresten, die nicht zu der Wiese gehören, die der Täter mitbrachte. Gibt es so was, können wir hinterher ziemlich genau bestimmen, wo sich der Täter aufgehalten hat, bevor er diese Wiese hier betrat. Kleinigkeiten eben. – Wenn Sie gleich gehen, halten Sie sich bitte von Oma Ohler fern«, setzte er mit schmalen Augen nach. »Die will ich erst einmal allein genießen.«

»Oh, bitte, nach Ihnen!«

Ich schlenderte zu Kischkewitz hinüber, der mit einem Spurenmann irgendein Detail besprach. »Ich verschwinde, ich will hier nicht länger stören.«

»Das ist löblich. Grüß Rodenstock und Emma, bitte, wenn sie sich mal melden. Und Vera natürlich auch. Die werkelt nun für das LKA in Mainz, wie ich hörte.«

»Ja, aber ich weiß nicht genau, was sie da macht.«

»Die haben Personalprobleme«, bemerkte er knapp. »Wie alle.« Kischkewitz wirkte total erschöpft, hatte eine teigige Gesichtshaut und dunkelblaue Ringe unter den Augen.

»Pass auf dich auf, du gefällst mir nicht.«

Er war den Bruchteil einer Sekunde irritiert und murmelte dann: »Ach, Scheiße!«

Ich schlenderte geradeaus weiter am Ufer des kleinen Flüsschens entlang. Nach wenigen Schritten befand ich mich im wild zugewucherten Brachland. Da ich mir keine gymnastischen Übungen zumuten wollte, lief ich den sanften Hang hoch.

Ich fühlte mich seltsam allein und heimatlos, während ich durch das Gras spazierte, neben mir die Kleine Kyll, rechts eine ziemlich grandiose Landschaft, die keines Menschen Nähe brauchte und doch von ihm geformt worden war.

Der Polizist und sein Streifenwagen hielten noch immer einsame Wache.

»Was Neues?«, fragte er.

»Nichts«, sagte ich. »Sie ist immer noch tot.«

Ich hätte mich jetzt gern mit Vera unterhalten, oder mit Rodenstock und Emma. Aber sie waren mit anderen Dingen beschäftigt und hatten keine Ahnung vom plötzlichen Ableben einer Krankenschwester namens Elvira Klein.

Ich rollte auf das Dorf zu und fragte mich, wer mir was erzählen könnte. Das Recht auf die Premiere bei Oma Ohler hatte sich Gerald Özcan vorbehalten, aber einen anderen Menschen kannte ich nicht in Meerfeld.

Ich lenkte den Wagen nach rechts auf den großen Parkplatz am Maar, den die Leute benutzten, wenn sie spazieren gehen oder ins Wasser hüpfen wollten, um nachzudenken. Auf die Frage: Kennst du Meerfeld?, hätte ich normalerweise »Selbstverständlich!« geantwortet. Nun wurde mir bewusst, dass ich wenig über das Dorf wusste.

Ich stellte mir Oma Ohler vor, die wohl irgendwo vor mir in einem der Häuser rechts oder links des Kirchturms in ihrer Küche hockte. Wahrscheinlich wartete sie darauf, dass ich aufkreuzte, und formulierte im Geiste erneut triumphierende Sätze wie: »Ich habe Ihnen doch gesagt, dass mit dieser Clique etwas nicht stimmt!«

Alles in allem hatte sich ihr Misstrauen ja tatsächlich bestätigt: Kinsi hatte sich aufgehängt und Elvira Klein war brutal erstochen worden. Jetzt würde gleich der Kriminalist Gerald Özcan bei ihr anklingeln und ihr gnadenlos zeigen, auf was es wirklich ankam. Er würde ihr alle Gerüchte aus dem Hirn blasen und sie vermutlich auch darauf aufmerksam machen, dass sie mit so einem losen Maul gefährlich lebte. Ich musste grinsen, als mir ein Satz in den Sinn kam, der gut auf Oma Ohler passte: »Ich weiß, was ich weiß!«

Plötzlich war mir klar, wer die erste Figur war, die ich mir ansehen wollte: Rolli! Rolf Hennef, der Mann, den Anna scheinbar gnadenlos beiseite geschoben hatte, weil ihr ein neuer Mann alles bot, was sie in ihrem bisherigen Leben vermisst hatte. Rolli wohnte jetzt in Manderscheid, hatte Oma Ohler erzählt.

Ich startete und fuhr zurück auf die enge Straße Richtung Manderscheid, die eine Reihe fulminant knüppelharter, welliger Kurven bietet, in denen jeder Lastwagen das Chaos bedeuten kann. Ich beeilte mich, als käme ich zu spät zu einer wichtigen Verabredung.

Wer konnte wissen, wo Rolli wohnte?

Mir fiel Martin Krause ein, der einerseits Wirt in der *Alten Molkerei* war, aber andererseits auch in der Gemeindeverwaltung saß und so freundliche Dinge wie Steuern zu verwalten und einzutreiben hatte.

Natürlich wusste er es: »Oh, klar«, sagte er ohne jedes Zögern freundlich. »Der ist auch im Verein.« Und ohne zu erklären, um welchen Verein es sich handelte, fügte er an: »Du fährst runter nach Niedermanderscheid. Da ist links im Hang ein Haus. Mit viel Holz außen dran. Da wohnt er. Gibt es was Besonderes? Jetzt, wo doch Elvira Klein … na ja, wo sie ermordet wurde?«

»Damit hat das nichts zu tun«, sagte ich und bedankte mich. In der Eifel sollte es einen nie verwundern, dass all das, was du exklusiv zu wissen glaubst, schon alle anderen wissen.

Eine Treppe führte zu dem Haus hoch, das dunkelbraun und freundlich weinrot gestrichen war. Es gab keine Klingel, also klopfte ich lärmend und rief: »Hallo!«

Ein Mann riss die Tür auf und sagte aggressiv: »Hallo!« Sein Gesicht war kreidebleich, drei Tage nicht rasiert, sechs Tage nicht gewaschen.

Er setzte hinzu: »Ich hoffe nicht, dass du mir eine Versicherung verkaufen willst. Ich hasse Versicherungsvertreter.«

»Ich bin Siggi Baumeister aus Dreis-Brück. Oma Ohler war bei mir. Kann ich Sie einen Moment sprechen?«

»Die schon wieder!«, murmelte er rau. »Aber nur kurz.« Dann drehte er sich um und ging zurück in das Haus. Rolli war ein schlanker Mann mit unruhigen braunen Augen, dichtem schwarzem Haar und einem schmalen Gesicht. Er wirkte wie ein angeschlagener Boxer, der nie wirklich eine Chance gehabt hatte.

Wir betraten einen Raum, der vollkommen in Holz gehalten war. Neben einem Sofa, auf dem bunte Wolldecken lagen, stand eine Stehlampe und warf einen freundlichen gelben Schein auf eine Sitzecke aus Fichtenholz, belegt mit vielen ebenso bunten Polsterteilen und Kissen.

»Setz dich«, sagte er muffig. »Die Alte ist ja ganz nett, aber sie erzählt auch viel Quatsch.« Er ließ sich in einen Sessel fallen und fügte hinzu: »Was hast du mit ihr zu tun?« Sein linkes Augenlid zuckte, er hatte einen Tic.

Ich setzte mich in den Lichtkreis der Stehlampe auf das Sofa. »Sie wollte mich engagieren, sie sucht einen Privatdetektiv, der diese Clique in Meerfeld untersucht. Sie glaubt, dass diese Clique irgendwie unsauber ist. Sie will Ihnen helfen, sie will …«

»Ich weiß, was Oma Ohler will. Sie will, dass ich zu meiner Ex und den Kindern zurückkehre und so tue, als sei nichts gewesen.« Seine beiden Hände öffneten und schlossen sich, das Augenlid zuckte in einem schneller werdenden Rhythmus, er war wütend. »Das ist doch alles Wahnsinn, ist das. Und du sollst Detektiv spielen? Da hast du jahrelang zu tun. Da lachen ja die Hühner!«

»Ich habe es abgelehnt«, erklärte ich leise. »Aber heute Morgen ist Elvira Klein tot aufgefunden worden.«

Er war verblüfft, das war ihm neu. »Kannst du das wiederholen?«

Ich nickte. »Elvira Klein ist irgendwann in der Nacht von gestern auf heute erstochen worden. Sie wurde an der Kleinen Kyll gefunden. Auf dem Weg zur Bleckhausener Mühle. Splitterfasernackt. Sie lag halb im Wasser. Und jemand hat ihr das Haar abgeschnitten.«

Rolli spitzte den Mund und atmete laut und zischend aus. »Du willst mich nicht verarschen?«

»Nein, ich will dich nicht verarschen.«

»Was habe ich denn damit zu tun?« Seine Hände begannen auf den Armlehnen herumzuspielen, er konnte sie nicht ruhig halten.

»Niemand sagt so etwas, niemand nimmt das an. Ich möchte mehr über diese blöde Clique wissen, zu der Elvira Klein angeblich gehörte. Und zu der auch deine Ex gehört, wie Oma Ohler sagt.«

Er blies die Backen auf. »Dazu kann ich nichts sagen. Clique hin, Clique her, dazu sage ich nichts. Nur eins: Das ist keine Clique, nie gewesen. Das ist eine kriminelle Vereinigung. Aber mir ist das alles scheißegal, das geht mir meilenweit am Arsch vorbei. Ich muss sehen, wie ich jetzt allein klarkomme. Ich muss sehen, dass ich meine Kinder nicht verliere. Und das ist mehr als genug für einen alleine, das würde auch für eine Kompanie reichen. Kein Wort von mir.« Seine Augen wurden schmal. »Was bist du eigentlich von Beruf?«

»Reporter«, sagte ich freundlich.

Sein Gesicht wurde abweisend: »Hätte ich das gewusst, würdest du nicht hier sitzen, Mann. Raus!«

Er erhob sich, er stand über mir. Der Druck, der auf ihm lastete, war dermaßen groß, dass er unvermittelt zuschlug. Er traf mich an der rechten Halsseite.

Einen Moment rührte sich keiner von uns.

Schließlich sagte er zittrig und hilflos: »Du sollst gehen!« Er war so aufgeregt, dass er die letzten zwei Silben verschluckte.

Ich rutschte ein paar Zentimeter von ihm weg, stand auf und machte zwei Schritte in Richtung Tür.

»Das ist nicht die feine englische Art«, murmelte ich in das Niemandsland zwischen uns.

»Das ist mir egal«, rief er explosiv. »Es ist ja auch nicht die feine englische Art, für einen anderen die Beine breit zu machen und so zu tun, als gäbe es keine Kinder und als hätte es die ganzen Jahre nicht gegeben. Oma Ohler kann mich kreuzweise am Arsch lecken.«

»Sie liebt dich«, sagte ich. »Das weißt du ganz genau.«

Er antwortete nicht.

»Erinnere dich an meinen Namen«, empfahl ich flach.

»Schon vergessen!«, bellte er wütend.

Ich drehte mich nicht mehr zu ihm um. Als ich wieder vor dem Haus stand, fasste ich mir endlich an die Halsseite. Sie war heiß und brannte. Aber ich war nicht einmal sonderlich wütend. Wenn das, was Oma Ohler mir über Rolli erzählt hatte, der Wahrheit entsprach, dann hatte dieser Mensch in den letzten Monaten mehr schlucken müssen als andere in ihrem ganzen Leben.

Ich drömelte die Straße, die zur A 48 führte, weiter und bog dann nach rechts in den Weg nach Pantenburg ein, der sich durch die Wälder hochschlängelte und wahrscheinlich ebenso uralt war wie der, an dem Elvira Klein so erbärmlich nackt aufgefunden worden war.

In einer scharfen Linkskehre gab es eine Abzweigung, die geradeaus in den Wald ging. Dort stoppte ich und stieg aus. Ich stopfte mir eine Crown 300 von Winslow, die einen mächtigen runden Kopf hat und so schön zwischen den Zähnen hängt. Sie ließ mich nachdenklich aussehen, während ich in Wirklichkeit nur verwirrt war. Das Laub unter den Buchen war nass, ich hockte mich auf einen Baumstumpf und schmauchte vor mich hin.

Im Grunde handelte es sich bei Oma Ohlers Kummer wohl einfach um eine Liebesgeschichte beziehungsweise um eine Summe von Liebesgeschichten. Rolli verliert Anna, die Liebe seines Lebens. Anna gewinnt eine neue Liebe, den Bauunternehmer Bliesheim. Rolli endet in einem Mietshaus in Manderscheid, schwer angeschlagen, und weiß nicht, wie sein Leben weitergehen soll. Oma Ohler verliert Rolli, den sie liebt wie einen Sohn, dem sie mit ihrem Haus ein Zuhause angeboten hatte. Dafür erntet sie den Bliesheim, der jetzt im Ehebett der Anna liegt und den die alte Dame von Herzen verabscheut.

Dann wird Elvira Klein erstochen. Der Mörder schneidet ihr prächtiges, langes kupferfarbenes Haar ab und deponiert die Leiche in der Kleinen Kyll.

Aber hatte Elvira Klein irgendetwas mit Anna und Rolli Hennef zu tun? Mit Bliesheim? Ja, schon, denn sie gehörten alle zu derselben Clique, was für ein seltsamer Verein das auch immer sein mochte. Und der Selbstmörder Kinsi? Nun, laut Oma Ohler hatte er im Umfeld des Bliesheim und der Anna gelebt, hatte auf Bliesheims Auto aufgepasst, Anna die Einkaufstaschen getragen. Ich durfte ihn nicht vergessen, aber er war wohl keine Hauptfigur.

Kurz entschlossen ging ich zum Wagen zurück und rief Oma Ohler an.

»Wo genau wohnte Kinsi?«, fragte ich, als sie sich gemeldet hatte.

»Ja. Der Herr von der Polizei ist gerade hier, wir unterhalten uns. Von wo kommen Sie denn? Von Manderscheid? Fahren Sie im Ort den zweiten Weg links hoch. Dann immer geradeaus, linker Hand der letzte Hof. Doch da würde ich jetzt nicht hinfahren.«

»Wieso nicht?«, fragte ich erstaunt.

»Ja, da ist … die Freundin von Kinsi ist drin und macht sauber. Sie richtet alles für die Beerdigung her. Und Klaes Tine sagt, sie hört sie dauernd weinen. Da kann man doch nicht stören. Jetzt muss ich aber weiter mit dem Herrn hier reden.«

Sollte ich wirklich zu Kinsis Haus fahren? Wie hieß diese Freundin, woher kam sie? Hatte Oma Ohler den Namen erwähnt? Doch, zumindest hatte sie gesagt, die Frau stamme aus Münstermaifeld.

Mein Handy stieß Lockrufe aus und Vera sagte hastig: »Hallo, Baumeister, ich wollte nur kurz Hallo sagen, ich muss allerdings gleich wieder in eine Besprechung. Ich kann nicht abschätzen, wann ich zurückkomme …« Ich hörte sie angestrengt atmen.

»Du brauchst nicht so verkrampft zu sein und dauernd darüber nachzudenken, wie du dich am besten entschuldigst. Du brauchst dich nicht zu entschuldigen für etwas, was du gern tun willst. Verdammt noch mal, du bist du.«

Eine Weile herrschte Schweigen.

»Das vergesse ich manchmal, Baumeister. Ach Scheiße, sie bieten mir plötzlich so viele Möglichkeiten und ich weiß nicht, wie du dazu stehst.«

»Gut stehe ich dazu«, erwiderte ich mit trockenem Mund. »Ich stehe wirklich gut dazu. Und ich habe verdammt viel zu tun. Hier hat ein Irrer eine Frau erstochen und in der Kleinen Kyll abgeladen. Und vermutlich ein Killer hat einen Jungförster aus großer Distanz erschossen. Du siehst, ich bin wirklich mit Abwechslung gesegnet. Und nun mach dir keine Gedanken und geh wieder an deine Arbeit. Es ist dein Leben, Frau.«

»Ja, ja«, sagte sie stockend und schluchzte kurz auf. Dann war die Leitung unterbrochen.

Ich fluchte in den deutschen Mischwald, ich hatte Kopfschmerzen, fühlte mich elend. Ich hatte die Nase voll von Beziehungskisten, einschließlich derer, die mich gar nicht betrafen. Vielleicht hätte der alte Mann da oben besser irgendein anderes System einrichten sollen, eines mit weniger Sollbruchstellen.

Ich kehrte nach Manderscheid zurück, fuhr durch den Ort auf die schmale Landstraße Richtung Meerfeld.

Was, zum Teufel, ging mich die ganze Arie eigentlich an? Gar nichts! Ich hörte schon einen dieser windschlüpfrigen, mit lockeren Klamotten behängten Magazinfritzen nölen: »Äh, nee, Herr Baumeister. Das ist doch nichts für unser Blatt. Nicht bei den Maßstäben, die wir anlegen!«

Als ich über die Brücke der Kleinen Kyll rollte, bemerkte ich ein Fernsehteam, das mit vielen Scheinwerfern am Ufer des Flüsschens werkelte. Wahrscheinlich arbeiteten sie an dem ultimativen Zauberstreifen: *Wer war das Schwein?*.

Zweite links rauf, hatte Oma Ohler gesagt.

Bei Kinsis Haus handelte es sich um ein Trierer Einhaus, ein einfaches, kleines Bauernhaus, dessen Wirtschaftsteil gut dreimal so groß war wie der Wohnteil. Ein großes hölzernes Tor mit Rundbogen führte in den Wirtschaftsteil, aber es war verschlossen und wirkte wie ein Symbol der Kapitulation, weil Kinsi einen schweren Holzbalken quer davor geschraubt hatte. Auf ewig dicht.

Der Wohnteil schien uralt und in den roten Balken aus Sandstein über der Tür hatte ein längst vergessener Steinmetz die Zahl 1789 eingemeißelt. Die Hauswände waren mit Eternitplatten verkleidet, die mittlerweile vergraut waren. Kinsi hatte alles liebevoll gepflegt. Im kleinen Vorgarten rechts vom Hauseingang blühten prachtvolle Sommerblumen, die Erdbeete wirkten frisch geharkt und zeigten kein Unkraut. Auf den Fensterbänken standen tönerne Töpfe mit Geranien.

Es gab keine Klingel, im Inneren lärmte ein Staubsauger. Die Frau würde mich nicht hören, wenn ich klopfte. Also ging ich einfach ins Haus. Für Sekunden blieb ich in dem schmalen Flur stehen, weil es so dunkel war, dass sich meine Augen erst an die Verhältnisse gewöhnen mussten. Rechts von mir befand sich eine Tür. Dahinter verrichtete der Staubsauger seine Arbeit. Ich klopfte sehr fest und der Staubsauger wurde augenblicklich abgestellt.

Die Tür ging auf und eine Frau sagte: »Ja?«

Sie machte einen abwesenden, unkonzentrierten Eindruck, so als habe ich sie bei etwas Wichtigem gestört.

»Kann ich Sie einen Augenblick sprechen?«

»Ja. Komm rein. Vom Amt? Wegen der Papiere?«

»Nein, ich bin nicht vom Amt. Ich möchte etwas über …« Wie hieß er eigentlich richtig, verdammt noch mal? »… ich möchte etwas über Kinsi erfahren.«

Nichts an der Bitte schien sie zu verwundern. Sie hielt die Tür weit geöffnet, nickte nur. Sie war eine schmale Frau, vielleicht fünfunddreißig Jahre alt. Das dunkelbraune Haar war modisch kurz geschnitten und ihr Kittel mit einem bunten Blumenmuster bedruckt. An den Füßen trug sie derbe Schuhe, als müsse sie gleich aufs Feld, dazu weiße Wollsocken und Jeans. Ihre Augen waren eisblau und wirkten seltsam durchdringend in dem kleinen, sehr fraulichen Gesicht.

Sie machte eine weit ausholende Geste. »Setz dich.«

Ich nahm auf einem Sofa aus dunkelblauem Tuch Platz, das neueren Datums war. »Ich kannte Kinsi selbst nicht. Oma Ohler hat mir von ihm erzählt. Kennen Sie Oma Ohler?«

»Ja sicher. Sie hat gesagt, sie will unsere Trauzeugin sein. Man nimmt ja sonst Jüngere, aber sie ist gut als Trauzeugin. Da kann dir nix passieren.«

Die Frau sprach mit starrem Gesicht, kein Muskel bewegte sich. Sie hockte sich auf die vordere Kante eines Sessels, der ebenfalls neu zu sein schien. Sie schaute auf den Boden, sie war nicht wirklich aufmerksam, als wäre ihr Geist ganz woanders.

»Ich mach hier sauber für die Beerdigung.«

»Ja, klar«, entgegnete ich und überlegte, wie ich sie zum Reden bringen konnte.

»Ist viel Arbeit hier«, sprach sie hohl weiter. »Da brauche ich noch Stunden.«

Ich sah mich um. Der Raum wirkte behaglich und vor allem sehr sauber. Es gab die dunkelblaue Sitzecke, dann einen kleinen Sekretär mit einer schräg liegenden Klappe. An den Wänden Drucke in kräftigen Farben, die Bibel-Illustrationen von Marc Chagall. Das hätte ich in der Behausung eines angeblich zurückgebliebenen Menschen nicht erwartet. Die Lampen waren einfache Spots, vier insgesamt, sehr harmonisch angeordnet. An der Wand stand ein Regal mit Büchern. Unter den Büchern einige, die mich noch mehr als die Drucke von Chagall erstaunten: fast das komplette Werk von Grass, aber auch vieles von Böll und Lenz.

»Las Kinsi diese Bücher etwa?«, fragte ich verblüfft.

»Ja«, nickte sie. »Immer las er solche schweren Sachen. Ich kann so was nicht lesen, das verstehe ich nicht. Da muss ich jedes Mal das wieder lesen, was ich gestern gelesen habe. Ich kann mir das nie merken. Ich lese lieber Liebesromane und so was.« Sie leierte die Worte regelrecht, schien immer noch in einer anderen Welt.

Rücksichtnahme in irgendeiner Form war mir plötzlich scheißegal. Wie konnte jemand, den Oma Ohler als kindlich und geradezu als schwer zurückgeblieben beschrieben hatte, Bücher von Grass und Böll lesen? Wie konnte jemand, von dem ein Mann im Dorf behauptet hatte, er könne kaum schreiben, Werke von Lenz lesen? Wie kam so ein Mensch dazu, sich Bilder von Chagall an die Wände zu hängen?

Ich überlegte einen Moment und sagte dann zögerlich: »Junge Frau, ich weiß nicht einmal Ihren Namen.«

»Ich heiße Beate Laach, aber alle nennen mich Bea. Ich bin sechsunddreißig Jahre alt. Ich bin aus Münstermaifeld und arbeite in einem Gasthof. Ich mache die Zimmer zurecht und helfe bei der Bedienung aus, wenn viel los ist. Und ich spüle die schweren Sachen, putze Gemüse, schäle Kartoffeln und so was. Es ist eine gute Arbeit. Ich bekomme Kost und Logis und reichlich Geld für mich.«

Sie sagte das wie ein Kind ein Weihnachtsgedicht und noch immer war ihr Gesicht starr.

»Ich bin der Siggi. Ich bin hier, weil ... Eine Frau ist heute Nacht umgebracht worden. Und ich ...«

»Die Nachbarin hat mir von der Frau erzählt.« Bea nickte ernsthaft und ihre Augen glitten einen Moment lang über mich hinweg. Dann starrte sie wieder auf den dunkelblauen Teppich zu ihren Füßen.

»Jedenfalls bin ich hierher gekommen, weil ich wissen wollte, wie Kinsi gelebt hat. Ich habe ... ich habe von ihm gehört.« Baumeister, was redest du für einen Scheiß!

Eine Weile herrschte Schweigen.

»Er war mein Mann«, erklärte sie auf eine endgültige, nachdenkliche Weise. »Wir wollten heiraten. Wir hatten alle Papiere. Da in der Schublade sind alle Papiere. Da fehlt nix. Der Kaplan hat gesagt, er macht uns eine Traumesse, und er predigt auch gut, wie es Sitte ist.«

»Wann sollte die Hochzeit denn stattfinden?«

»In acht Wochen«, antwortete sie sofort. »Hier. Am Sonntag in acht Wochen. Wir hatten alles geregelt und alle Papiere zusammen.« Sie glitt zur Seite und zog eine Schublade am Fuß eines Glasschrankes auf, in dem allerlei Porzellan und Nippes stand. Sie griff einen roten Aktenordner heraus und legte ihn in meinen Schoß: »Da fehlt nichts. Guck ruhig rein. Nichts fehlt.«

»Das ist doch sehr persönlich«, wehrte ich ab.

»Nichts fehlt«, wiederholte sie.

Ich schlug den Aktenordner auf und dabei rutschte mir ein senfgelbes kleines Lederbuch entgegen. *Stammbuch der Familie* war es in Reliefdruck betitelt. Außerdem enthielt der Ordner Unterlagen der Verbandsgemeinde, Grundstückssteuerbescheide, Steuerkarte, Sterbeurkunden, Bestellung eines Aufgebotes, Durchschläge von Briefen an Behörden. Und ein einzelnes Blatt, offenbar eine Kopie, Titel: *Mein Testament*, handschriftlich und flüssig mit einem Kugelschreiber auf ein liniertes DIN-A4-Blatt geschrieben. Da stand:

Hiermit vermache ich mein gesamtes Vermögen, mein Geld auf der Bank, meine Sparbücher, mein Haus und alles, was an Wald und Feld dazugehört, meiner Braut und zukünftigen Frau, Beate Laach aus Münstermaifeld.
Meerfeld am 1. Mai 2002.
gez. Georg Kleiber in Meerfeld.

»Das ist sehr schön von ihm, das mit dem Testament«, sagte ich mit trockenem Mund. Plötzlich wollte ich aus diesem Raum heraus, wollte flüchten. Ich fühlte mich wie ein Einbrecher.

Eine Schmeißfliege tobte laut vor dem hellen Viereck des rechten Fensters und versuchte durch das Glas zu brechen.

Bea murmelte tonlos: »In diesem Haus sind immer Fliegen. Kinsi hat immer gelacht, wenn ich darüber geschimpft habe. So war er. Er hat irgendwie immer gelacht. Jeden Tag.«

Sie hatte sich wieder auf die vordere Kante des Sessels gesetzt. »Er wollte, dass alles in Ordnung ist«, nickte sie ernsthaft. »So war er nun mal. Er hat das Testament zu einem Rechtsanwalt gebracht. Ich weiß nicht, wo der wohnt, aber das ist ja nun egal.«

»Er konnte gut schreiben«, meinte ich behutsam. »Sehr flüssig.«

»O ja«, nickte sie und ein schnelles Lächeln erschien um ihren Mund. »In der letzten Zeit schrieb er ziemlich viel. Er hat mir einen Brief geschrieben. Und er hat auch einen Zettel in den Brief gelegt. Da steht ein Gedicht drauf. Na ja, kein richtiges Gedicht, weil es reimt sich nicht. Das war für mich.«

Sie stand plötzlich auf, als sei jemand ins Zimmer getreten, vor dem sie strammstehen müsste. Sie griff unter den geblümten Kittel und zog aus der Gesäßtasche der Jeans ein abgegriffenes Kuvert. Sie reichte es mir und sagte dabei beinahe feierlich: »Das ist es. Kannst es ruhig lesen. Ist ja nun ... ist ja nun vorbei.«

Bea war eine einfache Frau, aber sie war nicht dumm. Sie hatte genau verstanden, dass etwas in ihrem Leben zerbrochen war und dass sie in aller Zukunft damit leben musste. Mir wurde klar, dass sie so in ihrem Schmerz versunken war, dass sie mich eigentlich gar nicht bemerkte. So war es auch nicht verwunderlich, dass sie mich gar nicht fragte, wer ich denn sei.

Langsam sagte ich: »Das ist wohl niemals vorbei.«

Sie sah mich kurz an und nickte ebenso kurz. »Richtig. Aber was willst du machen?« Nach einer unendlichen Pause wiederholte sie: »Du kannst den Brief lesen.«

Ich zog das Papier aus dem Kuvert und faltete es auseinander.

Meine Bea!
Du wirst meine Frau sein. Ich bin glücklich. Ich will für dich sorgen. Ich lege dir etwas bei, das ich für dich geschrieben habe. Am nächsten Wochenende bin ich bei dir.
Dein Kinsi

Auf einen Fetzen liniertes Papier hatte dieser seltsame Selbstmörder mit Bleistift notiert:

Wie ein Zigeuner
ist mein Herz
so weit gegangen.
Doch eh es müde wurde,
fand es dich,
klopfte an
und ward hineingelassen.

Das war mehr als erstaunlich.

»Komisch. Ein Mann im Dorf erzählte mir, Kinsi könne kaum schreiben.«

Bea lächelte flüchtig. »Er wusste, dass die Leute das glauben. Es machte ihm nichts.«

»Hat er das Dorf bewusst verarscht?«, fragte ich.

»O nein«, antwortete sie. »So war er nicht. Er hat viel gelesen, er hat sich weitergebildet. Er sagte immer: Man muss was für sich tun!«

»Wie lange warst du mit ihm zusammen?«

»Mehr als vier Jahre. Er meinte, wir müssten ausprobieren, ob wir zusammenpassen. Und wir müssten Geduld haben.«

»Wie habt ihr euch getroffen? Hier? In Münstermaifeld?«

»Hier und in Münstermaifeld. Er hatte ja das Auto. Und ich habe viel gespart, aber er hat auch viel gespart.«

»Wo steht denn das Auto?« Ich dachte an das verrammelte Tor.

»Hinterm Haus, im Holzschuppen.«

»Kinsi hat viel für den Bliesheim gearbeitet, diesen Bauunternehmer, nicht wahr?«

Sie nickte. »O ja. Auch für die Frau, mit der Bliesheim zusammen ist.«

»Für Anna?«

»Ja, das ist die Enkelin von Oma Ohler.«

»Was hat er für Anna gearbeitet?«

»Alles eben. Er hat eingekauft, und wenn sie einkaufen fuhr, ist er mitgefahren und hat alles getragen und so. Und er hat auf die Kinder aufgepasst, wenn Oma Ohler mal nicht konnte. Einmal ist er mit Bliesheim und Anna sogar in Urlaub gefahren. Nach Holland war das. Dort hat er auf die Kinder aufgepasst.«

»Was hat er denn so über Anna erzählt? Er hat doch sicher was erzählt, oder?«

»Ja, klar. Also, mit den Kindern ging das gut, weil er Kinder mochte. Wir wollten auch ein Kind. Möglichst bald. Anna, hat Kinsi gesagt, ist eine Edelbiene.« Zum ersten Mal wirkte Bea erheitert.

»Eine was?«, fragte ich.

»Eine Edelbiene. Sie hat ihn mal bestellt, damit er auf die Kinder aufpasste. Sie hat aber nicht gehört, wie er ins Haus kam. Und sie war im Schlafzimmer. Kinsi ist raufgegangen zu ihr und wusste nicht, ob er reingehen sollte. In das Schlafzimmer. Und er sah sie, weil sie vor dem Schrank stand und sich so hinstellte, als wäre da jemand. Also, wie eine … na ja, wie eine, die sich für einen Mann aufstellt, damit er sie haben will. Sie hatte nix an. Und hat die Brust so vorgestreckt und den Arsch auch. Kinsi ist dann wieder runtergegangen. Und wie er runtergeht, fällt ihm auf, dass sie das alles vor dem Spiegel gemacht hat. Kinsi hat gemeint, sie hat trainiert für den Bliesheim. Aber ihm hat das nix ausgemacht, er hat nur gelacht.«

»Kinsi kannte doch auch den Rolli gut, Annas Ehemann. Hat er auch über Rolli gesprochen?«

»Ja, aber nicht viel. Er hat gesagt, Rolli wäre eine arme Sau und der Bliesheim hätte ihn bei Anna ausgestochen, weil Bliesheim Geld hat und Rolli keins.«

»Wie hat Kinsi denn über Bliesheim geredet?«

»Gar nicht. Oder, warte mal. Er hat nur gesagt, Bliesheim wäre ein gefährlicher Mann.« Jetzt war Bea auf dem Teppich, war zurück in dieser Welt und hörte, was ich fragte.

Doch ich wusste nichts mehr zu sagen, ich hatte tausend Fragen, aber alle schienen mir zu aufdringlich. Bea litt auch so genug. »Das Ganze tut mir sehr Leid«, sagte ich in die Stille. »Ich gehe jetzt.«

»Ja«, nickte sie und sah mich direkt an. »Ich verstehe das alles nicht!«

Sie sprang auf, griff hektisch nach dem Staubsauger, stellte ihn an und begann, den vollkommen sauberen Teppich abzusaugen. Sie arbeitete verbissen und mit gesenktem Kopf, dabei rammte sie mir die Düse gegen die Füße, weil sie in ihrem Schmerz die Augen geschlossen hielt und weinte.

Ich ging hinaus, durch den dunklen, kleinen Flur auf den Hof. Der Himmel hatte sich erneut bezogen, es hatte zu nieseln begonnen, der Abend schlich sich heran.

Was würde jetzt mit Bea geschehen? Wahrscheinlich würden irgendwelche Verwandte von Kinsi auftauchen, die sich ihr Leben lang nicht um ihn gekümmert hatten. Sie würden Anspruch auf das Haus anmelden und Bea würde verloren sein und in das Gasthaus in Münstermaifeld zurückkehren, um dort schweigend weiterzuarbeiten.

Ich setzte mich in mein Auto und fuhr Richtung Daun. Mein leeres Haus lockte mich nicht und so machte ich einen etwas größeren Umweg über Kerpen und aß im *Kleinen Landcafé* eine Suppe und Brote mit Griebenschmalz, dazu trank ich einen großen Milchkaffee.

Thea, die Wirtin, setzte sich einen Augenblick zu mir. »Hast du gehört von dem Mord? An dieser …«

»An dieser Elvira Klein. Ich habe sie gesehen, ja.«

»Weiß man schon etwas?«

»Nein, soweit ich weiß.«

»Im Radio sagen sie, sie ist erstochen worden.«

»Ja, stimmt. Ziemlich brutal.«

»Sie war mal hier. Mit zwei anderen Frauen. Die drei waren gut drauf, sie haben drei Flaschen Sekt weggekippt.«

»Weißt du, wann das genau war?«

»Nein. Irgendwann im Frühling. Ja, muss im Frühling gewesen sein.«

Ich zahlte und ging. Ich maß der Sache keine Bedeutung bei. Warum sollte Elvira Klein auch nicht im *Kleinen Landcafé* Sekt getrunken haben?

Ich stellte mein Handy aus und legte im Arbeitszimmer den Hörer neben den Apparat. Jemand hatte auf den Anrufbeantworter gesprochen, aber weil ich mit niemandem reden wollte, drückte ich die Löschtaste und die blecherne Frauenstimme sagte herzerweichend: »Alte Aufnahmen gelöscht. Alte Aufnahmen ...«

Dann legte ich BAP mit *Aff un zo* auf. Da gibt es in *Lena* die wunderbare Textstelle:

Mer kütt sich vüür, als ob mer en der Sauna sööß.
Et rüsch noh dir un immer noch noh Heu.
Ich frooch mich, wat un ob du övverhaup jet drunger drähß,
aff un zo küss du zo noh ahn mir vorbei ...

Die Katzen streunten draußen herum, der Hund blieb in der Küche, ich legte mich ins Bett, schlief irgendwann ein, wachte mitten in der Nacht auf und tigerte im Haus herum. Erst als es längst hell war, schlief ich ein und träumte irgendein wirres Zeug.

Als ich gegen zwölf Uhr wach wurde, hatte ich ein schlechtes Gewissen. Ich habe immer ein schlechtes Gewissen, wenn ich einen halben Tag verschlafe. Wahrscheinlich hat mir irgendein altbackener Lateinlehrer das ›Carpe diem!‹ so ins Gehirn gebrannt, dass ich in so einem Fall nicht ohne Schuldgefühle auskommen kann.

Unrasiert und immer noch müde schlich ich zum Telefon und rief Gerald Özcan an, der äußerst frohgemut war und ekelhaft offensiv fragte: »Wie geht es Ihnen? Waren Sie heute schon draußen? Die Sonne scheint.«

»Ich weigere mich. Wissen Sie was Neues über Elvira Klein? Haben Sie sich den Verlobten angeguckt?«

Er schwieg einen Augenblick. »Na gut, ich will mal nicht

so sein. Gernot Meyer, in Klammern: achtunddreißig, katholisch, brav und bieder, hat kein Alibi. Und es steht außer Frage, dass seine Verlobte Elvira Klein, vorsichtig ausgedrückt, ein Luder und gelegentlichen Seitensprüngen nicht abgeneigt war. Aber niemand hier in der Kommission traut Meyer die Tat zu. Der Mann hat angeblich an dem Abend und in der Nacht zu Hause gearbeitet. Reicht Ihnen das? Ist es erlaubt, gleich eine Gegenfrage loszuwerden?«

»Na ja, wenn es denn sein muss.«

»Sie haben nicht nur mit diesem Rolli gesprochen und sich eine eingefangen, sondern auch mit der Braut von Kinsi.« Er zögerte einen Moment, um dann etwas hastiger fortzufahren: »Nicht dass Sie denken, ich stöbere hinter Ihnen her. Aber bei Befragungen im Dorf haben wir unweigerlich diese Auskunft erhalten. Mindestens vier Familien haben davon geredet. Hat sich daraus etwas ergeben?«

»Ja. Die Frau, die ich für nicht dumm und sehr ernsthaft halte, ist einfach fassungslos. Und ich habe erfahren, dass Kinsi scheinbar enorm viel gelesen hat. Im Gegensatz zu den Angaben von Dorfbewohnern ist er keineswegs als zurückgeblieben zu bezeichnen. Er konnte flüssig schreiben, er schrieb sogar Lyrik. Er las Werke von Grass, Lenz und Böll. Er hat all seine Habe seiner jetzigen Braut und zukünftigen Frau Beate Laach hinterlassen, handschriftlich. Und Kinsi hat seiner Braut gesagt, der Bliesheim sei ein gefährlicher Mann. Jetzt wieder eine Frage von Baumeister: Was wissen Sie inzwischen über diese so genannte Clique?«

Die Antwort erfolgte sofort: »Kein Zweifel: So eine Clique gibt es. Allerdings ist mir noch unklar, was man in diesem Fall wirklich unter dem Begriff Clique zu verstehen hat. Tatsache ist wohl, dass sich ein paar Leutchen gelegentlich treffen und Spieleabende veranstalten, Skat, *Monopoly* und so was. Von kriminellen Handlungen ist bis jetzt weit und breit nichts festzustellen. Oma Ohler ist selbstverständlich befangen. Die Familie ihrer Enkelin ist auseinander gebrochen, sie ist todunglücklich und hasst diesen Eindringling namens Rainer Bliesheim. Das scheint übrigens ein schwerer Brocken zu sein. Der kauft quasi alles mit seinem Geld, auch Probleme, die sich manchmal auftürmen. Aber kriminell ist er nicht. Da ist bisher nichts erkennbar. Private Meinung: Er ist mir von Herzen unsympathisch, aber es liegt nichts gegen ihn vor. Recherchieren Sie weiter?«

»Das weiß ich noch nicht.«

»Moment, Moment, hier ist mein Chef, der will Sie sprechen.«

»Hallo, Baumeister. Sag mal, wann kommt Rodenstock zurück?« Auch Kischkewitz klang höchst munter.

»Ich weiß es nicht. Sie wollten im Anschluss an das Begräbnis noch weitere Verwandtschaft von Emma besuchen. Wenn es dir wichtig ist, dann ruf ihn doch über Handy an.«

»Na, vielleicht mache ich das«, brummelte er.

»Was hat die Spurensuche gestern noch ergeben?«

»Elvira Klein ist mit Handschuhen angefasst worden, wir konnten keine fremden Hautreste entdecken. Bei den Handschuhen handelt es sich um Billigware aus einem Baumarkt. Arbeitshandschuhe, 2,50 Euro das Paar. Es war Mörtel daran. Mehr nicht.«

»Und wie alt waren die Mörtelreste?«

»Etwa acht bis zehn Tage. Aber das hilft uns alles nicht weiter in einem Landstrich, in dem jeder Haushaltsvorstand kleine Maurerarbeiten grundsätzlich selbst erledigt.«

»Das ist richtig«, stimmte ich zu. »Und Kinsi? Ist der endlich obduziert?«

»Nein, immer noch nicht. Als Selbstmörder liegt er erst mal in der Warteschleife. Der momentane Andrang ist für die Gerichtsmediziner kaum zu bewältigen. Du klingst übrigens so, als wärst du schlecht gelaunt.«

»Das bin ich auch«, sagte ich. »Trotzdem noch eine Frage, dann bin ich die Runde auch durch: Was macht der tote Förster? Gibt's wenigstens da was Neues?«

»Nicht das Geringste. Wir stochern im Nebel ...« Kischkewitz machte eine stark gedehnte Pause, um dann fortzufahren: »Dir fehlt Vera, vermute ich.«

»Das kann sein«, gab ich zu, aber ich wollte über dieses Problem nicht reden.

»Du musst ihr nicht übel nehmen, dass sie den neuen Job angenommen hat. Jeder an ihrer Stelle hätte das getan.« Er schnaufte. »Schließlich kriegen Frauen so einen Job selten angeboten.«

»Das ist richtig«, murmelte ich und fragte mich, von welchem Job, zum Teufel, er überhaupt sprach.

»Einen schönen Tag trotzdem. Vielleicht komme ich gelegentlich vorbei«, verabschiedete er sich.

»Die Tür ist offen«, erwiderte ich knapp.

Ich hielt Ausschau nach meinem Hund oder einer der Katzen – um ihnen in den Hintern zu treten.

Sekundenlang dachte ich daran, meine Küche gründlich aufzuräumen und sämtliches Geschirr an die Wände zu werfen.

Eric Claptons *Tears in heaven* fiel mir ein, aber ich konnte es nicht summen oder pfeifen, weil ich einen Kloß im Hals spürte und weil ich das Leben ekelhaft fand. Ich rannte zum CD-Spieler und haute Christian Willisohn rein, als hätte er mich beleidigt. *When you leave me with a smile.* Mitsingen konnte ich es nicht.

Wieso, alter Mann, hatte ich mich darauf verlassen, dass diese Frau bei mir bleiben würde? Und: Warum hatte sie ihren neuen Job nicht erwähnt? Und: Seit wann wusste sie davon, ohne es zu erwähnen?

Scheißeifel, Scheißdorfeinsamkeit, Scheißillusion vom schönen, runden Leben!

Ich füllte den Katzen ihren Industriefraß in die Schüsseln, gab meinem Hund eine Hand voll Energie spendende Brocken, zog mir etwas an und streute den Fischen Sticks in den Teich. Über dem Lavendel hinter mir flogen ein paar Blutströpfchen durch die heiße Sonne, die von Biologiepaukern besserwisserisch als Jakobskrautbär bezeichnet werden.

Du bist ein Arschloch, Baumeister!

Ich blieb in der Sonne hocken, meine Tiere versammelten sich um mich, ein veritables Idyll, ein vollkommen falsches Bild. Als dann noch das Dompfaffpärchen erschien, um einen Ausflug zu unternehmen, war ich den Tränen sehr nahe.

Ich begann zu telefonieren.

Seitz in Berlin war das erste Opfer.

»Hei«, sagte ich glucksend vor Heiterkeit, »ich habe möglicherweise eine Geschichte.«

»Das ist schön«, erwiderte er trocken. »Worum geht es?«

»Ein blutiges Provinztheater. Eine junge Frau, erstochen, abgelegt in einem Gebirgsflüsschen.«

»Elvira Klein, eh?« Er schniefte. »Das haben wir über dpa bekommen. Sieht aber nicht so aus, als wäre das etwas für uns.«

»Oh, ich will mich nicht aufdrängen.«

»Gibt es Bilder von der Toten? Im Wasser? Sind die Messerstiche sichtbar?«

»Es gibt Bilder. Exklusiv. Aber wenn ihr nicht wollt, kann man nichts machen.«

»Sagen wir mal so: Wir haben eine neue Richtlinie für die Freien. Keine Spesen mehr im Voraus. Wenn ich deine Geschichte will, dann musst du sie machen und mir auf den Schreibtisch legen und ...«

»Und das ist Scheiße!«, sagte ich wütend. »Vergiss es.«

Er war betroffen. »Ich will dich doch nicht beleidigen, Junge, ich will nur erreichen, dass du die Geschichte machst und hierher schickst. Und weil du gut bist, hast du gute Chancen. Nur: Ich kann dir die Spesen nicht im Voraus schicken. Nicht mehr.«

»Vergiss es«, sagte ich und unterbrach, obwohl ich mitbekam, dass er noch irgendetwas sagte.

Ich rief Mattelt in Hamburg an und nölte: »Ich muss etwas für meine Rente tun. Ich biete dir eine erstklassige Provinzstory über eine erstochene Frau an, die der Mörder in einem Gebirgsfluss zurückließ. Das Ding scheint kompliziert zu sein. Exklusivfotos der Toten im Wasser.«

»Elvira Klein«, murmelte er. »Wir haben die Meldungen hier. Könntest du bei der Geschichte auf provinziellen Filz abheben?«

»Wenn es sich so ergibt. Bis jetzt tappen die Bullen im Dunkeln. Also, was ist? Willst du das?«

»Ich will, aber ich kann dir keine Spesen vorschießen. Spesengeld gibt's nur noch, wenn du bei der Abrechnung deine Auslagen Punkt für Punkt auflistest, gefahrene Kilometer, Filmmaterial, Tagesgelder und so weiter. Ich möchte die Geschichte optionieren. Warte fünf Minuten, dann weiß ich Bescheid. Ich rufe zurück.«

»Das ist doch ein Wort«, sagte ich, aber eigentlich war es mir sehr gleichgültig.

Ich rief meine Bank an und fragte, wie es auf meinem Konto aussah, ob ich Geld flüssig machen konnte.

Die Antwort war ein klares Jein. Man würde sich freuen, gelegentlich eine neue Quelle sprudeln zu sehen, aber eigentlich sei das Gesamtbild nicht allzu schlecht. Wie viel ich denn bräuchte.

»Ein paar tausend Euro.«

»Wie viel sind denn ein paar Tausend Euro?«

»Zwei, vielleicht drei.«

Der Bankmensch sagte, die Hälfte ließe sich machen, wenn auch ungern. Immer erweckte er den Eindruck, als ginge es um seine persönliche Schatulle und als bäte ich um eine Spende. Bankleute sind so und müssen wahrscheinlich so sein, um ihren Chefs zu gefallen.

Dann rief Rodenstock an und klang nach Schnupfen. »Ich wollte mal wieder hören, wie es dir geht.«

»Prima, ganz große Klasse. Es gab einen Mord an der

Kleinen Kyll und Kischkewitz wartet sehnsüchtig darauf, dass du zurückkommst.«

»Ich weiß. Er rief mich eben an. Er hat große private Probleme. Seine Frau will sich scheiden lassen, jetzt reicht's. Und du machst also den Mord? Kischkewitz sagte, der Fall riecht nach Filz.«

»Stimmt. Wie geht's euch?«

»Ehrlich gestanden, habe ich langsam die Nase von der Mischpoke voll. Amerikaner sind so naiv und der Stand ihrer Allgemeinbildung bewegt sich auf dem Level von Briketts.«

»Dann kommt doch zurück.«

»Das geht noch nicht. Meine Frau badet in ihrer Verwandtschaft und sagt dauernd solche Sätze wie: Man sieht sich viel zu selten!« Er lachte. »Warte mal, ich gebe sie dir.«

»Hallo, mein Junge!«, flötete Emma. »Denkst du auch immer an meine Blumen?«

»Selbstverständlich, Emma. Ich denke an nix anderes. Wie geht es dir?«

»Wunderbar«, sagte sie seltsam spröde und schwieg.

Schließlich fragte sie gedehnt: »Hat Vera dir von dem Angebot erzählt?«

»Nein. Aber Kischkewitz hat mir dezent geflüstert, dass keine Frau ein solches Angebot ausschlagen kann.«

»Oh«, machte sie.

»Reg dich nicht auf«, sagte ich obenhin. »Es gibt Schlimmeres. Nun muss ich zu deinem Haus, die Blumen gießen. Ich werde eine Wasserorgie veranstalten.«

»Das Leben spielt manchmal unfair«, meinte sie.

»Na sicher«, murmelte ich. »Amüsiert euch schön weiter!«

»Baumeister, he, warte mal. Wie geht es dir wirklich?«

»Beschissen«, sagte ich. »Hast du etwas anderes erwartet?«

»Nein. Soll ich mit Vera reden?«

»Bitte nicht«, wütete ich. »Lass das gefälligst sein!«

Ich ließ meinen Hund Cisco in den Wagen und gondelte nach Heyroth hinauf, um tatsächlich die Blumen zu gießen. In meiner Wut setzte ich die Blumen und Pflanzen dermaßen unter Wasser, dass einige von ihnen ersaufen mussten. Um das zu verhindern, legte ich die Töpfe um, damit das Wasser wieder ablaufen konnte. Nobody is perfect. Schließlich rief ich meinen Hund, der nicht hörte, weil er wahrscheinlich irgendwo ein Karnickel gerochen hatte. Nach zwanzig Minuten schlich er außer Atem heran, er war völlig fertig.

Als ich nach Hause zurückkehrte, stand der Mercedes des Kriminalrates Kischkewitz im Hof. Sein Besitzer hockte vor meinem Teich und starrte trübsinnig in das Wasser.

»Willkommen im Klub!«, sagte ich strahlend.

»Scheißweiber«, erwiderte er heftig. »Aber irgendwie hat sie ja Recht. Ich bin nur noch zu Hause, um eine neue Unterhose zu erobern. Hat Rodenstock dir von meinem Problem erzählt?«

»Ja. Was wirst du jetzt machen?«

»Keine Ahnung. Wir wollen uns morgen treffen, um noch mal zu reden. Ich habe einen alten Schulfreund, der eine Privatpension hat. Dort bekomme ich ein Zimmer.«

»Du kannst zum Übergang auch hier wohnen. In Rodenstocks Zimmer. Oder oben unterm Dach.«

»Danke, aber das ist nicht gut. Nicht bei deinem Beruf.«

»Das ist wohl richtig. Gibt es sonst was Neues?«

»Allerdings! Eine Assistentin in der Rechtsmedizin hat wahrscheinlich Geschichte geschrieben. Die junge Dame stolperte über die Leiche von Kinsi, weil sie im falschen Eisfach lag, und sie wollte die Leiche in das richtige Fach schieben. Dabei fiel ihr eine ungewöhnliche Abflachung des Hinterkopfes ins Auge. Die Assistentin hatte null Ahnung, um welchen Fall es sich handelte, ihr war nur bekannt, das sich der Mann aufgehängt hatte, weil das auf dem Zettel stand, den man ihm um den dicken Zeh gebunden hatte.«

»Moment mal. Ihr hattet doch einen Mediziner in der Meerfelder Scheune. Hat der nichts bemerkt?«

»Der stand so unter Zeitdruck, dass er den Toten zwar betrachtet, aber diese Verflachung als nichts Besonderes eingestuft hat. Es gibt ja unendlich viele Schädelformen und manche Menschen haben eben sehr flache Hinterköpfe. Jedenfalls guckte die junge Medizinerin nun genauer auf diesen toten Menschen vor ihr und ihr fiel auch noch ein einziger winziger Blutstropfen auf, der von zwei Härchen im rechten Nasenloch aufgefangen worden war. Doch bei Erhängten treten normalerweise keine Blutungen im Nasenbereich auf …«

»Kischkewitz«, seufzte ich, »mach schneller. Deine Prosa ist blühend, aber langatmig.«

»Du wirst warten müssen, mein Lieber. Die Geschichte der Kriminalistik schreibt sich eben manchmal langsam. Also: Die Assistentin ging zu ihrem Chef und sagte: Ich bin da auf was Komisches gestoßen! Der wurde sauer und schrie rum, sie solle ihre Arbeit machen, nichts sonst. So passierte es: Die junge Dame wurde ihrerseits zornig und begann trotzig, Kinsi abzutasten. Wie sie es gelernt hat, langsam und wissenschaftlich. Sie tastete einwandfrei einen Spalt oder Riss im Schädel. Da ging sie wieder zu ihrem Chef. Aber der ließ sie gar nicht erst zu Wort kommen, sondern drohte, sie rauszuschmeißen. Die Wut der Assistentin stieg ins Grenzenlose und sie packte Kinsi auf einen Obduktionstisch. Sie ging nicht gleich mit der Säge ran, aber sie rasierte ihm den Kopf. Und was fand sie? Einen Schädelbasisbruch. Daraufhin hat sie laut gebrüllt, dass sie noch nie von einem Selbstmörder gehört hat, der mit Schädelbasisbruch eine Leiter hinaufgestiegen ist und sich erhängt hat. Da war was los, kann ich dir sagen!« Kischkewitz grinste und holte Luft. »Nun bekam die Nachwuchsmedizinerin Verstärkung von drei älteren Kollegen, die zunächst alle ziemlich hilflos stotterten. Gemeinsam öffneten sie dann die Luftröhre und fanden Blut in der Röhre. Zuweilen kommt es vor, dass ein Schädelbruch im Wesentlichen nach innen blutet und überhaupt nicht nach außen. Doch nun obduzierten sie Kinsi richtig und stellten fest, dass der Strick Kinsis Genick brach. Aber es war noch ein Wirbel ein Stück weit unterhalb des Halses gebrochen. Wenn man davon ausgeht, dass schon der Schädelbruch tödlich war, dann ist Kinsi also sogar mindestens zweimal umgebracht worden.«

»Und? Hat der Chef die Kleine anschließend rausgeschmissen?«

»Nein, er hat ihr eine Kiste Sekt geschenkt.«

»Haben die in der Pathologie denn klären können, wie lange Kinsi in der Scheune hing?«

»Es gibt keine hundertprozentige Gewissheit, es gibt so wenige Vergleichsfälle. Zwischen Kinsis Tod und dem Aufhängen in der Scheune liegen nach Ansicht der Fachleute etwa acht Stunden. Das können sie daraus schließen, dass es zur Zeit des Aufhängens bereits Totenflecken gab, der Kreislauf also über viele Stunden schon nicht mehr funktioniert hat. Wie lange Kinsi in der Scheune gehangen hat, kann man am Zustand des Gewebes ersehen, das von der Strangulierung unmittelbar betroffen war. Nach den momentanen Erkenntnissen wird von einer Zeitspanne von mindestens zehn Tagen ausgegangen, eher von mehr.«

»Dann haben wir also jetzt drei Morde. Kinsi, Elvira Klein und den Jungförster Klaus Mertes.«

»So ist es«, nickte Kischkewitz düster. »Drei Morde. Und kaum Anhaltspunkte.«

DRITTES KAPITEL

Wir waren ins Haus gegangen. Kischkewitz hockte auf der äußersten Kante eines Sessels und rieb sich die Hände mit einem trockenen Rascheln.

»Ich bin hierher gekommen, weil ich mal aus dem Stall rausmusste. Ich komme nicht dazu, klar zu denken. Es gibt drei Morde, aber kein Motiv, Gerüchte über eine dörfliche Clique, die eher alles weiter vernebeln als klären, und einen vermutlichen Profikiller. Meine Frau verlangt Entscheidungen und ich weiß nicht, womit ich anfangen soll.«

»Hat deine Frau einen anderen Mann?«

»Sie sagt, sie hat keinen. Und wenn sie das sagt, stimmt das. Jedenfalls war ich bis heute Morgen dieser Ansicht. Im Moment weiß ich gar nichts mehr. Ich müsste eigentlich … eigentlich müsste ich mich krankschreiben lassen und Hilfe beim Landeskriminalamt anfordern …«

»Es ist aber nicht deine Art zu flüchten.«

Er grinste schief. »Nein, das stimmt. Ich bin ein Held!« Das Grinsen wurde noch schiefer. »Kann ich mich bei dir rasieren?«

»Klar. Geh einfach ins Bad und such dir zusammen, was du brauchst. Handtücher liegen im Regal.«

Nach zwanzig Minuten kam Kischkewitz wieder herunter, sah besser aus, hatte sich wohl ein wenig gefangen. Er verabschiedete sich: »Wünsch mir eine Gießkanne Glück. Ich kann es brauchen.«

Als er die Dorfstraße hinunterbrauste, gab er mächtig Gas. Das war gut so, das war immerhin eine Kampfansage.

Wenn die größere Hälfte des Tages vertan worden und nur ein kläglicher Rest übrig geblieben ist, gibt es zwei Möglichkeiten: Du kümmerst dich um den Rest und tust so, als sei alles in Ordnung. Oder du machst aus dem Rest ein Nichts und gehst wieder ins Bett, als hätte der Tag, aus welchen Gründen auch immer, gar nicht stattgefunden. Ich entschied mich für die zweite Möglichkeit und freute mich darauf, ein Buch zu lesen. Ich hatte in den vergangenen Wochen sechs Bücher gekauft, jedes mit dem mir selbst gegebenen Versprechen, sofort ins Bett zu gehen und die Tür zur Welt abzuschließen. Es war in keinem Fall gelungen.

Ich nahm mir Ralf Kramps schöne, hundsgemeine Kurzgeschichten vor, bei denen man immer zu lachen beginnt, um anschließend leicht panisch unters Bett zu gucken, ob da auch keiner lauert.

Doch auch heute wurde nichts mit Lesen, Oma Ohler stand an.

Wie nicht anders zu erwarten, begann sie mit einem hintergründigen Schalmeienklang: »Es tut mir Leid, dass ich störe.« Und sie fuhr fort, wie Oma Ohler es wahrscheinlich immer in ihrem Leben getan hatte: »Ich habe ja nun dem Herrn von der Kripo von der Clique erzählt und er sagt auch, dass er findet, dass da nicht alles mit rechten Dingen zugeht. Ich hatte Recht.«

Diesmal machte sie mich ernsthaft wütend.

»Sie hatten nicht Recht!«, fauchte ich. »Der Mann hat mir gesagt, dass die Clique eine stinknormale Clique ist. Leute, die *Monopoly* spielen, Bier saufen und sich schmutzige Witze erzählen. Leute, die stundenlang über einen Tag an der Playa del Sol reden können und sich dabei nicht mal komisch vorkommen. Wir leben in einer Spaßgesellschaft, meine Liebe. Ihre Clique, Oma Ohler, ist mit ziemlicher Sicherheit harmloser als mein Bettvorleger.«

»So!« Das kam daher wie ein blutgieriges Schlachtermesser. »Und wieso dann das mit der Elvira Klein?«

»Wollen Sie behaupten, das war jemand aus der Clique?«

»Na ja, würde doch passen, oder?« Ihre Stimme trillerte opernreif. Das war mehr als frech.

Plötzlich fragte ich mich, was sie wohl sagen würde, wenn ich ihr berichtete, dass Kinsis Tod kein Selbstmord, sondern ein Mord war.

Dann hatte ich eine bessere Idee.

»Sie machen dauernd Andeutungen über diese Clique. Aber nie werden Sie konkret: Die Clique hat dies gemacht oder das getan. Nur dunkle Andeutungen, sonst nichts. Ich sage Ihnen: Das ist gefährlich. Jemand könnte leicht auf die

Idee kommen, Sie wegen Verleumdung anzuzeigen. Sie haben ein verdammt loses Mundwerk, Oma Ohler. Daher tun wir jetzt mal Butter bei die Fische. Ich komme rüber zu Ihnen und Sie erklären mir jedes einzelne Mitglied dieser Clique. Wie die einzelnen Figuren zusammenhängen, was sie tun und was nicht, ob Abhängigkeiten bestehen und so weiter und so fort. Einverstanden?«

»Das habe ich aber doch dem Kriminaler schon erzählt«, krächzte sie.

»Ich will es selbst hören«, sagte ich schroff. »Sie warten, bis ich bei Ihnen bin.«

Ich beendete das Telefonat, fand mich schön genug, suchte einige Filzschreiber und einen Bogen Verpackungspapier zusammen und machte mich auf den Weg.

Unterwegs rief ich Mattelt in der Redaktion in Hamburg noch mal an, um zu hören, ob er sich entschieden hatte.

Er war sauer. »Ich habe versucht, dich anzurufen, das funktionierte nicht. Ich will die Geschichte optionieren, verdammt noch mal! In den nächsten vier Ausgaben habe ich sie jeweils in der Planung. Und du bist nicht erreichbar!«

»Tut mir Leid«, sagte ich. »Es ist ein zweiter Mord geschehen, die Sache hat sich gedreht. Du kannst jetzt deine verfilzte Story haben. Jemand, der sich angeblich selbst erhängt hat, ist aufgehängt worden.«

»Du verarschst mich nicht?«

»Dazu habe ich keine Zeit«, erklärte ich und wich einem Bus aus, der in Oberstadtfeld auf die Bundesstraße einbog. »Ich brauche aber Spesen. Eure neuen Richtlinien interessieren mich einen Scheißdreck.«

Nun explodierte der Redakteur. »Was denkst du dir, ich habe nicht einmal ein Fax, dass ich die Geschichte exklusiv bekomme! Und noch etwas: Gibt es überhaupt Bilder von dem Gehängten? Wahrscheinlich nicht, also eiere nicht herum, schick mir die Bestätigung, sonst bläst mir mein Chefredakteur den Marsch.« Nun hatte er keine Luft mehr.

Ich machte Halt an dem Kapellchen zwischen Oberstadt-feld und Niederstadtfeld, in dem immer die Kerzen zu Ehren der Muttergottes brennen.

»Natürlich habe ich Fotos. Der Mord wurde nur durch einen glücklichen Zufall erkennbar. Eine Assistentin in der Rechtsmedizin hat vor lauter Wut über ihren Chef einen guten Job getan. Du kriegst also wirklich eine verrückte Geschichte. Ich weiß nicht wann, aber du kriegst sie. Doch ich brauche Geld. Fang nicht wieder an rumzunölen. Ich will auch leben, das ist ein Grundrecht.«

»Ich melde mich morgen«, schloss er muffig.

Ich fuhr weiter und war plötzlich guter Dinge.

Oma Ohler wirkte verunsichert, als sie mir öffnete. Sie sagte kurz: »Tja, guten Tag auch«, und ging dann vor mir her durch einen engen Flur in eine Wohnküche, die atemberaubend lieblos eingerichtet war und zu Oma Ohler nicht zu passen schien. Ein stabiler Esstisch für sechs Personen, bestückt mit einer Schmutz abweisenden taubengrauen Resopalplatte, drei Stühle, eine lang gezogene Eckbank, belegt mit Sitz- und Rückenpolstern. In der Ecke über der Bank ein großes Kruzifix mit dem Corpus Christi, darunter ein Sträußchen Buchsbaum, daneben auf einem kleinen Holzsockel eine Statue der Maria aus Gips in dem ortsüblichen blauen, fließenden Gewand, ein kleiner Wandkelch mit geweihtem Wasser. Neben der Sitzecke ein schmales Fenster und eine Anrichte. An der Querwand standen eine Küchenzeile mit Spülmaschine, Spüle und Herd, dazu Wandschränke mit großem Stauraum. Das Ganze kackbraun und mit Sicherheit teuer, für die Ewigkeit gebaut. Es gab eine freie Wand mit einem Kalender der Raiffeisenkasse und einem großen Farbfoto von Rolli, Anna und den beiden Kindern.

Das, was die ganze Sache so elend lieblos machte, war die Beleuchtung. Sie bestand aus einer doppelten Neonröhre, die zu einem perfekten Kreis geformt war, Durchmesser etwa fünfzig Zentimeter, blaues Licht, grell und vollkommen desillusionierend. Ich kannte Möbeleinrichter, die mit dem Hinweis: »Das ist billig und praktisch« einer ganzen Generation von Landwirten diese leuchtende Trostlosigkeit ins Haus geliefert hatten. Allerdings lebten auch die Einrichter selbst so. Im Wohnzimmer war sogar manch einer hingegangen und hatte, um es anheimelnder zu machen, die Leuchtröhren hinter die Deckenbefestigungen der Tüllgardinen geklemmt. Das Ganze wurde indirektes Licht genannt und jeder sah darunter todkrank aus.

»Setzen Sie sich«, murrte Oma Ohler.

Ich nahm auf der Eckbank Platz und sagte: »Sie haben versucht, mich zu engagieren. Ich habe abgelehnt. Jetzt brauchen Sie mich nicht mehr zu engagieren, jetzt arbeite ich aus beruflichem Interesse an der Sache. Ich habe hier einen großen Bogen Packpapier. Den heften wir an die Wand und zeichnen die ganze Clique auf, von der Sie reden. Wenn wir etwas nicht genau wissen, schreiben wir es in Rot. Wenn wir für eine Sache Beweise haben, nehmen wir Schwarz. Sind Sie einverstanden?«

Sie hockte sich auf einen Stuhl, wobei klar wurde, dass sie ein schwieriger Partner sein würde. Sie stimmte nicht zu, sie war nicht dagegen, sie saß einfach da und harrte der Dinge.

Nach einer Ewigkeit meinte sie dann doch: »Na ja, wir müssen ja wohl systematisch vorgehen.« Dabei strich sie die Handflächen an ihrer Küchenschürze ab, als wollte sie die Hände in Unschuld waschen.

»Das ist richtig«, nickte ich. »Können wir gestört werden?«

»Möglich, dass Anna mal rüberkommt. Aber das macht nichts, sie hat ja einen Schlüssel. Eines noch: Ich will mich für Rolli entschuldigen, dass er Sie geschlagen hat. Er ist normalerweise nicht so.«

»Er war auf eine bestimmte Weise sogar im Recht«, sagte ich freundlich. »Sie brauchen ihn nicht zu entschuldigen. Ich verlasse mich darauf, dass Sie ihm sagen, er müsse sich noch einmal mit mir treffen. Das reicht schon. Und jetzt, junge

Frau, lassen Sie uns loslegen. Wie viele Leute gehören zu dieser Clique?«

»Fünf, nein, sechs oder sieben«, antwortete sie wie aus der Pistole geschossen.

Ich nahm das Bild der jungen Familie und den scheußlichen Kalender der Raiffeisenkasse von der Wand. Dann heftete ich den Bogen Packpapier auf die weiße Fläche.

»Für die Namen nehmen wir den blauen Filzer. Und wir schreiben die sechs Namen nebeneinander oben auf den Bogen. Fangen Sie mit dem Namen an, der Ihnen in der Clique am wichtigsten erscheint.«

Sie diktierte flüssig, ohne auch nur eine Sekunde überlegen zu müssen. »Erst einmal der Rainer Bliesheim. Dann meine Enkelin, die Anna. Gernot Meyer, das ist der Verlobte von der toten Elvira Klein. Dann die Gundula Pechter. Die ist die Chefin von der Anna bei der Caritas. Manchmal der Kaplan. Und manchmal der alte Andreas Forst. Aber der lebt ja jetzt im Süden, in Portugal. Doch der hat das Sagen. Sagen alle. Tja, das ist die Clique.«

»Was ist mit Rolli? Hat er jemals zu der Clique gehört?«

»Nein«, erwiderte sie scharf. »Im Gegenteil, er hat oft zur Anna gesagt, die Clique wäre ihm nicht geheuer. Deswegen hat es bei den beiden sogar Krach gegeben.«

»Hat er auch gesagt, warum ihm die Clique nicht geheuer ist?«

»Ja, er meinte, er gehe jede Wette ein, dass die Geld waschen.« Oma Ohler warf beide Arme in die Luft. »Also, das müssen wir wohl mit Rot schreiben. Ich habe keine Ahnung vom Geldwaschen, aber ich weiß aus der Zeitung, dass das ein Verbrechen ist.«

Ich war überrascht. »Haben Sie das auch Gerald Özcan erzählt?«

»Sicher.«

»Wo sollen die Gelder denn herkommen?«

»Das weiß ich nicht«, antwortete sie tonlos.

»Dann schreiben wir also mal Geldwäsche hier unten rechts in die Ecke. Mit Rot. Gibt es auch Leute, die nur ab und zu an den Aktivitäten der Clique teilnehmen?«

»Weiß ich nicht. Oder doch, ja, der Kinsi zum Beispiel oder der Markus Klinger. Das ist der Kaplan. Der spielt manchmal mit. Ja, und dann noch der Andreas Forst. Das sagte ich schon. Wenn der aus Portugal zu Besuch kommt, sind alle aufgeregt wie die Hühner und ich habe schon ein paarmal gedacht, dass die so viel Firlefanz um den Forst machen, als käme der Papst zu Besuch.«

»Was ist Forst von Beruf?«

»Er hat Baufirmen. Wohl mehrere. Es wird immer gesagt, dass er den Bliesheim adoptiert hat, also nicht richtig, aber dass er so tut. Bliesheim hat ja nur noch seine Mutter.«

»Wir schreiben also mal Kinsi und den Kaplan Klinger in Grün an den linken unteren Rand. Und dann machen wir hinter den Namen von Kinsi und den von Elvira Klein ein dickes, schwarzes Kreuz.«

»Muss wohl.« Oma Ohler lächelte. »So wie Sie das machen, ist es richtig spannend.«

Ich malte die Kreuze und scherzte: »Fragt sich nur, hinter welchen Namen wir das nächste Kreuz machen müssen.«

Die unnachahmliche Oma Ohler bekam kreisrunde Augen und hauchte: »Sag bloß?«

»Was war Ihr erster Gedanke, als Sie hörten, dass Elvira Klein ermordet wurde?«

Um ihren Mund zuckte es belustigt. »Das müssen wir aber in Rot schreiben. Mich hat das nicht gewundert. Denn die war ein Flittchen. Die war immer auf Jück.«

Ich fragte schnell nach: »Was, bitte, verstehen Sie unter einem Flittchen?«

Sie antwortete: »Eine leichtsinnige Frau.«

»Und was ist eine leichtsinnige Frau?«

»Eine, die den Männern schöne Augen macht. Heute dem, morgen dem.«

»Können Sie das beweisen? Waren Sie dabei? Gibt es in Bezug auf Elvira Klein einen Beweis für diese Sorte Leichtsinn?«

Sie überlegte, dann nickte sie. »Die war ja verlobt mit dem Gernot Meyer aus Bettenfeld. Der sitzt in der Verbandsgemeindeverwaltung in Wittlich. Seit zwei Jahren sind sie verlobt. Einmal bin ich raufgegangen auf den Triesch. Da gibt es einen Weg hoch in die Felder, ich habe da Grund und Boden. Und da sah ich die Klein zusammen mit dem alten Forst, diesem Unternehmer. Der war damals gerade mal wieder hier. Und sie hatten was.«

»Was heißt, sie hatten was? Haben sie auf einer Decke gelegen und geknutscht? Haben sie auf einem Hochsitz gesessen und sich geküsst? Hatten sie Geschlechtsverkehr im Schatten eines Hirsches? Was hatten die?« Oma Ohler war eine, die einen Journalisten in den Wahnsinn treiben konnte.

Natürlich war sie wegen der Bissigkeit meiner Bemerkungen beleidigt und zog eine Schnute wie ein Kind, das den Ball nicht kriegt. Aber sie fing sich wieder und fuhr widerstrebend fort: »Sie waren vorm Eichengrund. Das ist ein Flurname. Und beide waren splitterfasernackt und sie trieben es.«

»Oma Ohler, was heißt, sie trieben es?«

»Sie … sie hatten Geschlechtsverkehr.« Siehe da, meine Oma Ohler wurde rot.

»Wie weit war das von Ihnen entfernt?«

»Wie weit ich weg war? Vielleicht fünfzehn, zwanzig Meter.« Sie wurde giftig. »Jetzt fragen Sie mich bestimmt noch, ob ich ohne Brille so was überhaupt erkennen kann. Ich sage Ihnen: Ja. Ich hatte nämlich meine Brille auf der Nase.«

»Es tut mir Leid, ich bin einfach zu heftig und zu aufdringlich. Aber dieser Fall regt mich auf. Haben Sie das Gerald Özcan berichtet?«

»Nein.«

»Wieso nicht?«

»Er hat mich nicht danach gefragt. Und so was geht die Polizei auch nichts an.«

»Die Frau ist erstochen worden! Das geht die Polizei sehr wohl etwas an. Warum haben Sie das verschwiegen?«

»Das bringt das Dorf in einen schlechten Ruf.«

Ich riss mich zusammen, ein Streit würde zu nichts führen.

»Also schreiben wir in Schwarz hin: Liebesaffären. Und hinter Liebesaffären schreiben wir: Elvira Klein hat was mit Forst. Genehmigt?«

»Ja, sicher. Wenn Sie das so wollen. Die Clique macht doch ständig so Sachen.«

»Und was für Sachen sind nun mit Ihrer Enkelin Anna und dem Bliesheim abgelaufen? Das macht Ihnen Kummer, ich weiß. Aber die Polizei findet es sowieso heraus, also sagen Sie bitte, was Sie wissen. Was ist mit Anna und Bliesheim?«

Sie wand sich. »Wird die Polizei wirklich nach so was fragen?«

»O ja, und wie!«, donnerte ich. »Mich interessiert vor allem die Zeit, als Rolli noch nicht aus diesem Haus ausgezogen war, als er noch bei der Familie wohnte.«

Sie legte beide Hände auf die Tischplatte, die Finger waren weiß. »Sie meinen das, was man hier immer noch Ehebruch nennt?«

»Ja, zum Teufel. Einen soliden, normalen, alltäglichen Ehebruch.«

Sie atmete tief ein, öffnete den Mund und atmete langsam aus. »Sie dürfen mich aber nicht verraten.«

»Ich verrate Sie niemals, das wissen Sie doch genau. Also: Wann und wie oft und wie?«

»Nun gut, Sie haben mein Haus ja von außen gesehen. Wenn man davor steht, ist rechts mein Teil. Links ist Rollis und Annas Teil. Eigene Haustür und hier innen kein Durchgang. Das war so vereinbart. Ich musste immer über den

Hof, wenn ich zu den beiden und den Kindern wollte. Rolli arbeitete ja für Bliesheim als Maurer. Aber Rolli war viel mehr. Er hat sich alles selbst beigebracht. Er ist so was wie ein Fachmann für den Wiederaufbau alter Bauernhäuser geworden. Und damit macht sein Chef, also der Bliesheim, viel Geld. Weil Rolli ganz früh aus dem Haus musste, so gegen halb sieben, um auf den Baustellen zu sein, und weil ihr Hausteil noch nicht fertig war, hatte Bliesheim die Bauleitung hier übernommen. Das muss ja nach Gesetz und Ordnung gehen. Bliesheim kam also morgens, wenn Rolli gerade aus dem Haus war. Und, das weiß ich genau, er hatte einen Schlüssel. Von Anfang an ...«

»Oma Ohler. Ich achte Ihren Schmerz, aber Sie müssen ein bisschen schneller machen. Also, eines Morgens steigt Rolli in sein Auto und fährt zur Baustelle. Dann kommt Bliesheim und geht ins Haus. Und Sie sind neugierig und spazieren einfach rüber. Denn auch Sie haben einen Schlüssel. Was haben Sie gesehen?«

»Bliesheim sitzt im Wohnzimmer in einem Sessel. Er ist nackt. Ich weiß gar nicht, wie der sich so schnell ausgezogen hat. Und auf ihm sitzt Anna. Und sie ist auch nackt.«

»Und sie vögeln«, ergänzte ich rau.

»Wenn Sie es so ausdrücken wollen, ja. Das ist ja so ein Elend.« Sie schloss die Augen.

»Was passierte dann?«

»Eigentlich nichts. Ich schrie. Ich schrie: O nein!, und ging die Treppe rauf ins Kinderzimmer, packte die Kinder, nahm ihre Anziehsachen mit. Und dann bin ich rüber zu mir. Nach einer Weile kam Anna und machte mir Vorwürfe. Sie sagte, ihre Wohnung wäre heilig. Sie sagte auch, es ginge mich einen Dreck an, was sie treibt. Und ich sollte bloß den Mund halten Rolli gegenüber. Rolli wäre ein Versager. Rolli hätte noch nie im Leben was richtig auf die Füße gekriegt. Und er würde immer ein Verlierer bleiben und sie hätte die Nase voll von Verlierern. Und dann sagte sie noch was.«

Oma Ohler begann zu weinen, auf eine stille unaufdringliche Art. »Sie schrie mich an, dass ich auch zu den Frauen gehören würde, die immer nur dem Mann gehorchen. Auch dann, wenn er die Frau schlägt.«

»Und? Haben Sie Rolli etwas gesagt?«

»Nein, ich habe es nicht übers Herz gebracht. Aber eigentlich hätte ich es wirklich sofort tun müssen.«

»Rolli arbeitet noch immer bei Bliesheim. Warum?«

»Na ja, im Moment ist er ja krankgeschrieben ... Wenn er kündigt, kriegt er so schnell keine neue Stelle. Das ist hier so.«

Ganz langsam schälte sich heraus, woher ihre Furcht rührte, und ganz langsam verstand ich diese Furcht besser.

»Sie haben Angst, weil Liebe heutzutage nicht mehr so einfach Liebe ist, nicht wahr?«

Sie kaute auf ihrer Unterlippe herum und nickte schließlich. »Ja, das ist wohl so. Alles geht kaputt, weil alle immer alles haben wollen. Männer und Frauen. Als ich heiratete, war das ganz normal, dass man zum Ehemann gehörte und sich mit anderen Männern nicht einließ. Vielleicht war das auch ein bisschen eng. Aber wir trugen mehr Verantwortung für den anderen, wir wussten: Wenn wir zusammen versagen, werden wir schlecht dran sein. Sicher, Liebe gibt es nicht immer und ewig. Das kriegt man ja heute ständig gesagt und ich glaube, dass das auch so ist. Aber du kannst doch die Verantwortung für den anderen Menschen nicht einfach abstellen, wie einen nassen Regenschirm, das geht doch nicht.« Ihre Stimme wurde immer lauter und wütender.

»Und Ihre Enkelin setzt dem Ganzen die Krone auf?«

»Ja. Das ist doch unglaublich, was die getan hat! Und sie hat keine Ahnung, was sie sich da mit Bliesheim antut. Wenn der keine Lust mehr auf sie hat, wird er sich eine andere suchen. Das sind doch keine Liebesgeschichten heutzutage, das sind nichts als Affären. Und es geht immer nur um ... um Sex!«

»Ja«, nickte ich. »Aber Frauen wollen auch ihre Freiheit. Und sie steht ihnen zu. Sie müssen doch zugeben, dass die Frauen in früheren Zeiten hier auf dem Land wie … na ja, wie Sklavinnen lebten.«

»Stimmt doch nicht!«, giftete sie. »Das stimmt überhaupt nicht. Ich war keine Sklavin. Mein Mann ließ mich zum Beispiel alle Geldsachen regeln. Er sagte: Du kannst das besser als ich. Und er hat auch gespült, wenn ich dazu mal keine Zeit hatte. Verdammte Hacke!«, fluchte Oma Ohler.

»Haben Sie denn mit Ihrem Mann eine wirkliche Liebesgeschichte erlebt?«

»Aber ja«, nickte sie und sah mich erstaunt an, als hätte ich sie auf einen nie gedachten Gedanken gebracht.

»Würden Sie mir die erzählen?«

Nun musste sie lächeln. »O je, das habe ich noch nie erzählt. Also, mein Mann wollte mich freien. Aber ich musste für ein Jahr bei den Nonnen im Krankenhaus in Koblenz in Stellung gehen und Koblenz war damals weit weg. Ich habe gedacht, ich müsste sterben, so weit von zu Hause weg. Fast hundert Kilometer sind das. Mein Mann kaufte sich ein Motorrad. Das war damals etwas ganz Seltenes. Das waren nicht so Glitzerdinger wie heute und eine Autobahn gab es auch nicht. Mit dem Ding fuhr er zum Krankenhaus nach Koblenz. Jeden Samstag. Aber er durfte nicht rein. Und ich nicht raus. Das war damals alles sehr streng. Er blieb mit dem Motorrad vor dem großen Eisentor stehen. Achtzig Meter davon entfernt begann der Wirtschaftstrakt des Krankenhauses. So konnte ich ihn für ein paar Minuten durch das Fenster sehen. Er winkte mir zu. Dann fuhr er wieder nach Hause. Er musste am nächsten Morgen um fünf Uhr im Stall zum Melken sein. Das ging ein volles Jahr so. Jeden Samstag. Er nannte mich sein Samstagsmädchen. Als ich nach einem Jahr wieder heimkam, haben wir geheiratet.« Wieder liefen Tränen über ihre Wangen, aber sie wirkte plötzlich glücklich.

»Das ist eine schöne Geschichte«, sagte ich.

Wir hörten die Haustür gehen, Oma Ohler atmete erschreckt ein.

»Ganz ruhig«, sagte ich leise und ärgerte mich, dass ich den Wagen genau vor dem Haus geparkt hatte.

»Guten Abend, Oma«, sagte Anna in der Tür. »Du hast Besuch?«

»Ja«, nickte Oma Ohler eisig und schnäuzte sich.

Anna war eine schlanke Frau, hübsch anzusehen. Ihr hellblondes Haar fiel lang auf ihre Schultern, ihr Gesicht war rundlich und weich. Sie trug Jeans und ein schwarzes T-Shirt mit der weißen Aufschrift *Number one*. Was an ihr besonders auffiel, war der Schmuck. An jedem Finger, inklusive den Daumen, trug sie goldene Ringe. Ihre Ohrklipps waren monströs und erinnerten an geschmacklosen Schmuck an einem Weihnachtsbaum. Um ihren Hals hingen drei goldene Ketten.

»Was willst du?«, fragte Oma Ohler.

»Äh, ich wollte gucken, wie es dir geht.« Ihre Stimme war wie die eines kleinen Mädchens, sie wirkte maniriert, ein wenig wie ein dressiertes Äffchen.

»Du bist neugierig, das ist es«, stellte Oma Ohler fest.

Ich wollte, dass Anna an der Tür stehen blieb. Denn von dort konnte sie die Wand mit dem Packpapier nicht sehen. Deshalb ging ich mit ausgestreckter Hand auf sie zu. »Siggi Baumeister. Ich bin Journalist. Nett, Sie kennen zu lernen.«

Sie betrachtete mich nur den Bruchteil einer Sekunde.

»Oma! Ein Journalist?«, rief sie, tiefrote hektische Flecken leuchteten auf ihren Wangen.

»Ein Journalist, jawoll!«, sagte Oma sachlich.

»Wie kannst du!« Annas Stimme schnappte hoch und kiekste ein wenig.

»Das lass man meine Sorge sein«, erwiderte Oma Ohler. »Und jetzt geh zu deinem Verhältnis zurück.«

Das war schroff, das war genau das, was noch fehlte.

Anna machte einen großen Schritt in den Raum. Ich blieb vor ihr stehen, doch es half nichts. Sie sah die Wand mit dem Bogen Packpapier. Sofort schrie sie los. »Was ist das? Verhältnis? Forst? Elvira? Bist du wahnsinnig? Dich sollte man einsperren! Liebesaffären? Anna? Bliesheim?«

»Raus hier!«, befahl Oma Ohler beinahe gemütlich. »Du bist doch gar nicht mehr bei dir. Du bist hier nicht willkommen.«

»Das darf nicht wahr sein!«, kreischte Anna und stampfte mit dem rechten Bein auf den Boden. »Was machst du da?«

Oma Ohler war es leid. Sie stand auf und trat erstaunlich schnell zu ihrer Enkelin hin. »Du verlässt jetzt meine Wohnung. Das geht dich alles nichts an.«

»Das geht mich sehr wohl was an! Da steht mein Name.«

Ich wollte mich wieder auf meine Eckbank setzen, als die Klingel einen blechernen Ton in das Haus schickte.

»Jetzt ist Ruhe!«, sagte Oma Ohler in die anschließende Stille. »Lass mich mal vorbei.«

Anna glitt zur Seite, Oma Ohler ging an ihr vorbei in den Flur. Leises Stimmengemurmel war zu hören.

Dann stand Gerald Özcan in der Tür. Er sah mich keine Sekunde an, ich existierte gar nicht.

»Sind Sie Anna Hennef?«, fragte er höflich, an die junge Frau gewandt.

»Ja«, antwortete sie, sie atmete immer noch hastig.

»Dann darf ich Sie bitten, mich zu begleiten. Wir brauchen dringend Ihre Aussage.«

»Was soll das?«, quengelte sie.

Özcan veränderte seine Position etwas, er trat einen Schritt beiseite. Jetzt konnte auch er die Wand sehen, natürlich begriff er, was ich da versuchte. Er sah mich immer noch nicht an, aber er legte den Mittelfinger seiner rechten Hand über den Zeigefinger.

»Ich bin nicht richtig angezogen«, behauptete Anna klagend.

»Doch, sind Sie. Oder brauchen Sie noch zwei Pfund Klunker?«, widersprach der junge Kriminalbeamte.

»Aber ich muss zu meinem … meinem Lebensgefährten.«

Özcan grinste leicht. »Der sitzt schon in meinem Auto. Kommen Sie, Sie sind schön genug.«

»Ich will einen Anwalt«, sagte Anna nun.

»Warum denn das?«, fragte Özcan erstaunt.

»Das hat sie im Film gesehen«, kommentierte Oma Ohler trocken. »Alle solche Ausdrücke hat sie aus dem Fernsehen.«

»Also los«, sagte Özcan.

Anna ging zögerlich, dann schneller und der Kripomann folgte ihr.

»Was sollte das denn nun?«, fragte Oma Ohler nach einer Weile.

»Kinsi hat sich nicht erhängt, Kinsi wurde ermordet.«

Das traf Oma Ohler vollkommen unvorbereitet. Ihr Gesicht wurde weiß und spitz und für den Bruchteil einer Sekunde glaubte ich, sie würde ohnmächtig.

»Sie hatten Recht!«, fügte ich hinzu.

Sie ging ganz langsam zu einem Stuhl und setzte sich.

Ich nahm eine Rhodesian von Stanwell und den Tabakbeutel aus der Tasche und stopfte die Pfeife langsam und betulich.

Sie beugte sich mit ihrem Oberkörper vor und verharrte in dieser Haltung. Ich zündete die Pfeife an und blies den Rauch in ihre Richtung.

»Und die Polizei glaubt nun, Anna und dieser Bliesheim waren es?« Ihre Worte klangen wie Wassertropfen in der Stille des Hauses.

»O nein, so ist es nicht. Aber Kinsi war in der letzten Zeit sehr oft mit Anna und Bliesheim zusammen. Also muss die Polizei Anna und Bliesheim befragen.«

Kaum hörbar merkte sie an: »Anna ist viel schlimmer als ein Kind, sie ist ein dummes Kind. Sie glaubt an Geld.« Dann begriff sie das ganze Ausmaß der Situation und sagte hastig: »Um Gottes willen. Die Kinder sind drüben ja ganz allein. Wir müssen hier Schluss machen. Die Kinder … ich meine, die Kinder gehen vor.«

»Selbstverständlich«, nickte ich. »Kein Problem. Wir können ein andermal weitermachen. Wir telefonieren.«

»Ja.« Sie konnte es sich nicht verkneifen, etwas heller wie ein Glöckchen anzuschlagen: »Ich hab's doch gesagt …«

»Sie hatten Recht«, wiederholte ich. »Leider.«

In der Haustür fiel mir noch etwas ein: »Gehen Sie zu Rolli! Er braucht Sie. Und reden Sie ihm zu, dass er sich noch mal mit mir trifft.«

Im Wagen entdeckte ich das obligate Zeichen auf dem Handy, dass man etwa zehnmal versucht hatte, mich anzurufen. Ich stellte das Gerät ab, ich wollte gar nicht wissen, wer da versuchte, mich zu erreichen.

Der Abend nahte und mit ihm eine seltsame Ratlosigkeit. Ich wusste nicht, wohin mit mir, ich hatte Angst vor der Stille meines Hauses. Gleichzeitig war ich wütend auf mich selbst, wütend auf die Barrikade, die ich eifrig vor meiner Seele baute.

Baumeister, du bist ein Riesenarschloch, du bist ein verdammtes Seelchen, du weichst aus, du weigerst dich, dich gewissen Tatsachen zu stellen. Vera will Polizistin bleiben, sie hat einen guten Job angeboten bekommen, sie will Karriere machen, ihr eigenes Geld, ihr eigenes Leben. Genau das willst du doch auch. Wenn du jemanden triffst, der dir das streitig machen will, beginnst du zu kreischen. Also hör auf zu jammern, benimm dich halbwegs wie ein Erwachsener.

Ich rollte dahin, nahm nichts um mich herum wahr, und in Schutz hätte ich beinahe ein flüchtendes Huhn getötet, wobei man heutzutage eigentlich froh sein muss, überhaupt einem Huhn zu begegnen.

Also gut, zurück zu dem Fall, Schluss mit den Trübseligkeiten! Was würde Rodenstock jetzt tun? Er würde, um einen brauchbaren Eindruck von der Clique zu bekommen, sich an jemanden wenden, der die Clique kennt oder sogar selbst Mitglied ist. Es dürfte allerdings kein Mensch sein, wie Oma Ohler es war. Sie war zu befangen. Wer war so ein Mensch?

Ich spielte mit dem Gedanken, nach Monreal zu fahren und im *Stellwerk* bei Anja und Uli etwas zu essen. Drei kleine Steaks mit Lauchgemüse und Bratkartoffeln – was der Mensch so braucht, um weiter auf zwei Beinen stehen zu können. Doch im Geiste hörte ich Rodenstock röhren: »Wenn du flüchtest, erledigst du kein Problem!«

Ich antwortete ihm nicht. Der Mann war ein ärgerlicher Besserwisser. Ich gab Gas.

Es war wie üblich, kein Platz war frei.

Fürsorglich schlug Anja vor: »Du kannst in der Küche am Katzentisch essen.«

Zum Küchenbereich gehörte ein zwei Stufen höher liegender Vorratsraum, in dem sich außer einer Unmenge Wein eine Kühltruhe für das Fleisch befand, ein Gerät für die Eiswürfel, eine Batterie exquisiter Schnäpse und noch einiges mehr. Kurzum, das war eine Umgebung, in der sich hervorragend mampfen ließ.

Ich konnte überirdisch strahlen und rund sechshundertmal versichern, es ginge mir klasse und überhaupt sei das Leben eines der besten – es beeindruckte niemanden.

Anja baute sich schlank vor mir auf und fragte: »Du siehst beschissen aus. Geht es dir auch so?« Währenddessen zündete sie eine Kerze auf meinem Katzentisch an.

»Ich bin etwas überarbeitet«, log ich tapfer.

Sie grinste und sagte: »Red keinen Scheiß!« Zum Glück rief jemand nach ihr und sie entschwand.

Insgesamt werkelten unter meinen neugierigen Blicken sieben Figuren weiblichen und männlichen Geschlechtes, riefen sich Kürzel zu, die für einen Sprachanalytiker unlösbar gewesen wären, schossen mit Tellern auf dem Arm hinaus, um wieder zurückzukehren, einmal an der herumliegenden Zigarette zu ziehen, einen Schluck Wasser zu trinken, ergeben gen Himmel zu blicken, Teller mit kunstvoll aussehenden Desserts zusammenzuraffen und erneut irgendwohin zu stürzen, als drohe der Menschheit eine Hungerkatastrophe.

»Hast du Schluss gemacht oder sie?«, fragte Anja.

»Sie«, sagte ich.

»Ach ja? Das ist nicht gut. Und was unternimmst du jetzt?«

»Na ja, ich sitze bei Anja und Uli und esse.«

»Das ist gut«, sagte sie. »Und wenn dir zu Hause die Decke auf den Kopf fällt, komm zu uns. Wir haben ein Bett frei.«

»Danke«, sagte ich, weil sie es so meinte, wie sie es sagte.

Ich war mehr als gesättigt, als ich das Etablissement verließ, es hatte mehr als gut geschmeckt, ich hatte ein wenig nachgedacht und war zu einem Entschluss gekommen.

Ich machte mich auf den Heimweg, das heißt, ich trödelte heim, fuhr Schleifen und Umwege, landete irgendwann in Bongard, ließ mich weitertreiben Richtung Nohn und kam an der Heyer-Kapelle vorbei. Immer wenn ich diese Kapelle sehe, frage ich mich: Wo sind die Menschen geblieben? Ein Kirchlein, einsam, mitten in einem Wald, nichts in der unmittelbaren Nähe, kein Weiler, kein Dorf.

Mir wurde bewusst, dass ich genussvoll in Melancholie versank. Aber ist denn ein verlassenes Kirchlein nicht tatsächlich unendlich traurig? All die armen Seelen, die ein grauenhaft tristes Schicksal in die Eifel führte – und die dann dieses kleine Bauwerk schnöde allein ließen. Wenn das nicht gut war für die Tränensäcke!

Nun war ich so weit, ich stoppte, rief Vera auf ihrem Handy an und begann leutselig mit der Bemerkung: »Hier ist der unvergleichliche Baumeister mit der Frage, wie es dir geht.«

»Ach ja?«, antwortete sie und wurde heftig. »Ich habe zehn Mal versucht, dich anzurufen. Verdammte Scheiße! Du bist einfach nicht erreichbar. Ja, ich weiß von den Mordfällen, schließlich haben wir hier Computer und Internet und so einen Scheiß. Und nicht zuletzt sind wir eine Ermittlungsbehörde. Aber wieso verkriechst du dich?«

»Ich verkrieche mich nicht. Ich habe von Kischkewitz erfahren müssen, dass dir das Landeskriminalamt einen fantastischen Job angeboten hat. Und jetzt will ich fragen, was das denn für ein fantastischer Job ist?«

»Pressesprecherin«, kam es tonlos.

»Das ist toll«, trällerte ich. »Herzlichen Glühstrumpf.«

»Ich wollte es eher erzählen, aber ich habe es nicht gebracht.«

»Das macht nichts, das passiert jedem mal. Wann holst du deine Sachen?«

»Wie bitte?«, rief sie empört.

»Wann du deine Sachen holst?«, wiederholte ich leichthin.

»Ich muss mit dir reden, Baumeister.«

»Musst du nicht«, sagte ich. »Du hast es bisher auch nicht getan. Die ganze Bullenverwaltung weiß seit Wochen Bescheid, nur ich nicht. Das ist Oberscheiße, um es mal vornehm auszudrücken! Also, wozu reden? Du wirst in Mainz bleiben, dir eine neue Wohnung einrichten, deinen Job machen. Aber meinetwegen kannst du dir Zeit lassen. Ich verstehe, dass dir eine Riesenchance geboten wird, die du nutzen musst. Ich will den Druck rausnehmen, verstehst du? Du brauchst keine langatmigen Erklärungen abzugeben ...«

»Aber ich will das erklären!«, schrie sie.

»Deswegen rufe ich an«, sagte ich so ruhig wie mein Gartenteich vor einem Gewitter. »Konzentriere dich lieber auf das, was wichtig ist. Und das ist das Amt der Pressesprecherin. Nichts sonst.«

Eine Weile schwieg sie. Schließlich fragte sie: »Du bist gekränkt, nicht wahr?«

»Ja«, antwortete ich. »Aber das vergeht, das ist nicht so wichtig.«

»Emma hat mir schon gesagt, dass du stinksauer bist.«

»Es ist nicht gerade erheiternd, dass du in dieser sehr persönlichen Sache mit mir via Amerika kommunizierst. Wenn Emma dir das Händchen halten muss, solltest du überlegen ... Ach, vergiss es. Lass dir also Zeit, ich habe tatsächlich viel zu tun.« Ich beendete das Gespräch.

Dafür drückte ich Rodenstocks Handynummer und erklärte ohne Einleitung: »Tu mir den Gefallen und sag deiner Frau, sie soll sich in Zukunft raushalten aus Dingen, die sie nichts angehen, wirklich raushalten. Vera hat mir erklärt, dass sie Pressesprecherin werden soll, und ich habe ihr geraten, sich darauf zu konzentrieren.«

»Hör mal, ich verstehe das alles nicht«, murmelte er hilflos.

»Du musst das nicht verstehen«, sagte ich kühl. »Vera hat mir erklärt, Emma in den USA habe ihr gesteckt, ich in der Eifel sei stinksauer.«

»Das ist doch normal«, sagte Rodenstock wild.

»Das ist überhaupt nicht normal. Oder wirst du täglich zum Pinkeln getragen, weil deine Frau behauptet, du kriegst allein den Reißverschluss nicht auf?«

»Sie nimmt doch nur Anteil!«

»Sag ihr, sie soll sich ihre Anteilnahme in die Haare schmieren. Das wär's für heute.«

Damit beschloss ich diesen Vorgang, war satt und zufrieden und fuhr in mein kuscheliges Eigenheim. Nutze den Tag, wie meine Lehrer immer sagten, jawoll, carpe diem! Ich hatte zwar nach wie vor das Elend im Bauch, aber immerhin konnte ich bilanzieren, Rodenstock deswegen gnadenlos angeschnauzt zu haben, und Vera hatte ich auflaufen lassen wie einen Schluck Wasser in der Kurve – das war doch schon mal ein Anfang.

Zum Ausgleich schwor ich Kinsi, dass ich mich intensiv um seinen Tod kümmern würde. Um das Maß voll zu machen, versprach ich Elvira Klein das Gleiche und sicherte dann auch noch dem Jungförster Klaus Mertes zu, seinen Fall so schnell wie möglich zu klären.

Nach ein paar Kilometern lenkte ich den Wagen wieder an den Straßenrand und rief Rodenstock an. Ich sagte: »Es tut mir Leid.«

»Hab ich schon begriffen«, knurrte er.

»Weißt du, es ist idiotisch, wenn mir Vera in Mainz sagt, Emma in den Staaten habe ihr gesagt, ich sei mies drauf. Das ist doch was für Bekloppte.«

»Das ist richtig«, brummte er. »Ich wäre wahrscheinlich auch stinksauer. Was hat Vera dir genau erzählt?«

»Dass sie Pressesprecherin werden soll.«

»Da ist noch etwas«, meinte Rodenstock vorsichtig. »Ich denke, du solltest das wissen, sonst wirst du es anderweitig erfahren – und Amok laufen. Es gibt da einen Mann. Er ist Hauptkommissar, seine Funktion ist mir nicht bekannt. Er wollte schon was von Vera, als du noch gar nicht im Spiel warst. Jetzt ist er geschieden und wieder aufgetaucht.«

»Warum sagt sie mir das nicht selbst?« Ich dachte flüchtig an eine der tiefgründigsten lebensphilosophischen Erkenntnisse aller Menschen in der in- und ausländischen Provinz: Wenn es dick kommt, musst du immer mit dem Schlimmsten rechnen!

»Im Moment fehlt ihr der Mut. Du hörst dich ja fast schon so an, als sei die Geschichte für dich zu Ende.«

»Ein neuer Job im alten Arbeitsbereich. Rückkehr nach Mainz. Und jetzt auch noch ein neuer alter Verehrer. Rodenstock, bleib auf dem Teppich. Die Geschichte ist tot.«

Nach einer Weile sagte er: »Ja, du hast wohl Recht. Ich melde mich morgen wieder. Hier findet gleich irgendein Ringelpiez mit fünfzig Verwandten statt. Meine Frau ist aufgetakelt wie die Lieblingsfrau von Harun al Raschid. Wir hören voneinander.«

Ich rollte endgültig heim nach Brück. Im Dorf schoss ich aus der Rechtskurve, wollte weit nach links ausholen, um die

Einfahrt auf meinen Hof nehmen zu können, und trat voll auf die Bremse.

Siedend heiß dachte ich: »Das ist Vera!«, dann wütend: »Ich schick sie zurück nach Mainz!«

Aber es war nicht Vera.

Eine alte Frau saß breitbeinig in dunklen Hosen auf zwei Koffern mitten auf meinem Hof und blinzelte aus der schlohweißen Wirrnis ihrer Haare in meine Scheinwerfer. Natürlich war mein nächster Gedanke: Oma Ohler.

Aber auch sie war es nicht.

Vorsichtig fuhr ich an der Frau vorbei, löschte die Lichter und stieg aus. Ich fragte: »Was kann ich für Sie tun, junge Frau?«

Sie krächzte: »Ich bin deine Tante Anni! Ich dachte, ich komme mal vorbei.«

Tante Anni? Tante Anni? Tante Anni! Ich erinnerte mich. Sie hatte mich vor Jahren schon einmal in der Eifel besucht und sie war genauso hereingeschneit wie jetzt. Sie war keine normale Tante, sie war jemand, den wir als Kinder mit Tante angeredet hatten. Und sie war jemand, mit dem sich mein Vater gut verstanden hatte. Aber das war auch alles, was mir aus der Vergangenheit aufstieg.

»Warum hast du nicht vorher angerufen?«

»War mir zu doof. Du hättest ja Nein sagen können.« Sie streckte beide Arme vor und sagte: »Hilf mir mal. Ich sitze hier so was von blöde auf meinem Arsch. Ich komme nicht mehr alleine hoch.«

Ich reichte ihr also beide Hände und zog sie hoch.

»Wie bist du überhaupt hierher gekommen? Und woher? Und wieso mitten in der Nacht?«

»Mit dem Zug. Aus Berlin. Berlin, Köln, Gerolstein. Das war viel schlimmer als eine Völkerwanderung. Dann ein Taxi. Ich warte ja noch nicht lange auf dich. Höchstens eine Stunde.«

»Also, erst mal rein in die gute Stube. Und dann kriegst du einen Kaffee.«

»Hast du auch einen Schnaps?« Sie sah wirklich arg mitgenommen aus.

»Habe ich.«

Erst bugsierte ich Tante Anni ins Haus, dann ihre Koffer. Anschließend bekam sie einen sechsfachen Obstler der Marke ›sehr scharfer Eifler‹ und es herrschte zunächst Grabesstille.

Sie hockte am Küchentisch, süffelte den Schnaps, machte »Aaahh!«, flüsterte: »Endlich was Warmes!«, machte »Brrr, ist der gut!«, und trank dann den Rest, begleitet von einem theatralisch begeisterten »Das geht mir durch und durch!«.

Ihr vom Alter zerfurchtes Gesicht war teigig und blass. Sie trug ein dunkelblaues Jackett über einer grauen Bluse aus undefinierbarem Stoff, dazu Hosen, in die sie zweimal hineinpasste. Ihre Hände waren gepflegt, aber zittrig. Und um ihren Mund zuckte es dauernd, als wollte sie gleich in Tränen ausbrechen.

Ich wartete.

»Also, ich dachte, ich besuch dich mal. Hier in der Eifel. Weil ich oft an dich denke, seit ich das letzte Mal hier war. Ich dachte mir immer: Da muss ich noch einmal hin, weil es da schön ist. Tja, und dann habe ich mich in die Bahn gesetzt und nun bin ich hier.«

Ich wartete weiter.

»Jetzt wäre vielleicht ein Stück Brot gut. Ohne irgendwas drauf.«

Ich schnitt eine Scheibe ab und reichte sie ihr. »Das ist aber noch nicht die ganze Geschichte, nicht wahr?«

»Nein.« Tante Anni schüttelte den Kopf, riss ein Stückchen Brot von der Scheibe und kaute langsam. »Sie wollen mich ins Pflegeheim stecken.«

»Wer ist ›sie‹?«

»Mein Neffe und sein Arzt. Sie sagen, das ist das Beste für mich.«

»Und was meinst du?«

»Wenn ich das mache, werde ich sterben. Ganz schnell.«

»Und zum Sterben ist es zu früh.«

»Richtig«, nickte sie. »Ich bin hier, weil ich zu mir kommen muss. Wenn ich dich störe, miete ich mich irgendwo in der Nähe ein.«

»Du störst nicht. Du kannst das Gästezimmer haben. Und jetzt isst du zu Ende und trinkst ein Bier. Oder noch einen dicken Schnaps. Wer weiß, dass du hier bist?«

»Keiner. Soll auch nicht.«

»Und wenn sie dich zur Fahndung ausschreiben?«

»Hat noch Zeit«, kauzte sie. Sie griff zu der Schnapsflasche und goss sich kräftig nach. Es war klar, dass sie betrunken werden wollte. Sie hatte wohl viel zu vergessen.

Wir sprachen nicht mehr, wir warteten einfach, bis sie richtig dun war. Dann brachte ich sie die Treppe hinauf in das Gästezimmer.

»Hast du einen Zigarillo da, oder so was?«

»Wahrscheinlich.« Ich ging welche suchen und wurde fündig. Ich zündete ihr einen an. »Schlaf nicht im Bett damit ein.«

»Ich bin ja schon erwachsen«, murrte sie tonlos.

Ich ging hinunter ins Wohnzimmer und hockte mich in einen Sessel.

Tante Anni. Sie war schon irgendwie verwandt mit mir, aber keine Schwester meines Vaters oder meiner Mutter, nur ganz entfernt. Als sie mich das letzte Mal in der Eifel besucht hatte, waren wir beide gerade Erben eines Bauernhauses im damals ganz neuen deutschen Osten geworden – und hatten irritiert und leicht verunsichert auf dieses Erbe verzichtet. Tante Anni, so viel war sicher, musste älter sein als fünfundsiebzig Jahre. Und sie war, auch das wusste ich sicher, eine der ersten Kriminalkommissarinnen des Deutschen Reiches gewesen. Von ihr stammte die in der Familie grassierende Geschichte von der Nutte in Danzig, der Tante Anni einen Beischlafdiebstahl nachgewiesen hatte: Ein feiner

Herr vom Lande war in Danzig Opfer einer raffinierten Prostituierten geworden, hatte die Polizei gerufen und aufgebracht behauptet, die Frau habe ihm eine wertvolle Taschenuhr gestohlen. »Das ist nicht nur eine Taschenuhr, sondern eine Spieluhr, die jede Stunde ein Lied spielt!«, hatte der Bestohlene entrüstet gewettert. Tante Anni hatte die Dienerin der Liebe in ein leer stehendes Büro gebeten und sie dort befragt. »Hast du die Uhr?« – »Auf Ehre, die habe ich nicht, Frau Kommissar!« – »Dann zieh dich aus. Hier! Ganz!« Wütend gehorchte die Frau. Ein eigentlich schmales, blasses Wesen sei sie gewesen, wahrlich nicht schön. Dann stand die Künstlerin der käuflichen Liebe nackt vor meiner Tante Anni und knötterte empört: »Na, siehste! Wo, bitte, soll ich nun die Uhr haben?« Und weil es gerade zwölf von den Kirchtürmen scholl, ertönte verborgen im Schoß der Liebe: *Üb immer Treu und Redlichkeit …*

Was wusste ich noch von Tante Anni? Eigentlich nichts.

Plötzlich überfiel mich mit großer Heftigkeit der Verdacht, sie würde versuchen, ihren Lebensabend bei mir zu verbringen. Dagegen hatte ich etwas. Verdammt, mein ganzes Leben zerfaserte. Eine Frau lief mir weg, eine andere Frau versuchte mich zu kaufen, eine dritte Frau hockte verdattert vom Leben auf meinem Hof, drei Menschen waren ermordet, meine Seelenverwandtschaft schwirrte irgendwo jenseits des Großen Teiches herum.

Irgendwann gegen vier Uhr kroch ich in mein Bett. Mein Hund hatte sich platt vor Tante Annis Zimmertür gelegt. Das war sehr gut so.

Ich wurde dadurch geweckt, dass Tante Anni neben meinem Bett stand und freundlich anbot: »Hier hast du erst mal einen guten Becher Kaffee!«

Ich dankte gerührt. Es war acht Uhr, die Vögel zwitscherten, die Sonne schien, es war viel zu früh, um irgendwelche Tätigkeiten anzupeilen. Was mich aus dem Bett trieb, war die nicht vorhandene Qualität von Annis Kaffee. Es kam mir so vor, als habe sie eine einzelne Bohne mit Lichtgeschwindigkeit durch heißes Wasser geschossen. Das war schon kein Geiz mehr, das war Folter.

Tante Anni stand vor dem weit geöffneten Kühlschrank und nahm mich gar nicht wahr. Sie murmelte ununterbrochen etwas vor sich hin, nahm Margarinetöpfe und Ähnliches heraus, betrachtete sie, schüttelte den Kopf und warf sie dann in eine Plastiktüte. Dann kam ein in Folie geschweißtes Stück Käse dran, das sie ohne Skrupel entsorgte. Dann ein Glas mit Kartoffelsalat, dessen Etikett sie nicht las, sondern gnadenlos mit einem aufmüpfigen »Phhh!« in die Tüte feuerte.

Schließlich teilte sie mit: »Es wird Zeit, dass hier mal jemand nach dem Rechten sieht. Du lebst einfach wahnwitzig ungesund.«

Ich beobachtete sie fasziniert, vergaß meine Rede wegen des Kaffeeimitats, und sah zu, wie sie, nachdem sie zwei Plastiktüten gefüllt hatte, den Kühlschrank schloss. Das, was dringeblieben war, waren drei Eier und ein Viertelpfund Butter sowie eine Minidose Leberwurst Eifel-Extra.

»Du hast niemanden, der dich versorgt?«

»Nein«, antwortete ich brav.

»Das merkt man«, nickte sie. »Du wirst mich mitnehmen müssen zu irgendeinem guten Lebensmittelhändler. Dann sehen wir mal, was wir tun können. Aber noch heute, nicht morgen!«

»Aye, aye Captain! Ich koche mir eine Kanne Kaffee, wenn ich darf. Deiner war Spülwasser, viel weniger als Spülwasser.«

Sie sah mich scharf an und grinste dann leicht. »Ich bin zur Sparsamkeit erzogen worden.«

»Bestelle deinen Eltern, sie hätten das Ziel erreicht.« Ich setzte die Kaffeemaschine in Gang.

Das Telefon schrillte und ich ahnte, wer es war.

»Herr Baumeister, hier ist Ohler, Oma Ohler. Guten Morgen!«

»Oh, guten Morgen. Nett, dass Sie anrufen. Wir müssen noch unsere Eintragungen an Ihrer Küchenwand vervollständigen.«

»Das geht nicht.« Sie lachte kurz. »Anna hat das Papier schon heruntergerissen und auf dem Boden zertrampelt. Kind, habe ich gesagt, du bist wirklich unvernünftig! Aber deswegen rufe ich nicht an. Ich bin hier im Haus von Rolli. Sie wissen schon, Annas Mann oder Exmann, wie man heute sagt. Eigentlich wollten wir jetzt mal zu Ihnen kommen, weil Rolli ja ein Auto hat und mich fahren kann.«

»Das trifft sich gut. Kommen Sie ruhig her.«

»Beruflicher Besuch?«, wollte Tante Anni wissen. Als ich bejahte, setzte sie mürrisch hinzu: »Na ja, aber mach es kurz. Wir haben nichts mehr zu essen im Haus.«

»Hör zu«, sagte ich sanft. »Du bist hier sehr willkommen. Aber versuche nicht, die Befehlsgewalt zu übernehmen. Ich komme sehr gut allein zurecht. Können wir uns darauf einigen, dass wir hier eine vorsichtige Form von Mitspracherecht praktizieren?«

Sie kniff die Lippen zusammen, aber in ihren Augen blitzte es. »Ich bin ein raues Luder, wie ich weiß. Tut mir Leid.«

»Warst du eigentlich mal verheiratet?«

»O Gott, nie!« Sie war ehrlich erschrocken.

»Immer Junggesellin?«

»Nun ja, ich habe mit einer Freundin zusammengelebt. Fast dreißig Jahre lang. Das war sehr schön. Sie ist gestorben. Vor drei Jahren.«

»Das tut mir Leid. Heißt das, dass du lesbisch bist?«

»Das heißt es«, erwiderte sie in einem provokanten Ton.

»Erzählst du mir mal von ihr?«

Sie musterte mich erstaunt. »Ja, natürlich. Wenn du das gerne möchtest.«

»Natürlich«, nickte ich. »Gleich kommt eine alte Frau, die mir zwei Morde ins Haus geschleppt hat. Das wird dich interessieren. Und es gibt sogar noch einen dritten Mord.«

»Morde? Hier? Am Ende der Welt? Erzähl!«

Ich erzählte in groben Zügen und Tante Anni hörte zu, ohne mich zu unterbrechen. Dann nickte sie langsam und sagte mit geschlossenen Augen: »Dieser Mord an dem Kinsi erscheint in sich verwirrend, zwanghaft. Die Frau ist von jemandem getötet worden, der durchdrehte. Für mich sind das zwei Morde und zwei Täter. Hört sich jedenfalls so an. Darf ich …«

»Du darfst«, nickte ich.

Wieselflink verschwand sie im Wohnzimmer, machte »alles zurecht«, wie sie das nannte. Sogar meine Sofakissen bekamen die stinkkonservative Kerbe.

Ich stopfte mir eine Crown 200 von Winslow und entschied schweigend, dass es mir auf Dauer unmöglich sein würde, sie dermaßen in meinem Leben herumfummeln zu lassen.

Zwanzig Minuten später erschienen Rolf Hennef und Oma Ohler. Sie hatten sich sauber und adrett gekleidet und machten beide einen elenden Eindruck, etwa so, als litten sie unter einer Darmgrippe.

»Das ist meine Tante Anni aus Berlin«, erklärte ich. »Sie ist absolut vertrauenswürdig und außerdem Kriminalbeamtin gewesen. Sie wird nichts sagen.« Beinahe hätte ich hinzugefügt: Sie wird sich nicht einmischen.

Die beiden Besucher setzten sich nebeneinander auf das Sofa, steif wie Besenstiele.

»Ich dachte«, begann Oma Ohler mit einem Räuspern, »dass wir uns weiter über die Clique unterhalten.« Natürlich hielt sie ihr schwarzes Handtäschchen auf dem Schoß und spielte damit.

»Das möchte ich im Moment noch nicht«, sagte ich schnell. »Ich möchte, dass Rolli erzählt, wie es ihm in seiner Ehe erging.«

»Fachlich schlecht!«, schnappte Tante Anni. »Du musst das systematisch machen, Person für Person.«

Behutsam, aber entschlossen sagte ich: »Tante Anni, das hier ist meine Recherche. Das ist Journalismus. Ich will von Rollis Ehe ausgehen, um Einblick in diese Clique zu bekommen.«

»Ich muss mich erst mal entschuldigen«, krächzte Rolli. »Tut mir Leid, normalerweise schlage ich nie zu.«

»Schon gut«, nickte ich gnädig. »Ich habe es überlebt. Also, Rolli, wie war deine Ehe?«

»Eigentlich gut. Bis eben auf den Schluss«, erwiderte er. »Und der Schluss war verdammt teuer.«

»Wie, teuer?«

Er sah Oma Ohler an und grinste leicht. »Wir haben es ausgerechnet. Einhundertneunundachtzigtausend Euro.« Er stockte: »Ich will ja nicht unhöflich sein, aber habt ihr ein Bier im Haus?«

»Hast du etwa einen Kater?«, fragte ich. Mir war klar, dass er im Moment Riesenprobleme hatte und wahrscheinlich deshalb auch eines mit Alkohol, aber ich wusste auch, dass man ihn damit nicht allein lassen durfte.

»Ja«, seufzte er. »Man hockt rum und denkt dauernd, man ist im falschen Film. Und dann trinkt man zu viel.«

Ich holte ihm ein Bier aus dem Kühlschrank.

»Einhundertneunundachtzigtausend Euro«, sagte ich dann. »Das ist eine Menge Holz.«

»Ja«, nickte Oma Ohler aufgeregt. »Ich habe es nicht glauben wollen. Aber wir haben hin- und hergerechnet. Es ist wirklich so viel. Und da ist meine Alterssicherung nicht mal drin.«

»Der Rainer Bliesheim hat also sozusagen die ganze Familie gekauft«, murmelte ich.

Erstaunlich handzahm kam Tante Annis Stimme aus ihrem Sessel. »Leute, kann mich mal jemand aufklären? Ich meine, wer ist Bliesheim und wen genau hat er gekauft? Und wie? Und warum?«

Ich schnauzte sie diesmal nicht an, sie hatte ja Recht.

»Wenn Rolli uns die Geschichte seiner Ehe erzählt hat, werden wir es wissen. Also, Rolli, bitte.«

Er setzte sich ein wenig aufrechter, Oma Ohler neben ihm griff zu ihrem Handtäschchen, zog sie sich auf den Schoß und fummelte daran herum. Tante Annis Augen wurden schmal und kühl, sie bewegte keinen Muskel.

»Na ja, die ersten Jahre kann man ja mal auslassen. Meine Eltern waren ... meine Eltern waren tot, wir Kinder mussten aus dem Haus, weil der Vermieter uns kündigte. Das war ... Da könnte man einen Roman drüber schreiben, das lasse ich mal aus. Ich lernte meine Frau kennen, die Anna. Das war bei einer Disco in Waxweiler, damals war ich noch ungelernter Arbeiter in einer Brotfabrik. Ich arbeitete wie irre, ich wollte es zu etwas bringen, mich weiterbilden, zweiter Bildungsweg und so.« Er hielt inne und starrte durch die Terrassentür in den sonnenüberfluteten Garten. »Ich habe mein ganzes Leben lang Überstunden gemacht. Ich Arschloch. Aber es ging gut, mir ging es gut ... ich hatte wieder eine Familie. Ich meine, ich wurde ja in Annas Familie aufgenommen. Ich lernte ihre Schwester und ihre Eltern kennen und bei denen war ich dann auch irgendwie richtig zu Hause.«

»Wie heißt eigentlich die Schwester?«

»Claudia Vaals, sie ist dreißig Jahre alt«, sagte Oma Ohler, als spule sie etwas aus einem Lesebuch ab. »Die beiden Schwestern können sich nicht wirklich riechen. Die Claudia ist Versicherungsfachfrau in Trier. Sie hat keine Familie. Sie will Karriere machen«

»Rolli, was hältst du von ihr?«, beharrte ich.

»Eine hübsche Frau«, überlegte er. »Verdammt klug. Ich denke, klüger als Anna. Klüger als der ganze Rest der Familie.« Dann sah er Oma Ohler an und murmelte verlegen: »Entschuldigung.«

»Und die Eltern von Anna? Wie sind die so?«

»Na ja, die sind ... also er, Omas Schwiegersohn, der Herbert Vaals, ist ein Arsch. Für den besteht das ganze Leben aus Auto, was anderes gibt es nicht für den. Und die Mutter, na ja, ich weiß nicht. Sie kriegt alles, was sie will. Wenn sie was nicht kriegt, bekommt sie Migräne. Das, was sie will, ist einmal im Jahr ein neues Auto und ständig neue Klamotten.«

Ich sah Oma Ohler fragend an und sie nickte mit fest aufeinander gepressten Lippen.

»Gut, Rolli. Du hast also geschuftet, Anna hat die Kinder erzogen und umgeschult. Richtig? Sozialarbeiterin bei der Caritas. Wann fing das ganze Gebäude an zu wackeln?«

»Das war vor etwas mehr als einem Jahr. Es war ja so, dass Oma hier vorgeschlagen hatte, sie gäbe uns die Hälfte ihres Hauses, wenn ich es umbaue. Sie nahm für uns eine Grundschuld von hundertzwanzigtausend Euro bei der Bank auf. Abends nach Feierabend habe ich mich dann an den Umbau gemacht. Das Material kriegte ich günstig von Rainer, von meinem Chef. Er übernahm sogar höchstpersönlich die Bauleitung, weil ich ja nur ein Maurer ohne Lehre bin. Ich gewöhnte mich dran: Wenn ich morgens aus dem Haus ging, um zur Baustelle zu fahren, kam Rainer und suchte mit meiner Frau die Fliesen aus, die Heizkörper, die Tapeten, den Fußbodenbelag und so was.«

»Wann hast du Verdacht geschöpft?«, fragte ich.

»Eigentlich ziemlich bald. So im Mai vergangenes Jahr. Ich habe Anna gefragt, ob sie was mit Rainer hätte. Und sie sagte: Nein! Dann kam die Sache mit dem Feuerwehrfest. Meine Frau besuchte angeblich ihre Schwester in Trier, um mal ein paar Tage ohne Kinder zu sein und sich auszuruhen. Beim Feuerwehrfest, abends im Zelt, fand ich es komisch, dass mein Chef nicht da war. Der Bliesheim musste eigentlich da sein, er ist im Vorstand vom Verein. Das ist komisch, dachte ich. Ich rief Annas Schwester an, die Claudia. Und die sagte: Anna soll hier sein? Das wüsste ich aber! Dann rief ich Anna auf ihrem Handy an und sagte: Ich weiß, mit wem du gerade pennst. Wenn du in zwei Stunden nicht hier im Haus bist, passiert etwas, wovon du nie geträumt hast …«

»Was meintest du damit?«, unterbrach ich ihn.

»Ich war mir plötzlich ganz sicher, dass da was lief. Ich war so … voll Hass, dass ich Rainer Bliesheim totschlagen wollte. Das war es und Anna hatte das kapiert. Hastig versprach sie zu kommen. Was sie auch tat. Mit einem Taxi aus Bitburg. Und noch ehe ich ein einziges Wort zu ihr gesagt hatte, erzählte sie mir, sie hätte mit meinem Chef geschlafen, aber das wäre in dieser Nacht das erste Mal gewesen. Aber ich bräuchte mir um meine Zukunft keine Sorgen mehr zu machen. Und dann kam der Vorschlag mit dem Geld. Ich bekäme sofort fünfzehntausend bar auf die Hand. Damit könnte ich machen, was ich wollte. Ob ihr mir glaubt oder nicht: Sie packte fünfzehntausend Euro in bar aus ihrer Handtasche auf den Küchentisch. Dreißig Fünfhunderteuroscheine. Ich dachte, ich sitze im falschen Kino im falschen Film. Außerdem sagte sie ganz locker: Ich könnte sofort ein gutes Auto für achttausend Euro kaufen, Versicherung, Steuer und alles Drum und Dran für ein Jahr obendrauf. Ich bräuchte bloß zu Auto-Schmitz zu gehen, die wüssten schon Bescheid. Und ich könnte sofort in das kleine Haus in Manderscheid einziehen, die Miete für ein Jahr im Voraus sei bezahlt, die Kaution sowieso. Auch um die Einrichtung sollte ich mir keine Sorgen machen, Rainer Bliesheim hätte in Trier eine Wohnung, die er nicht mehr bräuchte. Die Wohnungseinrichtung könnte ich mit einem Firmen-Lkw ausräumen und bei mir einstellen. Dann wäre da noch der Hundertzwanzigtausend-Euro-Happen, die Grundschuld für Omas Haus. Auch das würde von Bliesheim voll übernommen und quasi sofort. Außerdem würde er mich offiziell als Lehrling einstellen und ich könnte meinen Gesellenbrief als Maurer machen, bei voller Bezahlung wie bisher als ungelernter Maurer. Das kann man natürlich nicht in Geld angeben, das haben wir nicht mitgerechnet. Zwei Tage später stellte sich heraus, dass Bliesheim die Schulden meines Schwiegervaters in Höhe von zwanzigtausend Euro bezahlt hatte und für meine Schwiegermutter stand ein neues Opel-Astra Cabrio vor der Tür. Und Oma hier bekam einen Brief von der Bank, in dem stand, dass Rainer Bliesheim die Grundschuld von hundertzwanzigtausend Euro übernommen habe. Bliesheim sicherte ihr außerdem ein lebenslanges Wohnrecht in ihrem Haus zu und verpflichtete sich, sämtliche eventuell anfallenden Pflegekosten bis an ihr Lebensende zu übernehmen. Wenn man nur zusammenrechnet, was Bliesheim sofort an Geld hat fließen lassen, kommt man auf einhundertneunundachtzigtausend Euro.« Rolli beugte sich vor, griff zu seinem Bierglas und trank es mit ruckartigen Bewegungen aus. Seine Hände zitterten. Aber er zwang sich, weiterzusprechen.

»Ich weiß noch, mein erster Gedanke war: Meine Frau Anna ist ein Riesenarschloch und segelt in ihren Untergang. Dann dachte ich: Na klasse, ich bin draußen. Die Ehe ist sowieso tot, also lass ich mich bezahlen. Die können mich alle am Arsch lecken, die ganze Welt kann mich am Arsch lecken. Dann kam die Sorge um die Kinder und irgendwie drehte sich das alles wie ein Albtraum ohne Ende. Ich fuhr in Prüm auf die Brücke und wollte springen. Das geht da vierzig oder fünfzig Meter tief. Mir war klar, ich war rausgekauft aus meinem Leben, ich wusste, ich konnte nichts rückgängig machen. Was gewesen war, war alles umsonst. Ich stand da oben und war schon übers Geländer. Allerdings kam dann eine Streife und sie holten mich vom Geländer weg. Ein Therapeut hat mir geholfen. Bei dem bin ich immer noch und ich bin immer noch krankgeschrieben.«

Oma Ohler drehte die kleine Handtasche mit schnellen Bewegungen auf ihrem Schoß. »Das mit der Brücke wusste ich gar nicht, mein Junge.«

»Was sagst du dazu?«, fragte mich Tante Anni mit steinernem Gesicht.

Ich überlegte nicht lange. »Brutal ausgedrückt – Oma Ohler, entschuldigen Sie bitte –, die Anna muss geradezu himmlisch vögeln können, dass ein Kerl so viel Geld in sie investiert. Außerdem kommt mir der Gedanke, dass dieser Mann, dieser Rainer Bliesheim, möglicherweise eine panische Angst vor seinem Maurer Rolli hat. Vielleicht fürchtet er einfach, dass Rolli hinter der nächsten Ecke steht und ihn ins Krankenhaus prügelt oder Schlimmeres.«

Tante Anni meldete sich wieder zu Wort: »Ich bin der Meinung, dass hinter den Zuwendungen des Herrn Bliesheim noch etwas anderes stecken muss. Können Sie sich, Herr Rolf, so nenne ich Sie mal, vorstellen, was das sein könnte?«

»Keine Ahnung«, murmelte Rolli. »Ich bin ja nur froh, dass ich überhaupt noch lebe.«

Mein Telefon schrillte. »Tut mir Leid, das Scheißding«, schimpfte ich, ging aber trotzdem dran.

»Hei, Alter«, sagte Kischkewitz bierruhig. »Ich hab was Neues für dich: Auch der tote Jungförster hatte mit diesem Rainer Bliesheim zu tun. Es gibt Zeugen, dass sich die beiden im belgischen Kaufhaus in Losheim getroffen haben. Ein Rätsel ist allerdings, was die beiden verbindet. Die Verlobte von Mertes weiß es angeblich auch nicht, sie wusste noch nicht mal, dass Mertes Bliesheim kannte. Das wollte ich loswerden, damit du auf dem Laufenden bist.«

VIERTES KAPITEL

Ich wandte mich wieder meinem Besuch zu, als sei nichts geschehen.

»Ich habe versucht, mit Oma Ohler dieser merkwürdigen Clique näher zu kommen. Wer ist denn deiner Meinung nach der Chef?«

»Tja«, murmelte Rolli, »das ist so eine Sache. Also meistens ist mein Chef der Chef. Aber wenn er nicht da ist, dann ist der olle Forst der Chef. Doch der ist ja meistens in Portugal.«

»Wer ist denn der olle Forst?«, fragte Tante Anni.

»Andreas Forst. Der muss schon über sechzig sein. Auch ein Bauunternehmer. Jedenfalls ist mein Chef, also Rainer Bliesheim, irgendwie abhängig von dem. Aber kein Mensch weiß genau, warum. Bliesheim scheint keine wichtige Entscheidung zu treffen, ohne vorher mit Forst in Portugal gesprochen zu haben.«

»Gut, dann steht also auf Platz eins Forst in Portugal, auf zwei Bliesheim hier in der Eifel. Wer ist danach wichtig?«

Rolli grinste schräg, er wirkte aufgeregt und griff dauernd an seinen Hemdkragen, als sei der zu eng. »Hast du einen Schnaps im Haus? Ich muss irgendwie meinen Magen beruhigen.«

»Ja, habe ich. Aber du solltest jetzt nicht so viel saufen, das hilft nicht.«

»Wo ist der Schnaps?«, fragte Tante Anni und stand auf.

»Irgendwo auf dem Regal in der Küche. Also, wer ist der Dritte?«

»Du musst nicht sagen, der Dritte, du musst sagen, die Dritte. Das ist einwandfrei die Gundula Pechter, Annas Chefin bei der Caritas.«

Wir hörten, wie Tante Anni in der Küche herumkramte.

»Die hat aber doch nichts mit Baufirmen und so zu tun«, wandte ich ein.

»Das nicht«, bestätigte er. »Aber in der Clique geht sowieso alles querbeet. Jedenfalls hat die Pechter viel zu sagen.«

»Ich brauche ein Beispiel«, forderte ich.

Tante Anni trug einen ordentlichen Achtstöckigen in einem Wasserglas vor sich her. Ihre Miene war vollkommen undurchdringlich, als sie das Glas vor Rolf Hennef auf den Tisch stellte.

»Danke«, sagte er artig. »Tja, ein Beispiel. Die meisten Sachen habe ich ja nur zufällig mitgekriegt. Da gab es das alte

Haus an irgendeiner Kreuzung. Meisburg oder Deudesfeld, was weiß ich. Die Kreuzung wurde aufgelöst, da kam ein Kreisverkehr hin. Kreisverkehre sind hier ja augenblicklich in. Das alte Haus musste weg. Das gehörte einer alten Frau, die nichts mehr richtig auf die Reihe kriegte. Sie wollte nicht verkaufen, aber ohne Verkauf war der Kreisverkehr nicht zu machen. Also ist von einem Gericht entschieden worden: Die Frau muss an die Gemeinde verkaufen. Die Gemeinde hat zu Gunsten der Frau neunzigtausend Euro im Etat angesetzt. Tja, und dann sagte die Frau plötzlich, sie hat schon verkauft. An Rainer Bliesheim. Was war passiert? Bliesheim hat gesagt: Du kriegst es bar, fünfundsechzigtausend, sofort, auf die Hand. Die Frau war einverstanden. Die checkte gar nicht, dass sie über den Tisch gezogen wurde, wollte nur das Geld sofort. Er holte das Bare. Und zufällig weiß ich, woher: aus der Wohnung von Gundula Pechter in Bettenfeld. Er gab der alten Frau das Geld und verkaufte das Haus weiter an die Gemeinde und machte in zwanzig Minuten fünfundzwanzigtausend Plus. So ist das gelaufen.« Rolli wedelte mit beiden Händen, um seine Geschichte zu bekräftigen. »Und anschließend hat Bliesheim natürlich mit seiner Firma das Haus abgerissen und mit einer anderen seiner Firmen den Kreisverkehr gebaut. Er kassierte also gleich dreimal und dreimal reichlich. So läuft das.«

»Du hast bei unserer ersten Begegnung gesagt, das sei keine Clique, sondern eine kriminelle Vereinigung. Bezog sich das auf solche Geschichten, wie die mit der alten Frau und dem Kreisverkehr?«

»Ja«, nickte er. »Ich bin ja nur zufällig Zeuge geworden. Ich sollte Anna bei der Pechter abholen. Wir sitzen da noch einen Moment zusammen und schwatzen über Gott und die Welt. Kommt der Bliesheim reingeschossen und sagt: Ich muss an das Eingemachte, ich brauche dringend fünfundsechzigtausend Euro. Die Pechter steht auf und geht ins Nebenzimmer. Bliesheim geht mit, kommt wieder raus und verschwindet. Am nächsten Tag hörte ich dann, dass Bliesheim das Haus gekauft hat und es jetzt an die Gemeinde weiterverkauft. Anna erzählte mir das. Und sie sagte einen Satz, den ich nie im Leben vergessen werde: Da kannst du mal sehen, was andere Leute für Geld und Einfluss haben, das schaffst du im Leben nicht!« Er redete bedächtig, er lauschte seinen eigenen Worten nach. »Komisch fand ich, dass wir im Privathaus der Pechter saßen. Und Bliesheim rauschte da so einfach rein. Der Mann muss einen Schlüssel für das Haus haben …«

»Bravo, junger Mann«, bemerkte Tante Anni trocken. »Das ist gut beobachtet, das ist die richtige Art Neugier.«

»Wie weit hängt denn deine eigene Frau in dieser Clique drin?«, fragte ich.

»Total«, antwortete er. »Mit der ist sie mehr verheiratet, als sie es mit mir je war.«

»Gut, wir haben jetzt von dem Unternehmer Forst in Portugal, dem Unternehmer Bliesheim hier, der Gundula Pechter von der Caritas und deiner Frau gehört. Dann gibt es noch die Tote, Elvira Klein. Was war mit der, wie passte sie da rein?«

»Sie war so der Typ, der von morgens bis abends sagt: Alles ist fun! Ich will Spaß! Ich will den Spaß jetzt! Das ging mir schrecklich auf den Keks. Ihr Leitspruch war, dass der Mensch nur positiv denken muss, dann geht alles wie geschmiert. Vor zwei Jahren oder so, da wurde sie schwanger. Sie ließ das Kind abtreiben. Ein paar Tage später saß sie bei uns in der Küche und sagte wieder mal: Man muss nur positiv denken! Da habe ich sie angeschnauzt, sie soll die Schnauze halten, wenigstens in meiner Küche. Sie hat seitdem nie wieder ein Wort mit mir gesprochen. Zuletzt ging sie ja zusammen mit Gernot Meyer. Aber der gehört ja auch zur Clique und …«

»Moment«, unterbrach ich, »von wem stammte denn das Kind, das die Klein abgetrieben hat?«

In aufwallendem Zorn antwortete Oma Ohler: »Sie wollten mir ja nicht glauben, dass das alles mit der Clique zusammenhängt. Das Kind von der Klein soll von Bliesheim oder von Forst gewesen sein.«

»Ich habe was anderes gehört. Ich hörte, es war sicher vom alten Forst«, widersprach Rolli. »Auf jeden Fall war es nicht von Gernot Meyer.«

Das Gespräch drohte aus dem Ruder zu laufen, zerfaserte, verlor sich in Andeutungen, in Gerüchten, die Personen wirbelten durcheinander.

Und langsam wurde auch ich sauer. »Oma Ohler, wir haben noch immer keine Gewissheit, ob das alles mit der Clique zusammenhängt. Es gibt zwei Morde, die am Rande diese Clique betreffen. Einfach zu behaupten, das habe alles mit der Clique zu tun, ist sagenhaft leichtfertig und wird auch durch ständige Wiederholungen nicht besser. Rolli, also bitte, jetzt zu Gernot Meyer. Dass er Verwaltungsangestellter ist und in Bettenfeld wohnt, weiß ich schon, dass er verlobt war mit der toten Elvira Klein, auch. Leute wie ich wundern sich darüber, dass ein Gernot Meyer sich sogar offiziell mit einer Frau wie Elvira Klein verlobt, die gerade ein Kind von Bliesheim oder Forst abgetrieben hat. Was ist das für ein Mann?«

»Auch mit dem stimmt was nicht!«, schrillte Oma Ohler.

»Bitte!«, schnaubte ich.

»Ich weiß, was sie meint«, erklärte Rolli Hennef. »Das ist so ein Klarlacktyp. Er rennt meist in Schlips und Anzug rum, redet sanft wie ein Lamm, ist immer höflich, fällt nie aus der Rolle und weiß grundsätzlich auf alles eine Antwort. Ob ich den nach Fliesenkleber frage oder nach der Körnung von Beton, die Antwort ist immer gleich: Fliesenkleber ist eine wunderbare Erfindung des Menschen. Außerdem hat der so ein festgefressenes Lächeln. Der hat den Schalter zum Abstellen vergessen. Ich wette, der lächelt auch beim Scheißen, wenn er ganz allein ist.«

»Noch einmal: Wieso tut sich solch ein Mann mit Elvira Klein zusammen, wenn die nicht ganz sauber erscheint, wenn sie Verhältnisse hat und ein Kind abtreibt?«, fragte ich.

Es dauerte eine Weile, bis Rolli sagte: »Ich glaube, das versteht kein Mensch, jedenfalls nicht genau. Wenn man die beiden zusammen erlebt hat, dann erlebte man zwei Leute, die sich fremd waren. Die hatten nichts miteinander gemein. Die Leute sagen, dass die Bullen ihn kassiert haben, nachdem man Elvira gefunden hat. Und es heißt, er ist wieder nach Hause geschickt worden. Also, mich wundert das nicht. Weshalb sollte er Elvira umlegen, wenn sie ihm im Grunde egal war? Egal ist das richtige Wort!«

»Hat Ihre Frau nie über diese merkwürdige Verbindung geredet?«, fragte Tante Anni.

»Ich habe sie mal gefragt, was diese Verbindung soll. Sie hat geantwortet: Das verstehst du nicht. Aber derartige Antworten kriegte ich dauernd. Ich habe nie irgendwas verstanden.« Seine Stimme wurde wieder sehr bitter.

»Haben wir noch Cliquenmitglieder vergessen?«, fragte ich.

»Den Kaplan«, sagte Oma Ohler wie aus der Pistole geschossen. »Der nimmt auch manchmal an den Spieleabenden teil. Markus Klinger heißt der. Aber ich glaube nicht, dass der ein richtiges Mitglied ist. Mehr so von Zeit zu Zeit. Der hat ja auch viel mehr zu tun als die anderen. Er wird überall eingesetzt, wo die Pfarrer zu viel zu tun haben. Er sagt, er sei ein Springer. Ein netter Mann, er predigt gut.«

»Angeblich ist er schwul«, bemerkte Rolli sanft. »Oma hört das nicht gern, aber man darf es nicht vergessen.«

»Aber das ist nur ein Gerücht?«, fragte ich.

»Ein Gerücht!«, bestätigte er. »Aber man kennt das ja, man weiß ja, woran man ist.«

»Aha!«, sagte ich hohntriefend. »Also noch ein Homo in dieser Runde.«

Tante Anni kicherte wie ein Schulmädchen.

»Ähh!«, machte Rolli und drehte verlegen den Kopf zur Seite.

»Nun will ich aber endlich wissen, warum gibt es diese Clique überhaupt? Was tut sie?«, fragte ich.

Rolli hob den Kopf wieder und antwortete: »Sie ist ein V. o. j. N., ein Verein ohne jeden Nutzen. Sie treffen sich, um zum Beispiel ein Fest vorzubereiten, mal wird für krebskranke Kinder gesammelt, mal machen sie eine Tagestour zur Loreley oder nach Köln oder nach Aachen. Aber in der Hauptsache treffen sie sich, um zu spielen. Immer um Geld. Die Gewinne verschenken sie dann, einem gemeinnützigen Verein, einer sozial schwachen Familie oder so.«

»Wie oft kommen sie im Monat zusammen?«, fragte Tante Anni.

»Zwei-, dreimal die Woche«, sagte er. »Manchmal auch öfter.«

»Und wie gehen sie miteinander um? Lustig? Freundlich? Sind sie eher straff organisiert?« Tante Anni hatte anscheinend Feuer gefangen.

»Meistens lustig, ausgelassen. Ziemlich zwanglos«, sagte er nachsinnend. »Die Frauen jedenfalls benehmen sich so, als sei es normal und schön, mal mit dem einen und mal mit dem anderen ins Bett zu gehen. So richtig modern.« Rolli beugte sich vor und bewegte den rechten Zeigefinger langsam auf der Tischplatte. »Jetzt haben wir zwei Morde. Kinsi und Elvira Klein. Beide haben mit der Clique zu tun, einwandfrei.«

»Fragen wir doch direkt«, sagte Tante Anni gut gelaunt. »Wer aus der Clique könnte jemanden ermorden?«

Oma Ohler antwortete als Erste. »Dazu kann ich nichts sagen. Nicht mit gutem Gewissen.«

»Sie brauchen kein gutes Gewissen«, erklärte ich. »Ihre Wahrheit reicht schon.«

»Aber ich weiß es doch nicht.« Zum ersten Mal schien sie hilflos.

»Ich schließe mich an«, murmelte Rolli. Er trank noch einen Schluck von seinem Schnaps. »Ich stehe dazu: Sauber sind die alle nicht. Aber Mord? Nein, eher keiner von denen.«

»Aber jemand hat es getan«, stellte Tante Anni strahlend fest. »Na ja, im Laufe der Zeit wird sich das klären.«

»Ich muss jetzt heim.« Oma Ohler nestelte an ihrem Täschchen herum. »Ich habe versprochen, die Kinder zu versorgen. Anna muss irgendwelche Kunden von Bliesheim besuchen.«

Es war still und es war sehr peinlich.

»Anna und ihr Lieblingsschwanz!«, stießt Rolli hervor. Seine Stimme war dunkel. Dann erhob er sich und sah mich an. »Wenn du was schreibst, kannst du dann verschweigen, dass ich hier war?«

»Ich schreibe noch nicht«, antwortete ich. »Erst wenn die Geschichte ein Ende gefunden hat.«

Oma Ohler stand seltsam verloren herum und drehte ihr Täschchen vor dem Bauch. Sie sagte: »Tja.« Was wie eine Einleitung zu einer längeren Bemerkung begann, endete ohne ein Wort. Sie wirkte verlegen und die tausend Falten in ihrem Gesicht erzählten eine uralte Geschichte von Hoffnungen und Niederlagen. Und von Furcht, jetzt war da eindeutig auch Furcht.

»Wir haben nicht viel herausgefunden«, sagte ich beruhigend. »Aber das macht nichts, die Polizei wird weiterkommen.«

Plötzlich erschien ein sanftes Grinsen auf ihrem Gesicht. »Das ist mir scheißegal, wie man so sagt. Ich muss bloß immer dran denken, was wohl noch passieren wird ...«

»Das muss man aushalten«, bestimmte Tante Anni barsch.

»Das muss man gar nicht aushalten«, widersprach ich. »Oma Ohler, ich habe eine Idee: Da Sie eine kluge Frau sind, könnten Sie doch alles aufschreiben, was Sie wissen. Alles, was mit der Clique zusammenhängt, alles, an was Sie sich erinnern können. Sie ordnen das Ganze zeitlich, dann werden wir wesentlich klarer sehen können. Wenn Sie etwas nicht mehr genau wissen, dann rufen Sie Rolli an. Vielleicht weiß der es dann besser.«

»Das könnte ich versuchen«, nickte sie nach einigen Augenblicken des Nachdenkens.

Tante Anni und ich warteten in der Haustür und sahen zu, wie sich die beiden in das Auto setzten und uns noch einmal zuwinkten. Es war das Auto, das Rolli jenem Mann verdankte, der ihm Hörner aufgesetzt hatte.

»Du bist ein richtiger Sausack!«, seufzte Tante Anni zufrieden. »Lässt die alte Frau etwas aufschreiben, was dir Arbeit erspart und gleichzeitig den ganzen Cliquenplan liefert.«

»Ich dachte dabei mehr an Oma Ohler«, erwiderte ich. »Nicht an mich. Ich werde das nicht gebrauchen können, aber ihr nützt es vielleicht. Sie hat was zu tun, bis etwas geschieht oder der Spuk vorbei ist. Aber ich fürchte auch, dass noch mehr passieren wird, aus dieser Geschichte ist noch lange nicht die Energie raus.«

»Ein Albtraum«, murmelte Tante Anni. »Und jetzt, mein Lieber, mache ich dir Kartoffeln, Spinat und Spiegeleier. Das ist nämlich etwas, das wir noch im Haus haben.« Sie tippte mir mit dem Zeigefinger gegen die Brust. »Ich wollte dir noch sagen, dass ich für das Asyl hier dankbar bin. Alte Menschen werden hierzulande beschissen behandelt. Und dabei habe ich mir für dieses Land ein Leben lang den Arsch aufgerissen. Ich möchte wissen, warum Gottvater mich so dämlich sein ließ.«

»Du lieber Himmel, du kannst ja richtig vulgär sein!«, rief ich anerkennend.

»Du solltest mich erleben, wenn ich in Fahrt komme!«, grinste sie und verschwand in der Küche.

Mein Hund trollte aus dem Garten heran, meine Katzen folgten. Ich erklärte ihnen unsere neue soziale Lage und versicherte: »Sie ist eine nettes, altes Luder und sie wird euch mögen, euch heimlich jede Menge Süßigkeiten zustecken, bis ihr kotzt. Wir müssen ihr Zeit lassen, damit sie zu einer Entscheidung kommen kann.«

Cisco bellte zustimmend, was aber nichts besagte, da er nach etwas längeren Erklärungen seines Herrn in jedem Fall bellte.

Ich versprach: »Ich habe noch eine Glas Würstchen. Geflügelwürstchen. Die mag ich nicht und Tante Anni hat sie noch nicht gefunden. Ich schenke sie euch!«

Ich ging in die Küche und langte in den großen Hängeschrank, um das Glas mit den Würstchen herauszuholen. Den misstrauischen Augen meiner älteren Mitbewohnerin erklärte ich: »Da du das alles für vollkommen hirnrissiges Menschenfutter hältst, habe ich beschlossen, den Inhalt dieses Glases meinen Tieren zu spendieren.«

Sie sagte keinen Ton, sie prustete nur.

Im Schatten der Esskastanie, die schon groß genug war, einen richtigen Schatten zu werfen, teilte ich dann die Beute unter meinen Tieren auf. Ein winziges Stückchen Geflügelwurst geriet vor die Schnauze des Koikarpfens mit dem schönen Namen Zarathustra, der das Maul aufriss und einmal schluckte. Ich bin mir nicht sicher, aber ich bildete mir ein, dass er mir anschließend kumpelhaft mit dem rechten Auge zublinzelte. Falls jemals die Koikarpfen die Herrschaft auf diesem Planeten antreten, bin ich in jedem Fall fein raus.

Dann geschah das Unvermeidliche, das ich seit dem Aufstehen fürchtete. Vera war am Telefon, sie sagte kühl und geschäftsmäßig: »Hallo. Ich müsste vorbeikommen und einige Sachen holen, die ich zum Anziehen brauche.«

»Oh, kein Problem. Komm vorbei, wann immer du willst. Ruf vorher an, dann ist auch jemand da. Und außerdem hast du einen Schlüssel.«

»Ich wollte jetzt sofort losfahren. Es ist dringend.«

»Klar. Du wirst Tante Anni aus Berlin vorfinden. Sie ist

eine liebe alte Freundin und weitläufig verwandt mit mir. Du wirst schon mit ihr klarkommen.«

»Du wirst nicht da sein?«

»Auf keinen Fall«, versicherte ich freundlich.

»Wahrscheinlich hast du wegen der drei Morde viel Arbeit?«

»Ja. Aber das ist es nicht. Ich möchte im Moment nicht mir dir zusammentreffen und sinnlose Gespräche führen. Komm nur her, Tante Anni wird dich freundlich behandeln. Und nun tu dir den Gefallen und beende diese Quälerei.«

»Ja«, sagte sie und legte auf.

»Na, das war doch grandios!«, erklärte ich meinen Tieren. Anscheinend wirkte ich nicht überzeugend, sie reagierten nicht, sondern lümmelten sich weiter in der Sonne.

Mit unendlicher Langsamkeit kam ich wieder zu mir, nahm die Wärme der Sonnenstrahlen wahr, die Farben um mich her, die Reihe der Lavendelbüsche, das sanfte Rauschen des Windes in den Birken, die gelben Blüten der Hahnenfußgewächse, die späten rot leuchtenden Punkte der Sommertulpen, den kleinen Busch der weißen Rosen unter dem wilden Knöterich. Im Teich knabberten Goldfische im Wurzelwerk des wilden Reis, die Halme bewegten sich ruckhaft. Dann schlugen die Glocken im Kirchturm neben mir an. Es war halb zwölf, ich war zu Hause, die Welt schien friedlich.

»Vera wird kommen und ihre Sachen packen«, sagte ich zu den Tieren. »Sie wird verschwinden und es tut mir Leid, dass es so gelaufen ist. Menschen gehen so miteinander um, es ist ihre Art, denn nichts ist für die Ewigkeit. Ihr müsst euch nicht grämen, ihr müsst auch nicht trauern, es reicht, wenn ich das tue.«

Tante Anni erschien an der Hausecke und rief: »Es gibt Essen.«

Wir hockten uns in die Küche. Eigentlich aß Tante Anni nicht, sie arbeitete. Essen war nichts Genussvolles, eher etwas Lästiges, das man erledigen musste, um weiterarbeiten zu können.

»Du stehst unter Stress, nicht wahr?«

Sie hielt inne und nickte, ohne ein Wort zu erwidern.

»Ich fahre gleich mal in die Landschaft, ich will mir den Auffindungsort von der toten Elvira Klein noch einmal ansehen und darüber nachsinnen. Während dieser Zeit wird Vera kommen. Vera ist eine Freundin, die noch einige Klamotten hier hat. Die will sie abholen.«

»Du willst ihr ausweichen?«, fragte Tante Anni sachlich.

»Ja«, gab ich zu. »Außerdem ist es möglich, dass ein gewisser Rodenstock anruft. Er ist mein bester Freund. Sag ihm, er kann mich übers Handy erreichen. Und ansonsten wollte ich dir noch sagen, dass es mir Freude bereitet, dass du hier bist. Selbstverständlich kannst du so lange bleiben, wie du willst.«

So was konnte sie nicht gut ertragen, sie lief puterrot an und wandte das Gesicht zur Seite.

»Der Hund heißt Cisco, die Katzen heißen Paul, das ist der Graue, und Satchmo, das ist der Hellere. Ach, da fällt mir noch was ein. Du hast doch erzählt, dass niemand in Berlin weiß, wo du hingefahren bist. Vielleicht wäre es gut, deiner zuständigen Polizeiwache kurz mitzuteilen, dass sie keine Vermisstenmeldung zu Protokoll nehmen sollen und unter welcher Telefonnummer du zu erreichen bist.«

»Das ist gut, das mache ich sofort.«

»Prima. Unten an der Kirche hängt ein Briefkasten. Schräg gegenüber wohnen Maria und Rudi Latten sowie Beate und Rainer Latten, die Kinder samt Enkeln. Die wissen immer Rat, wenn du irgendetwas nicht weißt oder wissen willst. Das wäre es fürs Erste. Ich verschwinde nun.«

»Hast du Angst vor dieser Vera?«

»Nein, das nicht. Aber zuweilen ist es besser, sich aus den Füßen zu gehen und den Mund zu halten.«

Ich stand auf, lud meine Weste mit Tabak und Pfeifen auf,

setzte mich ins Auto und startete. Zuerst steuerte ich Rodenstocks Haus in Heyroth an, sah kurz nach dem Rechten, fühlte die Erde, fand, dass sie noch feucht genug war, und fuhr dann weiter. In der Senke, in der die Straße scharf links Richtung Niederehe weiterläuft und ein uralter Weg durch ein wunderschönes Tal nach Oberehe führt, hielt ich an.

Der Bach, der von Oberehe kommend unter der Brücke durchfließt, unterhält an seinem linken Ufer ein nicht sehr großes sumpfiges Feld, in dem blaue Schwertlilien stehen. Ein kleines Wunder zwischen zwei Waldrändern.

Ich hockte mich ins Gras, ich stopfte mir eine Lorenzo und schmauchte vor mich hin.

Der Mord an Klaus Mertes unterschied sich fundamental von den Morden an Kinsi und Elvira Klein. Jemand mit hoher Professionalität hatte den jungen Mann auf große Distanz erschossen, sich nach der Spurenlage von seinem Tod überzeugt, etwas, was Mertes bei sich trug, mitgenommen. Das wirkte kaltblütig, geplant. Im Gegensatz dazu die Raserei, mit der Elvira Klein erstochen worden war, der mühsame Transport über die Auwiese zur Kleinen Kyll, das Abschneiden der Haare. Kinsis Tod war am schwersten einzuordnen: die schwere Kopfverletzung, der Bruch des Rückgrates und dann die im Grunde ungeheuer riskante Art, den Selbstmord in der Scheune zu inszenieren.

Eine Hummel strich um eine winzige Malve.

Wo gab es Übereinstimmungen?

Rodenstock pflegte zu sagen: Zuweilen ist es unmöglich, den logischen Überlegungen eines Mörders zu folgen, weil wir nicht über seine Logik verfügen.

Plötzlich musste ich grinsen, weil ich mich erinnerte, dass mein Vater derartig abgehobene Überlegungen als geistigen Dünnpfiff bezeichnet hätte.

Ich startete mein Auto und begab mich wieder auf die Walz. Kinsi, dachte ich melancholisch, ich hätte so gern mit dir geredet – über Böll und Grass und Lenz, und über die

Frau namens Beate Laach, die du eigentlich in ein paar Wochen heiraten wolltest und die jetzt fassungslos ist, weil es dich einfach nicht mehr gibt.

Ich fuhr nach Hillesheim zur Buchhandlung *Lesezeichen,* ich dachte, es sei nicht verkehrt, mehr über Meerfeld in Erfahrung zu bringen, um später das dörfliche Leben besser schildern zu können. Doch es gab nichts. Monika Brümmer fand nur Verweise auf alte, nicht mehr lieferbare Veröffentlichungen. Sie hatte jedoch wie immer einen Tipp, der lautete: *Café am Maar,* Dirk Junk. »Das ist der Sohn der berühmten Renate Junk, die die Eifel schon seit dreißig Jahren auf sämtlichen Touristikmessen vertreten hat – und dreißig Jahre lang gratis und franko.«

Das sagte mir etwas, das hob die Stimmung. Ich bedankte mich artig, machte mich erneut auf den Weg.

Das Handy meldete sich, als ich von Neroth Richtung Oberstadtfeld brauste.

Langsam fuhr ich rechts ran mit der geheimen Hoffnung, dass der Anrufer aufgeben würde. Er gab nicht auf.

»Ich bin's, Emma.«

»Wie schön. Wie geht's?«

»Gut. Wahrscheinlich kommen wir in ein paar Tagen heim. Bist du in deinem Garten und sitzt in der Sonne?«

»Ich bin unterwegs, weil Vera herkommen wollte, um sich ihre Sachen zu holen. Und ich bin im Moment zu dünnhäutig, um mich mit ihr auf irgendeine Diskussion einzulassen. Ich möchte das alles nicht diskutieren. Auch nicht mit dir.«

»Aber sie hat doch gar nichts mit diesem Kollegen«, sagte sie empört.

»Emma, das mag sein. Aber auch das möchte ich nicht diskutieren.«

»Sie hat nur erzählt, dass es diesen Mann gibt, aber dass sie ihn auch nicht allzu ernst nimmt.«

»Wie schön!«, sagte ich und spürte Wut aufsteigen. »Vera hat einen neuen Job. In Mainz. Das ist gut, das ist ihr Ding.

Mehr ist nicht, Emma. Und ich bin nicht gewillt einen langen Abschied hinzulegen.«

Sie gab nicht auf. »Vera möchte aber noch einmal mit dir reden. Sie möchte, dass du sie verstehst.«

»Ich glaube, ich verstehe sie gut. Reden können wir auch noch in acht Wochen, wenn es nicht mehr so wehtut.«

»Entschuldige, dass ich mich dazwischenhänge. Aber irgendwie fühle ich mich für dich verantwortlich, wie für einen Sohn oder einen Bruder.«

»Ich weiß, Emma. Und ich bin dafür sehr dankbar. Aber durch diese Sache muss ich allein, da ist nicht zu helfen. Ruft an, wenn ihr wisst, wann ihr in Frankfurt ankommt.«

»Ja«, sagte sie knapp. »Pass auf dich auf.«

In Oberstadtfeld bog ich nach links ab, Niederstadtfeld, Schutz, dann führte mich das schmale Asphaltband zur Bleckhausener Mühle. Weil das Wetter freundlich war, saßen dort viele Leute an den Tischen auf der Terrasse.

In Höhe des Fundortes der Leiche von Elvira Klein hielt ich an und trödelte hinunter zur Uferwiese. Ich wusste nicht, was ich dort wollte oder erwartete. Wahrscheinlich wollte ich versuchen, meine Gelassenheit wiederzufinden, die ich hier eigentlich am allerwenigsten gewinnen konnte.

Ich setzte mich an das vorbeischießende Wasser und starrte hinein, als könne es mir Aufschluss geben über die Lösung eines Problems.

Gut wäre es, wenn ich mich mit irgendeinem Menschen unterhalten könnte, der Elvira Klein gut gekannt hatte. Doch ich hatte Hemmungen, direkt auf diesen Verlobten Gernot Meyer zuzugehen.

Nur zufällig bemerkte ich ihn, als ich mich streckte und dabei drehte. Er lief mit gesenktem Kopf durch die Wiese: ein kleiner, schmaler Mann mit dunklen Haaren und lebhaften Bewegungen. Sein Gesicht war hager, asketisch fast. Bei jedem Schritt ließ er seine Arme an der Seite pendeln, als koste er die Bewegungen seines Körpers vergnüglich aus.

Er hatte mich wohl schon eher gesehen, denn ohne zu zögern sagte er: »Guten Tag«, und schloss an: »Hier ist sie wohl gefunden worden.« Seine Stimme war angenehm dunkel. »Darf ich?« Er ließ sich neben mir im Gras nieder. Er trug blaue Jeans, ein leichtes, dunkelblaues Jackett über einem schwarzen dünnen Rollkragenpullover. »Ich bin Markus Klinger, sozusagen der zweite Pfarrer hier in der Gegend, die Feuerwehr des lieben Gottes für alle umliegenden Kirchspiele.«

»Ich bin Siggi Baumeister, Journalist, ich recherchiere diese Fälle.« Ich reichte ihm die Hand, er drückte sie fest.

»Haben Sie denn schon was herausgefunden?«, wollte er wissen.

»Habe ich nicht«, war meine Antwort. »Aber vielleicht können Sie mir ja helfen ... Was hat es mit dieser Clique auf sich, der Elvira Klein angehörte? Mir wurde gesagt, Sie hätten auch mit denen Gesellschaftsspiele gespielt.«

»Stimmt. *Monopoly* und *Die Siedler von Catan* und manchmal Skat. Es war immer sehr nett.« Er wedelte lebhaft mit seinen sehnigen Händen. »Überhaupt ist das eine nette Clique. Beziehungsweise war. Jetzt muss man ja wohl davon in der Vergangenheit sprechen. Denn das, was da passiert ist, ist wohl der Todesstoß für eine solche Runde.«

»Es gibt andere Ansichten und nicht jeder benutzt das Adjektiv ›nett‹«, sagte ich behutsam.

Der Kaplan lachte leise und merkwürdigerweise klang das etwas altklug. »Kennen Sie eine Clique, die von außenstehenden Menschen nicht mit irgendwelchen Verdächtigungen überzogen wird? Zum Beispiel, dass sie viel zu viel saufen und verdächtige Reden führen?«

»Kenne ich, selbstverständlich. Wie war diese Elvira Klein so?«

»Sie war eine Suchende«, murmelte er nach einem kurzen Augenblick. »Haben Sie sie hier gesehen?«

»Ja, habe ich. Hat die Kriminalpolizei Sie vernommen?«

»Selbstverständlich. Stundenlang, der Sache angemessen. Ich hatte den Eindruck, dass die Damen und Herren noch nicht viel wissen. Einen entscheidenden Hinweis habe ich ihnen allerdings auch nicht geben können, fürchte ich.«

Mir wurde plötzlich bewusst, dass er verkrampft wirkte, dass seine lächelnde Gelassenheit vielleicht Tünche war. Und ich registrierte, dass seine Augen hellblau waren, was bei Schwarzhaarigen immer auffällt.

»Es wird behauptet, dass diese Elvira Klein eine ziemlich wilde Hummel gewesen ist.«

Er nickte. »Das meine ich, wenn ich sage, dass sie eine Suchende war. Sie war ledig, ohne Kinder und sie war hübsch. Diese jungen Frauen fragen sich immer häufiger, ob es wirklich notwendig ist, mit dem Rüstzeug Ehemann und Kinder ausgestattet zu sein. Unter einer wilden Hummel verstehen Sie doch wahrscheinlich eine Frau, die mit mehreren Männern das Leben ausprobierte, mit ihnen vögelte. Nicht wahr, das wollten Sie doch andeuten?«

»Stimmt«, sagte ich, leicht erstaunt über seine Wortwahl. »Und wie war das in der letzten Zeit? In den letzten zwei Jahren, seit sie mit dem Gernot Meyer verlobt war?«

»Sie meinen, ob ihre Suche am Ende war?« Klinger wiegte den dunklen Kopf hin und her und auf seiner Stirn waren Falten. »Nein. Eher das Gegenteil war der Fall. Sie war verlobt, gut. Aber sie war mit ihrer Suche nicht am Ende. Anfangs glaubte sie wirklich, ihr Verlobter sei der Richtige. Aber dann stellte sie für sich fest, dass er das nicht war. Ich denke, das darf ich Ihnen sagen. Der Kripo habe ich das auch gesagt.«

»Glauben Sie, ein verflossener Lebensgefährte kann sie getötet haben?«

»Möglich«, nickte er. »Doch ich vermute, dass die bereits alle überprüft wurden. Mich wundert, dass Sie nicht fragen, ob ihr jetziger Verlobter, der Gernot Meyer, sich darüber im Klaren gewesen ist.«

»Das hätte ich jetzt getan. War er es?«

»Das frage ich mich selbst. Eher nein, glaube ich. Er war ihr Feigenblatt.«

»Könnten Sie das bitte wiederholen?«, fragte ich verblüfft.

Er lächelte. »Ich sagte, Gernot Meyer war Elviras Feigenblatt. Sie selbst hat das nie so ausgedrückt, aber ich denke, das trifft es. Vermutlich hatte sie Angst, irgendwann allein dazustehen, niemanden neben sich im Bett zu haben. Und sie war alt genug, solche Zukunftsängste zu entwickeln, nicht wahr?«

»Wann wollten die beiden denn eigentlich heiraten?«

»Das war nicht akut. Irgendwann. Aber ich glaube, sie wären die ewigen Verlobten im schönen Bettenfeld geblieben.«

»Was hielt die beiden denn dann, verdammt noch mal, zusammen?« Aus irgendeinem Grund war ich plötzlich wütend.

Er sah mich schnell an. »Zusammen? Sie haben nicht zusammengelebt.«

»Markus Klinger, haben die beiden miteinander geschlafen, wissen Sie das?«

Behutsam schüttelte er den Kopf. »Weiß ich nicht. Wie ich eben sagte, er war ihr Feigenblatt – und sie war seines. Sie brachte auch in sein Leben eine gewisse Normalität. Er ist achtunddreißig und er, das weiß ich bestimmt, hatte noch nie eine tiefer gehende Liebesgeschichte. Damit verrate ich nichts Intimes, das ist allseits bekannt. Er ist … na ja, er ist schrecklich asexuell. Der liebe Jung von nebenan. Ich kann ihn mir gar nicht vorstellen, wie er mit Elvira Klein durch die Sonne geht und Händchen hält. Oder wie er neben ihr im Bett liegt. Schon gar nicht bei so etwas wie Geschlechtsverkehr. Deshalb glaube ich auch nicht, dass er sie getötet hat.«

»Was sucht denn der liebe Jung von nebenan in dieser Clique?«

Markus Klinger legte sich auf den Rücken, verschränkte die Hände unter dem Kopf und starrte in den Himmel.

»Das ist ein schöner Tag«, seufzte er. »Ich nehme an, er suchte Menschen – wie wir alle. Sein Leben verlief schon irgendwie merkwürdig. Bis er dreißig Jahre alt wurde, wohnte er noch im Haus seiner Eltern. Sein Vater ist schon lange tot, aber seine Mutter kümmerte sich um ihn, sie wäscht ihm noch heute die Wäsche und bügelt seine Oberhemden. Jeden Tag ist sie in seinem Haus in Bettenfeld. Ja, der Dreißigjährige ist auf einmal hingegangen und hat sich tatsächlich ein neues Haus gebaut. Ein riesiges Haus, zweihundert Quadratmeter Wohnfläche. Darin lebt er ganz allein. Allerdings bewohnt er eigentlich nur seine Küche und sein Schlafzimmer. Die anderen Räume sind dicht und dunkel. Ist das nicht verrückt? Er hat mir mal angeboten, kostenlos zwei Räume bei ihm zu beziehen. Das fand ich schon irgendwie komisch.«

»Vielleicht ist er einfach ein netter Kerl, vielleicht hätten Sie das akzeptieren sollen. Aber trotzdem reicht mir Ihre Auskunft nicht. War Elvira Klein bei ihm zu Hause, sie muss doch mal über Nacht geblieben sein? Das wäre doch wohl normal«, sagte ich.

»Ja, vielleicht wäre das normal«, murmelte er. »Aber soviel ich weiß, gab es das nicht. Auch umgekehrt, wenn Meyer Elvira besucht hat, er ist nachts immer zu sich nach Hause gefahren.«

Wir schwiegen eine Weile.

»Was dachten Sie, als Sie vom Tod der Elvira Klein erfuhren?«, fragte ich.

»Ich war sehr erschrocken, ich glaube, ich bin leichenblass geworden. Sie war so lebendig, eine freche Frau, eine, die alles Mögliche infrage stellte. Ehe zum Beispiel, Kinder, Familie.«

»Fällt Ihnen ein möglicher Täter ein?«

»Nein, wirklich nicht. Und dann noch der Schock mit Kinsi! Dass der Selbstmord gemacht haben sollte, habe ich zwar sowieso nicht glauben können. Kinsi war mit seiner Verlobten bei mir gewesen, ich sollte sie trauen, ich habe mich drauf gefreut. Dann die Nachricht, dass er sich erhängt hat. Ich war fassungslos. Warum sollte sich dieser Mann das Leben nehmen? Er war in des Wortes wahrstem Sinn ein heiterer Mensch. Ich konnte mir keine Krise vorstellen, weshalb derer er sich umbringen sollte. Aber die Vorstellung, dass ihn jemand umgebracht hat, ist fast noch schrecklicher.«

»Wissen Sie, dass er nicht der zurückgebliebene Mann war, als den ihn das Dorf verkauft?«

»Klar weiß ich das. Er lieh sich Bücher von mir, er konnte nicht genug kriegen. Er war so still. Und immer hilfsbereit.«

Wir schwiegen wieder. Ich stopfte mir eine Winslow, die einen wie eine Schraube gedrechselten Holm hat.

»Was meinen Sie, kann Elvira Klein einen Mann kennen gelernt haben, von dem niemand etwas wusste?«

Er kaute an einem Grashalm und antwortete träge: »Denkbar ist alles. Aber eigentlich müssten das doch die beiden anderen Frauen wissen, Anna Hennef und Gundula Pechter. Die drei hockten immer zusammen, ich glaube nicht, dass sie ein Geheimnis voreinander hatten.«

»Verdammte Hacke!« Ich wurde angesichts seiner heiteren Gelassenheit schon wieder zornig. »Elvira Klein hat mit dem zufällig anwesenden Bauunternehmer Andreas Forst, einem Mann doppelt so alt wie sie, fröhlich im Sonnenschein auf einer Decke am Waldrand gevögelt. Dafür gibt es einen Zeugen. Wissen Sie, was mich stört? Ihre verdammte, fröhliche Trägheit, mit der Sie alles Miese zudecken.«

Kurz zuckte er zusammen. »Warum greifen Sie mich an? Was soll das bringen? Ich bin nicht der Mörder von Elvira oder Kinsi. Was sollen diese Unhöflichkeiten?«

»Tut mir Leid, war nicht so scharf gemeint. Aber was halten Sie davon, dass Elvira Klein mit Andreas Forst schlief?«

»Was soll ich davon halten?«, antwortete er einfach. »Menschen sind so, das geschieht. Schlimm ist das doch nur für Dritte, die damit leben müssen. In diesem Fall für Gernot Meyer. Und dem, das wiederhole ich, ist so etwas furchtbar egal, solange es nicht öffentlich wird.«

»Das kann ich nicht glauben«, murmelte ich an meiner Pfeife vorbei. »Was Anna Hennef da mit ihrem Rolli angestellt hat, war auch nicht gerade das Gelbe vom Ei. Das hat Rolli die ganzen Träume seines Lebens zerschlagen.«

»Richtig, das war ekelhaft«, gab der Kaplan nachdenklich zu. »Das war oberekelhaft. Ich wollte mit Rolli reden, einfach nur reden. Manchmal hilft das. Er wollte nicht. Er wandte sich ab, als sei ich vom Teufel geschickt.«

»Was ist denn dieser Forst für ein Typ?«

»Ein klassischer Patriarch«, antwortete er schnell. »Jemand, der sich zurückgezogen hat, der aber immer noch sämtliche Fäden in der Hand hält. Der kann wahrscheinlich gar nicht anders. Er betrachtet die ganze Menschheit als seine Familie und er legt Wert auf die Feststellung, dass er allein ganz genau weiß, was für jeden Einzelnen gut ist. Und wehe, jemand widerspricht ihm.«

»Wissen Sie etwas von krummen Geschäften?«

»Was meinen Sie mit krummen Geschäften?«

»Ich habe keine Beispiele«, sagte ich langsam. »Ich hörte davon, dass Bliesheim ständig über viel Bargeld verfügt.«

»Davon weiß ich nichts«, er kaute wieder auf seinem Grashalm. »Aber ich bin ja auch nur ein seltener Gast in der Clique. Von Geschäften irgendwelcher Art war nie die Rede, wenn ich dabei war.«

»Wo trifft sich die Clique eigentlich?«

»Fast immer bei Gundula Pechter. Oder in der Jagdhütte. Bliesheim hat vom alten Forst eine Jagdhütte übernommen.«

»Dann fasse ich mal zusammen: Die Clique ist beziehungsweise war, wie Sie sagen, keine besondere Clique, sondern ein Haufen netter Leute, die sich ab und zu trafen, und von irgendwelchen kriminellen Machenschaften oder undurchsichtigen Transaktionen ist Ihnen nichts bekannt?«

»Richtig«, sagte er heiter.

»Dann muss ich jetzt einmal ans Eingemachte gehen, Herr Pfarrer. Dass Sie Ihre Schäfchen schützen, ist verständlich, aber auch dumm. Sie riskieren zum Teil schon einen recht tiefen Einblick in betroffene Persönlichkeiten, aber das alles schwimmt auf der Fettbrühe wohl dosierter priesterlich-väterlicher Zuwendung. Der eine ist bestenfalls das Feigenblatt für den anderen, der andere hat bestenfalls Geld und Macht – aber irgendwie merkwürdig ist eigentlich nix. Ich hoffe, Sie verstehen, worauf ich hinauswill. Nein, ich weiß, dass Sie das verstehen, denn Sie sind ein intelligenter Kopf mit schneller Auffassungsgabe. Sie behaupten: Eigentlich habe ich ja nichts mit denen zu tun. Schauen Sie mich jetzt nicht an wie ein waidwunder Dackel, sondern hören Sie sich das an: Da sitzt Rolli Hennef im Haus von Gundula Pechter, um seine Frau abzuholen. Kommt Bliesheim in das Haus, wohlverstanden: Er hat anscheinend einen eigenen Hausschlüssel, und sagt in höchster Eile, er bräuchte mal schnell fünfundsechzigtausend Euro. Die Pechter geht mit ihm zusammen in einen angrenzenden Raum und Bliesheim verschwindet wieder. Mit den fünfundsechzigtausend Euro. Was hat die Pechter mit Bliesheims Geschäften zu tun? Woher stammt dermaßen viel Bargeld? Warum findet sich das Bargeld im Hause Pechter? Und: Sie müssen doch so etwas gelegentlich auch mitbekommen haben. Ganz abgesehen davon, dass Ihnen ja wohl zumindest einzelne Cliquenmitglieder vertrauen müssen. Sonst hätten Sie nicht mitspielen dürfen. Also, Eure Heiligkeit, verzichten Sie auf Allgemeinplätze und reden Sie.«

Der Kaplan war bleich geworden und ich schob sofort nach: »Dann die Sache mit Rolf und Anna Hennef. Anna schläft mit dem Unternehmer Bliesheim. Sie bescheißt ihren Ehemann mindestens ein Jahr lang, eher länger. Rolli kommt dem Paar auf die Schliche und das Paar kauft Rolli aus, aus der Ehe raus – ein für mich unglaublicher Vorgang. Rolli bekommt mitten in der Nacht fünfzehntausend Euro auf den Küchentisch gezählt. Und es folgen weitere Zuwendungen – für die ganze Familie Vaals/Hennef. Alles in allem sind das einhundertneunundachtzigtausend schnelle Euro, die in kürzester Zeit fließen. Die Clique hat doch todsicher über diesen Deal gesprochen, denn Anna muss stolz gewesen sein, dass Bliesheim bereit war, mit einem kleinen Vermögen für den Spaß im fremden Bett zu blechen. Glauben Sie im Ernst, verehrter Herr Kaplan, dass so etwas mit rechten Dingen zugeht? Ich verwette meine wahrscheinlich verrottete Seele, dass Sie von all dem wussten, immer schon gewusst haben, dass Sie sich Ihre Gedanken gemacht haben, dass Sie Details kennen, dass Sie ziemlich genau wissen, was da gespielt wurde und wird. Und ich wette auch, dass Sie von kriminellen Handlungen Kenntnis haben.«

Klinger war tief beeindruckt, er setzte sich hin mit einem Rücken steif wie ein Ladestock. Seine Hände waren zittrig und seine Stimme hatte nichts mehr vom gewaltigen Prediger. Er zog ein blaues Päckchen Drum aus der Jackentasche und wollte sich eine Zigarette drehen. Es klappte nicht.

Tonlos sagte er: »Ich will Ihre Ausführungen nicht kommentieren. Sie beleidigen mich, Sie wollen mich nur provozieren.«

»Keineswegs«, widersprach ich heftig. »Zwei Morde sind passiert, die die Clique betreffen, auch wenn Kinsi kein Mitglied im eigentlichen Sinne war. Selbstverständlich wird die Mordkommission das genau unter die Lupe nehmen und auch Sie werden stundenlang auf dem Stühlchen sitzen dürfen und sich nicht darauf berufen können, ein katholischer Priester zu sein. Wie ist denn Ihr persönliches Verhältnis zu Rainer Bliesheim? Oder auch zu Forst? Und dann haben wir ja noch eine dritte Leiche, den Jungförster Klaus Mertes. Auch der Mann kannte Rainer Bliesheim, das gilt als sicher. Was wissen Sie über den?«

»Dazu möchte ich nichts sagen.« Er sah mich nicht an, er sprach zum Wasser und sein Kinn zitterte.

»Waren Sie jemals in Portugal bei Forst?«

»Ich möchte dieses Gespräch beenden!«

»Herr Kaplan. Sind Ihnen jemals Geschäfte mit Bargeld in dieser merkwürdig unschuldigen Menschengruppe über den Weg gelaufen?«

»Das beantworte ich nicht.« Er stand auf, beugte sich vor und keuchte heftig: »Sie haben eine schmutzige Fantasie!«

»Lieber meine schmutzige Fantasie als Ihr christlicher Ringelreihen! Sie müssen doch wissen, dass die Mordkommission Sie erneut befragen wird. Bisher haben die Sie nur abgetastet, bisher war das nur eine Pflichtübung. Jetzt wird die Kür kommen, das verspreche ich Ihnen.«

Er drehte sich weg und lief in die Wiese hinein. Dabei murmelte er etwas vor sich hin, das wie: »O nein, das will ich nicht. Das will ich wirklich nicht« klang.

Er erweckte den Eindruck, als wäre er vollkommen erledigt und könnte kaum noch geradeaus gehen. Sekundenlang war ich betroffen und dachte, ich hätte es zu weit getrieben. Aber dann fiel mir ein: Es ging um Mord.

Ich wartete ein paar Minuten, dann spazierte ich zurück zu meinem Auto und fuhr in den Ort Meerfeld hinein, der friedlich unter der frühen Abendsonne lag. Ehe ich ausstieg, rief ich die Mordkommission in Wittlich an und verlangte Gerald Özcan.

»Hören Sie mir, bitte, ein paar Sekunden zu. Sie müssen sich diesen Kaplan noch mal vornehmen, diesen Markus Klinger. Der weiß bedeutend mehr, als er zuzugeben bereit ist.«

»Der steht sowieso auf unserer Liste.«

»Ich würde mich erkundigen, ob er je bei dem alten Forst in Portugal war. Und ob er etwas von Bargeldgeschäften weiß. An diesem Punkt hat er bei mir gestreikt und ist einfach weggegangen.«

»Schönen Dank. Hat denn Ihr Gespräch mit Oma Ohler und Rolli Hennef etwas gebracht?«

»Woher wissen Sie das nun schon wieder? Na ja, nichts

Sensationelles, aber sie haben mich überzeugt, dass hinter dieser Clique mehr stecken muss als hinter einem Skatklub.«

»Das würde ich inzwischen auch so sehen. Gut, dann hole ich mir mal den Kaplan. Machen Sie es gut.«

Ich beschloss, dem Tipp von Monika Brümmer zu folgen und einen Kaffee zu trinken.

Vor dem *Café am Maar* saßen eine Menge Leute an kleinen Tischen und ließen sich den Abend mit Blick auf das Maar gefallen. Ich ging in die Gaststube und fragte eine Bedienung, ob es so etwas wie einen Chef gäbe.

»Natürlich«, grinste sie.

Dirk Junk war ein schlanker, großer Mann, der ausgesprochen freundlich wirkte. Ich sagte zu ihm, es gäbe verdammt wenig Lektüre über Meerfeld und ob er mir einen Tipp geben könne.

»Geht es Ihnen um die Morde?«, fragte er sachlich.

»Ja.«

»Schreiben Sie drüber?«

»Ja.«

»Ich frage, weil schon den ganzen Tag Fernsehleute hier herumschwirren und einem die Seele aus dem Bauch fragen. Dabei weiß ich nichts.«

»Aber Sie kennen die Clique um den Bauunternehmer Bliesheim?«, fragte ich.

»Wer kennt die nicht? Aber nur sehr oberflächlich. Also, ich habe eine alte Festschrift hier und dann eine Dokumentation der Geschichte der Verbandsgemeinde Manderscheid. Zu der gehören wir.«

»Das nehme ich. Was kostet das denn?«

Er grinste. »Das können Sie nicht kaufen. Wir haben auch nur jeweils ein Exemplar.«

»Können Sie mir das Material denn vielleicht ein paar Tage leihen?«

»Das ginge.« Dann räusperte er sich und fragte: »Sie sind aus der Eifel, nicht wahr?«

»Ja. Warum?«

»Weil ich Ihnen das Material nicht leihen würde, wenn Sie aus Frankfurt oder sonst woher wären.«

»Sieh an!«, sagte ich erfreut. »Dann hätte ich gern noch eine Kanne Kaffee. Und noch eine Auskunft, bitte. Dieser Bliesheim ... ist die Gemeinde, die Bevölkerung stolz auf den? Ich meine ...«

»Ja, ich verstehe schon. Nein, ist sie wohl nicht. Viele sagen, er wäre sich zu fein, die meisten halten ihn für arrogant. Und er gilt als knallharter Geschäftsmann. Aber das wird von mir wahrscheinlich auch behauptet.«

»Was ist mit Kinsi? Wie war dessen Stellung?«

»Den mochten alle. Dass ausgerechnet der umgebracht wurde, geht in keinen Kopf.«

»Sie kennen doch sicher auch den Markus Klinger – ist der beliebt?«

»Eigentlich ja. Die Pfarrer in der Eifel haben es ja auch nicht mehr leicht. Früher war der Pfarrer eine absolute Respektsperson. Das ist vorbei, die müssen sich nun durchsetzen, die müssen zeigen, dass sie was zu sagen haben. Aber der Kaplan ist eigentlich gut.«

»Höre ich da eine Einschränkung?«

»Nein. Nur in dem Sinne vielleicht, dass solche Menschen jetzt nicht mehr mit Bonuspunkten rechnen können, nur weil sie Priester sind. Ich hole Ihnen mal die Festschrift.« Er verschwand und eine Bedienung brachte meinen Kaffee.

Ich stopfte mir eine alte, stark gebogene Savinelli mit dem schönen Namen Goldpunkt und schmauchte vor mich hin, bis mir Dirk Junk die Festschrift und das Buch über die Verbandsgemeinde Manderscheid brachte. Ich blätterte darin, konnte mich aber nicht konzentrieren, weil ich noch immer an diesen katholischen Priester denken musste, der so aus dem Gleichgewicht geraten war, als ich ihn nur einmal scharf angeblasen hatte. Da war Angst im Spiel gewesen. Aber Angst wovor? Wusste er etwas, das gefährlich war?

Vielleicht war ja auch Elvira Klein getötet worden, weil sie etwas gewusst oder in Erfahrung gebracht hatte, was sie nicht hätte wissen dürfen. Und der Kaplan hatte jetzt Angst, dass es ihm ähnlich ergehen könnte ... Aber warum hatte der Täter dann Elvira Klein die rote Haarpracht abgeschnitten? Zur Tarnung? Um das Ganze aussehen zu lassen, als handele es sich um eine Hass- oder Liebesgeschichte? Möglich.

Dann diese merkwürdige Reaktion Klingers, als ich auf Klaus Mertes zu sprechen kam. Was steckte dahinter?

Ich zahlte und machte mich auf den Weg. Ich musste unter allen Umständen mit dieser Verlobten des erschossenen Jungförsters sprechen, die nach Auskunft der Kripoleute ja so gar nichts zu wissen schien. Ich fuhr nach Manderscheid hinüber, dann hinunter ins Tal der Lieser und wieder hoch nach Pantenburg auf der Höhe. Pantenburg war ein klassisches, lang gezogenes Straßendorf, hübsch hergerichtet, richtig anheimelnd. Zwar wusste ich nicht, wie die Dame hieß, aber in Eifler Dörfern sind das keine Hemmnisse, im Gegenteil, die Leute werden gern gefragt.

Mit den Worten: »Wo wohnt denn die Verlobte von Klaus Mertes?«, steuerte ich eine ältere Frau an, die keuchend ein Blumenbeet im Vorgarten beharkte.

»Die Jule?«, fragte sie. »Die wohnt ein paar Häuser weiter auf dieser Seite bei ihren Eltern. Da musse sein. Ach Gott, ist das alles schrecklich.«

»Ja, ja«, erwiderte ich und gab wieder Gas.

Das Haus war neu und an beiden Ecken mit einem Türmchen besetzt, als gelte es Ausschau nach irgendwelchen Feinden zu halten. Es gab zwei Klingeln, beide ohne einen Namen. Klar, jeder normale Eifler würde auf Nachfrage sagen: »Wieso Namen? Weiß doch jeder, wer da wohnt!«

Sicherheitshalber drückte ich auf beide Knöpfe und sofort erschien eine ältere Frau, die über die Schulter zurück in das Haus hineinrief: »Ich geh schon, Julchen. Bleib da.«

Mit ihrem rosigen Hausfrauengesicht wirkte sie sehr freundlich.

»Ich bin Siggi Baumeister. Ich möchte gern mit Ihrer Tochter Jule über Klaus Mertes sprechen. Ich muss dazu sagen, dass ich auch in der Eifel lebe und Journalist bin.«

»Och jeehh!«, machte die Frau. »Da kommen so viele. Und das Fernsehen auch. Ich weiß nicht.« Sie wischte ihre Hände an der Küchenschürze ab und musterte mich misstrauisch. »Woher sind Sie?«

»Ich lebe in Dreis-Brück und …«

»Das kenn ich, ich hab da eine Cousine.«

»Das ist schön«, freute ich mich. »Hat die Jule ein paar Minuten Zeit? Wenn Sie sich unsicher sind, bleiben Sie doch einfach bei dem Gespräch dabei.«

Diese Variante des uralten Spiels war ihr neu – es war meine Eintrittskarte.

»Ja, wenn Sie meinen. Dann kommen Sie mal mit.« Die Frau drehte sich um, ging die Kellertreppe hinunter, öffnete eine Wohnungstür und sagte: »Da ist ein Herr aus Dreis-Brück. Und er sagt, ich kann dabeibleiben.«

»Mama«, antwortete eine schöne Altstimme. »Ich bin schon erwachsen.«

»Das sagt ihr alle«, erwiderte die Hausfrau schnippisch. »Kommen Sie mal mit.«

Wir betraten eine helle, freundliche Wohnung mit einer breiten Fensterfront zu einem Garten hin, der voll blühender Blumen war.

Die Frau, die Jule hieß, saß in einem Sessel und starrte rauchend in diesen Garten. Sie trug ein schwarzes T-Shirt zu schwarzen Jeans und dazu flache schwarze Schuhe. Sie stand nicht auf, sagte dunkel und rauchig: »Setzen Sie sich. Was kann ich für Sie tun?« Sie würdigte mich keines Blickes.

»Ich wollte wissen, ob Sie eine Ahnung haben, weshalb jemand Ihren … Mann so einfach auf eine weite Distanz erschießt?«

»Nein, woher?« Jule war dunkelhaarig, ihre Hände zitterten nervös, sie spielte mit der Zigarette.

»Kind, du rauchst zu viel«, sagte Mama besorgt.

»Ja, Mama.« Nun wandte sie sich zu mir. »Warum fragen Sie das? Die Mordkommission hat mir die Seele viele Stunden lang sehr gründlich ausgequetscht. Diese Leute benehmen sich irgendwie abartig. Sie wollen nicht begreifen, dass zwei Menschen niemals absolut alles vom anderen wissen. Ich habe keine Ahnung, weshalb Klaus in Duppach war. Klaus hatte keine Feinde, das kann ich mir nicht vorstellen. Und ich weiß nicht, weshalb er diesen Bliesheim in diesem blöden Kaufhaus getroffen hat.«

Sie war der Typ Frau, die ihre Hilflosigkeiten mühelos hinter klug klingenden Worten versteckte, die sich blitzschnell auf neue Situationen einstellen konnte, die selbst in Krisen lächelnd auf ihre Ahnungslosigkeit pochte. Für Journalisten ist dieser Typ gefährlich: eine kluge Lügnerin.

»Das alles hat mir die Mordkommission auch schon erzählt«, erwiderte ich brav. »Aber, ehrlich gestanden, kann ich nicht glauben, dass Sie vollkommen ahnungslos sind.«

»Sie bezweifeln das?« Sie bewegte sich träge und zündete sich eine neue Zigarette an.

»Richtig, ich bezweifele das. Darf ich auch rauchen?«

»Oh, klar, kein Problem.« Sie wedelte maniert mit der rechten Hand.

»Es stimmt doch, dass Sie zusammen mit Klaus Mertes nach Neuseeland auswandern wollten?«

»Ja. Klaus hatte dort eine Stelle als Förster, ich wollte dort mein Studium, Biologie, beenden. Ich reise trotzdem dorthin.«

»Kind«, sagte die Mama matt. »Das musst du dir noch mal überlegen. Das ist doch viel zu riskant. In einem fremden Land, so weit weg. Allein. Hast du dein Beruhigungsmittel genommen?«

»Ja, Mama. Und, bitte, misch dich nicht dauernd ein. Das ist mein Leben, das muss ich selbst entscheiden.«

»Dort musst du alles selbst machen. Auch deine Wäsche.«
Das klang sehr hilflos.

»So ist es.«

Baumeister, wie kannst du an die Frau rankommen, wo ist der Schlüssel? »Wollten Sie denn noch vorher heiraten? Ich meine, wollten Klaus Mertes und Sie noch hier in der Deutschland heiraten?«

»Ja«, sagte die strahlende Mama, »das wollten sie. Wir wollten doch alle dabei sein.«

»Wann sollte das stattfinden?«

»Im August«, antwortete Mama stolz. »Wir wollten in der *Alten Molkerei* in Manderscheid feiern. Alles ist vorbereitet gewesen.« Plötzlich schluchzte sie auf.

»Mama, bitte!«, sagte die Tochter, nicht wirklich interessiert.

»Wie wollten Sie das eigentlich alles finanzieren? Ich meine, nach Neuseeland ist es weit und teuer.«

»Wir haben gespart«, erwiderte Jule leichthin. »Wir haben schon lange gespart. Für den Flug, die Verschiffung der Sachen, die wir mitnehmen wollten, die erste Zeit auf Neuseeland, die erste Miete und all das.«

Die Mama schniefte noch einmal und ging dann hinaus, ich starrte auf eine Reihe prachtvoller Sonnenblumen am Rand des Gartens.

Jule wollte die Sache hinter sich bringen, sie sagte sanft: »Ich kann Ihnen wirklich nicht helfen, ich weiß einfach nichts.«

»Aber den Bliesheim kennen Sie doch, oder?«

»Wer hier in der Gegend kennt Bliesheim nicht?«, sagte sie müde. »Das ist doch alles Pipifax. Jeder kennt Bliesheim. Aber was heißt schon kennen? Ich habe mit Bliesheim keine drei Sätze privat gewechselt.«

Die Mama kehrte zurück und hielt ein Bündel Papiere in der Hand. »Wir hatten alles zusammen«, verkündete sie triumphierend. »Alle Papiere, für die Auswanderung, die Hei-

rat und die Gästeliste für die Feier in Manderscheid. Alles!«
Sie knallte das Bündel vor mir auf den Couchtisch und ich
musste mich zusammenreißen, um nicht danach zu greifen.

Jule bewegte sich, sie drehte sich zu uns um.

Lahm sagte ich: »Na ja, das geht mich ja nun nichts an.«

»Richtig«, sagte Jule trocken.

»Dann verschwinde ich mal wieder«, murmelte ich, stand
auf und machte ein paar Schritte Richtung Tür.

»Wir hatten alle Papiere«, wiederholte Mama. »Alles.« Erneut begann sie zu weinen.

»Danke für das Gespräch«, nickte ich und schloss die Tür
hinter mir.

Auf dem kleinen Papierhaufen oben hatte die Gästeliste
gelegen, der dritte Name war Rainer Bliesheim gewesen, der
vierte Gundula Pechter. Es sind immer die Kleinigkeiten, die
den Journalisten glücklich machen.

Aus dem Auto rief ich wieder die Mordkommission an,
erwischte Gerald Özcan, der einen deprimierten, übermüde-
ten Eindruck machte, und erklärte ihm die Sache mit der
Gästeliste. Er bedankte sich so erschöpft, wie er klang, und
ich war zufrieden.

Dann fragte er plötzlich hellwach: »Haben Sie etwa nach-
gehakt?«

»Ich bin ein Lehrling von Rodenstock«, erklärte ich obenhin. »Ich habe es zur Kenntnis genommen und kein Wort
gesagt. Loben Sie mich doch mal.«

»Ja, ja«, sagte er nur.

Auf einmal fiel mir Tante Anni ein und ich bekam ein
schlechtes Gewissen.

Ich beeilte mich, nach Hause zu kommen. Sie hatte tatsächlich im Garten den runden Tisch gedeckt und sogar ein
brennendes Windlicht darauf gestellt.

»Es gibt nur ein bisschen Brot und einen Rest Bierwurst
aus der Dose.« Das Wort ›Dose‹ sprach sie so aus wie eine
schlimme Beleidigung.

»Es ist toll, dass sie deiner Vernichtungskampagne entgangen ist!«, sagte ich und berichtete ein wenig von den Ereignissen des Tages. Dann fragte ich nach Vera.

»Die war hier«, bestätigte Tante Anni knapp. »Sie hat eine geschlagene Stunde Sachen zusammengepackt und in ihr Auto geschleppt. Ich habe mich da rausgehalten, mich geht das ja nichts an. Sie sagte, ich soll dich grüßen, sie meldet sich bei dir. Dann war sie wieder weg.« Sie schniefte, als sei sie erkältet. »Tut dir die Sache weh?«

»Ja«, nickte ich. »Aber das wird vergehen.« Ich warf den Katzen und meinem Hund ein paar Brocken der Wurst hin. »Hast du der Polizei in Berlin Bescheid gegeben, dass du hier bist?«

»Ja, habe ich. Das war eine gute Idee. Du scheinst keinen Hunger zu haben.«

»Nein, nicht sonderlich. Bist du mit dir klar? Ich meine, weißt du schon, was du in Zukunft tun willst?«

Sie war irritiert und sofort verletzt. »Du brauchst mich nicht lange zu beherbergen.«

»Verdammt«, polterte ich los, »muss ich dir das buchstabieren? Du kannst hier bleiben, so lange du willst, du bist sehr willkommen. Und wenn es drei Monate dauert, ist das auch kein Problem. Spiel jetzt nicht das Mimöschen. Ich versuche bloß, dir zu helfen.«

Aber sie verrannte sich, sie war nicht aufzuhalten. »Ich zahle auch für den Haushalt und die Bettwäsche. Es entstehen keine Kosten für dich.«

»Anni!«, donnerte ich. »Hör auf, mich zu beleidigen.«

»Ach, Scheiße!«, schluchzte sie. Sie stand auf, stieß den Gartenstuhl um und ging ins Haus.

Mein Hund Cisco war beunruhigt, er stellte sich hoch, legte seine Vorderläufe auf meinen Oberschenkel und fiepte. Die beiden Katzen waren plötzlich verschwunden.

»Sie leidet«, erklärte ich. »Wahrscheinlich trauert sie vor allem immer noch um ihre Gefährtin.«

Ich stopfte mir eine kleine Pfeife von DC, eine von der Art, die mich so hübsch bescheiden aussehen lässt. Das Licht war blau und lag wie ein Schimmer über dem Teich. Die letzten Schwalben schossen durch den Himmel, irgendwo summte tief eine Hummel. So sah ich den Tag gehen.

Es war gegen elf Uhr, als Rodenstock sich aus dem fernen Amerika meldete. »Wir haben uns jetzt endgültig entschlossen, in zwei Tagen zurückzufliegen. Ich sage dir noch genau Bescheid, wann wir in Frankfurt landen. Lieber Gott, sind Verwandte lästig. Und meine Emma hat so viel davon.«

»Wo seid ihr eigentlich im Moment?«

»Irgendwo in Dade County bei Orlando in Florida. Wenn du in die Innenstadt willst, musst du morgens starten, damit du abends da bist. Die Verwandten führen ein original deutsches Restaurant, in dem du Hamburger aus Hamburg ordern kannst. Von morgens bis abends müssen wir essen und ich habe Blähungen und fürchte ein Nierenversagen.«

»Endlich mal eine positive Nachricht.«

»Und bei dir?«

»Na ja. Vera hat ihre Klamotten geholt und ich habe Besuch von Tante Anni.«

»Wer ist das?«

»Eine entfernte Verwandte meines Vaters. Sie war Kriminalkommissarin und jetzt fürchtet sie das Altenheim. Eine kauzige, nette alte Dame, wahrscheinlich von den Erben geschurigelt, vollkommen entsetzt über diese wirre Welt. Du wirst sie mögen.«

»Was ist mit den Morden?«

»Nichts bewegt sich, wir haben null Ahnung, kennen keine Zusammenhänge und fürchten die Zukunft.«

Rodenstock lachte und sagte: »Ich muss jetzt zum Essen.«

Um Mitternacht hockte ich immer noch im Garten und bekam eiskalte Beine.

Ich ging in mein Arbeitszimmer und versuchte mich an einer Zusammenfassung der Ereignisse für die Redaktion in

Hamburg. Sie gelang leidlich und machte mir klar, wie viele Fragen noch zu lösen waren.

Während ich den Text faxte, meldete sich mein Handy und ein aufgeregter Kischkewitz fragte: »Sag mal, ist dieser Rolli Hennef bei dir?«

»Nein. Wieso?«

»Rainer Bliesheim wahrscheinlich auch nicht, was?«

»Nein. Verdammt noch mal, was soll das?«

»Anna Hennef ist erschossen worden.«

»Wo? Wie?«

»Am Weinfelder Maar bei Daun. Unterhalb der Weinfelder Kapelle, unmittelbar am Wasser, mitten ins Gesicht. Und die beiden Männer sind verschwunden. Hennef und Bliesheim.«

»Na, klasse!«, sagte ich. »Ich hab schon gedacht, mir würde langsam langweilig.«

FÜNFTES KAPITEL

Wahrscheinlich bin ich in den vielen Jahren hundertmal hinauf zum Weinfelder Maar gefahren, gemütlich meist, um langsam den Wasserkreis zu umrunden, auf Ideen zu kommen, Frischluft zu tanken, auf dem uralten Friedhof herumzustehen und darüber nachzudenken, was mit diesem Ort namens Weinfeld geschehen ist, der irgendwann existierte, angeblich während der Pestzeit ausgerottet wurde und zur Gänze verschwand – bis auf die alte Kapelle, die voll behangen war mit Danksprüchen an die heilige Maria, die in Not und Verzweiflung geholfen hatte. Ein sonderbarer Ort, aber auch ein starker Ort.

Heute war es Nacht und ich gab Gas, als sei irgendetwas dadurch aufzuholen.

Was hatte Anna am Weinfelder Maar zu suchen gehabt? Wen traf sie, wen wollte sie treffen? Als Frau mit großen dunklen Geheimnissen sah ich sie nicht. Sie war in meinen Augen einfach eine sehr hübsche, gründlich verzogene, leicht hysterische Blondine mit erheblichen Ansprüchen an das Leben gewesen. Hatte sie sich mit ihrem Exmann Rolli getroffen? War sie mit ihrem Lover Bliesheim unterwegs gewesen? Denkbar war beides.

Ich parkte auf dem ersten großen Parkplatz links der Straße und ich war nicht der Einzige dort. Außer meinem standen dort fünfzehn bis zwanzig Pkw. Das war verwunderlich, aber es war eine laue Sommernacht, vielleicht hatten Pärchen diese Sorte Einsamkeit gesucht. Dann fiel mir ein, dass ich nicht wusste, wann der Mord geschehen war. War es früher am Abend geschehen, dann gehörten die Autos zu Neugierigen, die aufmerksam der Buschtrommel gelauscht hatten.

Ich querte die Fahrbahn und stiefelte den Weg hinein, der in sanfter Rundung erst zur Kapelle führte und dann abwärts an das Ufer. Vor einer Absperrung mit einem rot-weißen Plastikband standen mindestens dreißig Frauen und Männer und starrten auf etwas, das ich nicht sehen konnte.

Derselbe Beamte, der schon den Fundort der Leiche von Elvira Klein abgesichert hatte, stand auch hier und versuchte eine abweisende Miene zu machen, was ihm gründlich misslang.

Ich bereitete mich darauf vor, ihm zu erklären, dass Kriminalrat Kischkewitz mich benachrichtigt hatte, als er mich entdeckte und durchwinkte.

Als ich an ihm vorbeiging, sagte er ironisch: »Langsam kriege ich Übung.«

»Hoffentlich nicht«, murmelte ich.

Sie hatten den Arbeitswagen der Mordkommission so nah wie möglich an das Ufer heranbugsiert und den hohen Mast mit den Flutern ausgefahren. Die Scheinwerfer beleuchteten eine Fläche am Uferrand und im Wasser.

Mitten in diesem gleißend hellen Lichtfleck lag Anna. Sie lag auf dem Rücken und wirkte unendlich einsam. Ihr Gesicht war nicht mehr erkennbar, es war nur ein großer roter Fleck. Und sie war allein, niemand war an ihrer Seite, niemand kniete neben ihr.

Gemächlich ging ich einen winkligen Fußpfad weiter hinunter.

»Okay«, entschied Kischkewitz gerade, »wir legen die Abdeckung vom Wasser her auf die Tote zu und dann ...«

»Stopp!«, sagte jemand neben ihm bestimmt. Er war wieder der Kriminalist mit dem Bart, den ich schon in Duppach getroffen hatte und der auch an der Kleinen Kyll gewesen war. Er steckte in einem weißen einteiligen Arbeitsanzug, trug weiße Handschuhe und wirkte wie von einem anderen Stern.

»Die Bodenabdeckung nicht vom Wasser her. Es kann sein, dass die beiden Vertiefungen da Abdrücke von Gummistiefeln oder Schuhen sind. An die muss ich so bald wie möglich ran. Pitter! Pitter, verdammte Scheiße, hör zu und stell deine blöde Kaugummikauerei ab. Du nimmst jetzt das erste Brett und legst es von da drüben schräg auf die Leiche zu. So schräg, dass eine Ecke der Abdeckung im Wasser, die andere Ecke auf Land liegt. Hast du das ausnahmsweise kapiert?«

»Ja, Julius«, nickte eine zweite weiß gekleidete Gestalt ergeben. »So? Ist das richtig so?«

»Richtig. Jetzt gehst du auf der Platte vor bis zum Rand. Aber tritt nicht über, sonst zahlst du den nächsten Betriebsausflug allein. Ich gebe dir Platte zwei. Vorsicht, langsam. Hast du sie? Okay. Jetzt stell sie am Ende von Platte eins senkrecht hoch und lass sie dann ganz langsam nach vorne herunter. So, Chef, jetzt hast du einen Weg.«

»Ich will gar keinen Weg«, sagte Kischkewitz. Dann drehte er sich zu zwei jungen Leuten um, die verschreckt hinter ihm standen und gleichzeitig fasziniert auf das schauten, was von Anna Hennef übrig geblieben war.

»Herr Bodenbach. Sie kamen mit Ihrer Begleiterin hier

vorbei. Können Sie sich erinnern, was Sie taten, als Sie die Tote bemerkten?«

»So genau weiß ich das nicht mehr«, antwortete der junge Mann schüchtern.

»Aber ich weiß es«, meinte die junge Frau an seiner Seite. »Du bist zwei oder drei Schritte nach vorn gegangen und hast dann gesagt: Mein Gott, die ist ja tot.«

»Wo stand Ihr Freund, als er das sagte?«, fragte Kischkewitz.

»Mädchen«, schaltete sich der bärtige Julius burschikos ein, »denken Sie genau nach. Machen Sie die Augen zu und erinnern Sie sich: Ging Ihr Freund zwei oder drei Schritte vorwärts? Langsam, nichts übereilen. Ich will Ihnen erklären, warum. Der Grund hier ist am Wasser sehr schwammig. Hat Ihr Freund zwei Schritte getan, ist das okay. Hat er drei Schritte getan, müsste er fast neben dem Kopf der Leiche gestanden haben. Hat er da gestanden oder eher einen Meter zurück? Lassen Sie sich Zeit. Ich muss wissen, wie ich eventuelle Fußspuren zu bewerten habe.«

Glasklar sagte das Mädchen: »Er hat nur zwei Schritte getan, denn neben dem Kopf, also neben der Leiche, stand er nicht. Das weiß ich.«

»Und dann?«, fragte Julius behutsam. »Wie bewegte er sich weiter?«

»Dann bin ich zu meiner Freundin zurück«, gab der junge Mann Auskunft. »Also vom Wasser weg. Wir sind zum Parkplatz hochgerannt und haben über Handy die Polizei gerufen.«

Julius nickte. »Also, etwa zwei bis zweieinhalb Schritte vor. Dann wieder zurück. Okay? Gut. Pitter, nimm mal das Brett mit den beiden Böcken drunter und lege eine Linie von der Absperrung bis neben ihren Kopf. Okay?«

Pitter legte das Brett genau auf die vorbezeichnete Linie.

»So ist es gut«, nickte Julius. »Jetzt kannst du dir die Leiche ansehen, Chef. Egal ob von der Abdeckung aus oder vom Brett. Und Sie, junger Mann, und Sie, junge Frau, geben mir mal Ihre Schuhe. Ich brauche Ihre Abdrücke.«

»Darf ich sie mir auch ansehen?«, fragte ich.

»Aber ja«, nickte Kischkewitz seufzend. »Willst du das Brett oder die breite Bahn?«

»Egal«, sagte ich und turnte auf dem Brett vorwärts.

Kischkewitz näherte sich Anna auf der Abdeckung.

»Die Kugel kam nahezu waagerecht von vorn, wie du siehst. Schmauchspuren sind natürlich nicht erkennbar. Sie muss sofort tot gewesen sein.«

»Merkwürdig, die Hände sind nicht verkrampft«, sagte ich.

»Sieh mal, sie war aufgedonnert, als ginge sie auf ein Dorffest«, murmelte er.

»So wie ich sie kennen gelernt habe, so wie sie mir beschrieben wurde, ging sie immer so außer Haus. Hat Bliesheim oder Hennef sich inzwischen gemeldet?«

»Beide nicht. Für beide ist es aber nun aus mit der Schonzeit. Sieh mal, da liegt was unter ihrem linken Ellenbogen.« Kischkewitz ging in die Hocke. »Sieht aus wie ein Stück Schnürband von einem Turnschuh.«

Anna trug ihr langes blondes Haar hochgesteckt. Sie hatte eine weiße, locker fließende Bluse an und einen lächerlich kurzen Minirock aus schwarzem Jeansstoff, der weit hochgerutscht war. Darunter war ein Hauch von Unterwäsche erkennbar, ein Stringtanga. Anna wirkte unendlich ungeschützt, fast aufdringlich obszön.

»Glaubst du, sie ist hier erschossen worden?«

»Ja«, sagte er. »Obwohl es noch keinen Beweis dafür gibt. Aber Julius wird das schnell feststellen können. Julius, kannst du ungefähr absehen, wann wir sie bewegen können?«

»Nicht in den nächsten zwei Stunden, Chef. Auf keinen Fall. Und jetzt macht mal Platz, ihr zwei. Ich muss arbeiten.«

»Meinst du, sie stand mit dem Rücken zum Wasser, als der Täter schoss?«, fragte ich nach.

Kischkewitz sah mich an. »Ja, das denke ich. Guck mal die rechte Hand. Die hat sie noch hochgekriegt, da ist Blut, viel Blut. Sie hat sich also noch an das Gesicht gefasst.«

»Richtig. Darf ich ein paar Polas machen?«

»Ja, klar.«

Ich lief zu meinem Auto hoch. Hinter der Absperrung standen jetzt sicher vierzig oder fünfzig Neugierige. Ich nahm die Polaroidkamera aus dem Kofferraum und rannte zurück.

Als ich die Tote wieder im Blick hatte, hatte Kischkewitz die Bodenabdeckung verlassen. Julius und sein Lehrling waren dabei, sich auf dem Bauch Zentimeter um Zentimeter auf den Abdeckungen nach vorn zu schieben und dabei das Erdreich neben den Abdeckungen genau zu betrachten. Jedes Mal, wenn sie glaubten, Ansätze einer Spur zu erkennen, steckten sie ein kleines weißes Fähnchen in den Boden. Hin und wieder nahmen sie für uns nicht sichtbare kleine Teilchen mit einer Pinzette auf und steckten sie in einen Klarsichtbeutel.

Bis sie die Leiche unmittelbar vor sich hatten, verging eine volle Stunde und sie hatten nicht eine Minute Pause gemacht.

»Das ist unglaublich«, sagte ich leise.

»Julius ist nicht bezahlbar«, nickte Kischkewitz. Dann rief er: »Julius, du machst jetzt Pause oder ich werde streng.«

»Aber ich kann doch erst noch die Leiche abpflücken«, schnaubte Julius unwillig.

»Du machst Pause!«, bestimmte Kischkewitz hart. »Die Leiche dauert wieder eine Stunde und so weiter und so fort. Ich kenne dich, mein Lieber. Also, erst mal Pause, Leute. Du, Pia, fotografierst derweil die Bescherung. Aber wenn du mir einen falschen Schritt hinlegst, kriegst du kein Frühstücksbrötchen.«

Um vier Uhr, als die Sonne schon zu ahnen war, verabschiedete ich mich und fuhr heim. Die Leiche war ›abgepflückt‹, aber immer noch nicht herumgedreht worden. Kischkewitz hatte prognostiziert, dass es vier weitere Stunden dauern würde, bis Anna in die Pathologie nach Trier gebracht werden konnte.

Eines war jetzt schon sicher: Am Tatort gab es keine Spur, die auf eine bestimmte Person hinwies.

Ich freute mich über das Licht, das die Erde überflutete und die nächtlichen Schatten nahm. Als ich auf meinen Hof fuhr, bemerkte ich, dass der Hausschlüssel von außen steckte, und ich bekam einen Heidenschreck. Ich dachte, dass Tante Anni möglicherweise einfach wieder verschwunden war – zurück nach Berlin, zurück in irgendeinen Untergang.

Aber sie saß auf der Bank am Teich, hatte sich eine graue Stola umgelegt und wandte den Kopf zu mir hin.

»War etwas los?«

»Ein vierter Mord«, erklärte ich.

»Wen hat es erwischt?«

»Diese Anna Hennef, die Frau von dem Rolli, der gestern hier war.« Ich setzte mich neben sie. »Kannst du nicht schlafen?«

»Wie bitte? Nein, das ist normal. Man sagt, alte Menschen brauchen nicht mehr viel Schlaf. Das kommt oft vor, das stört mich überhaupt nicht. Und dein Garten ist frühmorgens wie das Paradies. Als ich am Wasser stand, kam ein ziemlich großer Brocken angeschwommen. Mich hat gewundert, dass er nicht Pfötchen gegeben hat.«

»Das ist Zarathustra, ein chinesischer Koikarpfen, von hohem Adel, seit sechshundert Generationen geschlechtskrank.«

»Das ist ja entzückend«, lachte Tante Anni. »Soll ich uns einen Kaffee kochen? Ja, das mache ich.« Sie ging davon und es schien mir fast so, als habe sie ihr Tief ein wenig überwunden.

Ich gab meinen Tieren zu futtern und bald darauf hockte ich mit Tante Anni am Gartentisch und wir sprachen über

Belangloses, während ich langsam die Müdigkeit in mir spürte. Es war sechs, als ich aufgab und mich ins Bett legte. Sekunden später schon war ich eingeschlafen.

Meine Nacht war zu Ende, als Tante Anni mit der Gewalt einer Dampframme ins Schlafzimmer stürzte, während sie krampfhaft einen Telefonhörer zuhielt. »Da ist dieser junge Mann, der hier war, dieser Rolli. Der Kerl hat noch keine Ahnung, dass seine Frau tot ist.«

»Ach du Scheiße, gib her!« Ich räusperte mich, bewegte den Unterkiefer, fand mich endlich bereit zu ersten krächzenden Äußerungen. Bloß jetzt keinen Fehler machen, Baumeister.

»Hallo, Rolli«, sagte ich munter mit einem Seitenblick auf meinen Wecker. Es war elf Uhr. »Wo steckst du?«

»Ich komme von Koblenz, ich hatte da zu tun. Ich wollte fragen, ob ich heute Abend vorbeikommen kann. Ich habe selbst noch ein paar Fragen.«

»Kannst du, Rolli, sicher kannst du das. Kein Problem. Komm einfach vorbei, ich bin zu Hause. Oder noch besser: Komm doch jetzt gleich. Das würde mir besser passen.« Spring an, Junge, los, kommt her!

»Das ist nicht so gut«, sagte er. »Na ja, vielleicht doch. Hast du was zu essen im Haus?«

»Ja klar, wie Sand am Meer. Was du willst. Komm her, ich warte.«

Damit endete das Gespräch und ich sagte entsetzt zu Tante Anni: »Er will Frühstück und wir haben nichts. Moment, da könnte ... nein, halt, stopp, ich muss erst ...«

»Du machst jetzt gar nix«, sagte Tante Anni streng. »Ich gehe und pumpe mir von der Maria gegenüber alles, was wir brauchen. Und heute gehen wir endlich einkaufen, junger Mann.«

»Woher kennst du Maria?«

»Du hast mir gestern gesagt, das seien liebe Nachbarn. Daher bin ich hingegangen und habe mich vorgestellt. So

149

einfach ist das.« Sie rauschte leicht beleidigt aus meinem Schlafzimmer, sie hatte einen wirklich guten Abgang.

Ich versuchte Kischkewitz in Wittlich zu erreichen. Es hieß, er sei nicht da. Und Gerald Özcan sei ebenfalls nicht zu sprechen.

»Ich muss aber mit einem von den beiden reden«, sagte ich.

»Ich habe sie nicht in der Hosentasche. Wie soll ich das machen?« Der Mann war eindeutig gekränkt.

»Hier kommt gleich jemand vorbei, der möglicherweise seine Frau umgelegt hat.«

»Rufen Sie doch einfach später noch mal an.«

»Was machen Sie, wenn Sie Durchfall haben? Bitten Sie um Aufschub?«

»Aber ich weiß doch nicht ...«

»Für Sie dürfte es ja wohl kein Problem sein, herauszufinden, wo die beiden sind. Sagen Sie, sie sollen Baumeister anrufen. Und zwar vorgestern.«

Ich rannte ins Badezimmer und entschied, dass ich ungewaschen schöner sei.

Ich zog mich hastig an, fiel dabei erst über meinen Hund und versuchte vergebens, ihm in den Hintern zu treten, stolperte dann etwas unglücklich über meine Schuhe, die da standen, wo sie nicht hingehörten, und verstauchte mir mein linkes Handgelenk.

Tante Anni richtete das Wohnzimmer her. »Kaffee«, sagte sie. »Eine Kanne mit frischem Kaffee. Das wird er mögen. Und wenn er gut gelaunt ist, will er sicher einen Kognak. Hast du so was noch irgendwo? Ja, und dann denk dran: Regel Nummer eins lautet: Sprich über alles Mögliche, nur nicht über das, was geschehen und wichtig ist.«

»Ich denke, dass die Vernehmungsspezialisten von heute da anders vorgehen«, wagte ich einzuwenden.

»Wie wollen wir denn sonst was erfahren?«, giftete sie. »Seine Frau ist gestern Abend erschossen worden. Also wird er, wenn er denn abends an diesem Weinfelder Maar gewesen ist, diesen Zeitpunkt ängstlich vermeiden. Er muss ihn umgehen, wir dürfen nicht dran rühren. Also: Wir erwähnen seine tote Frau mit keinem Wort und versuchen herauszufinden, wo er war. Klar? Wo ist die Kognakflasche? Und ein sauberes Glas? Und Gebäck? Hast du Gebäck?«

Was sie sagte, hatte durchaus Hand und Fuß.

»Gebäck? Was soll ich mit Gebäck? Vielleicht findest du irgendwo Salzstangen, die den Dreißigjährigen Krieg überlebt haben.«

Tante Anni hielt inne und starrte vor sich hin. »Was ist mit Musik? Hast du Musik? Irgendwas Sanftes. Wir müssen ihn einlullen.«

»Einlullen? Denkst du an *Sah ein Knab ein Röslein stehn*, meinst du so was?«

»Nicht schlecht. Hast du Lieder von Brahms?«

»Willst du, dass er auf der Stelle einschläft? Wir nehmen, wir nehmen, ja, was nehmen wir? Nina Simone mit *I love you, Porgy* und ähnlichen Titeln. Der Knabe, der das Röslein stehen sah, ist seit zweihundert Jahren Staub.«

Zwanzig Minuten später war die Bühne hergerichtet, nachdem Tante Anni zuletzt noch in den Garten gestürmt war und mit einer Hand voll später Margeriten den Wohnzimmertisch verschönert hatte. Nie im Leben hatte ich für einen männlichen Gast eine derart harmonische Kulisse aufgebaut. Einlullen war durchaus das richtige Wort.

Als Rolli wenig später eintraf, betete ich hilflos: Hoffentlich merkt er nix, hoffentlich merkt er nix!

»Hallo, das Haus!«, sagte er aufgeräumt und unheimlich gut gelaunt. Die Erschöpfung schien von ihm abgefallen, er wirkte wie neu, wie gut erholt.

Beim Anblick meines Wohnzimmertisches rieb er sich strahlend die Hände: »So habe ich mir das vorgestellt.« Dann setzte er sich und begann zu spachteln wie ein zu fetter Polier nach einer Zwölf-Stunden-Schicht.

»Du warst in Koblenz?«, fragte ich und stopfte mir eine leicht gebogene Giordano, glänzend wie Schiffslack.

»Ja«, gluckste er. »Also, es war ... es war ein Fest. Ich sitze zu Hause rum und weiß nicht, wohin mit mir. Da ruft eine Frau an, Simone heißt sie. Ich erinnere mich an eine Simone in der Volksschule. Und siehe da, sie ist es.« Ein Biss in eine Scheibe Brot mit Leberwurst nach Gutsherrenart, ein Schluck Kaffee, ein glückliches Mampfen. »Na ja, wir reden so. Und plötzlich sagt sie, ob es mir nicht mal gut täte, nach Koblenz zu kommen. Wir könnten uns treffen, reden und so. Ich dachte sofort: O ja! Wieso nicht? Wir haben uns also verabredet, ich habe mich auf den Bock gesetzt und bin nach Koblenz gefahren.« Er grinste. »Ich wusste gar nicht mehr, wie sie aussah. Wir waren in einem kleinen schnuckeligen Restaurant in der Altstadt.« Ohne Punkt und Komma wieder ein Biss, wieder ein Schluck Kaffee, ein gedehntes, lustvolles »Ahhh«. »Und jetzt eine Zigarette. Aber noch nicht abräumen, ich esse gleich weiter.«

»Sicher doch«, sagte Tante Anni freundlich und sah ihn an, als handele es sich bei ihm um eine völlig neu entdeckte Insektenart. »Anscheinend haben Sie das Zusammensein mit der Frau genossen?«

»O ja«, sagte er, grinste wieder und setzte hinzu: »Ich wusste ja gar nicht mehr, wie das geht.«

»Bestimmt hast du ihr deine Geschichte erzählt«, sagte ich matt.

»Klar. Das tat richtig gut. Wir haben uns gegenseitig erzählt, wie unser Leben gelaufen ist. Und später am Abend hat sie dann gesagt, eigentlich könnte ich doch in Koblenz bleiben. Sie kannte ein kleines Hotel, da haben wir uns mit Sekt und Brötchen aufs Zimmer zurückgezogen und, Mensch, ich hatte richtig Angst ...«

»Ob Sie als Mann noch funktionieren«, ergänzte Tante Anni verständnisvoll.

Einen Augenblick lang sah er sie erstaunt an. Dann nickte

er. »Ich wusste es ja nicht. Mit Anna war ja seit mehr als einem Jahr nichts mehr und ich hatte auch keinerlei Bock drauf.«

»So wie du strahlst, ist es gut gelaufen«, stellte ich behutsam fest. Meine Pfeife brannte nicht richtig, ich zündete sie zum vierten Mal an.

»Es ist wirklich gut gelaufen. Wir wollen uns wieder treffen, sie ist ein Klassetyp.«

»Sie waren also die ganze Nacht in Koblenz. Erst im Restaurant, dann in dem kleinen Hotel?« Tante Anni fragte das zugetan und selbstverständlich.

»Das war ein richtig schöner Abend«, bestätigte er begeistert. »Kann ich die Marmelade mal probieren?«

»Selbstverständlich!«, sagten Tante Anni und ich gleichzeitig. Ich wollte die Schallmauer durchbrechen, ich wollte dieses entwürdigende Spiel nicht fortsetzen, aber Tante Anni kam mir zuvor.

»Haben Sie gestern mit Anna telefoniert? Oder vorgestern?«

»Nein. Nicht gestern und nicht vorgestern. Was soll ich mit der noch telefonieren? Die war einmal, die ist Geschichte. Ich will nur noch gleiches Recht bei den Kindern, dann habe ich, was ich will. Simone sagt, ich finde in Koblenz bestimmt Arbeit. Ich will bei Bliesheim raus.«

»Da fällt mir was ein«, murmelte Tante Anni mit der Harmlosigkeit eines Skorpions unter dem Sand. »Mich interessiert, wie Bliesheim euch Arbeiter eigentlich bezahlt. Also, technisch gesehen.«

»Das läuft ganz normal«, antworte Rolli, etwas perplex. »Er überweist automatisch am Monatsende. Nur die Überstunden, die löhnt er bar. Aber das tun viele.«

»Er kommt auf die Baustelle raus und bezahlt euch alle Überstunden?« Tante Anni ließ nicht locker.

»Ja«, nickte er. »Du gibst ihm am Freitag einen Zettel mit deinen Überstunden. Wenn du dann samstags auf der Baustelle Besuch kriegst, weißt du: Da kommt dein Geld.«

»Wie viele Arbeiter arbeiten denn für ihn?« Sie wollte auf irgendetwas hinaus, aber ich durchschaute nicht, auf was.

»Das schwankt. Ich schätze, so sechzig bis siebzig.«

»Und wie viele Überstunden machen die im Schnitt? Wenn es gut läuft?«

»Na ja, im Sommer werden da gut fünf- bis achthundert Euro fällig pro Schnauze.«

»So«, murmelte meine Tante Anni naiv wie ein Seepferdchen, »dann fährt der Bliesheim ja locker mit vierzig- bis fünfzigtausend Mäusen durch die Eifel. Oder sehe ich das falsch?«

»Nein, nein«, nickte er und eindeutig war er in diesen Sekunden stolz auf seine Firma und seinen Chef. »Das ist schon richtig so.«

»Woher«, bohrte meine entfernte Verwandte weiter, »kriegt er den samstagmorgens oder freitags spät so viel Bares? Ich meine, er kann so viel Geld ja nicht mit der Plastikkarte ziehen.«

»Das weiß ich auch nicht. Das müssen Sie ihn selber fragen.« Rolli kicherte erheitert. »Aber er wird nicht darauf antworten. Er hat einen Bauzeichner und eine Sekretärin im Büro. Die wissen auch nichts, so viel ist mal sicher. Bliesheim sagte mal: Rolli, du musst dir angewöhnen, niemanden in dein Leben reinzulassen, wirklich niemanden. Dann lebst du ohne Sorgen. Anna sollte sich mal überlegen, was sie von so einem zu erwarten hat. Einmal habe ich mitbekommen, dass er morgens in Drecksklamotten drei, vier Baustellen abfuhr und dann verschwunden war bis zum anderen Morgen. Dann tauchte er im nachtblauen Smoking wieder auf einer Baustelle auf. Bei Anna war er die Nacht nicht gewesen und eine andere Wohnung hat er nicht, jedenfalls wüsste ich nicht, dass er noch irgendwo eine andere Wohnung hat. Da wird man doch nachdenklich, wo hatte er den Smoking hängen? Und wo hat er geschlafen?« Ein wenig Stolz war aus Rollis Stimme herauszuhören, dass ihm das aufgefallen war.

»Moment, Moment«, unterbrach meine Tante, »willst du damit andeuten, dass er noch eine Freundin hat?«

»Was weiß ich? Vielleicht hat er eine geheime Wohnung oder geheime Freundinnen oder alte Freundinnen. Und bald wird meine Anna auch eine alte Freundin von ihm sein, sage ich euch.«

Endlich klingelte das Telefon und Kischkewitz fragte: »Stimmt das, Rolli ist bei dir?«

»Ja«, sagte ich. »Er war in Koblenz bei einer alten Bekannten.«

»In zehn Minuten bin ich da«, sagte er knapp.

»Gleich kommt Kischkewitz«, berichtete ich meinen Gästen möglichst harmlos. »Er hat noch etwas mit dir zu bereden.« Plötzlich kam mir die Situation einfach zu blöde vor. »Es ist etwas Schreckliches passiert, Rolli. Anna ist tot. Sie wurde erschossen. Gestern Abend, während du in Koblenz warst. Du brauchst diese Simone als Zeugin.«

Er starrte mich an, er starrte Tante Anni an.

»Was ist mit den Kindern?«, fragte er dann leise.

»Das wissen wir nicht«, sagte ich. »Vermutlich sind sie bei Oma Ohler.«

»Ich muss da hin. Das Schwein bringe ich um. Diesmal bringe ich ihn um!« Er stand auf, sein Gesicht war schneeweiß. »Ich wusste schon immer, dass er ein Schwein ist. Ich wusste, er genießt sie und lässt sie dann fallen.« Er sprach ganz leise und vermutlich war ihm gar nicht bewusst, dass er nicht allein war. »Wahrscheinlich hat sie schräge Sachen von ihm gewusst. Und er hat sie umgelegt. Na sicher, so war das! Das ist alles ganz einfach.«

»Nichts ist einfach«, widersprach Tante Anni. »Es ist nie ganz einfach. Trink einen Kognak, obwohl das sicher nicht gesund ist.« Sie nahm die Flasche und groß ihm so viel in ein Glas, als würde es sich um Leitungswasser handeln.

»Ich trinke nicht«, entschied er. »Wo ist es passiert?«

»Am Weinfelder Maar«, sagte ich. »Gestern Abend.«

155

»Was machte Anna am Weinfelder Maar?«, fragte er dumpf.

»Das weiß noch niemand«, murmelte ich. »Kischkewitz kommt gleich. Vielleicht hat er ja inzwischen eine Idee.«

Rolli setzte sich hin und begann unvermittelt zu weinen. Nach einer Weile schluchzte er: »Ich habe mir geschworen, wegen … wegen Anna nie mehr zu weinen. So eine verdammte Scheiße. Wieso das alles? Was soll Simone bezeugen?«

»Dass du abends und in der Nacht bei ihr warst«, sagte ich.

»Das kann sie nicht. Sie ist noch verheiratet. Ihr Mann schlägt sie. Und sie hat gesagt, wenn er das mit uns rausfindet, bringt er sie um.«

»Ach, du lieber Gott!«, seufzte Tante Anni.

»Ich habe Anna gewarnt.« Rolli schlug rhythmisch und mit aller Gewalt auf die Tischplatte. »Ich habe sie gewarnt. Nicht einmal, nein hundertmal. Wenn es eng wird, lässt er dich im Wald stehen. Ich habe es ihr immer wieder gesagt.«

»Was hat sie darauf erwidert?«, fragte ich, um ihn zum Weiterreden zu animieren und von seinem Schmerz abzulenken.

»Gar nichts!«, sagte er und schlug noch einmal auf die Tischplatte. »Sie redete doch nur Stuss. Sie kapierte doch gar nicht, um was es eigentlich ging. Der Mann fand sie nett und er wollte sie im Bett. Zum Spaß. Vorübergehend. Aber er wollte doch keine verheiratete Frau mit zwei Kindern, die rumknatscht, wenn er abends nicht pünktlich zum Essen kommt. Glaubst du das?« Er sprang auf und begann auf und ab zu tigern. »Ich sage euch mal was. Ich habe dafür zwar keine Beweise, aber ich weiß es. Bliesheim hat Torpedos laufen. Und wahrscheinlich hat er einen auf Anna losgelassen!«

»Torpedos?«, fragte ich.

»Leute, die Forderungen eintreiben, wenn du dein Geld eigentlich schon abschreiben solltest«, erklärte Tante Anni geduldig. »Manchmal bezeichnet man allerdings auch Auftragskiller als Torpedos.«

Ich beobachtete durch das Fenster neben ihr, wie Kischkewitz seinen Wagen parkte.

»Stell dir vor, du bist im Bargeldgeschäft, du verkaufst zum Beispiel gebrauchte Autos. Du gibst Wagen an Leute ab, ohne Quittung und Beleg, die dir sagen: Das Geld bringe ich morgen. Sie bringen es aber nicht. Das geht acht, zehn, zwölf Autos so. Du kriegst dein Geld nicht. Also besorgst du dir Torpedos. Diese Leute gehen nach dem Motto vor: Entweder du zahlst jetzt, Junge, oder du landest im Krankenhaus. Und die säumigen Zahler können sich sicher sein, dass sie tatsächlich im Krankenhaus landen, wenn sie den Forderungen nicht nachkommen. Als Auftraggeber zahlst du bis zu fünfzig Prozent des Rechnungsbetrages für die Torpedos. Aber immerhin kriegst du wenigstens noch etwas von deinem Geld.«

»Und Bliesheim hat so Leute an der Hand?«, fragte ich.

Rolli warf beide Arme in die Luft. »So habe ich es gehört.«

»Von wem?«

»Von einem ehemaligen Polier. Den hatte er gefeuert.«

Kischkewitz schellte, ich ging hin und öffnete die Haustür.

»In welcher Verfassung ist Hennef?«, wollte er wissen.

»Er hat es gerade erst erfahren.«

»Zeichen von Unsicherheiten?«

»Keine.«

»Okay. Ich nehme ihn mit.«

»Aber ja. Was ist mit Bliesheim?«

»Wissen wir immer noch nicht. Seit gestern Morgen elf Uhr hat ihn keiner mehr gesehen. Die Leute in seinem Büro sagen, das sei normal, er würde nie über seine Termine oder Pläne reden. Die tote Anna ist übrigens mit einem seltenen Kaliber erschossen worden. Zweiundzwanzig Millimeter. Wahrscheinlich eine von diesen uralten Derringern, die man nur noch auf dem Trödel in Holland oder Belgien bekommt. Und noch etwas ist interessant: Als wir die Leiche umdrehten, fanden wir in den Taschen ihres Minirocks zwanzig Fünfhunderteuroscheine, also zehntausend Euro. Entweder hat der Mörder ihr das Geld selbst gegeben – dann muss man sich allerdings fragen, warum hat er es nicht wieder mitgenommen? Oder er hat nicht gewusst, dass so viel Geld in ihren Taschen steckte. Woher hatte sie es dann? Der Fall macht mich verrückt! Immer was Neues und im Moment bewegen wir uns weit weg von Kinsi und Elvira Klein ... Und meine Frau setzt derweil über ihren Anwalt böse Gerüchte in die Welt!« Kischkewitz atmete ein paarmal zischend durch. »Kannst du protokollieren, was Rolli erzählt hat? Zur Kontrolle? Fax es mir ins Büro. Ich bin schon wieder weg.«

»Okay«, nickte ich.

Es dauerte wirklich nur Sekunden, bis Kischkewitz den verdatterten Rolli an mir vorbeischob und sagte: »Sie sind ganz schnell wieder zu Hause, Herr Hennef. Ein Kollege wird Ihren Wagen hinter uns herfahren.«

Die Haustür klappte hinter ihnen zu.

In meinem Rücken murmelte Tante Anni: »Man kann nicht gerade sagen, dass deine Eifel eine langweilige Landschaft ist.«

»So was habe ich nie behauptet. Außer an Nebeltagen im November und Sonntagnachmittagen um vierzehn Uhr. Glaubst du das mit den Torpedos?«

»Warum nicht, bei so einem Typ? Nach den Schilderungen ist Bliesheim jemand, der alles mitnimmt, was mitzunehmen ist. Torpedos könnten auch erklären, weshalb der Herr so gerne mit Bargeld hantiert.«

Es war inzwischen fast Mittag und ich war aufgedreht, irgendwie nervös. Ich musste etwas unternehmen, brauchte etwas zu tun. Ich überlegte: Es gab Leute in dieser Clique, die ich noch gar nicht kannte. Annas Chefin, zum Beispiel,

Gundula Pechter. Gernot Meyer, den Verwaltungsbeamten und Verlobten von Elvira Klein. Außerdem hatte ich Annas Eltern noch gar nicht kennen gelernt, die ... Moment! Es gab ja auch noch eine Schwester, eine junge Frau namens Claudia Vaals. Sie hatte irgendetwas mit Versicherungen zu tun und sich mit ihrer erschossenen Schwester Anna nicht gut verstanden. Wahrscheinlich war sie doch jetzt bei Oma Ohler. Sie würden sie nach Meerfeld gerufen haben, nachdem die schreckliche Nachricht von Annas Tod bekannt geworden war. Was hatte Oma Ohler noch über sie erzählt? Ich erinnerte mich nicht.

Ich rannte hinauf in mein Arbeitszimmer, rief in Hamburg an und sagte einem Redakteur, den ich nicht kannte, dass die Geschichte immer größere Kreise zog. Eine weitere Leiche, ein weiterer Mord.

»Das ist ja vielleicht merkwürdig«, sagte er sachlich. »Soweit ich weiß, ist die Eifel doch immer das Armenhaus Preußens gewesen.«

»Das ist richtig«, beruhigte ich ihn. »Aber wir sind lernfähig. Ist die etwas höhere Streuung von Morden in etwas ärmeren Landstrichen des ehemaligen Preußen aus der Sicht von Soziologen ein echter Zugewinn? Sind wir jetzt endlich ›in‹?«

Er konnte mir nicht folgen und meinte hastig, er werde die Botschaft an den zuständigen Redakteur weiterleiten.

Ich rannte wieder hinunter und teilte Tante Anni mit, ich würde noch einmal zu Oma Ohler fahren.

»Tu das«, nickte sie. »Rudi Latten fährt mit mir einkaufen. Er ist ja so ein netter Kerl!«

»Na denn!«, sagte ich und bemerkte, dass mein Hund neben meinem Auto stand. Das Viech hat einen einwandfreien Riecher, das Viech musste belohnt werden, es durfte mit. Cisco stellte sich mit den Vorderläufen auf die Rückenlehne des Fahrersitzes und leckte mir am Haaransatz am Hals herum. Als ich eine scharfe Wendung machte, fiel er von der

159

Bank, aber zwanzig Meter später war er wieder an Ort und Stelle. Ich musste lachen und das freute ihn, er japste atemlos.

Ich nahm die Strecke Daun–Manderscheid, auf den langen Geraden vor Manderscheid konnte ich richtig Gas geben. Dafür kam ich mir auf der Elendsstrecke in das Tal hinein nach Meerfeld vor wie auf einer Kartoffelsortiermaschine.

Die Freisprechanlage klickte.

»Wir müssen reden«, sagte Vera. Ihre Stimme klang hohl.

Ich habe mein Leben lang mit dem Neinsagen Schwierigkeiten gehabt und ich wollte nicht, dass sie litt. Darum lenkte ich ein: »Einverstanden. Wann?«

»So bald wie möglich«, sagte sie. »Ich weiß, du hast viel am Hals. Wann hast du Zeit?«

»Wenn du nichts anderes vorhast, fahr doch gleich in Mainz los, aber beeile dich nicht allzu sehr. Wir treffen uns bei mir in Brück. Einverstanden?«

»Das ist gut«, murmelte sie und unterbrach.

Auf den letzten Metern vor Oma Ohlers Haus wurde ich ganz ruhig. Ich schellte und Oma Ohler kam gleich zur Tür. Sie trug schwarz und hatte verheulte Augen. Leise sagte sie: »Tach auch. Kommen Sie rein. Ich wollte eigentlich gerade zu den Kindern rüber. Claudia ist eben aus Trier angekommen.« Sie ging etwas unsicher, schwankend fast, vor mir her in die Küche. »Ich mache denen was zu essen. Die kommen ja jetzt zu nichts. Was sagen Sie denn zu alldem?«

»Was soll ich dazu sagen? Glauben Sie, die Claudia würde sich mal mit mir unterhalten?«

»Ich sage ihr, sie soll es tun«, nickte sie.

»Dann sagen Sie es ihr jetzt gleich. Wir müssen versuchen zu verhindern, dass noch weitere Leute ermordet werden.«

Sie nickte, ging nach nebenan und ich hörte sie telefonieren, konnte aber nichts verstehen.

»Sie kommt«, berichtete sie dann. »Hat Anna es schwer gehabt mit dem Sterben?«

»Nein. Auf keinen Fall. Sie war schon tot, ehe sie etwas spüren konnte. Die Kripo hat noch keine Idee, wer sie getötet hat. Rolli war es wohl nicht, aber Bliesheim ist verschwunden.«

»Warum sollte denn Bliesheim so was tun?« Oma Ohler stand vor dem Herd, drehte sich herum und starrte aus dem Fenster, als sei die Beantwortung ihrer Frage vollkommen belanglos. »Mein Gott, dieses Kind war so dumm. Man soll ja nichts Schlechtes über Tote reden, aber sie war wirklich dumm. Sie hatte Kinder und ist selbst trotzdem immer ein Kind geblieben.«

Es schellte und Oma Ohler ging die Türe öffnen.

Die junge Frau, die hereinkam, war schlank und groß und trug einen dunklen Nadelstreifenanzug über einer weißen Bluse. Ihre Füße steckten in Lackschuhen und sie hatte keinen Schmuck umgelegt. Ihr hochgestecktes Haar war so blond wie das ihrer Schwester. Sie hatte ein weiches, frauliches Gesicht, war sehr bleich und ungeschminkt.

»Das ist unsere Claudia«, stellte Oma Ohler vor.

»Baumeister, Siggi Baumeister. Mein Beileid«, murmelte ich und gab ihr die Hand. »Ihre Schwester Anna ist die vierte Tote in einer Reihe, die bisher niemand begreifen kann.«

Sie sagte ohne Betonung: »Da werde ich wohl nicht helfen können.« Sie setzte sich auf einen Stuhl, zog eine blaue Packung Gauloises aus der Tasche und zündete sich eine an.

Ich nahm ihr gegenüber Platz. »Kennen Sie diese Clique, zu der Ihre Schwester gehörte?«

»So gut wie gar nicht. Ich war ja nur noch selten hier.«

»Was wissen Sie über Kinsi?«

»Bei dem ist das was anderes. Den kannte ich, seit ich ein Kind war. Der war immer da, immer freundlich. Als wir klein waren, spielte er mit uns. Wir wussten natürlich, dass er zurückgeblieben war. Er galt als so was wie der Dorfdepp.«

»Ihre Großmutter hat erzählt, dass Sie und Anna nicht viel miteinander gemein hatten. Was meinen Sie selbst?«

161

Sie überlegte, dann zuckte ein Lächeln um ihren Mund. »Die meisten, die uns kennen, haben gescherzt, dass wir eigentlich nicht dieselben Eltern haben könnten. Stimmt es, dass man Anna ins Gesicht geschossen hat?«

»Das ist richtig.« Baumeister sei vorsichtig. Solange sie mit ihrer Zunge auf der Unterlippe herumleckt, ist sie zickig und nicht bereit, allzu viel zu erzählen. »Sie wollen wahrscheinlich wissen, ob Ihre Schwester gelitten hat?«

»Ja, das würde ich gern.«

»Nein, hat sie nicht, nach Ansicht der Kriminalisten war sie sofort tot. Sie kann auch keine Schmerzen gespürt haben.« Schieß eine Frage ab, auf die sie sowieso nicht antworten wird. Halt sie ein bisschen auf, suche nach einer Lücke. »Können Sie sich jemanden vorstellen, der das getan haben könnte?«

»Natürlich nicht«, murmelte sie.

Ich sah Oma Ohler Hilfe suchend an.

»Hör zu, Kind«, sprach die Oma aus dem Hintergrund. »Der Herr will uns helfen. Nun red schon. Wie war das zwischen Anna und dir?«

»Na ja, Anna war eben so wie die meisten jungen Frauen in der Eifel. Kinder, Küche und so weiter. Erst muss geheiratet werden, dann kommt das erste Kind, dann kümmert man sich um eine halbe Stelle irgendwo und dann kommt das nächste Kind.«

Schweigen.

»Die Darstellung passt aber nicht so ganz«, sagte ich. »Anna hat ihren Rolli verlassen und mit Rainer Bliesheim ein Verhältnis angefangen. Demnach war ihr die Ehe zu fade, der Rolli zu fade, das Leben mit Rolli zu fade. Da muss also noch etwas anderes ihr Denken bestimmt haben. War Anna vielleicht irgendwie abhängig von Bliesheims Geld, von seinem Einfluss, von seiner Macht?«

»Hm. Wir haben mal telefoniert, das ist schon lange her, mehr als ein Jahr. Ich weiß gar nicht mehr, weshalb sie angerufen hatte. Auf jeden Fall sagte sie im Verlaufe des Gesprächs, sie könne jetzt alles haben, was sie will. Geld spielt keine Rolle mehr, hat sie gesagt. Ich habe sie gefragt, warum sie mir das sagt. Und sie hat geantwortet, sie wollte mir nur zeigen, dass auch sie einen erfolgreichen Weg gefunden hat. Eben mit ihren Mitteln.«

»Was waren denn Annas Mittel?«, hakte ich schnell nach.

Mit Claudia Vaals ging eine Veränderung vor, ihr Rücken straffte sich, ihre Finger wurden zu Krallen.

»Vögeln!«, antwortete sie schrill und hob den Kopf. Augenscheinlich war sie wütend auf ihre tote Schwester, sie war eine höchst wütende junge, hübsche Frau, die für den Augenblick jede Selbstbeherrschung verlor. »Ich habe ihr so oft erklärt, dass … na ja, dass mein Erfolg etwas mit Arbeit zu tun hat. Und sie hat immer erwidert, das alles könne man billiger haben, man bräuchte nur die Beine breit zu machen.«

»Sie ist tot, Kind«, mahnte Oma Ohler.

»Ach, verdammt. Stimmt doch, Oma!«

»Ist es möglich, dass Anna Bliesheim gar nicht geliebt hat? Nur bewundert? Ist es möglich, dass sie ihn nur haben wollte, weil er alles das war und hatte, was Rolli nicht war und hatte?«

»Sie selbst behauptete, sie würde ihn lieben. Aber vielleicht haben Sie Recht.« Claudia zog ein kleines Taschentuch hervor und schnaubte sich kräftig die Nase.

»Du solltest nicht so über deine Schwester reden. Sie ist noch nicht mal unter der Erde.« Oma Ohlers Welt brach gerade ein wenig mehr zusammen, ihre Stimme kam leise und traurig.

»Aber wenn hier die Wahrheit gefragt ist, muss ich sie doch aussprechen, oder?« Die junge Frau beugte sich über den Küchentisch und schloss die Augen, sie war erschöpft, sie wollte über diese Schwester nicht mehr reden. »Es war doch immer so, Oma«, sagte sie leise. »Ihr wolltet das nie wahrhaben. Nicht Papa, nicht Mama, nicht du. Schon als wir

Kinder waren, hatte Anna immer die Freunde, die ich nicht kriegen konnte. Und warum? Weil sie gewissermaßen zur Verfügung stand. Sie hat das ganz früh gelernt, Oma. Wenn ein Junge wissen wollte, wie die Mädchen untenrum aussehen, war Anna diejenige, die es ihm zeigte. Ich und die anderen, wir haben uns geschämt, Anna nicht. Und später, als wir erwachsen wurden, ging das so weiter. Ich erinnere mich gut, dass ich in Manni Strohns mal sehr verliebt war. Aber ich wollte nicht mit ihm schlafen, jedenfalls nicht so bald. Und was machte Anna? Sie schnappte ihn sich und zog mit ihm hinter die Büsche. Da bekam er dann, was er wollte. Und das war ja nicht das einzige Mal, dass sie so was brachte. Irgendwer hat mal von ihr gesagt, Anna beherrsche ihre Welt mit ihrer Möse. Da hatte derjenige verdammt Recht.«

»Aber dem Rolli war sie erst treu«, sagte Oma Ohler zittrig.

»Das war sie nicht. Sie war es nie. Eigentlich weißt du das selbst genau.« Claudias Gesicht war rot vor Ärger.

»Das stimmt nicht!« Oma Ohlers Stimme wurde schrill.

Claudia warf beide Arme in die Luft. »Es stimmt«, ihre Stimme wurde gefährlich leise. »Ich weiß überhaupt nicht, warum ihr alle so blöd tut. Nimm doch nur mal die Geschichten mit dieser Scheißclique. Der wirkliche Boss ist doch der alte Forst in Portugal. Bliesheim ist ja nur sein Erbe. Damit nichts aus dem Ruder läuft und er die Kontrolle behält, lässt der alte Forst die Clique übers Wochenende einfliegen. Die machen dann da Halligalli. Derweil sitzt Rolli hier zu Hause, passt auf die Kinder auf und glaubt, seine Frau sei mit Freunden auf einen Wein an die Mosel. Abends ruft Anna dann zu Hause an und sagt: Schatz, ich komme erst morgen zurück, wir sind alle dun und keiner kann mehr fahren. Und der selten dämliche Rolli sagt brav: Ist okay, Schatz, amüsier dich gut! Seid ihr eigentlich alle verrückt?«

»Das mag ja mal vorgekommen sein«, murmelte Oma Ohler.

Claudia war fassungslos vor Wut und brüllte los: »Verdammt noch mal, Oma! Das ist nicht *mal* vorgekommen, das war die Regel. Ich weiß es. Die Clique ist mindestens zwanzig Mal übers Wochenende nach Portugal geflogen. Natürlich haben sie hier im Dorf davon nichts erzählt. Aber was glaubst du denn, was die da gemacht haben? Mit Murmeln gespielt? Die *Wacht am Rhein* gesungen? Sie haben da gesoffen, sie haben da gevögelt, Oma! Soll ich dir das buchstabieren ...« Dann sackte sie zusammen· und begann zu schluchzen. »Ich will dir doch nicht wehtun. Es ist genug.«

In die Stille fragte ich leise: »Woher wissen Sie das alles so genau? Sie haben doch eben noch gesagt, Sie wissen eigentlich gar nichts.«

»O je«, sie sah mich an und nahm mich nicht wahr. Einen Moment überlegte sie und erklärte schließlich: »Anna rief mich dauernd an. Sie musste mir von ihren neuen Eroberungen berichten. Das war ... ja, irgendwie zwanghaft. Vielleicht hätte ich einfach den Hörer auflegen sollen, so ein Scheiß interessiert mich eigentlich nicht. Aber ...« Sie machte unwillige Bewegungen mit beiden Händen. »Ich habe ihr zugehört, weil ich es nicht fassen konnte. Ich dachte immer: Das ist doch ein uralter Film, das kann so nicht funktionieren! Und Anna plapperte und plapperte, dabei schien sie auch noch stolz zu sein auf das, was sie tat. Dieser saublöde Rolli!« Claudias Stimme gewann wieder an·Schärfe: »Leute, die Clique fliegt nach Portugal, wie andere Menschen mit dem Bus zwei Haltestellen weit fahren. Anna war sogar mit dem alten Forst im Bett. Sie hat mir erzählt, dass es die halbe Nacht gedauert hat, bis er eine annehmbare Erektion hatte.«

»O Gott«, hauchte Oma Ohler.

»Dann können Sie doch bestimmt auch genau sagen, wann die Geschichte mit Anna und Bliesheim anfing«, meinte ich trocken.

»Das ist zwei Jahre her.«

»Wissen Sie auch, ob der Kaplan Markus Klinger in Portugal mit dabei gewesen ist?«, bohrte ich weiter.

»Sicher war der auch da«, nickte sie. »Brühwarm hat Anna

mir erzählt, dass Klinger versucht habe, sich an Gernot Meyer ranzumachen. Dass Markus Klinger schwul ist, wissen Sie?«

»Das ist mir zu Ohren gekommen. Das mit Gernot Meyer wusste ich nicht. Aber in Bezug auf die Morde ist das ja wohl unerheblich.«

»Da bin ich mir nicht sicher«, widersprach Claudia heftig und warf das Haar mit einer Kopfbewegung zurück.

»Das ist nicht meine Welt«, sagte Oma Ohler entschieden. »Mit all dem will ich nichts zu tun haben.«

»Hast du ja auch nicht«, meinte die Enkelin beruhigend. »Aber so läuft das heutzutage eben.«

»Wie meinen Sie das, was sollten Meyer und Klinger mit den Morden zu tun haben?«, fragte ich.

Claudia wirkte etwas unschlüssig. »Na ja, ich habe Anna anfangs mal Geld geliehen. Das war, als die Geschichte mit Bliesheim noch ganz frisch war. Sie rief an und sagte, sie bräuchte Geld. Dringend. Ich habe natürlich gefragt, wofür. Das wollte sie nicht verraten. Ich habe überlegt, dass sie ihm wahrscheinlich ein Goldkettchen schenken wollte oder so was. Das hätte zu den beiden gepasst. Ich sagte dann, dreitausend könnte ich ihr geben, aber ich bräuchte das Geld in vierzehn Tagen zurück. Wenig später steht der Markus Klinger vor meiner Wohnungstür und sagt, er soll die dreitausend abholen. Ich gebe sie ihm. Eine Woche später schellt es abends und Gundula Pechter hält mir ein Kuvert hin. Schöne Grüße von Anna, sagt sie, hier ist das Geld zurück.«

Wieder herrschte Schweigen.

»Und der Rolli hat jeden Fünfziger sechsmal umgedreht, ehe er ihn angebrochen hat«, sagte Oma Ohler düster. »Eine feine Welt.«

»Haben Sie eine Vorstellung, was wirklich in dieser Clique abläuft?«, fragte ich.

Claudia schüttelte den Kopf. »Nein. Ich denke nur, da geht nicht alles mit rechten Dingen zu.«

»Sie denken an kriminelle Handlungen, nicht wahr?«

»Ja, natürlich. Da gab es ja auch noch die Geschichte mit dem Flug, der besetzt war. Die ganze Clique war an Bord, nur Anna kam nicht mehr mit. Sie konnte nun aber schlecht nach Hause gehen und Rolli erklären: Mein Flieger geht erst morgen früh. Also tauchte sie bei mir in Trier auf und fragte, ob sie die Nacht über bleiben könnte. Na klar, sie war ja meine Schwester. Als wir abends zusammensitzen, stellt sie ihre Reisetasche vor mich hin und sagt triumphierend: Mach mal auf. Ich tu ihr den Gefallen. Grab tiefer! sagt sie. Und siehe da: Der ganze Boden ist mit Bündeln von Fünfhundertern ausgelegt. Es waren um die hundertfünfzigtausend Euro. Ich habe gesagt: Bist du wahnsinnig? Wieso? fragte sie. Ist doch nicht mein Geld. Ich nehme es für Forst mit. Was soll da passieren? Jetzt frage ich, wer legt meiner Schwester Anna hundertfünfzigtausend bare Euro in die Reisetasche? Woher stammt das Geld? Hat es Bliesheim in ihre Tasche gepackt? Oder jemand anders aus der Clique? Klar, ich habe sie gefragt, aber sie gab keine Antwort. Sie war allerdings selig, dass ihr jemand zutraute, so viel Geld durch den Zoll zu schmuggeln.«

»Hat sie denn erzählt, was sie sagen sollte, wenn man sie erwischt hätte?«, erkundigte ich mich.

»Ja, ich habe gefragt. Und ich muss wirklich sagen, dass sie geschickt instruiert worden ist. Zunächst mal war der Transportweg ja sowieso relativ sicher. In dem Durcheinander von Charterflügen kann weder Zoll noch Finanzfahndung gründlich arbeiten. Wer das je in Frankfurt, Düsseldorf oder wo auch immer miterlebt hat, weiß, dass man Geld, also Papier, massenweise gefahrlos mitnehmen kann. Anna hatte die Scheine in Packpapier verpackt und zwischen die Urlaubslektüre gesteckt. Und falls man sie trotzdem erwischte, sollte sie sagen, dass sie das Geld Forst, ihrem Chef, bringt. Der würde es dann versteuern. Sie sollte richtig schön naiv tun. Ich habe lange darüber nachgedacht: Wahrscheinlich hätte das im Fall der Fälle sogar funktioniert. Anna wäre bestimmt mit einem blauen Auge davongekommen, da gehe ich jede Wette ein. Aber es ist ja tatsächlich nichts passiert. Na, jedenfalls kam dann der Hammer: Sie rief mich ganz stolz aus Portugal an, dass sie es geschafft hätte. Und dass in Markus Klingers Reisetasche genauso viel Geld gewesen war.«

»Bargeld, Bargeld, Bargeld«, murmelte ich. »Wissen Sie, ob Anna einen echten Feind oder eine Feindin hatte?«

»Das glaube ich eigentlich nicht. Dazu war sie zu naiv. Sie war ... sie war kein Gegner, bei keiner Sache.«

Ich stopfte mir die rote Lorenzo mit großem Kopf. »Aber nehmen wir doch mal an, eine andere Frau hätte sich Bliesheim genähert. Was wäre dann passiert?«

»Ach so, ja, jetzt verstehe ich.« Claudia senkte den Kopf und fragte: »Sie glauben, dass meine Schwester Elvira Klein erstochen und ihr die Haare abgeschnitten hat?«

»Nein, das glaube ich nicht. Trotzdem interessiert es mich, wie Anna sich gegenüber eventuellen Feinden verhalten hätte.«

»Da bin ich unsicher. Ich denke aber, sie hätte sich gewehrt. Sie hätte alle Mittel eingesetzt, die sie hatte.«

»Wäre sie auch brutal geworden?«

»Auch das.«

»Ach Kind!«, sagte Oma Ohler leise.

»Wissen Sie, was Torpedos sind?«

Claudia Vaals nickte.

»Angeblich soll Bliesheim Torpedos an der Hand haben. Je davon gehört?«

Sie sah mich an, drehte die Kante der kleinen Tischdecke zwischen den Fingern. »Ja. Aber nur zufällig. In einem ganz anderen Zusammenhang. Ich habe einen Bekannten, der in Trier Gebrauchtwagen verkauft. Er versichert die Fahrzeuge bei uns. Der hat Bliesheims Torpedos engagiert, als er mal zu viele Außenstände hatte.«

»Sieh einer an. Und wie ist es gelaufen?«

»Nicht gut. Es waren zwei Männer. Sie waren … sie gingen zu gewalttätig vor, mein Bekannter hat es abgeblasen und sich mit Bliesheim auf irgendeine Summe geeinigt.«

Ich zögerte einen Augenblick. »Gibt es noch andere, ähnliche Fälle, von denen Sie wissen?«

»Nur gerüchteweise. Bliesheim soll einem Ehepaar das Haus abgenommen haben. In Trier ist bekannt, dass man Bliesheim besser kein Geld schuldet, sonst geht man das Risiko ein, im Krankenhaus zu landen.«

»Dafür dass Sie die Clique kaum kennen, wissen Sie ja doch erstaunlich viel. Haben Sie auch eine Ahnung, was Bliesheim geschäftlich mit der Gundula Pechter zu tun haben könnte?«

»Also, an die Gundula würde ich mich nicht rantrauen. Die Frau ist eiskalt. Und wenn es ums Geld geht, ist die noch kälter. Was sie mit Bliesheim hat, weiß ich nicht. Aber ich finde, die beiden passen gut zueinander. Beide knallhart, vollkommen rücksichtslos.«

Ich dachte über das nach, was sie erzählt hatte, und vieles gefiel mir nicht. »Etwas verstehe ich nicht. Rolli ist der Meinung, dass Bliesheim Anna nur fürs Bett wollte und keinesfalls eine Frau mit zwei Kindern, die darauf achtet, dass er auch immer pünktlich nach Hause kommt. Andererseits hat Bliesheim Geld hier in das Haus gesteckt. Er hat hier gewohnt, zusammen mit Anna, er hat sich doch anscheinend verantwortlich gefühlt. Sie sagen jetzt, dass er Torpedos laufen hat, knallhart und gänzlich rücksichtslos ist. Da passt was nicht zusammen. Hat Anna mal erzählt, ob sie und Bliesheim heiraten wollten?«

»Ja, das hat sie tatsächlich erzählt. Er soll vorgeschlagen haben, dass sie im nächsten Jahr heiraten, dann wäre auch die Scheidung durch gewesen. Und ich kann mir gut vorstellen, dass er das wirklich vorhatte.«

»Aber genau das kapiere ich nicht. Jemand, der so knallhart seine Geschäfte durchzieht, bindet sich doch keine Frau mit zwei Kindern ans Bein.«

Claudia nickte amüsiert und lächelte leicht. »Sie verstehen da was Grundsätzliches nicht, das ist mir schon klar. Jemand wie Bliesheim, ein Eifler Jung, einer, der hier zu Hause ist, der *muss* verheiratet sein. Er braucht doch einen Mantel für seine Geschäfte! Ich habe mal in einem Buch über Wirtschaftsverbrechen gelesen, dass der perfekte Mafioso immer solide verheiratet ist, einen Haufen Kinder hat, ein wunderschönes Einfamilienhäuschen mit vielen hellblauen und rosa Schleifchen und LBS-Bausparer ist. Natürlich hat er auch eine Geliebte, oder mehrere, aber das ist stinknormal, das gehört zu dem Bild. Und die Ehefrauen machen das mit.«

»Wenn dann etwas schief geht, geht es aber gründlich schief«, vollendete ich.

»So ist es. Davon reden wir die ganze Zeit, glaube ich. Anna, Kinsi, Elvira Klein und dieser Klaus Mertes – das alles ist ganz schrecklich. Ich muss ständig darüber nachgrübeln. Und ich bin für mich zu dem Ergebnis gekommen, dass da in einer Geschichte, die nicht zu durchschauen ist, was schief gelaufen sein muss.«

Mein Handy meldete sich, ich haspelte: »Entschuldigung«, und schaltete die Leitung frei.

»Kischkewitz«, hörte ich eine dumpfe Stimme. »Damit du nicht auf falsche Gedanken kommst: Bliesheim ist wieder aufgetaucht. Er war in München und hat an der Einweihung eines Vier-Sterne-Hotels teilgenommen. Irgendjemand muss ihn gewarnt haben. Er kam direkt aus München hierher zu mir, baute sich artig vor mir auf und sagte: Ich hörte, ich werde gesucht. Was gibt es? Wir haben ihm von Annas Tod erzählt und ohne jeden Zweifel war er betroffen. Das mit München haben wir überprüft, Minute für Minute. Es gibt Zeugen noch und nöcher. Bliesheim ist aus dem Rennen.«

»Ich unterhalte mich gerade hier im Haus von Oma Ohler mit Annas Schwester«, stoppte ich seinen Redefluss. »Sie hat von Bargeldtransporten über die Tourismusschiene nach Portugal zu Forst erzählt.«

»Ja, wissen wir schon von Klinger. Apropos Klinger: Der Kaplan hat einen Selbstmordversuch unternommen. Mit Tabletten. Er liegt auf Intensiv, es ist noch nicht sichergestellt, dass er durchkommt. Und jetzt gib mir doch mal diese Schwester, das passt mir gut.«

Ich hielt Claudia Vaals das Gerät hin und sie nahm es ohne Zögern.

Sie stand auf und ging hinaus. Nach zwei Minuten kehrte sie zurück und sagte: »Oma, kannst du bitte Papa und Mama Bescheid sagen, dass ich nach Wittlich zur Mordkommission gefahren bin?« Sie drehte sich zu mir. »Mit uns ist alles klar? Sie haben keine Fragen mehr?«

»Ich hätte noch tausend Fragen und die eine will ich wenigstens noch loswerden: Gehörte dieser Jungförster Klaus Mertes auch halb oder ganz zu dieser Clique?«

»Das kann ich nicht beantworten. Klaus Mertes war jemand, der unbedingt Karriere machen wollte, der unbedingt Erfolg haben wollte, der Geld über alles liebte, der stundenlang davon schwafeln konnte, wie wunderbar der Strand von Waikiki ist und wie viele tolle Frauen da ihre Titten zeigen. Kläuschen war jemand, der problemlos seine Großmutter verkauft hätte, wenn ihm das etwas eingebracht hätte.«

»Wieso sind Sie sich da so sicher?«, staunte ich über die prompte Antwort.

Sie lächelte wieder für Sekunden. »Ich bin mal mit ihm gegangen. Nicht lange, ein halbes Jahr. Dann konnte ich ihn nicht mehr ertragen. Das ist sechs, sieben Jahre her und ich war froh, als es zu Ende war.«

Oma Ohler sah mich an, ihre Augen waren rot verheult, sie hatte schwarze Ringe unter den Augen wie eine schwer Herzkranke. »Das alles ist so schlimm.«

»Das kann noch viel schlimmer werden, Oma«, murmelte Claudia Vaals.

171

SECHSTES KAPITEL

Ich beeilte mich, nach Hause zu kommen, Vera würde schon warten.

Tatsächlich stand ihr Auto im Hof. Und noch etwas war nicht zu übersehen: Tante Anni hatte eingekauft. Mein Küchentisch versammelte eine denkwürdige Mischung an Nahrungsmitteln, die noch nie Bestandteil meines Haushaltes gewesen waren. Das Fremdwort für diese Art von Produkten heißt Cerealien. Iss möglichst viel von dem Zeug, dann kriegt dein Darm was zu tun und dein Körper kann in Ruhe weiterhungern – oder so ähnlich. Bei dem Anblick meines Tisches hatte ich einen Wachtraum von einem Doppelzentner aufquellender Körner, die die Schmerzensschreie meiner Magennerven unermüdlich zermahlten und erstickten.

Die beiden Frauen saßen im Wohnzimmer und sahen mir entgegen, als sei ich der endgültige Heilsbringer.

»Tut mir Leid, ich konnte nicht schneller hier sein«, sagte ich und küsste Vera vornehm zurückhaltend auf die Stirn.

»Ich mach mal Kaffee«, murmelte Tante Anni und verschwand.

Ich setzte mich Vera gegenüber in einen Sessel und fragte frohgemut: »Wie geht es dir?«

»Gut und schlecht«, murmelte sie. »Ich denke, wie dir.«

»Ja, mir geht es auch so. Und ich habe mir überlegt, was ich zu sagen habe. Das Angebot, die Pressestelle des Landeskriminalamtes in Mainz zu übernehmen, wirst du nur einmal im Leben kriegen. Das ist sicher. Du musst das Amt annehmen. Das erscheint mir ebenso sicher. Das bedeutet, du wirst in Mainz arbeiten und die meiste Zeit darauf verwenden müssen, zur Verfügung zu stehen. Ich kenne dich und weiß, dass du den Job gut machen wirst, und du wirst rund um die Uhr an deinen Job denken. Das war die berufliche Seite, jetzt kommt die private. Ich gebe zu, ich war gekränkt. Weil du schon seit Wochen von dem Angebot gewusst haben musst. Und andere haben auch davon gewusst. Und ich finde es schlicht Scheiße, als Mitbetroffener als Letzter unterrichtet zu werden. Es ist auch blöde, von Dritten zu erfahren, dass da irgendein anderer Mann auf dich scharf ist. Wobei mich das nicht sonderlich beeindruckt. Du bist eine hübsche Frau, das wird immer wieder passieren und es rührt nicht an meinem Selbstbewusstsein. Klar, wir könnten versuchen, ob wir weiter zusammenbleiben können. Aber die äußeren Umstände sind dagegen, denn wir beide haben unseren Beruf. Ich bin mir sicher, dass wir daran scheitern würden, unser beider Leben irgendwie übereinander zu kriegen. Das wär's.« Ich saß da, sah Vera an und war eigentlich ruhig.

Klagend erwiderte Vera: »Verdammt, ich kann das nicht so kühl angehen wie du.« Sie zog ein Päckchen Tabak hervor und begann sich eine Zigarette zu drehen. »Ich gebe zu, das war nicht in Ordnung, ich hätte dir eher von dem Job erzählen müssen. Von dem Angebot weiß ich schon ziemlich lange, aber ich war mit mir selbst nicht im Reinen, ob ich es annehmen sollte. Tut mir Leid.« Sie leckte das Zigarettenpapier feucht. Dann zündete sie die Zigarette an. »Dieser andere Mann ist keine Bemerkung wert. Es ist mir nur wichtig, dass wir nicht streiten.« Sie schluckte schwer und begann zu lächeln. »Schließlich sind keine Kinder da und ich habe auch nicht meine Ersparnisse in dich investiert.«

»So ist es«, nickte ich und stopfte mir eine Pfeife. »Wir streiten nicht, das ist klar.«

»Dann fahre ich jetzt mal wieder zurück.«

»Ja«, sagte ich. »Melde dich, ich will wissen, wie es dir geht. Und melde dich, wenn was schief läuft. Dann bin ich da.«

»Ja«, sagte sie. Sie stand auf, hängte ihre Ledertasche über die Schulter, ging zur Tür und schloss sie hinter sich. Die

173

Haustür klackte, der Motor ihres Autos sprang an und Vera fuhr vom Hof.

Ich schob eine CD von Christian Willisohn ein und hörte *I am a heart broken man*, dann *Funeral*. Der Schmerz war sanft, nachdrücklich und tief, ausnahmsweise wich ich ihm nicht aus. Plötzlich musste ich grinsen. Hemingway fiel mir ein, der jetzt mit dem Schmerz geredet hätte. »Hör zu, Schmerz, mach keinen Scheiß …«

»Wir könnten einen Happen zu Abend essen«, sagte Tante Anni in der Tür.

»Gut«, sagte ich.

Es gab etwas, das wie Joghurt aussah, aber nicht so schmeckte. Da waren Körner und Haferflocken drin und es war leicht rosa.

»Ganz starker Himbeergeschmack!«, strahlte Tante Anni.

»Ja«, stimmte ich brav zu, schmeckte aber nur Pappe. Ganz heimlich dachte ich an mir bekannte Wirte und Kneipen: an Markus in Niederehe, Klaus in Dreis, Anja in Monreal, Ben in Hillesheim, der den Ehrentitel ›Saloon‹ eingefangen hatte.

»Du musst nichts sagen«, äußerte Tante Anni freundlich.

»Da ist auch wenig zu sagen«, murmelte ich. »Wir haben uns getrennt. Das tut weh, aber das vergeht auch wieder.«

»Ich habe nachgedacht«, sagte sie und etwas von der Himbeersache lief über ihr Kinn. »Ich kann den Mord an dieser Elvira Klein nicht unterbringen.« Sie wischte sich das Himbeerzeug vom Gesicht. »Irgendwie passt der Mord nicht. Bei Kinsi ist zumindest am Ende ein planvolles Vorgehen erkennbar. Bei Anna und diesem Jungförster sowieso. Aber Elvira? Irgendwas stimmt da nicht, das fällt irgendwie raus.«

»Raus? Aus was raus?«

»Aus möglichen Schemata«, erklärte sie.

»Der Bliesheim ist übrigens wieder aufgetaucht. Er war in München, daran ist wohl nicht zu rütteln. Und Markus Klinger, der Kaplan, hat versucht sich umzubringen.«

»Wie hat er es gemacht?«

»Mit Tabletten, sagt Kischkewitz.«

»Wir sind noch nicht nahe genug dran«, murmelte sie. »Wir können die Geschichte noch nicht kapieren, sind noch nicht weit genug hineingekrochen.«

»Jede Menge Bargeld lacht«, bemerkte ich und erzählte ihr, was Claudia Vaals berichtet hatte.

»Die Gier nach Geld ist immer ein sehr starkes Motiv«, überlegte sie. »Wie willst du weiter vorgehen? Drei Leute kennst du noch gar nicht: diese Gundula Pechter, Bliesheim und diesen Meyer. Ach ja, und Forst natürlich.«

»Ich weiß. Aber auch das Umfeld Bliesheims und der Clique muss ich mir noch ansehen. Die haben sich entweder bei der Pechter oder in Bliesheims Jagdhütte getroffen. Dann ist da noch die Frage, ob Bliesheim noch eine geheime Wohnung hat oder andere Frauen. Aber im Moment bin ich erst mal kaputt, mein Bett ruft.«

»Das ist gut«, nickte sie befriedigt. »Du gehst schlafen und ich gucke fern. Mit einem Schluck Wein und einem Zigarillo. Ruhe im Haus. Wo hast du die Zigarillos?«

»Auf dem Dachboden, junge Frau. Auf dem Tischchen neben der Billardplatte. Grüß mir die Kugeln. Und schlaf gut. Morgen werde ich früh aus dem Haus sein.«

»Dann pass auf dich auf.«

Natürlich wollte mein Hund mit ins Schlafzimmer und jaulte so gotterbärmlich, dass ich ihm erlaubte, auf dem Teppich vor dem Bett zu schlafen. Dann kratzten die Katzen an der Tür und ließen nicht locker, bis sie wenigstens einmal das Bett umkreist hatten. Weil es prompt Zoff mit dem Hund gab, schmiss ich alle Viecher wieder raus, um Ruhe zu haben. Aber dann dröhnte der Fernseher und ich hörte die sonore Stimme eines Schauspielers sagen: »Du solltest dich auf die Ewigkeit vorbereiten, Mann!« Warum hatte ich nicht daran gedacht, dass Tante Anni schlecht hörte?

Trotz der blechernen Piepsstimme einer jungen Darstellerin, die tönte: »Und ich habe dich wirklich geliebt!«, schlief ich irgendwann ein.

Um fünf wachte ich auf und hörte Nachrichten auf SWR 1. Thomas Nettelmann blieb nichts anderes, als zu vermelden, dass der entlassene Verteidigungsminister vor unzähligen Mikrofonen gesagt habe, er verlasse sein Amt erhobenen Hauptes und aufrecht – als ob irgendjemand ihn gebeten hätte, sich beim Abgang zu bücken.

Ich rasierte mich, setzte eine Kanne Kaffee an, gab den Tieren was zu fressen und überlegte, was ich tun sollte. Der Gedanke an Bliesheims Jagdhütte spukte mir immer noch im Kopf herum, aber hatte mir überhaupt jemand gesagt, wo die stand? Ich erinnerte mich nicht. Gegen sechs Uhr rief ich Oma Ohler an. Sie meldete sich sofort, ich entschuldigte mich wegen der frühen Uhrzeit und fragte, wo diese Hütte sei.

»Das ist doch ganz einfach«, erklärte sie. »Sie fahren die Strecke Meerfeld–Deudesfeld–Meisburg und queren die Bundesstraße Richtung Mürlenbach. Dann liegt linker Hand ...«

»Oma Ohler, bitte. Noch einmal und ganz langsam wie für einen aus der Sonderschule.«

»Ach so«, sie lachte. »Sie kommen ja aus Brück. Sie fahren in Daun auf der Bundesstraße 257 nach Bitburg, bis es links nach Meisburg geht. Sie fahren aber nicht links, Sie fahren vorher rechts Richtung Mürlenbach, also auf die Kyll zu. Kennen Sie das? Auf dieser Straße kommen Sie am Daxelberg vorbei. Von da oben stammt einer der Quellbäche der Lieser. Dichtes Waldgebiet. Sagen Sie mal, haben Sie eigentlich keine Landkarte?«

»Doch, aber solange ich keinen Schimmer habe, wo die Hütte liegt, kann ich sie auch nicht finden, oder? Wie geht es denn bei Ihnen?«

»Es ist ein Elend«, antwortete sie. »Niemand hat auch nur eine Minute geschlafen. Der Bliesheim war hier und hat gesagt, dass er jetzt natürlich auszieht. Rolli war zur gleichen

Zeit hier, um nach den Kindern zu sehen. Ich hatte Mühe zu verhindern, dass er den Bliesheim totschlägt. Ja, es ist ein Elend. Aber fahren Sie auf der Straße nach Müllenborn nicht zu weit. Drei, vier Kilometer. Dann geht es links ab. Am besten, dort fragen Sie weiter.«

»Danke«, sagte ich und fragte mich, wen ich auf dem winzigen, einsamen Sträßchen frühmorgens kurz nach sechs wohl fragen konnte.

Mein Hund wollte unbedingt mit. Und weil er Bäume über alles liebte, ließ ich ihn in das Auto springen. Im Übrigen war es gut, einen Kumpel dabeizuhaben. Er hatte wieder diesen ›Komm-hab-mich-lieb-Blick‹ drauf, deshalb erklärte ich ihm, weshalb er mitdurfte.

»Wir haben dringend frische Luft nötig. Da gibt es jede Menge fantastischer Bäume. Und du darfst an jeden pinkeln. Aber ich bitte dich, nicht zu bellen. Irgendwo dort in einsamer Höhe steht eine Jagdhütte, die von einem Mann namens Bliesheim frequentiert wird. Diese Hütte gucken wir uns an, vielleicht kommen wir so dem Herrn Bliesheim ein wenig näher.«

Cisco nahm die Erklärung dankbar an und japste leise in Vorfreude. Dann stellte er sich am Seitenfenster hoch und genoss die Fahrt.

Weil ich ein vorsichtiger Mensch bin, bog ich von der B 257 nach links ab und fuhr nach Meisburg hinein. Es machte überhaupt keinen Sinn, eine Jagdhütte auf blauen Dunst anzufahren. Wahrscheinlich gab es fünfzehn Waldwege, von denen nur einer der richtige war.

Ein alter Bauer auf einem Trecker kam mir entgegen, beäugte mich neugierig. Ich winkte ihm heftig zu und er wurde tatsächlich langsamer und hielt dann an. Ich stieg aus.

»Guten Morgen! Ich will zur Jagdhütte vom ollen Forst oben auf dem Daxelberg. Haben Sie eine Ahnung, wie ich da fahren muss?«

Er wackelte freundlich mit dem Kopf. Er war einer dieser

schmalen, zähen Eifeltypen in Blaumann und mit Kappe, die aussah, als hätte er sie von Helmut Schmidt geborgt. Er konnte siebzig sein oder achtzig. Er hatte mehr Falten im Gesicht als die Eifel Täler und seine Augen waren merkwürdig hell.

»Habe ich. Aber der Forst ist doch da gar nicht mehr. Der ist nie da. Er bezahlt nur die Pacht. Da oben ist nur dieser Bliesheim, von dem erzählt wird, dass er mal den alten Forst beerbt. Der schleppt da immer ein Volk an … Mit Wald und Wild haben die alle nix zu tun, das ist mal sicher. Aber geht mich ja nichts an. Du fährst in Höhe Meisburg rechts nach Müllenborn und Densborn. Nach ungefähr drei Kilometern kommen linker Hand drei Waldwege kurz hintereinander. Den mittleren nimmst du. Ist gut ausgebaut.« Der Bauer starrte neugierig auf mein Auto und seufzte. »Allerdings kommst du mit diesem Schlitten nicht ganz rauf. Du erreichst eine Lichtung. Auf der gehen wieder drei Wege ab. Du lässt dein Auto stehen und nimmst wieder den mittleren. Ist ganz einfach, nicht zu verfehlen. Ist was mit diesem Bliesheim? Soll ja ein ziemliches Durcheinander sein da in Meerfeld … Die Zeiten sind irgendwie komisch. Gehörst du zur Polizei?«

»Nein. Ich bin kein Polizist. Aber du hast Recht. Früher war es anders. Was wird denn hier über Bliesheim so geredet?«

Er grinste und brachte den klassischen Eifler Satz: »Ich weiß von nix!« Doch dann riskierte er eine Aussage: »Aber es wird geredet, dass er da oben jede Menge Frauen vernascht. Muss da wilde Partys feiern und so was. Gut ist das ja nicht für die Eifel. Was sollen denn die Leute denken? Aber du steckst nicht drin und du kannst nichts machen. Jedenfalls sind da oben in der Hütte Leute, die hier nichts zu suchen haben.«

»Und was machen die da?«

»Das weiß ich doch nicht. Na ja, Schmitze Trudchen, die immer in die Pilze geht und Kräuterzeugs sammelt, hat ge-

178

sehen, wie Leute mit Rucksäcken ankommen, in die Hütte gehen und dann weiterziehen. Wohl Wanderer. Aber sie müssen ja einen Hausschlüssel haben, nicht wahr? Ist doch komisch, oder?« Er grinste. »Ist vielleicht auch ein Waldhotel und unsereiner weiß davon nichts. Na ja, mich geht das alles nichts an.« Er startete seine rollende Antiquität, hob den Arm zum Gruß und tuckerte davon.

Nach fünfundzwanzig Minuten erreichten mein Hund und ich die Lichtung, auf der ich mein Auto abstellen sollte. Wir hatten einen Fichtengürtel gequert, dann zwei Schonungen passiert und einen breiten Streifen mit hohen Buchen. Die drei Wege, die von der Lichtung aus den Berg hinaufführten, waren allesamt nicht für mein Auto geeignet. Aber der mittlere schien stark befahren, deutlich sah ich tiefe Furchen, die Autos mit schweren Terrainreifen gezogen hatten.

»Also los!«, sagte ich. »Und sei gefälligst still, sonst schnappt uns der Förster.«

Es ging steil bergauf durch einen weiteren Fichtenbestand, der fünf bis sechs Jahre alt war. In der Nähe erschallten die Rufe eines Kuckucks, eine Gruppe Eichelhäher tummelte sich lärmend, rechts am Rand stand hohes Nickendes Perlgras und wiegte sich im Wind. Cisco hielt sich dicht bei mir.

Der Weg endete auf einer Kuppe und senkte sich dann jäh in ein scharf eingeschnittenes Tal, Fichten rechts, Fichten links. Auf dem jenseitigen Hang konnte ich nun die Jagdhütte erkennen. Sie war in einen alten Eichenwald gesetzt und stand auf einer geplätteten Bergnase, von der aus man weit ins Land sehen konnte. Unter der Eiche, die vor dem Gebäude stand, waren Bänke zu sehen, ein friedlicher, romantischer, geselliger Platz.

Wie das erfahrene Waldläufer so machen, die nicht unbedingt gesehen werden wollen, hockte ich mich erst mal ins Gras und betrachtete die Welt. Nach zehn Minuten war ich mir sicher, dass an der Hütte niemand war.

»Lass uns gehen, mein Freund. Wenn dich jemand fragt, was wir hier wollen, tust du erstaunt und weißt es nicht. Spazieren gehen eben.«

Wenig später hatten wir die Hütte erreicht und ich fragte mich, was ich eigentlich erwartet hatte. Wie eine fest verrammelte Jagdhütte aussieht, weiß man nach siebzehn Jahren Eifel zur Genüge. Die Tür war oben und unten mit jeweils einem Sicherheitsschloss gesichert. Die Fenster waren von innen mit einer Lage schwerer Bretter vernagelt. Es gab sechs Fenster, auf drei Seiten je zwei. Das Gebäude schien geräumig, acht Meter breit, etwa zehn Meter in der Längsachse. An der Rückfront befand sich das Waldklosett, wie üblich eine angebaute Zelle aus schweren Rundhölzern, die offen und für jedermann zugänglich war. Auf einem Drahtspieß war das Lokuspapier untergebracht. Er handelte sich um Blätter, die aus dem katholischen Bistumsblatt *Paulinus* ausgerissen worden waren. Das nennt man eine enge Leserbindung. Für ein Plumpsklo war es sehr geräumig. Jemand mit viel Sinn für Humor hatte in eines der Türbretter *Grizzly was here* geschnitzt.

Ich wollte die Hütte von innen sehen und ich kannte den Schwachpunkt jeder Hütte: nicht die Fenster, nicht die Tür, sondern das Dach. Aber ich war mir nicht sicher, ob ich es wirklich riskieren sollte. Also setzte ich mich auf die Bank unter der Eiche und genoss die himmlische Ruhe bei einer Pfeife, derweil mein Hund schnüffelnd herumlief und wahrscheinlich auf eine zufällig offen herumliegende Dose Futter hoffte. Endlich hatte ich von meiner Feigheit die Nase voll und sagte forsch und männlich: »Also, gehen wir es an!«

Im Winkel zwischen Lokus und Haus hing an einem schweren Haken eine Aluminiumleiter. Die machte ich los und lehnte sie an die Rückwand. Die Dachschräge verlief sanft, sodass die Gefahr des Abrutschens gleich null war. Kurz darauf hockte ich auf dem Dach und mein Hund sah mir zu.

Der Kamin war aus Bruchstein gemauert, das Dach mit kurzen, schweren Balken fast nahtlos an den Kamin angefügt. Und genau hier war die Stelle, die mir viel versprechend erschien. Die Deckung des Dachs bestand wahrscheinlich aus Brettern, einer Lage Dämmstoff, dann wieder Bretter längs und quer, dann die Teerpappe. Kurze Brettstücke, das war fast Regel bei dieser Art von Hütten, befanden sich immer am Kamindurchbruch. Ich verfügte über einen schweren, langen Schraubenzieher und das klassische Offiziersmesser der Schweizer Wehrmacht.

Ich schnitt die Dachpappe in einem Geviert auf und löste sie vorsichtig. Darunter erwischte ich ein kurzes Brettstück, das mithilfe des Schraubenziehers leicht hochzustemmen war. Es gab drei dieser kurzen Brettstücke, was mir als Öffnung vollkommen ausreichte. Weil ich ein ordentlicher Mensch bin, legte ich die weggenommenen Teile sorgsam auf dem Dach ab. Nach getaner Tat wollte ich das Loch wieder ordnungsgemäß schließen. Nach gut einer halben Stunde war die Öffnung groß genug und ich konnte in den Raum hineinsehen. Er schien sehr gemütlich, wenngleich düster, da nur wenig Tageslicht durch das Loch fiel.

Es gab einen kritischen Moment, als ich mich hinunterließ und erkennen musste, dass ich genau über einem schweren, eichenen Lehnstuhl baumelte. Weil mir nichts anderes übrig blieb, ließ ich mich fallen. Der Aufprall war mörderisch laut, denn ich traf mit dem rechten Fuß die Stuhllehne und der schwere Stuhl kippte um. Aber ich war nun in der Hütte und hatte nicht einmal einen blauen Fleck davongetragen.

Wie jeder solide Einbrecher sorgte ich erst einmal dafür, dass ein schneller Rückzug gesichert war. Neben dem umgestürzten Sessel stand ein solides Tischchen, auf das ich einen Küchenstuhl stellte. Von dort aus konnte ich bequem und vor allem schnell einen Querbalken erreichen und dann meine Ausstiegsluke.

Auf einem breiten Brett über dem schönen altmodischen

Herd entdeckte ich eine Petroleumlampe. Ich zündete sie an und sah mich geruhsam um.

Man konnte den Raum in vier Abschnitte teilen. Abschnitt eins bestand aus der Küchenecke mit einem Spiegel über einem Wasserhahn. Wahrscheinlich rasierten sich hier die Männer, wenn sie es wollten. Das Wasser! Wo kam das Wasser her? Irgendwo musste ein Tank sein, den ich bisher nicht gesehen hatte. Abschnitt zwei war der geräumige Platz vor dem Kamin. Abschnitt drei ein großer Tisch mit sechs Stühlen, an dem gegessen wurde und an dem die Clique wohl ihre Spiele spielte. Rechts von dem Tisch Abschnitt vier: ein breites Bett aus dunkler Eiche, in dem sicher sogar drei Menschen bequem schlafen konnten. Das Bettzeug aus einem weißen Leinenstoff zierten rührenderweise kleine rote Herzen.

Ich musste an Anna Hennef denken – und an die anderen Toten. Zumindest drei von ihnen waren hier gewesen und hatten gefeiert, gespielt, getrunken, gealbert, gelacht. Bliesheim hatte hier vermutlich mit Anna Hennef geschlafen, in paradiesischer Abgeschiedenheit und Welten entfernt von Rolli, dessen Existenz Anna vierundzwanzig Stunden am Tag an den Alltagskram mit Kindern erinnerte, an Geld, das lästigerweise nie reichte, an alle Möglichkeiten des Spaßes im Leben, den man sich nicht gönnen konnte.

Mein Hund kratzte von außen an der Tür und japste hoch und unglücklich.

»Ja, ja, ich komme ja gleich.«

Gab es in diesem Raum etwas Auffallendes? Neben dem Bett stand ein zweitüriger Schrank. Ich öffnete ihn. Er enthielt eine Unmenge Hemden, Hosen, Windjacken, Pullover, aber sonst nichts. Der große Tisch hatte zwei Schubladen. Ich zog sie heraus und betrachtete den Inhalt: Krimskrams. Ein Hammer, ein kleiner Plastikbehälter mit Nägeln in allen Größen, eine Rolle Paketband, Schraubenzieher, Büroklammern, alte Kugelschreiber, Skatkarten, Würfel, Spielhütchen, lose Schrauben, Visitenkarten, sogar eine Plastik-karte von Eurocard, die sicher nicht mehr galt, ausgestellt auf den Namen Rainer Bliesheim. Nichts von besonderem Interesse.

»Scheiße!«, sagte ich laut.

Was hatte ich denn erwartet? Wenn Bliesheims Leben von Geheimnissen erfüllt war, würde ich sie hier nicht finden. Vermutlich würde doch hier jeder suchen, der Bliesheim studieren wollte. Was war eigentlich mit der Mordkommission? War schon einer der Kriminalisten hier in der Hütte gewesen? Was würde ich sagen, wenn gleich jemand an die Tür klopfte und tönte: »Machen Sie auf. Gerald Özcan hier!«

Das, was ich getan hatte, konnte man einen glatten Einbruch nennen, inklusive Sachbeschädigung.

Ich zwang mich zur Ruhe, zog beide Schubladen noch einmal auf und widmete mich allen Visitenkarten und Papierfetzen, die ich finden konnte. Es gab Visitenkarten von Handwerkern, von Betrieben der Industrie, von Banken. Moment! Jetzt ganz langsam, Baumeister!

Jemand, der Bartholy hieß, bot erstklassige Teppichböden an. Das war wohl kaum etwas, das man als Spur oder verdächtig bezeichnen konnte. Eine Visitenkarte von Rainer Bliesheim. Ein Begriff stimmte mich nachdenklich. In elegantem Graudruck auf schneeweißem Grund war *Bliesheim Group,* die Adresse von Oma Ohlers Haus und eine Telefonnummer zu lesen, die nach der Vorwahl ebenfalls zu Anna Hennefs Adresse gehören konnte. Wieso ›Group‹? Ich wählte die Nummer.

»Ja, bitte?«, meldete sich Oma Ohler sachlich. Sie war wohl in Annas Wohnung, um sich um die Kinder zu kümmern.

Ich blieb stumm und kappte die Verbindung wieder. Wieso ›Group‹?

Ich drehte die Karte um. Mit Bleistift stand auf der Rückseite geschrieben: *Klaus,* dann eine Handynummer. Ich wählte auch diese Nummer und hörte die satte, träge Altstimme der Verlobten des Klaus Mertes, die von nichts wusste und nach Neuseeland wollte. Auch jetzt meldete ich mich nicht, sondern drückte auf ›Gesprächsende‹.

Ich fischte eine andere Visitenkarte von Bliesheim aus dem Papierhaufen und es wurde immer verwirrender: *Bliesheim Group – Belgique – 4780 St. Vith.* Wieso St. Vith? Das lag gleich hinter der Grenze, gehörte also quasi zu meiner Nachbarschaft. Aber wieso Belgien?

Ich steckte beide Visitenkarten ein.

Dann hörte ich das Auto. Es war ein Dieselmotor, noch weit entfernt. Schnell stieg ich auf den Stuhl, zog mich auf den Querbalken hoch und streckte den Kopf aus dem Dach. Der Wagen befand sich noch auf dem jenseitigen Hang, er kippte gerade über die Kuppe, um in das Tal zu rollen. Es war ein Rover, ein Defender, das ideale Fahrzeug in diesen Wäldern. Ich schob mich auf das Dach, rannte die zwei Schritte, erwischte die zweite oder dritte Sprosse der Aluminiumleiter, war unten, rief nach meinem Hund, hängte die Leiter in den Haken.

»Komm jetzt!«, zischte ich.

Für Cisco war das ein wunderbares Spielchen. Er japste, wedelte mit dem Schwanz und bellte vor Vergnügen. Das Leben war ganz klasse mit diesem Herrchen.

»Ab die Post!«, befahl ich scharf.

Wir rannten von der Hütte weg. Ungefähr dreißig Meter weiter gab es eine Verwerfung mit einem kleinen Graben. Ich legte mich bäuchlings in das welke Laub und hielt meinen Hund krampfhaft fest. »Ruhig! Ganz leise!«

Der Rover nahm die letzte Kehre vor der Hütte, zwei Männer stiegen aus. Sie waren jung, vielleicht fünfundzwanzig. Der, der vorne ging, war dunkelhaarig und hager, sicherlich einen Meter neunzig groß. Der Mann, der ihm folgte, war breit gebaut, gut zwanzig Zentimeter kleiner und blond mit kurzen Stoppelhaaren. Sie trugen Jeans, Laufschuhe und braune Lederjacken.

Der Lange fragte: »Wer soll hier schon sein? Ist doch kein Wanderweg hier.«

Der Blonde wandte ein: »Wanderer sind unberechenbar. Bliesheim hat gesagt: Ein falscher Besucher und wir müssen das System ändern. Wie viel holen wir?« Seine Stimme war hoch wie die eines Mädchens.

»Vier Tüten«, sagte der Lange. »Das ist für Frankfurt.«

Dann konnte ich nichts mehr verstehen und nichts mehr sehen, die Hütte stand zwischen uns. Fiebrig dachte ich: Sie werden reingehen, sie werden den Stuhl auf dem Tisch sehen und dann das Loch im Dach. Sie werden suchen und sie werden mich finden.

Plötzlich tauchten sie an der linken hinteren Ecke der Jagdhütte wieder auf. Der Blonde sagte: »Das wird wieder ein scheißlanger Tag. Frankfurt und zurück nach Essen.«

»Aber die Bezahlung ist gut«, stellte der Lange trocken fest. Dann sah er sich um: »Der Fahrer von der Karre da unten ist bestimmt mit einer kleinen Maus irgendwo auf einer Lichtung und vögelt sie fröhlich.« Er griff nach der Leiter. »Und unsereiner muss arbeiten.«

Die brechen ja auch ein, dachte ich panisch. Trotz aller Aufregung begriff ich sofort die Blässe dieses Gedankens, schließlich kannten sie Bliesheim. Andererseits weiß man bei Hühnerdieben und ähnlichem Gelichter nie genau, welche Idiotie sie im nächsten Moment umsetzen werden.

Der Lange stellte die Leiter vor die Tür des angebauten Klos der Jagdhütte. Er kletterte die Sprossen hoch und zog an etwas. Eine kleine Luke schwang auf und er duckte sich, um sich nicht den Kopf zu stoßen. Er sagte etwas, das ich nicht verstand, beugte sich nach unten und reichte dem Blonden weiße Pakete. Kleine Pakete, von der Größe einer Zigarrenkiste.

»Okay«, sagte der Lange schließlich. »Frankfurt. Messeturm. Wie üblich. Da wartet jemand, der Code ist London. Merk dir nur London, sonst nichts.«

Er schloss die Öffnung, indem er die Luke zurückschwingen ließ. Als er die Leiter herunterstieg, blieb die Lederjacke für Sekundenbruchteile an der Leiter hängen. Der Mann trug eine Waffe. Die Bezeichnung Hühnerdiebe war möglicherweise etwas zu harmlos.

»Wir können wieder«, sagte der Blonde mit der Jungmädchenstimme. Er nahm die Leiter und hängte sie zurück an den Haken.

Sie verschwanden hinter der Ecke der Hütte und tauchten wieder auf, als sie sich in den Rover setzten. Der Lange fuhr.

Ich hielt den Hund fest, bis der Motor nicht mehr zu hören war. Dann rannte ich zu der Hütte, nahm die Leiter und lehnte sie an die Wand des gemütlichen Waldklosetts. Das Versteck oberhalb des Klos war nicht verschlossen, es gab nur dieses Türchen, vielleicht sechs schmale Bretter breit. Als ich es aufzog, dachte ich, dass dieses Versteck niemand entdecken konnte, denn es gab keine Beschläge, die Scharniere saßen innen, die Luke war mit ein wenig Abstand nicht auszumachen.

Ich leuchtete den Innenraum aus. Er war vielleicht zwei Quadratmeter groß und vollkommen mit Blechen ausgeschlagen. Sorgfältig aufgeschichtet lagen dort weiße Pakete, plastikverpackt, locker eingeschweißt.

»Heiliges Kanonenrohr«, teilte ich meinem Hund mit. »Das ist ... das wird Speed sein oder nein, warte mal ...« Ich riss eine der Tüten auf, die vielleicht ein Pfund wiegen mochte. Ich verrieb etwas von dem Pulver auf meinem Zahnfleisch. Sofort wurde es kühl, dann taub.

»Hund«, sagte ich beglückt, »das ist Kokain! Und wenn mich nicht alles täuscht, ist es guter Stoff. Hier liegt, Moment ... Hier liegen schätzungsweise einhundert Pakete. Das sind hundert Pfund Kokain, unglaublich, ein ganzer Zentner. Ich weiß nicht, was das wert ist, aber mir ist jetzt klar, warum Bliesheim gerne bar zahlt.« Das angebrochene Paket stopfte ich vorsichtig in die Innentasche meiner Weste. Dann zog ich das Türchen über meinen Kopf, drückte es zu, stieg von der Leiter und trug sie zu ihrem Haken.

»Wir müssen Kischkewitz Bescheid geben. Hier müssen die Fachleute ran. Die Nummer von dem Auto war E ZB 4545. Die muss zur Fahndung raus.« Als Cisco begeistert zustimmte und bellte, warf ich die rechte Faust nach vorne und machte: »Wow!« Wir waren richtig glücklich, mein Hund und ich.

Ich setzte mich auf die Bank vor der Jagdhütte.

»Ich muss dringend Herrn Kischkewitz sprechen. Hier ist Siggi Baumeister.«

»Der ist nicht im Haus.«

»Dann Gerald Özcan.«

»Moment, ich guck nach, ob er zu sprechen ist.«

Ich hörte Özcans spöttische Stimme mit der Frage: »Haben Sie alle Rätsel gelöst?«

»Eines ja. Ich weiß, weshalb Bliesheim Bares liebt und woher er so viel Bares hat. Ich bin bei seiner Jagdhütte auf dem Daxelberg. Hier liegt ein Zentner Kokain, fein verpackt. Und noch etwas. Sie sollten einen dunkelgrünen Rover Defender mit dem Kennzeichen E für Essen, ZB und zweimal die Fünfundvierzig suchen lassen. Die beiden Männer da drin sind mit vier Pfund Kokain unterwegs nach Frankfurt zum Messeturm. Sie sind bewaffnet. Aber leider musste ich in die Hütte einbrechen, ich lege ein Geständnis ab.«

»Sind Sie wahnsinnig?«, fragte er entsetzt. »Das sind unsere Ermittlungen. Ich kann nicht dulden, dass ein Hobbykriminalist Scheiße baut und wir womöglich in Kürze den nächsten Todesfall am Arsch haben. Sie sind doch verrückt! Und eingebrochen haben Sie? Lieber Gott, langsam frage ich mich, weshalb mein Chef so viel von Ihnen hält.«

»Viel Erfahrung mit investigativem Journalismus haben Sie anscheinend nicht«, bemerkte ich eiskalt und sauer. »Finden Sie es nicht merkwürdig, dass ich Kokain finde und nicht Sie? Wann fangen Sie an, darüber mal nachzudenken? Außerdem vergessen Sie anscheinend, dass ich Sie angerufen habe, nicht Sie mich! Also, nehmen Sie gefälligst zur Kenntnis, dass hier ein Zentner Koks über dem Lokus liegt. Sie sollten, verdammt noch mal, Ihren Arsch hierher bewegen.« Ich war wütend.

Eine Weile hörte ich nur ein Rauschen in der Leitung.

»Also«, sagte Özcan endlich mühsam beherrscht, »Sie sind eingebrochen und oberhalb einer Toilette auf eine unbestimmte Menge an Rauschgift gestoßen. Oder hatten Sie zufällig eine Waage in der Tasche?«

»Ich bin zunächst durch das Dach in die Hütte eingestiegen. Da drin ist jedoch nichts von Belang, jedenfalls habe ich nichts gefunden. Na ja, außer zwei interessanten Visitenkarten des Herrn Bliesheim. Der Lokus befindet sich auf der Rückfront der Hütte, ohne Zugang vom Innenraum.«

»Warum«, fragte er kühl, »sind Sie dann gewaltsam in die Hütte eingedrungen?«

»Özcan!«, brüllte ich. »Das mache ich jeden Tag zweimal bei jeder Jagdhütte in der Eifel, an der ich vorbeikomme. Schicken Sie Ihre Leute oder kommen Sie selbst her. Ach, lecken Sie mich doch!«

»Das habe ich schon einem anderen Schwein versprochen«, entgegnete er kühl bis ans Herz. »Wie sind Sie denn in diese Hütte eingedrungen?«

»Durch das Dach.«

»Haben Sie das angehoben oder was?«

»Nein, nein, nur ein kleines Loch gemacht.«

»Und das war notwendig?«

»Nein, war es nicht. Oder doch. Das wird sich herausstellen. Aber das wusste ich ja noch nicht.«

»Das klingt rätselhaft. Ich mache Sie ausdrücklich darauf aufmerksam, dass Sie eventuelle Beweismittel nicht mitnehmen dürfen. Das kann Sie vor den Kadi bringen. Was sagten Sie über zwei komische Visitenkarten von Bliesheim?«

»Das Leben ist ohnehin voller Rätsel«, beruhigte ich ihn. »Die Visitenkarten sind auch so ein Rätsel. Ich schenke sie Ihnen.«

»Sie warten dort, bis wir da sind.« Das war ein Befehl.

»Das werde ich nicht, junger Mann«, erwiderte ich. »Den Weg finden Sie auch allein. Und das Zeug liegt in einem Hohlraum oberhalb des Lokusses.«

Aber er hatte schon aufgelegt. Ich machte mich mit Cisco auf den Weg zurück zu meinem Auto.

Der Himmel war noch immer blau, die Sonne sehr intensiv und meine Seele schwebte trotz Özcans Anmache hoch auf einer rosaroten Wolke in Siegerlaune. Wir wussten jetzt immerhin, dass Bliesheim in Kokain machte, wahrscheinlich als Händler. Und vermutlich war er ein sehr gefährlicher Mann. Die Brutalität in der Welt der Drogen, der Waffen und der Prostitution war in den letzten Jahren enorm gewachsen und die Grenzen zwischen diesen Märkten waren fließend, die Händler omnipotent und gnadenlos bei der Ausschaltung von Konkurrenten und Gegnern.

Mein Handy meldete sich, ich schnaufte und erwartete eine weitere schnoddrige Zurechtweisung durch Gerald Özcan. Aber es war Kischkewitz.

»Hör zu! Du bist da auf ein Riesending gestoßen. Erzähl mir noch mal, was sich da abgespielt hat. Und sag mir auch, ob das Loch im Dach noch so ist, wie du es … angelegt hast.«

»Das Zeug befindet sich in einem Hohlraum über dem Lokus und das Loch im Dach ist noch unberührt und offen.«

»Das ist gut. Die Spurenleute brauchen nämlich einen schnellen Zugang – ohne dass Bliesheim was merkt.«

»Aber dann macht ihr euch des Einbruchs schuldig«, grinste ich.

»Ausgerechnet du solltest mit solchen Anschuldigungen vorsichtig sein«, entgegnete Kischkewitz heiter. »Jetzt mal

Tacheles. Bliesheim macht also in Kokain. Damit du nichts Falsches tust, vertraue ich dir Folgendes an: Die Zollfahndungsgruppe ist bereits an der Sache dran. Seit drei Monaten sind die Jungs Bliesheim auf der Spur. Allerdings hatten sie noch nicht viel, nur vage Hinweise. Sie haben von konkurrierenden Dealern im Grenzraum Benelux Tipps auf mögliche Aktivitäten von Bliesheim bekommen. Als das große Sterben in Bliesheims Umfeld begann, haben die Zoller natürlich Angst bekommen, dass wir ihnen in die Suppe spucken könnten. Du weißt ja, wie schwierig es ist, Leute wie Bliesheim festzunageln. Wir versuchen es jetzt auch über die Finanzfahnder. Damit er aber keine Chance hat, sich irgendwie rauszuwinden, wollen wir noch nicht an Bliesheim persönlich ran, der Knabe darf von seinem Glück noch nicht mal was ahnen. Dieser Zustand muss möglichst lange erhalten bleiben. Ich bitte dich also herzlich, niemandem von der Kokainsache zu erzählen. Vor allem nicht den Leuten in Hamburg, für die du schreibst. Andernfalls schlage ich dich tot oder so was in der Richtung.«

»Ich werde schweigen«, sicherte ich ihm zu. »Aber dann kannst du doch keine Spurenleute hierher schicken. Das ist zu riskant.« Ich setzte mich auf einen Wiesenstreifen neben einer Fichte. »Ich habe ein Paket Kokain aufgerissen, etwas probiert und geklaut. Reicht dir das nicht?«

»Nein«, entschied er. »Ich schicke ein Team. Was Technisches noch: Wie sieht das Loch aus?«

»Deine Leute können es mit dem Zeug zumachen, das vorher drauf war. Es liegt auf dem Dach neben dem Loch. Das wolltest du doch wissen, oder? Hör zu, hast du was zu schreiben? Gut. Dann notier dir mal folgende Adresse, in St. Vith. Da muss Bliesheim noch einen Stützpunkt haben.« Ich diktierte sie ihm. »Und noch etwas. Auf der Rückseite einer Visitenkarte habe ich die Handynummer von Klaus Mertes gefunden, Bliesheim muss ihn also angerufen haben. Und ich wünsche dir einen schönen Fortgang des Tages.«

Ich informierte Cisco über das Gespräch. Den interessierte das wenig und er dackelte ruhig neben mir her, der Wald atmete Frieden und sonnige Heiterkeit.

Als mein Auto in Sichtweite kam, versprach ich: »Du kriegst am nächsten Bratwurststand eine Belohnung.« Der nächste Bratwurststand befand sich vermutlich in Gerolstein oder Bitburg. Aber die meisten Hunde wissen das glücklicherweise nicht.

Ich wollte mein Auto aufschließen und bemerkte in der gleichen Sekunde, dass ich in massiven Schwierigkeiten steckte. Der vordere und der hintere Reifen auf meiner Seite des Wagens waren platt.

Hinter mir sagte jemand freundlich: »Wir warten hier schon eine Weile auf dich. Schön, dich kennen zu lernen.«

Es war der hagere Lange mit den dunklen Haaren. Sein Gesicht wirkte ungefähr so zutraulich wie das einer zähnefletschenden Bulldogge. Er grinste schmal.

»Ja, und?«, sagte ich.

Hinter ihm, seitlich versetzt, stand der dickliche Blonde und hielt eine Waffe in der Hand, ein blauschwarzes, bedrohliches Teil, das vermutlich funktionierte.

»Sprechen Sie Spaziergänger im Wald immer mit einer Waffe in der Hand an?«, fragte ich. Ich musste versuchen, sie hinzuhalten.

»Normalerweise nicht«, sagte der Lange belustigt. »Nur manchmal. Manchmal muss das eben sein. Vor allen Dingen, wenn die Spaziergänger mich bestehlen und belauschen.«

»Sie belauschen? Ich soll Sie belauscht haben? Warum denn das? Halten Sie sich nicht für ein bisschen zu wichtig? Und kann der blonde Engel hinter Ihnen nicht mal seine Kanone wegstecken?«

»Blonder Engel klingt gut«, nickte der Lange grinsend. »Ziehen Sie mal die Weste aus.«

»Das werde ich nicht tun.«

Er wurde augenblicklich ernst und bekam schmale Augen.

»Dann wird es der blonde Engel tun«, entschied er. »Nicht wahr, Sammy?«

Mein Hund schien eine Vorliebe für Ganoven zu haben, er rannte schwanzwedelnd um den Langen herum.

»Sammy heißt er also«, sagte ich noch, dann war Engelchen auch schon bei mir und schlug zu. Es tat weh, weil er wusste, wo es wehtat. Er traf mich zuerst im Magen und etwas höher im Solarplexus und ich japste und knickte zusammen.

»Du sollst die Weste ausziehen«, befahl der Lange hart.

Ich sagte wahrscheinlich etwas undeutlich, aber laut: »Nein!« Im Bauch spürte ich einen heißen, harten Ball aus Wut.

Der Blonde namens Sammy stand breitbeinig vor mir, nicht weiter als vielleicht dreißig Zentimeter entfernt. Und er verdeckte den Langen. Ich kniete vor Sammy und schaute zu ihm hoch. Seinem Grinsen war zu entnehmen, dass ihm die Situation Spaß machte. Seine Waffe hatte er weggesteckt, er trug sie nicht mehr in der Hand.

Mühsam sagte ich: »Hallo, Engelchen!«, und griff ihm kraftvoll mit beiden Händen dorthin, wo kein männliches Wesen das auf diese Weise gern hat. Ich genierte mich nicht die Spur und wünschte seiner gesamten Männlichkeit von Herzen alle Qual der Hölle.

Der Blonde schrie, er klappte nach vorn.

Ich habe in den blöden Filmen mit Bud Spencer immer bewundert, wie dieser Fleischkloß mit der Stirn zuschlägt und dabei Leute scheinbar nebenbei k.o. schlägt. Es war aber tatsächlich gar nicht so schwer, ich brauchte nur mit aller Gewalt meinen Hals zu versteifen und höchste Anspannung in den Schultergürtel zu legen. Sein Kopf traf meinen Kopf, dann fiel er seitlich links von mir auf den harten Boden und schnaufte unappetitlich.

»Tja, das war es dann wohl«, sagte ich nuschelnd.

»Das war es nicht«, widersprach der Lange. »Sammy ist

wohl nicht mehr recht in Form. Er macht in der letzten Zeit immer häufiger Fehler.«

»Sieh einer an«, kommentierte ich. Ich stand auf, besser gesagt räkelte ich mich schmerzvoll in die Höhe.

»Die Weste!«, sagte der Lange resolut und machte irgendein Zeichen mit dem Zeigefinger.

»Warum denn die Scheißweste?«

Der Engel neben mir streckte sich und schnaubte wie eine verrostete Maschine.

»Da ist mein Kokain drin«, sagte der Lange melancholisch. »Wir haben dich beobachtet, mein Freund.«

»Na, Freunde sind wir nicht.«

Der Blonde zu meinen Füßen drohte endgültig aufzuwachen. Ich griff in die Innentasche der Weste und mühte mich, die Plastiktüte mit dem Nagel des Zeigefingers weiter aufzuschlitzen. Das gelang. Dann drehte ich die Tüte, sodass etwas Kokain in die Tasche rieseln konnte.

»Vorsicht, da ist ein Loch in der Tüte«, erklärte ich dem Langen. »Guter Stoff, ich habe ihn probiert.« Ich zog die Tüte heraus und hielt sie ihm hin.

Mein Hund wedelte immer noch um den Mann herum und ich sagte ärgerlich: »Pfui, Cisco, pfui!«

Er musterte mich amüsiert. »Ich kann gut mit Tieren, die vertrauen mir.« Er nahm die Tüte und sagte nachdenklich: »Jetzt habe ich ein Problem.«

»Das kann ich mir gut vorstellen«, nickte ich mit trockenem Mund. Der Mann war eindeutig gefährlich wie ein Rasiermesser und ich hatte Angst.

»Wir verdienen seit vier Jahren ein Schweinegeld mit dem Zeug«, sinnierte er weiter. »Und du bist der erste schwere Risikofaktor. Mit wem hast du telefoniert, als du da oben im Gras gesessen hast?«

Der Blonde tief unter mir kiekste: »Ich mach dich platt!«

»Das lass mal lieber«, murmelte ich. Dann sah ich den Langen wieder an: »Ich habe mit den Bullen gesprochen. Du willst herausfinden, ob du mich möglichst risikolos umlegen kannst, nicht wahr? Kannst du nicht, mein Lieber. Du bist auf immer und ewig verbrannt, sie haben eine Beschreibung von euch beiden und eure Autonummer. Und euer Ziel in Frankfurt, Messeturm. Wenn du mich fragst, solltest du Dampf machen und abhauen. Dein Auto reicht sowieso nur noch bis knapp außerhalb der Eifel, dann ist Finito, Ringfahndung. Nimm mein Handy, check die letzte Nummer. Es ist die Nummer der Kripo in Wittlich. Na los, nimm das Ding!«

Tatsächlich griff er nach dem Gerät und sah sich die letztgewählte Nummer auf dem Display an. Dann wählte er eine andere Nummer und forderte ohne Einleitung: »Die Nummer der Bullen in Wittlich.« Er wartete einen Moment, nickte betulich und schlug dann mein Handy an einem handlichen Stein kaputt.

»Wir nieten ihn um!«, schniefte der Blonde. Er stand auf, wischte sich mit dem Handrücken den Rotz von der Nase und hielt plötzlich seine Waffe wieder in der Hand.

»Lass das«, murmelte der Lange fast gemütlich.

Cisco hechelte fröhlich und wedelte mit dem Schwanz.

»So kann der nicht mit mir umgehen«, nörgelte der Blonde und zog den Schlitten auf seiner Waffe zurück. Das Geräusch war sehr laut.

»Sammy«, mahnte der Lange. »Er hat mit den Bullen gesprochen, das steht fest. Wir sind im Eimer, Junge, wir müssen abbrechen. Wir können ihn umlegen und haben einen Mord am Hals. Pack das Eisen weg.«

»Ruf Rainer Bliesheim an«, sagte ich zittrig. »Er ist doch klug, er wird dir auch raten, einfach abzuhauen.«

Der Lange sah mich eingehend an. »Sammy! Pack das Eisen weg! Mach schon.« Im Plauderton fuhr er fort: »Bliesheim? Was soll das mit Bliesheim? Der hat doch mit dem Kurierdienst nichts zu tun.«

»Du hast ein Problem«, sagte ich. »Ich bin das Problem.

Wenn du noch lange hier rummachst, hast du allerdings kein Problem mehr. Dann kommst du nämlich nicht mal von diesem Berg runter, dann sind die Bullen da.«

»So eine Sau. Der muss weg«, sagte der Blonde schrill. Mit einer schnellen Bewegung nahm er die Waffe hoch.

Ich schlug beide Hände vor das Gesicht, ich hatte keine Stimme mehr, konnte mich nicht bewegen, ich wartete.

»Sammy!«, mahnte der Lange so betulich, als sei der Blonde ein zweijähriges Kind, das seinen Brei nicht essen wollte.

Dann schoss er. Es gab keinen Knall, es gab nur ein sattes Plopp. Ich hatte nicht mitbekommen, dass der Lange eine Waffe gezogen hatte, aber jetzt wusste ich, woher er seine Gelassenheit nahm. Der Mann war gefährlich wie ein Alligator, er hatte scheinbar überhaupt keine Nerven.

Sammy schrie, griff sich an den Oberschenkel, seine Waffe fiel in den Sand, er verdrehte seinen Körper und stürzte. Blut quoll zwischen seinen Fingern hervor, sehr viel Blut. Sein Kopf schlug ziemlich hart auf.

Ich hauchte: »Danke auch.« Dann kam mir die ganze Szene irrsinnig vor und ich setzte hinzu: »Er ist wohl bewusstlos.«

»Es ging nicht anders«, stellte der Lange fest. Er zeigte leichten Ärger, als er hinzufügte: »Ich arbeite lieber allein, nur allein. Sammy ist ein Nervchen.«

Erst jetzt wurde mir bewusst, dass er sich während der ganzen Szene kaum bewegt hatte. Kein Schritt vor, keiner nach hinten oder zur Seite, immer nur diese bewegungslose Gelassenheit.

»Warum machst du diesen Scheißjob?«

»Ich brauche Geld«, lächelte er und fragte heiter: »Oder möchtest du jetzt die Lebensbeichte eines im sozialen Abseits gestrandeten, ausgepowerten Opfers dieser im Kapitalismus ersaufenden Welt hören?« Er deutete auf Sammy: »Kannst du ihm den Oberschenkel abbinden? Sonst schwimmt er mir ins Nirwana. Ich hole unseren Wagen, lade

Sammy ein und versuche irgendwie durchzukommen. Hältst du so lange still?«

»Sicher«, nickte ich.

Er hob nicht einmal Sammys Waffe auf, ließ sie einfach liegen, wo sie war, einen Schritt von mir entfernt. Er drehte sich um und ging den Weg in den Wald zurück.

Cisco tanzte neben ihm her und bettelte herzerweichend um ein Kraulen.

Ich zog meinen Gürtel aus der Hose und bückte mich zu Sammy, der schwach und gleichmäßig atmete. Mit dem Messer schnitt ich sein rechtes Hosenbein hoch im Schritt ab und zog es vorsichtig über die Wunde nach unten. Anschließend schnallte ich den Gürtel zweimal um den Oberschenkel und zog ihn so fest, wie ich konnte. Das Blut pulsierte nicht mehr, Sammys Gesicht war weiß, die Flügel seiner Nase zitterten leicht.

Ein Motor startete.

Mein Hund war plötzlich wieder neben mir und winselte leise. Wahrscheinlich kann er Brutalität nicht ertragen.

Ich nahm den Verbandskasten aus meinem Auto und versorgte die Wunde.

Der Lange fuhr mit dem Defender dicht an uns heran, stieg aus und murmelte: »Dein Verband ist ja richtige Profiarbeit.«

»Warum habt ihr eigentlich den Förster erschossen?«, versuchte ich eine Provokation.

»Förster? Was für einen Förster?«, antwortete er. »Pass auf, ich nehme Sammy an den Armen, du nimmst die Beine. Wir legen ihn hinten rein.«

»Ich rede von dem Förster Klaus Mertes. War der einer eurer Kuriere?«, fragte ich, während wir Sammy hochhievten und Schritt für Schritt zum Heck des Wagens trugen.

»Das wüsste ich«, verneinte er. »Warte mal, ich zieh die Klappe auf. So, jetzt langsam.«

»Sammy muss zu einem Arzt«, stellte ich fest.

Er nickte. »Ich kenne einen. Wohin komme ich, wenn ich unten auf der Straße nach links fahre?«

»Immer tiefer in die Wälder, dann zur belgischen Grenze. Hat denn auch der Kaplan Drogen transportiert?«

Jetzt wirkte er ehrlich überrascht. »Welcher Kaplan? Tut mir Leid, Kumpel, ich muss weg.« Sekundenlang zog ein strahlendes Lächeln über sein Gesicht: »War richtig schön, mal über alles gesprochen zu haben.« Er kletterte in den Defender und fuhr los.

Ich stand in der Sonne und kam mir dämlich vor. Hätte jemand in dieser Sekunde behauptet, eigentlich stecke der neue Bischof in Trier hinter der ganzen Sache, hätte ich wahrscheinlich nur gelangweilt genickt und anschließend einen Psychiater verlangt.

Ich entdeckte, dass nicht nur zwei, sondern alle vier Reifen meines Autos abgestochen waren.

»Hör zu«, erklärte ich Cisco, »wir müssen eine Weile latschen, aber anschließend kriegst du eine Schaschlikwurst und eine Frikadelle. Ich weiß zwar noch nicht, wo ich das Zeug herbekommen soll, aber du kriegst es. Und ich sehe aus wie ein Ferkel.« Dank Sammy waren meine Hände blutverschmiert, meine Hose sah so aus, als stamme sie aus dem Dreißigjährigen Krieg und mein schönes blaues Hemd hatte am Bauch einen dekorativen Klecks undefinierbarer Farbe.

Ich hockte mich hinter das Steuer meines Autos, um die Karte zu studieren. Mein Hund enterte ebenfalls den Wagen und wartete darauf, dass es losging.

»Wir müssen ungefähr sechs Kilometer in die Richtung, dann dürften wir irgendwo am Rande von Meisburg stehen und damit an einer Bundesstraße. Wir könnten natürlich auch auf die Polizei warten, aber wenn ich daran denke, wie giftig dieser Kurde eben war, dann wird mir schlecht. Er wird fragen, warum ich die beiden nicht erschossen habe oder so was in der Art. Also komm, wir machen uns jetzt auf die Socken. Maul nicht rum, jetzt ist Fußmarsch angesagt.«

Ich stieg aus, wartete, dass auch Cisco heraussprang. Plötzlich war da wieder das Geräusch eines Autos, dessen Motor hochdrehte.

»Die Bullen«, stellte ich dumpf fest.

Aber es war nicht die Polizei. Der Wagen war ein schwerer Offroader von Nissan, der gern von kleinen Männern gefahren wird, weil sie das Ding als Symbol ihrer Manneskraft zur Schau stellen, wenngleich ich glaube, dass kein weibliches Wesen zwischen Nord- und Südpol darauf hereinfällt. Das Ding war dunkelgrün, hatte viel Chrom und sah aus wie ein Räumpanzer.

Vier Männer saßen darin, die zunächst nichts anderes taten, als mich, meinen Hund und mein Auto zu betrachten. Alle vier trugen Sonnenbrillen und erinnerten an die Leibwächter des großen Paten von Sizilien um 1930.

Ich murmelte zurückhaltend: »Oh, Scheiße!«

Dann stiegen sie aus, alle bekleidet mit gedeckten grauen Sommeranzügen, darunter leichte dunkelblaue Pullover, die eng am Hals schlossen. Sie erweckten tatsächlich den Eindruck einer Werbetruppe, die zu einer Weiterbildung angereist und von Hugo ausgestattet worden war.

»Können Sie mir helfen?«, fragte ich, um ein Gespräch in Gang zu bringen.

Zwei von ihnen schienen mir zuzuhören. Sie legten den Kopf schief wie mein Hund, wenn er so tut, als verstünde er mich.

Der, der neben dem Fahrer gesessen hatte, sagte: »Wie? Helfen?«

Ich schlurfte zurück auf meinen Fahrersitz und sagte hilflos: »Ich bin überfallen worden.«

»Sammy und Jenö«, erklärte einer von ihnen eruptiv.

Jenö hieß der Lange also. »Sie haben mich zusammengeschlagen. Ich habe Schmerzen. Und sie haben die Reifen meines Wagens abgestochen. Ich habe keine Ahnung, warum die das getan haben.«

Einer der vier wiederholte heftig und freudig, als habe er eine Wette gewonnen: »Sammy und Jenö. Sage ich doch!«

»Könnten Sie mich mitnehmen bis zum nächsten Dorf? Sie haben nämlich auch mein Handy zerschlagen. Da liegt es im Dreck.« Ich zeigte anklagend auf das Corpus Delicti und betete insgeheim: Özcan, komm endlich!

»Woher stammt denn das Blut?«, fragte der Beifahrer.

»Von dem Blonden. Er hat sich den Schädel gestoßen. Hier, an meinem Auto.«

»Hör zu, Mann«, sagte der Beifahrer. »Wann ist denn das passiert? Ich meine, wie lange sind die beiden weg?«

»Vielleicht zehn Minuten oder so.«

»Standen sie hier einfach so rum?«

»O nein, sie kamen von da oben, von irgendwo weiter oben. Als sie mich sahen, hielten sie an und fragten, was ich hier treibe. Ich sagte, ich gehe spazieren, was soll ich sonst hier treiben? Sie glaubten mir nicht und der Blonde fing sofort an zu schlagen. Aber der andere, so ein hagerer dunkelhaariger Typ, wollte das nicht. Doch da war es schon zu spät. Und dann sind sie verschwunden. Was ist nun, kann ich mit Ihnen fahren?«

»Das geht nicht«, sagte der Beifahrer. »Wir sind geschäftlich hier, wir suchen die beiden nämlich. Die haben uns … beschissen.«

»So sahen die auch aus!«, nickte ich. »Na ja, dann muss ich eben zu Fuß gehen. Ist ja nicht weit. Komm, Cisco, Abmarsch.« Ich kletterte vom Sitz und mein Hund kam zu mir. Diese vier mochte er nicht, das war offensichtlich.

»Moment, Moment«, sagte der Beifahrer. »Wo genau kamen die beiden noch mal her?«

»Dort, von oben. Aus dem mittleren Weg.«

»Aus dem mittleren Weg, so, so.« Der Mann drehte sich leicht zur Seite und sagte: »Willy, fahr mit Knatsch hoch zur Hütte, räumt die Kammer aus und kommt wieder her. Dalli, dalli.«

Kein Widerspruch, keine Frage, der Fahrer setzte sich hinter das Steuer, ein Zweiter hockte sich auf den Beifahrersitz und der Wagen zog die Steigung zur Jagdhütte hoch.

»Ja, denn«, sagte ich und nickte den beiden Zurückgebliebenen zu. »Komm, Cisco.«

Die zwei rührten sich nicht und verzogen keine Miene.

Langsam spazierte ich los und sagte zu meinem Hund: »Frauchen wird sich wundern, dass wir so spät nach Hause kommen.«

Als ich den Rand des Waldes erreichte, dachte ich verkrampft: Noch zwei Meter und ich bin weg! Vor mir standen drei dicke Buchen, es folgte eine Bodenwelle, dann der Beginn einer Tannendickung. Ich wandte mich etwas um und konnte aus den Augenwinkeln erkennen, dass die beiden Männer mir konzentriert nachstarrten und offensichtlich immer noch darüber nachdachten, wie sie mich einzuordnen hatten.

»Los jetzt!«, befahl ich gepresst und hetzte nach vorn.

»Scheiße!«, schrie der Beifahrer sofort. »Der hat geblufft!«

Ich geriet in hohes, dürres Gras, stolperte, fing mich und glitt hinter die erste Fichte.

Der andere brüllte: »Schneller. Komm links!« Dann waren schnell hämmernde Schritte auf dem harten Weg zu hören.

»Diese verdammte Sau!«, schrie der Beifahrer. »Der wollte den Stoff.«

Im Abdrehen konnte ich durch eine Lücke zwischen den Bäumen sehen, dass der Beifahrer jetzt eine Waffe in der Hand trug. Die beiden waren links von mir, aber immer noch auf dem Weg. »Komm«, flüsterte ich Cisco zu.

Ich glitt hinter der ersten Baumreihe sofort nach rechts und kletterte zügig den Berg hoch, bis ich den Rand der Schonung erreichte. Dann lief ich wieder rechts, also parallel zu meinen Verfolgern.

»Wo ist der Typ, verdammt?«, fragte der Beifahrer keuchend irgendwo unterhalb meines Standortes.

Ich befand mich vor einem Bestand mit Krüppeleichen, durchsetzt mit jungen Birken. Und es gab sehr viel Farn hier, wunderbaren, hoch stehenden dichten Farn, der eine gute Deckung bot. »Runter!«, befahl ich meinem Hund.

Der fand das Ganze einmal mehr große Klasse. Was für ein wunderschöner Tag mit Herrchen! Was gibt es Schöneres, als im Farn Verstecken zu spielen? Cisco wedelte nicht nur mit dem Schwanz, sondern mit dem ganzen Körper, sodass jeder Außenstehende anhand der stark schwankenden Farne genau erkennen konnte, wo wir steckten.

Was lief da ab, was ging da vor sich? Waren die vier von einer konkurrierenden Gruppe? Doch wenn das so war, wieso wussten sie dann von dem Kokain in der Jagdhütte? Gut, immer gab es Überläufer, gut, sie konnten die Jagdhütte beobachtet haben. Lieber Himmel, warum hatte ich kein Handy mehr?

»Da ist er!«, brüllte der Beifahrer leicht quietschend. Das hörte sich verdammt nahe an.

Ich gab jede Deckung auf und rannte durch den Farn parallel zum Hang. Nach etwa hundert Metern tauchte ich ab und blieb liegen. Meinen Hund hielt ich fest.

Ich musste unter allen Umständen alle Steigungen meiden, ich musste versuchen, unten auf die Straße zu kommen, weil da die Chance bestand, dass Autos vorbeikamen. Solange sich die beiden allerdings unterhalb meines Standortes aufhielten, konnte ich die Straße vergessen.

Plötzlich sagte der zweite Mann so laut, als stünde er neben mir: »Manni, ich sage dir, es ist einfacher, ich hole den Wagen und die beiden anderen. Dann sind wir zu viert, dann kriegen wir ihn leichter.«

»Gute Idee«, antwortete Manni. »Mach das. Dann machen wir ihn platt. Sag den beiden, sie sollen einfach querbeet fahren. Er kann nicht weit gekommen sein.«

Mein Hund entwischte mir, ich hatte eine Sekunde nicht auf ihn geachtet. Instinktiv richtete ich mich etwas auf.

Der, den ich den Beifahrer nannte, schoss sofort. »Da ist er!«, schrie er.

Augenblicklich ging ich wieder in die Deckung der Farne, lief aber gebückt weiter.

Nach einigen Metern überlegte ich keuchend, dass es ausgesprochen schwierig war, in Eifelwäldern auf bewaffnete Gangster zu stoßen – gleich auf zwei Gruppen war schlichtweg ein Unding. Wahrscheinlich würde man mich Käpt'n Blaubär nennen, wenn ich je die Chance erhalten sollte, davon zu erzählen.

Wo war mein Hund? Und wo war ich? Ich hatte keine Ahnung mehr, wo genau ich mich befand. Lief ich hangabwärts, konnte sich das als schwerer Fehler erweisen, denn zwischen mir und der Talstraße gab es nach meiner Erinnerung starke Einschnitte, was bedeutete, dass ich steile Hänge hätte hochklettern müssen. Da wäre ich wie auf einem Präsentierteller zu sehen. Also, wohin?

Ziemlich in der Ferne war jetzt ein Automotor zu hören.

Ich tauchte vorsichtig aus dem Farngewirr auf und versuchte den Beifahrer auszumachen, der Manni hieß. Ich konnte ihn nirgendwo entdecken.

Ich erinnerte mich an etwas: Oben auf dem Berg entsprang einer der Zuflüsse der Lieser, oder war es die Kleine Kyll? Ich wusste es nicht genau, aber das spielte im Moment auch keine Rolle. Wenn ich strikt nach Südosten lief, konnte ich diesen Zufluss nicht verfehlen und brauchte ihm bloß zu folgen, bis ich auf die B 257 Daun–Bitburg traf. Wo Südosten war, konnte ich leicht aus dem Stammbewuchs der Buchen ablesen und hohe Buchen standen links von mir, ungefähr einhundert Meter entfernt.

Der Nissan kam nun schnell näher und stoppte. Jemand, eine neue Stimme, fragte: »Wo kann er denn hin sein?«

»Na, runter zur Straße«, schrie der Beifahrer. »Wohin denn sonst, blöder Hammel! Macht ihn alle, wenn ihr ihn habt. Nicht erst fragen, ob er katholisch oder evangelisch ist.«

Plötzlich war Cisco neben mir und er krümmte den ganzen Körper vor Freude, dass er Herrchen wieder gefunden hatte. Ich wusste genau, dass er jaulen und bellen wollte. Beruhigend redete ich auf ihn ein. »Hör zu, das ist gar nicht spaßig, das ist sehr ernst. Die schießen und sie schießen dich tot, falls du verstehst, was ich meine. Also, sei verdammt noch mal still. Wir gehen jetzt weiter. Und zwar am Hang entlang nach Südosten, falls du das kapierst. Dann queren wir die B 257 und kommen nordöstlich von Meisburg raus. Da sind Leute, da bekommen wir Hilfe.«

Ich richtete mich auf und linste vorsichtig in sämtliche Richtungen. Weder der Beifahrer noch irgendein anderer Mann war im Moment zu sehen. Zu hören war auch nichts, bis der Motor des Nissan aufjaulte.

»Lass uns schneller gehen«, befahl ich meinem Hund. »Bald erreichen wir einen Bach. Dort kannst du saufen.«

Es dauerte nicht lange, bis der Bach vor uns lag. Wir stiegen in das Nass und tranken erst einmal beide von dem klaren, frischen Wasser. Den jenseitigen Hang stiegen wir etwa fünfzig Meter hoch und liefen anschließend parallel zum Bachlauf den Berg wieder hinunter.

Nun öffnete sich vor uns eine weite, freie Fläche: Wiesen, Kornfelder, der Roggen stand, der Weizen war geschnitten. Und plötzlich erinnerte ich mich, dass der Bach durch eine Senke führte. In dieser Senke lagen Gebäude, das wusste ich sicher. Ein Bauernhof wahrscheinlich. Aber einen isolierten Hof, der mindestens fünfhundert Meter vom Dorf entfernt lag, konnte ich nicht gebrauchen. Ich wollte das sichere Gehege eines Dorfes.

Ich hielt mich links auf der Höhe und verließ den Bachlauf. Über eine Kuppe führte die Bundesstraße 257, rechter Hand befand sich eine winzige Kapelle, dahinter ein Haus. Und in einer Biegung der Straße stand der dunkelgrüne Nissan. Niemand am Steuer, die vier warteten wohl irgendwo im Gebüsch, dass ich auftauchte.

Es gab wenig Deckung, nur ein paar spirrige Haselbüsche, durch die hindurch man mich gut sehen konnte. Also das Ganze zurück marsch, marsch, in die Deckung eines Waldstreifens, der oberhalb der Senke auf die Straße zu verlief.

In der Nähe der Rechtskurve der B 257 bemerkte ich meinen Freund, den Beifahrer. Er hockte hinter einem Haselnussstrauch im Gras und wirkte verstimmt, der Kleine, denn er starrte missmutig auf seine Füße und achtete nicht sonderlich auf seine Umgebung. Ich vermisste die anderen Männer, entdeckte sie aber dann gut gedeckt und gut gestaffelt auf der hohen Böschung.

»Das ist doch Scheiße!«, moserte Manni laut. »Wieso sind wir nicht längst weg?«

»Weil Bliesheim gesagt hat, wir sollen diesen Mann finden und ausschalten«, antwortete ein anderer mit einer klaren und wohlklingenden Stimme.

»Komm«, zischte ich meinem Hund zu und wandte mich nach rechts. Ich hielt mich wieder neben dem Bachlauf und war sicherlich dreihundert Meter von meinen Jägern weg, als eine Wiese ein Verstecken unmöglich machte.

Ich hörte, dass der Beifahrer etwas schrie, und schaute über die linke Schulter zurück. Einer der Männer sprang gerade wie ein Gummiball auf, fegte den Hang hinunter auf die Straße zu und lief dann in die Wiese hinein.

»Also weiter«, sagte ich zu meinem Hund. Der war zufrieden, denn er war erholt und bereit zu neuen Taten.

Wir rannten bergab auf ein Gebäude zu, von dem ich nur ein Stück des Daches sehen konnte. Davor standen hoch gewachsene Fichten und niedrige Sträucher, Schlehen und Weißdorn.

»Da sind Menschen!«, keuchte ich meinem Hund zu und brach zwischen einer kleinen Weißtanne und einer Schlehenkugel in den Streifen ein.

Ich bemerkte die Kante einfach nicht, sie war plötzlich vor mir. Ich wollte mich zur Seite werfen, aber meine Fähigkeiten als Kunstturner sind stark verkümmert. Im letzten Moment bekam ich etwas zu fassen, was ich als Wurzel identifizierte. Doch in dieser Sekunde nutzte mir dieses Wissen wenig. Mit beiden Armen hing ich an einer senkrechten Felswand. Unter mir, etwa zwei Meter tiefer, sah ich eine gewellte Fläche – das Eternitdach eines Schuppens oder einer Scheune. Über mir, vielleicht anderthalb Meter höher, mein Hund Cisco, der mir freundlich zubellte, wahrscheinlich, um mir Mut zu machen.

»Scheiße!«, keuchte ich. Dann begann ich zu rufen. »Hallo!«

Ich ließ eine Hand los und schwang wie von selbst langsam nach links. Unter mir war der Schuppen, der dazugehörige kleine Bauernhof stand etwas abseits jenseits eines Platzes, auf dem alles Mögliche vor sich hin gammelte. Autowracks zum Beispiel, altes Ackergerät, ein Mistplatz, alles zugewachsen von violetten Disteln und hochgeschossenem Gras.

Mein Hund war nicht mehr über mir.

Ich schrie noch einmal: »Hallo!«

Cisco schlenderte in aller Gemütsruhe über den Platz unter mir, sah hoch und bellte erneut freundlich.

Ich sagte noch einmal kräftig: »Scheiße!«, und ließ mich fallen.

Es war ein kurzer Flug und ich versuchte ihn so gut zu steuern, wie ich konnte. Ich kam tatsächlich mit den Beinen voran auf der Eternitfläche an, aber wahrscheinlich war sie vom Alter geschwächt. Wie eine Rakete brach ich durch das Dach und mein Hund bellte dazu.

Auf einem uralten plüschigen Sofa fand ich mich wieder, federte hoch, irgendetwas Metallenes quietschte schrill. Ich schlug mit dem Hintern auf etwas sehr Hartes, kippte zur Seite auf die Sitzfläche des Sofas und starrte nicht eben intelligent nach oben durch das Loch, das ich hinterlassen hatte. In der Bahn aus hellem Sonnenschein tanzte Staub, ich musste husten.

Das Erste, das ich bewusst von der restlichen Umgebung wahrnahm, waren Kerzen. Zwei einfache, weiße brennende Haushaltskerzen. Sie standen auf einem breiten Brett, das an der Stirnwand des Raumes befestigt war.

Über dem Brett hingen große Filmplakate, im Wesentlichen solche, die zeigten, wie Jetpiloten, kühne Reiter, wandelnde halbmetallene Kraftmaschinen oder langbeinige Blondinen mit stählernen Büstenhaltern durch Hollywoods Welten wandern. Mitten in dieser Irrsinnswelt gab es eine Lücke. In die hatte jemand einen großen Spiegel mit Goldrahmen an der Wand befestigt. Auf diesem Spiegel befand sich etwas Rötliches, Wirres, das ich nicht sofort identifizieren konnte, bis ich mit lähmendem Entsetzen klar sah.

Es war Haar, es war das kupferfarbene, langmähnige Haar der erstochenen Elvira Klein.

Ich wusste in der gleichen Sekunde, dass mir das niemand glauben würde, den ganzen Tag nicht.

Laut und andächtig sagte ich in die Stille: »O nein!«, und fasste mir in das Gesicht, weil es nass schien. Es war Blut. Ich musste mir während des Falles den Kopf gestoßen haben. Es war reichlich Blut.

Links von mir befand sich ein großer Fernsehapparat mit allem Drum und Dran. Und noch weiter links davon stand ein alter Ledersessel. In dem saß ein unglaublich dicker, junger Mann, der mich fassungslos anstarrte, beide Arme hoch über den Kopf streckte und dann wimmerte: »Ich habe keine Waffe, ich habe keine Waffe!«

Es war schwer zu schätzen, wie alt er war. Zwanzig vielleicht oder fünfundzwanzig. Seine Augen versanken in Fett, sein Bauch lag grandios vor ihm wie ein Gebirge. Seine Füße steckten in alten braun-schwarz karierten Filzlatschen. Es waren riesige Füße. Was hatte Kischkewitz gesagt? Schuhgröße 48! In der rechten Hand hielt der Fleischberg eine qualmende Zigarette, auf einer Kiste neben ihm stand eine offene Flasche Bier.

Ich richtete mich auf, wobei mir jeder Muskel im Leib wehtat. Ich machte ein oder zwei Schritte, drehte mich, machte erneut zwei Schritte und setzte mich wieder. Mein Kreislauf wollte noch nicht.

Ich starrte den jungen Mann an, in seinen Augen las ich tiefe, hundsgemeine Angst. Ich sah zu, wie er diese Augen ganz fest zupresste, wie aus beiden Augenwinkeln Tränen rollten und wie er immer noch die Hände über den Kopf erhoben hielt, als würde ich ihm gleich mit meiner Maschinenpistole das Leben nehmen.

Er trug einen Trainingsanzug, blaue Hose, weißes Oberteil, vollkommen verdreckt. Sein Haar war kurz geschnitten, blond, fast weiß.

»Junge«, sagte ich bedächtig, »nimm die Hände runter, sonst verbrennt dir die Zigarette noch die Finger. Du bist nicht gefährlich, oder?«

Er schüttelte heftig den Kopf, antwortete nicht, nahm die Hände herunter und drückte den Zigarettenrest im Aschenbecher aus.

»Und jetzt verrätst du mir, wie du heißt.«

»Karl-Heinz«, sagte er mit einer erstaunlich tiefen Stimme.

»Und weiter?«

»Karl-Heinz Overkamp«, sagte er tonlos.

»Du hast doch sicher ein Handy oder ein Telefon?«

»Na klar. Das Handy hier kannst du haben.«

»Bring es her. Aber keine falsche Bewegung!«

»Mach ich nicht.« Er stemmte sich aus seinem Sessel hoch. Er war wirklich ein riesiger Mann. Mit kleinen Schritten trat er zu mir und reichte mir ein dunkelgrünes Handy.

»So ist es brav. Und jetzt wieder zurück in deinen Sessel. Denk dran: Eine falsche Bewegung und du landest in der Hölle.«

Er nickte und bewegte sich rückwärts zu seinem Sessel. Dabei ließ er mich nicht aus den Augen, wahrscheinlich war ich zu lebendig im Vergleich zu seinen Filmhelden.

Ich wählte Kischkewitz' Handynummer. Widerwillig sagte er: »Ja?«

»Bin bei Karl-Heinz Overkamp in Meisburg in der Scheune! Ich habe ihn und er ist ganz still«, grölte ich in das Gerät. »Macht schnell, ich habe seit zwölf Stunden nichts mehr gegessen und mehr Ganoven getroffen als einem christlichen Leben gut tut.« Dann schaltete ich das Handy ab und wiederholte: »Und du rührst dich nicht, mein Junge, sonst blase ich dir eine Kugel ins Hirn!« Ich fand, ich hatte selten etwas Dämlicheres gesagt.

»Ja, Chef«, sagte er brav. »Willst du ein Bier? Ich meine, bis die anderen kommen.«

»Bier?«, fragte ich wütend. »Ich trinke nie und schon gar kein Bier.«

»Ist aber Bitburger«, betonte er mit schönem Regionalstolz. Langsam drehte er seinen kugeligen Kopf. »Jetzt kommt das ganze SEK, was?«

Ich wollte spontan »Wie bitte?« fragen, bis ich mich erinnerte, dass das Sondereinsatzkommando hieß. »Sicher! Wer ist sonst noch im Haus?«

»Nur Mama«, antwortete er, hastig atmend. »Aber die kommt hier nicht rein. Die darf hier nicht rein. Das habe ich ihr verboten.« Er räusperte sich. »Darf ich einen Schluck Bier trinken? Ich … ich … mein Hals ist so trocken.«

Draußen vor der Tür bellte Cisco aufgeregt.

»Ihr habt auch Hunde dabei?«, fragte er.

»Ja, volles Programm für dich!«, murmelte ich.

Ich wollte aufstehen, aber ich traute mich nicht, weil ich immer noch am ganzen Leibe zitterte und weil ich mir immer noch nicht sicher war, ob mein Kreislauf durchhalten würde. Verkniffen dachte ich: Er muss irgendwie beschäftigt werden! Irgendwie. Greif ihn an!

Ich deutete auf den Spiegel mit dem Haar und wurde laut. »Warum, um Gottes willen, hast du Arschloch das gemacht?«

»Was denn? Das Haar habe ich gefunden.« Sein Gesicht wirkte nun ausdruckslos. Da waren weder Neugier noch Angst noch Aggression, da war plötzlich nur fettiger Teig.

»Du lieber Himmel, Karl-Heinz!«, sagte ich vorwurfsvoll nach langem Schweigen. »Du hast sie durch die Wiese an die Kleine Kyll getragen. Wieso behauptest du jetzt so einen Scheiß? Wir haben deine Fußspuren gefunden. Du hast sogar eine blaue Mülltüte da liegen lassen. Mit deinen Fingerabdrücken drauf. Willst du mich verarschen?«

»Ohne meinen Anwalt sage ich gar nix.« Das kam tonlos. Er legte den Kopf dabei ein wenig nach hinten.

Jetzt kannst du wieder sanft werden, Baumeister. »Wo hast du das Haar denn gefunden, Junge?« O ja, die Anrede Junge ist okay, das schafft Vertrauen!

»Tja, wo? Muss jemand aus dem Auto geworfen haben. Zwischen hier und Deudesfeld lag das im Graben. Ich hab's gesehen und mitgenommen.«

»Aber du kanntest die Frau, nicht wahr?«, schob ich nach.

»Na ja, ich hab sie mal gesehen. Wie alle anderen. Junggesellenfest in Deudesfeld. Da war sie zuletzt, da hat sie getanzt.«

»Hat sie mit dir getanzt?«

Das schien er belustigend zu finden, er bewegte sogar die fetten Finger. »Nein, nicht mit mir. Ich tanze nicht. Sie hat mit Bliesheim getanzt und mit anderen, die mit ihr tanzen wollten.«

Ein Stoß Videos lag auf einer Bierkiste neben dem Fernseher. Einer der Filme mit einer großen, knallroten Schrift betitelt: *Lutsch mich!*

»Hast du dir die Anlage selbst installiert?«

»Klar. Alles selbst gemacht. Auch ISDN. Wie seid ihr denn auf mich gekommen?«

»War nicht schwer«, sagte ich wegwerfend. »Das weißt du doch selbst, dass es nicht schwer war. Das mit deiner Fußspur habe ich dir ja schon gesagt, Junge. Und dann der blaue

Müllsack.« Ich überlegte, wie ich einen Weg von ihm zu Elvira Klein legen konnte, einen Weg, den er zu gehen bereit war.

»Warum ausgerechnet die Kleine Kyll?«, fragte ich gemütlich. »Badest du da manchmal?«

»Ich? Ich bade nicht in der Kleinen Kyll. Sie hat da gebadet. Nackt. Mit Bliesheim. Mit Forst auch. Und mit dem Kaplan.«

Das war wirklich interessant, nun durfte ich ihn auf keinen Fall erschrecken. Also lobte ich ihn.

»Donnerwetter, das ist selbst für mich ganz neu. Sie hat da nackt gebadet? Mit Bliesheim? Mit Forst? Und sogar dem Kaplan? Lass mal hören!«

Nun wirkte er stolz, dass er was wusste, was dem ›SEK-Mann‹ nicht bekannt war. »Konnte man vom Weg aus nicht sehen, weil das Gras hoch war und Büsche davor. Sie waren hinter einem Gebüsch. Aber ich habe sie gesehen.«

»Und du täuschst dich nicht? Es war wirklich Elvira und es war Bliesheim, es war Forst und der Kaplan?«

»Nein, klar, keine Täuschung. Weiß ich genau. Da steht ein Jägeranstand, da saß ich drin.«

»Was haben sie genau gemacht?«

»Sie waren lieb … sie waren lieb zueinander. Na ja.«

Schalte jetzt um, Baumeister. Gib ihm Zeit, etwas Zeit.

»Bist du oft hier in der Scheune?«

»Ja, klar. Fast immer.«

»Und du guckst Filme. Und gehst ins Internet und so.«

»Korrekt«, nickte er ernsthaft.

»Hast du Elvira angerufen? Von hier aus?«

»Telefon? Nein Telefon mach ich nicht, Telefon ist doof. Warum kommen die anderen vom SEK nicht rein?«

»Weil sie noch was anderes zu erledigen haben.«

»Sie durchsuchen das Haus, klar. Und sie fragen Mama. Das kenne ich, das habe ich im Fernsehen gesehen. Sie haben dunkelblaue Masken auf, wie Motorradfahrer.«

»Richtig«, sagte ich anerkennend. »Du bist ein heller Kopf. Was machst du beruflich, Karl-Heinz?«

»Nix«, sagte er fast stolz. »Ich hab keinen Beruf. Ich hab's mit den Drüsen, da geht kein Beruf. Mama sagt, ich brauche keinen, ich komme auch so durch.«

»Ja, wahrscheinlich. Hast du das Messer weggeworfen?«

»Welches Messer?«

Langsam machte es mich verrückt, dass seine Stimme ohne jede Modulation blieb und sein Gesicht keine Regung mehr zeigte.

»Das Messer, mit dem du sie erstochen hast.«

Keine Antwort, kein Kommentar.

Ich sah eine Möglichkeit aufschimmern, wusste aber nicht, ob sie was taugte. »Hat sie sich über dich lustig gemacht? Sie hat sich über dich lustig gemacht, nicht wahr?«

Keine Antwort, kein Kommentar.

»Sie hat sich über dich lustig gemacht. Und dann bist du furchtbar wütend geworden, nicht wahr?«

»Manchmal. Willst du was anderes trinken?« Er mochte das Thema wohl nicht.

»Nein, danke. Wie bist du an sie herangekommen?«

Schweigen.

Plötzlich wusste ich mit traumwandlerischer Sicherheit, wie ich ihn knacken, wie ich ihn zu einer Reaktion bewegen konnte. Wahrscheinlich war er vier Zentner schwer. Wahrscheinlich war er wegen dieser Fettleibigkeit sein ganzes Leben lang gehänselt worden, wahrscheinlich kannte er Spott und Hohn in Hülle und Fülle und hatte sich schon als Vierzehnjähriger Bemerkungen seiner Klassenkameradin anhören müssen: »Igitt! Bist du dick!«

Meine Waffe würde Schweigen sein.

Ich griff in meine Weste und zog den Tabakbeutel heraus. Ich fischte eine Pfeife aus der Tasche, eine Bari, eine sachliche Pfeife mit einem schönen Design. Ich stopfte sie bedächtig und zündete sie dann an.

Er schien das als ein Zeichen zu nehmen und rauchte eine neue Zigarette an. Nach drei Minuten murmelte er: »Dein Tabak riecht ziemlich gut.«

Ich erwiderte nichts.

Er lebte in diesem Raum, Tag und Nacht. Jenseits des Ledersessels gab es eine zweite große Couch, auf der viele Decken und Kissen lagen. Wahrscheinlich schlurfte Karl-Heinz nur zu den Mahlzeiten zu seiner Mutter hinüber und wahrscheinlich war er der Typ, der seiner Mutter Stress machte, wenn die Frikadellen zu heiß waren oder nicht kross genug gebraten.

Nun wiederholte er sich: »Der Tabak riecht wirklich gut.« Ganz langsam drehte er den Kopf herum und betrachtete mich für den Bruchteil einer Sekunde.

Ich tat vollkommen desinteressiert.

»Wann kommen die vom SEK endlich?«

Die Pfeife war ausgegangen, ich zündete sie wieder an und rutschte etwas vor. Ich fühlte mich jetzt sicher genug, stand auf und ging paffend hinüber zu dem Fernseher.

Ich nahm ein paar Videos hoch. Die Titel lauteten zum Beispiel: *Willige Lolitas aus Polen, Titten wie noch nie* und *Natursekt für dich!* Plötzlich tat mir der Dicke unglaublich Leid, beinahe hätte ich mich zu ihm gewandt und gefragt: »Junge, kann ich dir irgendwie helfen?« Aber ich schwieg und rauchte vor mich hin. Ein Video ganz unten hieß *Killing Machine*, ein schweres Fleischermesser war auf dem Titel abgebildet. Die Klinge war blutig, das Blut tropfte herab.

Unter dem Video lag ein Prospekt. *Chatten Sie mit Marlene – machen Sie sie nass!* Natürlich, sicher, das war es!

Ich drehte mich bedächtig um und musterte ihn, ohne ein Wort zu sagen. Er sah mir in die Augen, eine halbe Sekunde vielleicht, dann guckte er wieder weg.

»Die habe ich alle gekauft. Mama hat eine gute Rente«, murmelte er. Sein Rücken streckte sich etwas, sein Hals, den es eigentlich nicht gab, wurde ein wenig länger.

»Ist ein Anwalt teuer?« Als ich nicht antwortete, fuhr er fort: »Kriegt man auch einen gestellt, wenn man kein Geld hat?«

Neben den Videos lag noch etwas anderes auf dem Boden. Weil es dort dunkel war, war es schwer auszumachen. Ich bückte mich und griff danach – ein schwarzer Tanga.

Ich hielt das Ding hoch und ließ es um meinen Zeigefinger kreisen. Ich sah Karl-Heinz dabei an und merkte, dass sich mein Mitleid in Wut verwandelte.

Ich schrie: »Sie ist hier gewesen, nicht wahr? Und erzähl jetzt keinen Scheiß mehr.«

Er schaute an sich herunter auf seinen ungeheuren Wanst. »Wir haben gechattet. Ich war ihr Bussibär. Wenn ich chatte, im Internet, bin ich Bussibär. Das war ich immer schon.«

»Und welchen Codenamen hatte sie?«

Er wirkte beleidigt, ich schien keine Ahnung zu haben. »Keinen. Sie hatte nur den Klarnamen. Einfach Elvira.«

»Was hast du ihr denn versprochen?«

»Nichts. Was sollte ich ihr versprechen? Ich habe ihr geschrieben, wir können Sekt trinken, so viel wir wollen. Und scharfe Filme gucken. Und ich würde sie streicheln, bis es ihr kommt. Mehr nicht.«

»Und dann hat sie dich besucht?«

»Ja«, sagte er tonlos und schloss dabei die Augen.

»Kam sie im Auto? Aus Meerfeld?«

»Ja.« Er bewegte sich nicht.

Hatten Kischkewitz oder Özcan jemals Elviras Auto erwähnt? Hatten sie nicht. Aber ich musste reagieren, ich musste ihn weitertreiben. »Moment, ihr Auto steht doch bei ihr zu Hause. Das ist doch gar nicht weg, das steht in Meerfeld vor ihrer Garage.«

»Sicher«, nickte er ernsthaft. »Ich habe sie … weggebracht, bin dann hierher, habe ihr Auto nach Meerfeld gefahren und zu Fuß zurück.«

»Und wie ist es passiert? Ich meine, du kannst es mir ruhig sagen, Junge. Es gibt ja keine Zeugen.«

»Na ja, sie kam hier rein.« Er zeigte zum ersten Mal Anzeichen von Unruhe. »Also, sie stand da an der Tür, ich hatte sie aufgemacht. Es war abends, schon dunkel. Und ...«

»Und? Karl-Heinz!«

»Sie hatte Spaß ... Sie lachte. Und zuerst trank sie ein Glas Sekt. Dann sagte sie ...« Es fiel ihm schwer.

»Was, Karl-Heinz?«

»Sie sagte, sie würde doch ... sie würde doch ...«

»Ganz langsam, Karl-Heinz, wir haben Zeit. Stand sie oder saß sie irgendwo?«

»Sie saß da auf dem Sofa, da, wo du hingesprungen bist.«

»Was hat sie gesagt?«

»Sie sagte, dass sie besser wieder geht. Und dass alles sowieso nur ein Spaß wäre.«

»Und dann? Was hast du geantwortet?«

»Ich sagte, nee, du kannst doch bleiben.«

»Weiter!«

»Sie sagte, sie wolle wieder gehen. Zu irgendeinem Schuppen, wo noch was los sei. Aber ein Glas Sekt würde sie noch trinken.«

»Das ist ja spannend. Wie ging das weiter?«

»Ich habe ihr ein Glas Sekt gebracht und gesagt, sie kann bleiben und so viel Sekt saufen, wie sie will. Und dass ich einen scharfen Film habe, den ich einlegen kann und so. Sie meinte, nein, das wäre doch nichts. Und ich sollte nicht böse sein, aber sie ginge wieder. Ich sagte, du gehst nicht. Einfach so. Also ganz friedlich. Aber sie wollte raus und ich habe sie festgehalten. Dann setzte sie sich wieder auf das Sofa da und sagte: Entschuldigung, ich wollte dich nicht kränken! Und dann fing sie an zu lachen.«

»Sie hat angefangen zu lachen?«

»Ja. Und ich fragte: Was soll das, was lachst du denn? Und sie antwortete, ich stell mir gerade vor, wie du auf mir liegst und der Notarzt kommen muss, weil ich platt bin. Und sie lachte immer mehr und hörte nicht damit auf. Und sie fragte, ob ich ... ob ich ... na, sie fragte, ob ich meinen Dödel in dem vielen Fett überhaupt finde.«

»Währenddessen hattest du das Messer in deinem Sessel da?«

»Ja.«

Schweigen.

»Bist du dann auf sie los?«

»Da war so ein Rauschen im Ohr. Dann bin ich los.«

»Und dann?«

»Na ja, ich habe gewartet, bis sie ausgeblutet war. Ist ein Anwalt teuer? Oder kann man einen umsonst kriegen?«

Mir war hundeelend. Was hatte Elvira Klein von diesem Bussibär erwartet? Was hatte sie hierher getrieben? Das ganz geheime Leben der Elvira Klein – welche Trostlosigkeit!

»Hast du sie ... ich meine, hast du mit ihr geschlafen?«

»Nein. Wollte ich nicht. Sie war ja auch tot.«

Weit entfernt war endlich ein Martinshorn zu hören.

»Da kommt das SEK!«, stellte Karl-Heinz erfreut fest.

Er war so stolz, das Ziel eines Sondereinsatzkommandos zu sein. Nichts hatte sich in seinem Leben getan und jetzt die Ungeheuerlichkeit eines SEK!

Die jaulenden Hörner kamen näher und näher.

»Du rührst dich nicht!«, befahl ich.

»Klar, ich bin ganz ruhig!«, sagte der Fettberg kieksend vor Aufregung.

Ich ging langsam zur Tür. Von innen steckte ein Schlüssel, die Tür war abgeschlossen, er hatte seine Mutter schon lange aus seinem Leben ausgesperrt. Ich drehte den Schlüssel und stieß die Tür auf.

Zwei Streifenwagen kamen mit Blaulicht, Horn und mörderischer Geschwindigkeit auf den Hof geschossen und bremsten abrupt. Ihnen folgte ein Mercedes mit Gerald Özcan am Steuer.

Sein Wagen stand noch nicht, als er heraus- und mit einer Waffe in der Hand auf mich zu sprang.

»Da drin«, sagte ich. »Er ist harmlos.«

Er stürmte in die Scheune, daraufhin war es einen Moment sehr still. Die beiden Streifenwagenbesatzungen warteten etwas verlegen in der Sonne und wussten nicht so recht, was ihre Rolle war.

Özcan kam mit Karl-Heinz wieder heraus. Karl-Heinz konnte wegen seines Fettes nur sehr mühsam gehen.

»Was ist mit den beiden Kokstransporteuren?«, fragte ich.

»Weiß ich nicht. Ich hoffe, die Kollegen hängen an ihnen dran. Und der hier?«

»Das ist Karl-Heinz. Und wo sind die Leute, die mich hierher gescheucht haben?«

»Häh?«, machte der Kripomann.

Stimmte ja, davon konnte er nichts wissen, noch nicht. Ich deutete auf den Dicken: »Karl-Heinz hier ist nett, er macht keine Schwierigkeiten. Er hat Elvira erstochen und ist nun vernünftig und kooperativ. Da drin hat er es gemacht, in dem Schuppen. Auf dem Sofa.«

»Sie haben Blut im Gesicht«, stellte Özcan fest. »Ziemlich viel. Darf ich erfahren, wie Sie hierher kommen?«

»Zufall«, erklärte ich leichthin. »Bei der Jagdhütte war es das Dach, hier war es das Dach. Heute ist sozusagen mein Dachtag. Ach ja, hier habe ich noch Elviras Tanga, den habe ich aus Versehen eingesteckt. Ich verspreche, euch bis morgen eine Aussage zu machen. Aber erst muss ich mich erholen. Kann mich einer der Streifenwagen nach Hause fahren? Ich habe kein Auto mehr und weiß nicht, ob hier in den letzten hundert Jahren jemals ein Bus gefahren ist.«

Özcan starrte mich an, als sei ich sein Schreckgespenst, und bestimmt hätte er mich am liebsten zur Schnecke gemacht. Stattdessen stotterte er: »Das geht in Ordnung. Sind Sie zu Hause erreichbar? Na ja.« Er schrie den Uniformierten zu: »Nehmt mir den hier mal ab. Dalli!« Dann griff er ein Handy und wählte eine Nummer. »Ich brauche die ganze Mannschaft, das komplette Programm!«

Mein Hund Cisco stellte sich an mir hoch und leckte meine Hand.

»Da ist noch etwas«, murmelte ich bescheiden. »Hier, nehmen Sie meine Weste. In der Innentasche links ist loses Kokain. Das war alles, was ich retten konnte.« Ich zog sie aus und reichte sie ihm.

»Ja«, nickte Özcan vollkommen verständnislos.

»Lass uns endlich Würstchen essen gehen«, schlug ich Cisco vor.

SIEBTES KAPITEL

Einer der Uniformierten sagte sanft und nachdrücklich zu mir: »Damit würde ich aber nicht so leichtsinnig umgehen.«

Ich wusste nicht, was er meinte.

»Sie haben eine große Wunde über dem Ohr. Sie sehen aus, als wären Sie knapp der Schlachtbank entkommen.«

»Und was machen wir nun?«

»Wir haben was dabei«, antwortete er. Er öffnete einen Blechkasten, griff eine kleine Flasche und einen Karton mit Kleenex. »Setzen Sie sich mal da auf den Nebensitz.«

Ich folgte seinem Wunsch.

»Gleich brennt es ein bisschen«, äußerte er gemütlich. »Aber besser ein leichtes Brennen als eine miese Vergiftung.«

Das, was er ein leichtes Brennen nannte, trieb mir die Tränen in die Augen. Dann pappte er etwas Salbe auf die Wunde, es folgte ein Pflaster. Der Polizist war sehr gewissenhaft. Schließlich brummte er zufrieden: »So ist es okay! Was ist denn mit Ihrem Auto?«

»Kaputt. Alle vier Reifen zerstochen«, sagte ich. »Das ist heute nicht mein Tag.«

»Und was hat dieser Dicke da angestellt?«

»Er hat eine Frau erstochen.«

»Etwa Elvira?«

»Genau die.«

»Und warum? Hat er gesagt, warum?«

»Sie hat ihm kichernd vorgehalten, dass er seinen Schniedel in all dem Fett nicht finden kann. Da ist er ausgerastet. Könnten Sie unterwegs irgendwo anhalten und mir zwei Gläser Würstchen kaufen?«

»Sicher doch.«

»Für meinen Hund. Er hat sich so tapfer geschlagen.«

Dazu sagte der Uniformierte nichts. Er verwies meinen Hund und mich auf die Rückbank, redete noch kurz mit seinem Kollegen und startete dann durch, als habe er ein Rennen zu gewinnen.

Er stieg erst wieder in Dreis vor dem neuen, hübschen Tante-Emma-Laden in die Bremsen. Er sprang in den Laden, kehrte mit zwei Gläsern Würstchen zurück und sagte frohgemut: »Zwei zehn. Wenn Sie's klein hätten, wäre es gut.«

Ich hatte es klein und er meinte ironisch: »Bei Ihnen möchte ich Hund sein!«

»Seien Sie vorsichtig!«, warnte ich. »Ich neige zu verdeckten Grausamkeiten!«

Er lud mich vor meinem Haus ab und verabschiedete sich mit den Worten: »Ich habe noch zu arbeiten.«

Tante Anni stand schon in der Tür und betrachtete mich misstrauisch. »Du bist irgendwie unter die Räder gekommen. Und was soll der Bullenlaster?« Sie starrte hinter dem Streifenwagen her.

»Deine Schnoddrigkeit ist höchst erfrischend«, murmelte ich. »Ich brauche zwei Aspirin.«

»Gibt es so was in diesem Haus?« Sie ging vor mir her in die Küche. »Was hast du da am Ohr?«

»Ich habe zufällig den Mörder von Elvira Klein gefunden.«

»Willst du eine alte Frau verladen?« Sie hatte ganz schmale Augen.

»Auf keinen Fall. Es war so.« Ich ließ heißes Wasser in ein Glas laufen und schluckte zwei Schmerztabletten. »Mein Auto ist im Eimer, ich bin im Eimer, mein Hund war klasse. Ich erzähle dir später alles. War hier irgendetwas los?«

»Nein, eigentlich nicht. Ich habe Königsberger Klopse gemacht. Deine Freunde aus Amerika haben angerufen. Sie kommen morgen um zwölf Uhr in Frankfurt an und wollen abgeholt werden. Jetzt rede schon. Ich habe den Eindruck, das Leben geht an mir vorbei.« Sie hockte sich auf einen Stuhl. »Ach ja, du sollst diesen Kriminalisten anrufen. Kischmann oder so.«

»Kischkewitz«, verbesserte ich automatisch.

»Richtig, Kischkewitz. Tja, mein Lieber, der Tag ist so gut wie um.«

»Soll das heißen, dass du mich ins Bett schickst?«

»Du siehst so aus, als würde dir das gut tun. Aber erst erzählen!«

»Ich kann jetzt sowieso nicht sofort schlafen. Doch bevor ich dir berichte, muss ich mir ein Auto besorgen.«

Ich ging hinüber in das Wohnzimmer und rief Roland Crump an. Ich hatte Glück, er war zu Hause: »Meine Karre ist erledigt. Sämtliche Reifen zerstochen.«

»Wie bitte?«, fragte er sanft.

Ich wiederholte meine Worte und beschrieb ihm, wo der Wagen stand. »Allerdings ist es möglich, dass die Bullen sie gar nicht freigeben, weil sie eventuelle Spuren suchen wollen. Mein Problem ist, dass ich ein Auto brauche. Und zwar möglichst bald.«

»Das nun ist kein Problem. Du kannst dir morgen früh eines bei mir holen. So was ist natürlich nur blöd wegen der Versicherung.«

»Was meinst du damit?«

»Na ja, Vandalismus ist selten versichert. Aber lass mal,

das regele ich schon. Ich ruf auch bei der Polizei an und frag, was mit dem Wagen ist.«

»Du bist ein Schatz. Und deshalb traue ich mich, noch zu fragen: Kannst du mir auch ein Handy organisieren? Denn auch das ist kaputt.«

»Meine Güte«, lachte Crump. »Du gehst ja mit deinen Sachen um! Ich seh mal zu, was sich machen lässt. Also, morgen früh um acht.«

Dann war Kischkewitz an der Reihe.

»Mein Name ist Baumeister.«

»Das ist gut«, murmelte er. Nach den Hintergrundgeräuschen zu urteilen, stand er irgendwo draußen und hatte viel Trubel um sich herum. »Ich brauche deine Aussage. Und weil du ein Mann des Wortes bist, möchte ich das alles sofort, dafür reicht aber schriftlich. Wie bist du nur von der Jagdhütte zu dem Dicken hier gekommen?«

»Zufall. Freier Fall. Das Glück des Doofen. Das Kokain ist euch durch die Lappen gegangen, nicht wahr?«

»Ja, wir kamen zu spät.«

»In meiner Weste findet ihr noch was. Ich habe sie Özcan gegeben. Übrigens kommt Rodenstock morgen zurück.«

»Das ist schön«, murmelte er erfreut, als sei Rodenstock Teil einer ersehnten Welt. Wahrscheinlich war das auch so.

Ich machte dann doch nichts mehr, bleierne Müdigkeit überfiel mich, ich ging ins Schlafzimmer und legte mich auf das Bett. Natürlich war mir Tante Anni gefolgt und sah mich erwartungsvoll an. Also erzählte ich alles, so gut ich es nach dem Durcheinander auf die Reihe bekam. Sie unterbrach mich nicht, nickte nur ein paarmal und ich registrierte nicht mehr, dass sie ging.

Um fünf Uhr morgens wurde ich wach, weil ich was Aufregendes geträumt hatte, an das ich mich natürlich nicht mehr erinnern konnte. Ich schlich hinunter in die Küche und setzte mir einen Kaffee auf. Es war einer dieser Morgen, an denen man aufwacht und das Hirn unvermittelt und scheinbar grundlos anfängt zu rasen. Ich nahm einen Zettel und schrieb systematisch auf, was ich noch abarbeiten wollte. Es war eine stattliche Liste.

Ein Protokoll für die Kripo. Der gleiche Text, allerdings etwas gekürzt, an die Redaktion in Hamburg. Gespräche mit: Gundula Pechter, Gernot Meyer, Rainer Bliesheim. Und noch mal mit der Verlobten von Kinsi, Beate Laach, um sie nach Kinsis Verschwinden zu befragen. Dann, was war mit der Behauptung des dicken Karl-Heinz, dass der Kaplan nackt mit Elvira Klein gebadet hatte? Wie ging es Markus Klinger eigentlich?

Ich hatte noch nicht die erste halbe Tasse Kaffee getrunken, als Tante Anni in der Küche erschien und verdrossen guten Morgen wünschte. Sie war schlecht gelaunt, knötterte herum und kippte eine Menge Kaffee neben ihren Becher. Als sie die Pfütze aufwischte, sagte sie drei- oder viermal: »Mist!«

»Warum schläfst du nicht länger? Du hast Ferien.«

»Immer wenn es mir schlecht geht, zieht sich mein Hirn in schöne Erinnerungen an Charlotte zurück. Und dann wird es grausam. Jedes Mal stirbt sie, sie stirbt mir immer unter den Händen weg. Scheußlich.«

»Erzähl mir von ihr. Wie war sie so?«

Tante Anni nahm ihren Kaffeebecher und setzte sich mir gegenüber. »Sie war die Liebe meines Lebens. Ach Gott, war das anfangs schwierig. Das waren ja noch ganz andere Zeiten. Lesben hatten keine Existenzberechtigung, Lesben waren etwas, über das man nicht reden durfte, weil es eklig war, verdorben, unnatürlich, wie die Kirchen sagten. Und wir waren beide auch noch Beamtinnen. Charlotte war Studienrätin. Eine gute Lehrerin, sehr beliebt. Du lieber Gott, du willst das doch jetzt gar nicht hören.«

»Doch, will ich.«

»Na, also, das begann an … wie so was immer beginnt. Ich hatte schon lange den Verdacht, mit Männern nichts anfan-

gen zu können. Schon seit ich sechzehn war. Ich lernte
Charlotte kennen, als ich beruflich an ihrem Gymnasium zu
tun hatte, eine schwierige Untersuchung, die den Tod eines
Lehrerkollegen betraf. Ach, du lieber Gott, es dauerte zwei
Jahre, ehe wir uns eingestehen konnten, dass wir so waren,
wie wir waren. Hör mal, langweilt dich das nicht?«

»Nein, nicht im Geringsten.«

»Nun, offiziell waren wir Freundinnen, aber natürlich haben die Leute viel über uns geredet. Dreißig Jahre haben wir
zusammengelebt, dreißig Jahre, das muss man sich mal vorstellen. Ich hatte Vorgesetzte, die davon gehört hatten, die
unbedingt wissen wollten, was da lief. Aber nie hat es jemand gewagt, mich zu fragen, ob ich Charlotte liebe. Ihr
ging es genauso. Allerdings hat sich dann einer ihrer Kollegen darauf spezialisiert, Jagd auf uns zu machen. Er hat uns
beobachtet. Er stand in seinem Auto vor dem Haus und
fotografierte uns. Wenn wir ins Kino gingen, setzte er sich
zwei Reihen hinter uns. Wir waren seine Obsession. Aber
wir haben ihn erledigt und …«

»Wie, ihr habt ihn erledigt?«

Sie verzog den Mund und grinste. »Behutsam, wir sind
sehr behutsam vorgegangen. Seine Frau bekam ein anony-
mes Schreiben, dass sie sich nicht wundern sollte, wenn ihr
Mann oft außer Haus sei. Er habe eine Geliebte.« Jetzt kicherte Tante Anni. »Seine Frau muss ein Ekel gewesen sein,
denn sie suchte daraufhin ebenso heimlich Beweise für seine
Geliebte, wie er uns beobachtete. Es war sozusagen ein Rat-
tenschwanz mieser Schatten. Schließlich hat die Frau sogar
einen Privatdetektiv angeheuert. Es waren wilde und immer
aufregende Jahre.«

»Was ist aus diesem miesen Lehrer geworden?«

»Nichts. Seine Ehe wurde geschieden, er ging in Frühren-
te. Charlotte und ich haben das Haus, in dem wir lebten,
gekauft. Zusammen. Immer wenn jemand drohte, uns bloß-
zustellen, haben wir ein paar nette Schwule eingeladen und

wilde Partys gefeiert.« Sie kicherte wieder. »Mein Gott, war dieses Land in jenen Jahren verlogen. Und wir hatten dauernd ein schlechtes Gewissen, so ein Quatsch! Dann wurde Charlotte krank. Zuerst hieß es, eine Nervengeschichte, dann war es das Herz. Ich habe sie gepflegt. Eines Nachts sagte sie, sie habe keine Lust mehr, sie wollte meine Erlaubnis zu sterben. Da habe ich sie in den Arm genommen und sie ist einfach eingeschlafen. Sie hatte mir ihre Haushälfte vermacht. Es ist ein schönes Haus mit sechs Parteien drin. Und dann tauchten Charlottes Erben auf. Du kannst dir nicht vorstellen, was die alles unternommen haben, um an dieses schöne Berliner Haus zu kommen. Einer von ihnen, nein, halt, eine von ihnen, eine Nichte, hat mir sogar gedroht, mich entmündigen zu lassen. Ich könnte doch gar nicht mehr allein für mich sorgen und ein Altersheim sei doch eine schöne Sache. Dem war eine Lungenentzündung vorausgegangen, die ich erst nicht ernst genommen hatte. Meine Nachbarin, eine schrecklich nette junge Frau, hat einen Schlüssel zu meiner Wohnung. Die fand mich. Ich hatte Fieber, wusste nicht mehr, wo ich war. Mein Hausarzt hat dann meine Verwandtschaft verständigt. Die benahm sich so schofelig, dass ich schneller wieder gesund geworden bin, als ich selbst je zu hoffen gewagt hatte. Und seitdem sind sie dran. Von meiner Seite ist ein Neffe besonders schlimm. Er hat es sogar irgendwie fertig gebracht, dass Leute vom Sozialamt nach mir schauten und mich misstrauisch fragten, ob ich wüsste, wer ich bin. Charlotte und ich haben damals das Haus für einen Appel und ein Ei gekauft. Und jetzt ist es zwei Millionen wert und ich will, verdammt noch mal, nicht, dass diese miese Blase irgendetwas davon bekommt. Als ich noch mit Charlotte zusammenlebte, sind sie nur gekommen, wenn ich Geburtstag hatte. Und selbst an so einem Tag konnten sie es sich nicht verkneifen, nebenbei zu bemerken, dass das mit Charlotte ja irgendwie ungesund sei. Ungesund, sagten sie! So, nun habe ich aber genug gelabert, nun lasse ich dich in Ruhe. Fährst du deine Freunde abholen?«

»Ja, natürlich. Komm doch mit, wenn du magst. Es ist noch Platz im Auto. Warum trittst du nicht sämtliche Erben in den Arsch? Du musst dein Haus jetzt verkaufen, nicht warten, bis du stirbst, junge Frau. Mit dem neuen Eigentümer vereinbarst du, dass du bis ans Ende deines Lebens kostenfrei in dem Haus wohnen darfst. Dann besitzt du einen Haufen Geld und musst dich nur noch entscheiden, wie lange du noch leben willst. Nach deiner Verfassung zu urteilen sind das satte zehn Jahre mindestens. Das Geld, das du dafür benötigst, legst du auf ein Konto. Und mit dem gesamten großen Batzen, der übrig bleibt, machst du, was du willst. Es ist dein Geld, du kannst es verschenken, auf die Straße werfen oder aber weitergeben an Leute, die du wirklich magst. Wichtig ist nur: Tu es jetzt! Sie werden dich eine miese Alte nennen, aber wie ich dich kenne, freut dich das auch noch im Grab.«

Sie kniff die Augen zusammen. »Du hast Recht«, murmelte sie.

»Ich muss jetzt arbeiten. Wir fahren um halb acht nach Hillesheim und holen uns ein Auto. Ich werde Rudi Latten bitten, uns zu chauffieren.«

Bis sieben Uhr schrieb ich alles auf, was gestern passiert war, und faxte den Bericht an die Kripo. Dann schwärzte ich die heiklen Passagen und schickte ein zweites Fax an die Redaktion.

Um halb acht fuhr mein liebenswerter Nachbar uns nach Hillesheim und flachste munter mit Tante Anni, die richtig auflebte. Hätten die beiden zusammen lauthals *Hoch auf dem gelben Wagen* gesungen, es hätte mich nicht gewundert.

Auf dem Weg nach Frankfurt ließen wir uns Zeit.

»Im Grunde genommen«, überlegte Tante Anni, »ist das eine Bühne vor uns, auf der Versatzstücke stehen, die nicht zusammenpassen. Zwar können wir es jetzt als gegeben annehmen, dass dieser dicke Mensch Elvira Klein getötet hat, aber wir haben immer noch keine Hinweise auf Motive für die drei anderen Morde. Am meisten Kopfzerbrechen macht mir dieser Förster ... Sag mal, der wollte doch nach seiner Eheschließung mit seiner Verlobten nach Neuseeland auswandern. Auswanderer brauchen viel Geld, auch wenn sie einen Job haben. Auf sie kommen finanzielle Ausgaben zu, die in vollem Umfang kaum abzuschätzen sind, und sie müssen für vieles in Vorleistung treten. Sehe ich das richtig?«

»Ich denke, das ist richtig. Willst du darauf hinaus, dass der Förster etwas für Bliesheim erledigt hat, um Geld zu sammeln? Doch wenn das so ist, dann müsste dieses Geld doch irgendwo sein ... Das interessiert mich! Ich rufe Kischkewitz an, ob sie Hinweise auf so etwas gefunden haben.«

Tatsächlich bekam ich Kischkewitz an den Apparat.

»Hast du dir diese Verlobte von dem Förster eigentlich gründlich angeschaut? Vielleicht war Mertes ja für Bliesheim tätig, um an Geld für die Auswanderung nach Neuseeland zu gelangen.«

»Bingo!«, sagte Kischkewitz. »Ich wusste, dass du darauf kommst. Ich habe mich nur gefragt, wann.«

»Jetzt. Und es war meine Tante Anni. Also, was ist?«

»Wir haben die junge Dame etwas unter Druck gesetzt und ihre Wohnung durchsucht. Und Bargeld gefunden. Rund hunderttausend Euro. Die junge Dame behauptet, nicht zu wissen, woher das Geld stammt. Und nicht zu wissen, wie das Geld in ihre Wohnung gekommen ist. Und sie gab uns zu verstehen, dass sie nicht länger ausschließen will, dass ihr Verlobter ein zweites, ihr vollkommen unbekanntes Leben führte. Es trifft sich verdammt gut, dass Klaus Mertes tot ist, wie ich zynischerweise zu behaupten wage.«

»Wo lag denn das Geld?«

»Sorgsam gebündelt in einer Schublade der Wohnzimmer-schrankwand unter Tischdecken versteckt. Sitzt du im Auto?«

»Richtig. Wir sind auf dem Weg, Rodenstock und Emma abzuholen. Seid ihr mit Bliesheim weiter?«

»Richte Rodenstock doch bitte aus, er möge mich möglichst bald anrufen. – Nein, es sind immer noch keine Beweise in Sicht, dass wir gegen ihn vorgehen könnten. Aber er kann nicht mehr auf den Lokus gehen, ohne dabei beobachtet zu werden. Weißt du, was passiert ist? Ruft mich vorhin der Bürgermeister einer bekannten Eifelgemeinde an und sagt, ich solle Bliesheim doch bitte mit Samthandschuhen anfassen, weil er nämlich der Gemeinde einen Kinderspielplatz bauen will und der größte Spender für einen Neubau des Vereinsheimes des Fußballklubs sei. Ich habe gedacht, mir bleibt die Luft weg. Und dann fügt der Mann noch ganz ungeniert hinzu: Bliesheim habe unheimlich viele Neider und das meiste, was über ihn behauptet würde, seien reine Hirngespinste. Der nächste Hammer kam zwei Minuten später. Jemand, der uns hier im Landtag zu Mainz vertritt, gab mir telefonisch zu verstehen, die Mordkommission solle den Bliesheim schonen, weil die größte Einzelspende des vergangenen Jahres von ihm gekommen sei. Die Partei sei darauf angewiesen. Und überhaupt sei Bliesheim ein höchst ehrenwerter Mann. Frag mich jetzt bitte nicht, woher diese Leute wissen, dass es letztlich um Bliesheim geht. Na ja, die Gerüchteküche kocht und deine Kolleginnen und Kollegen fragen seit Tagen jeden auf jedem öffentlichen Lokus, was er denn so von Bliesheim hält. Es ist einfach zum Kotzen!«

»Ach, du lieber Gott«, murmelte ich. »Danke für die Auskunft. Halt, noch eine Frage: Wie geht es dem Kaplan eigentlich?«

»Besser. Der ist sogar wieder zu Hause. Aber wenn du mich fragst, ist er psychisch sehr labil.«

»Einen schönen Tag auch!«

Ich informierte meine Mitreisende und sie kommentierte: »Ein richtig schönes Land ist das geworden!«

In Frankfurt angekommen, futterten wir in einem Glas-Bier-Geschäft, das sich Bistro nannte, unverdrossen ein Baguette mit rohem Schinken, wobei das Baguette kein Baguette war und der rohe Schinken bestenfalls die Hinterlassenschaft eines Schlachtfestes aus dem Jahre 1915. Es geht eben nichts über die Gastfreundlichkeit eines Großflughafens.

Tante Anni bemerkte trocken: »Kurz nach dem Krieg haben wir noch ganz andere Sachen gegessen.« Dann starrte sie auf die gestressten Gesichter der Fluggäste um uns herum und murmelte weich: »Das Schönste in meinem Leben waren die Reisen mit Charlotte.«

Als Emma und Rodenstock dann endlich verpennt und übernächtigt aus dem endlosen Gewirr der Gänge auftauchten, fühlte ich mich plötzlich richtig glücklich. Es geht eben nichts über Familie.

Emma sagte eine Oktave höher als nötig: »Ist das schön, dich zu sehen!«, und ihr Rodenstock brummelte: »Kalt in Europa.«

Tante Anni sagte hübsch scheu: »Ich bin Tante Anni!«

Irgendwie gelang es uns, das Gepäck im Kofferraum so zusammenzuquetschen, dass es hineinpasste. Bevor sich auch die Passagiere in das Auto quetschten, sagte ich zu Rodenstock: »Ruf Kischkewitz an. Dass du da bist, dass du mit ihm reden kannst.«

»Jetzt?«, fragte er irritiert.

»Jetzt! Das wird ihm gut tun«, nickte ich.

Also verschwand er hinter einer Betonsäule der bezaubernden Tiefgarage, während Emma sich streng danach erkundigte, ob ich auch gut für mich gesorgt hätte.

»Der lebt sehr ungesund!«, betonte Tante Anni spitz.

»Ach, wissen Sie, meine Liebe«, strahlte Emma, »wir sind doch alle schreckliche Mütter, oder?«

Tante Anni sah Emma an, legte den Kopf schief und nickte. »Furchtbar.«

Als wir endlich auf der Autobahn waren und Emma übersprudelnd von Amerika berichtete, saß hinter mir ein nachdenklicher Rodenstock.

»Weißt du«, sagte er leise, »die Fälle machen Kischkewitz nicht so sehr zu schaffen. Es ist seine Familie. Er kommt heute Nachmittag zu uns nach Heyroth.«

»Hinein ins Vergnügen«, murmelte ich zurück.

In Höhe des Wiesbadener Dreiecks stoppte Emma ihren Redeschwall und fragte: »War hier was los?«

»Na ja, nicht viel«, antwortete Tante Anni zurückhaltend. »Hier und da ein kleiner Mord, aber nichts wirklich Wichtiges.«

»Das scheint eine chaotische Geschichte zu sein«, meinte Rodenstock.

»Ich habe eine Kopie meines Berichts für dich dabei«, sagte ich. »Du kannst dich einlesen. Ein mündlicher Bericht würde ungefähr achtundvierzig Stunden dauern.«

»Dann gibt es ja noch Vera«, sagte Emma handzahm.

Tante Anni machte: »Oh! Oh!«

»Na ja«, sagte Emma, »man muss schließlich drüber reden, oder?«

»Nicht heute«, entgegnete ich vorbeugend. »Irgendwann mal.«

»Ja, da ist Zurückhaltung angesagt«, nickte Tante Anni. Sie saß neben mir und senkte züchtig das Kinn auf den Brustkorb. Dann setzte sie hinzu: »War nur so eine Bemerkung.«

»Diese Tante Anni ist wirklich allerliebst«, bemerkte Emma begeistert.

Rodenstock machte dieser erregenden Diskussion ein Ende mit den Worten: »Ich freue mich auf eine warme Dusche.«

Ich half ihnen, die Koffer in ihr Haus zu schleppen. Dann fuhren Tante Anni und ich heim und ich stellte fest, dass mein Leben wieder rund war und sich gut anfühlte.

Ich kümmerte mich um meine Katzen, streichelte sie und spielte mit meinem Hund. Anschließend hockte ich mich auf eine Pfeife an den Teich. Ich fühlte mich sonderbar leicht und gelassen, obwohl die Morde nach wie vor wie ein großes Chaos vor mir standen.

Das Bild von Tante Anni war sehr gut, die Versatzstücke auf dieser Bühne passten nicht. Es war so, als wollte man ein läppisches Schäferspiel von Goethe in den Kulissen von *Warten auf Godot* aufführen. Kinsi, Anna Hennef, Klaus Mertes in den Hauptrollen und nichts passte zueinander. Mit wem konnte ich noch sprechen? Meine Gedanken sprangen hin und her, von Bliesheim zu Pechter, von Pechter zu Klinger, von Klinger zu der Verlobten von Klaus Mertes – auch in meinen Gedanken herrschte Chaos und aus journalistischer Erfahrung wusste ich, es gab nur eine Möglichkeit, es in den Griff zu bekommen: Ich musste Punkt für Punkt abarbeiten.

Fang an mit dem, was an erster Stelle steht, sagte mein Verstand, fang mit Kinsi an. Was fehlt da? Wann genau ist er verschwunden? Unter welchen Umständen? Wann wurde er zuletzt gesehen? Von wem? Mir wurde klar: Ich musste dringend noch mal mit der Verlobten Beate Laach sprechen.

Ich ging ins Haus und redete Tante Anni aus, etwas zum Abendessen zu machen. »Ich muss noch mal weg«, sagte ich. »Warte nicht auf mich, kann sein, dass es spät wird.«

»Ich stelle dir etwas in den Eisschrank«, beschloss sie.

Ich fuhr über Daun durch das Vulkaneifel-Dreieck auf die A 48 nach Münstermaifeld. Es war nicht schwer, im Zentrum des alten, hübschen Städtchens das Hotel-Restaurant, in dem Beate Laach arbeitete, zu finden. Auf dem Weg vom Parkplatz zum Eingang kam ich an Fenstern vorbei, die offensichtlich zur Küche gehörten, und ich entdeckte die Frau mit dem hübschen stillen Gesicht, deren Zukunftsträume so abrupt und brutal zerstört worden waren. Sie schälte Kartoffeln.

Ich ging in die Schänke und bat eine Frau, die Bierhähne putzte, den Chef zu rufen.

»Der bin ich«, erwiderte sie knapp und hörte nicht auf, an den Hähnen herumzufummeln.

»Es geht um Beate Laach«, sagte ich freundlich.

»Und Sie sind von der Presse und wollen ein Interview von dem armen Ding. Sie machen sie mir völlig verrückt. Sie weiß ja schon jetzt nicht mehr, ob sie Männchen oder Weibchen ist. Als das mit ihrem Freund passierte, war sie hier, und sie weiß überhaupt nichts. Vor drei Tagen gehe ich raus auf den Hof, da stehen da vier Fernsehteams! Wenn wir hier was touristisch auf die Beine stellen wollen, kommt niemand, jetzt kommen sie alle. Das ist ekelhaft.« Sie hatte aufgehört zu putzen, sie starrte mich wütend an.

»Mir geht es nicht um einen Artikel in der Tagespresse. Ich wohne hier in der Nähe. Und ich habe schon mal mit Beate gesprochen. Ziemlich lange. Ich bin zu dem Schluss gekommen, dass sie etwas weiß. Nur weiß sie wahrscheinlich gar nicht, dass sie etwas weiß. Und selbstverständlich können Sie dabeibleiben, wenn es Beate hilft.«

»Ich sage Ihnen mal was! Diese Frau ist wie ein Familienmitglied für mich. Und sie hat genug durchgemacht im Leben! Sie wollte Kinsi heiraten. Kinsi wollte hierher ziehen und auch für uns arbeiten. Ich habe mich stark dafür gemacht, dass die beiden eine schöne Wohnung bekommen. Weil sie mal ein bisschen Glück verdient haben. Und … Ach, zum Kuckuck noch mal, Sie haben doch gar keine Ahnung!«

»Doch, ich habe Ahnung. Beate hat mir ein Liebesgedicht von Kinsi zum Lesen gegeben.«

»Aber wenn Sie das schon haben, was wollen Sie dann noch von ihr?«

»Es geht um den Zeitpunkt, an dem Kinsi verschwand. Wann hat er zum letzten Mal mit Beate gesprochen? Was hat er dabei gesagt? Es geht um Fragen, die mit seinem Verschwinden zu tun haben, nicht mit seinem Tod.«

Die Chefin starrte mich immer noch an.

»Gehen Sie doch einfach zu ihr«, fuhr ich fort. »Fragen Sie sie, ob sie mit mir sprechen will. Wenn nicht, bin ich sofort wieder weg.«

»Na gut.« Sie drehte sich um und verschwand durch eine Tür, in die ein Fenster eingelassen war. Sekunden später sah Beate Laach durch dieses Fenster zu mir her. Dann traten beide Frauen in die Schänke und setzten sich an einen Tisch. Die Wirtin zündete sich eine Marlboro an.

»Ich will es kurz machen, Beate. Als Kinsi gefunden wurde, war er ja schon seit vierzehn Tagen verschwunden und ...«

»Seit sechzehn Tagen«, verbesserte sie schnell. »Nicht vierzehn, sondern sechzehn Tage.«

»Gut, also sechzehn Tage. War das ein Werktag, als er verschwand?«

»Nein, ein Samstag.« Sie spielte mit dem Aschenbecher. »Samstags. Er wollte kommen. Aber er kam nicht.«

»War das Wetter schön?«

»Nein. Es sah den ganzen Tag nach Regen aus.«

»Haben Sie an diesem Tag mit Kinsi telefoniert?«

»Ja. So gegen zehn Uhr morgens. Ich war in der Küche, habe Gemüse geputzt und den Geschirrspüler ausgeräumt und so. Ich hatte mein Handy in der Küchenschürze. Habe ich immer.«

»Haben Sie ihn angerufen oder er Sie?«

»Er mich zuerst. Das war um neun Uhr. Aber da konnte ich nicht und er hat auf die Box gesprochen. Dann habe ich ihn zurückgerufen. Um zehn, da hatte ich gerade Zeit.«

»Was hat er da gesagt? War er gut aufgelegt? War irgendetwas anders als sonst?«

»Es war wie immer. Er hat gesagt, er muss noch mit Anna Hennef einkaufen fahren. Nach Manderscheid. Dann musste er Bauunterlagen zu einem Architekten nach Daun bringen. Dann wollte er den Wagen waschen oder so was. Traurig? Traurig war er nicht.«

»Wollte er hierher kommen? Oder sollten Sie nach Meerfeld kommen?«

»Er wollte hierher kommen. Gegen Abend. Das war immer so. Er ging dann rauf in mein Zimmer und wartete dort auf mich, bis ich hier unten fertig war. Er las meistens solange. Er las ja sehr viel, das habe ich schon gesagt.«

»Das ist eine komische Sache«, murmelte die Wirtin. »Der Mann war eigentlich hoch gebildet. Und tat immer so, als sei er zurückgeblieben.«

»Ja, ich weiß. Beate, wie häufig telefonierten Sie mit Kinsi?«

»Jeden Tag, fast jeden Tag. Meistens rief ich ihn an. Das war einfacher, weil er dann wusste, dass ich mit meiner Arbeit fertig war.«

»Er sollte also an dem Sonnabend kommen. Und wie lange wollte er bleiben?«

»Immer bis Sonntagnachmittag. Dann fuhr er heim nach Meerfeld.«

»Aber an jenem Samstag kam er nicht. Was taten Sie?«

»Ich? Erst mal gar nichts. Es kam schon mal vor, dass er sich eine halbe Stunde verspätete. Als er spätabends immer noch nicht da war, habe ich die Chefin gebeten, dass sie mich um elf Uhr aus der Küche rauslässt. Ich wollte nach Meerfeld und nach Kinsi gucken. Und die Chefin sagte mir, ich könnte den kleinen Opel nehmen. Das habe ich dann gemacht.«

»Sie sind also am späten Abend dieses Samstages nach Meerfeld gefahren. Und was war da los?«

»Gar nichts war da los. Wie das so ist um Mitternacht. Kaum noch Lichter. Ich bin in Kinsis Haus gegangen, ich habe ja einen Schlüssel. Ich weiß noch, dass ich dachte: Hoffentlich ist er nicht krank oder so was. Aber er war gar nicht da. Dann habe ich nach seinem Auto geguckt. Das stand hinterm Haus. Dann bin ich zu Oma Ohlers Haus gefahren. Da, wo Anna Hennef mit dem Bliesheim wohnt, war noch Licht. Da habe ich dann geschellt. Anna kam raus und sagte,

Kinsi wäre nicht da und sie hätte ihn zuletzt am Morgen gesehen, als er mit ihr einkaufen gefahren ist. Sie hatte keine Ahnung, wo er war.«

»War Rainer Bliesheim an dem Abend zu Hause? Stand sein Auto dort?«

»Ich bin mir sicher, das stand nicht da. Das mit Anna ist ja auch schrecklich …«

»Haben Sie Anna gefragt, ob Kinsi vielleicht mit Bliesheim unterwegs sein konnte?«

»Klar. Aber Anna sagte, das glaube sie nicht. Weil, Bliesheim war irgendwo weit weg. Auf einer Konferenz oder so. Aber genau wusste sie das auch nicht. Sie war ja nicht gerade freundlich.«

»Was heißt das?«

»Na ja, sie fragte, wieso ich mir denn einen Kopf mache. Männer sind eben so, sagte sie. Die verschwinden schon mal und sagen kein Wort und irgendwann tauchen sie wieder auf. Richtig unfreundlich.«

»Was passierte in dieser Nacht noch?«

»Ich bin dann wieder zu Kinsis Haus und habe mich in der Wohnstube mit einer Decke in einen Sessel gesetzt. Weil, das war noch nie passiert. Also, dass er einfach wegblieb und nichts sagte und nicht anrief. Aber erst habe ich die Chefin angerufen und gesagt, ich käme am Sonntag was später. Und sie hat gesagt: Mach ruhig, ich schaff das auch ohne dich. Da bin ich geblieben.«

»Sie haben also in der Nacht von Samstag auf Sonntag im Sessel in Kinsis Haus geschlafen. Langsam weiter. Was war am Sonntag?«

»Da passierte das mit dem Auto, also mit Kinsis Auto. Als ich nämlich sonntags hinters Haus ging, da … na ja, da war das Auto weg.«

»Kein Zweifel?«

»Sie ist bei klarem Verstand!«, warnte die Chefin.

»Also, das Auto war weg. Ich dachte noch: Wieso ist Kinsi denn nicht ins Haus gekommen? Ich wusste nicht, woran ich war. Später haben die Polizisten die Sache mit dem Auto gar nicht aufgenommen. Sie haben sich zugeflüstert, dass ich spinne. Das habe ich genau gehört.«

»Langsam, langsam. Was taten Sie, nachdem Sie bemerkten, dass das Auto weg war?«

»Ich bin zu Oma Ohler. Die wollte gerade zur Messe nach Bettenfeld. Und da bin ich mitgegangen. Wir sind zu Fuß übern Berg zur Kirche.«

»Was hat Oma Ohler gesagt?«

»Sie hat gesagt, das mit Kinsi wäre aber komisch. Aber sie wusste auch nichts. Sie wusste nur, dass Bliesheim weggefahren war. Nach Leipzig. Das hatte Anna ihr gesagt. Sonntag und Montag nach Leipzig. Konferenzen und so.«

»Sie sind zusammen mit Oma Ohler in die Kirche nach Bettenfeld. Und anschließend?«

»Das wurde dann noch komischer. Ich kam nach Hause, also zu Kinsis Haus, und da war sein Auto wieder da. Und ich dachte mir, er hat sein Auto geholt, irgendwas erledigt und es dann wieder hingestellt. Aber er war immer noch nicht im Haus, er war nirgendwo. Da bin ich wieder runter zu Oma Ohler und habe ihr das mit dem Auto gesagt. Aber sie konnte mir ja auch nicht helfen. Dann rief die Chefin an, ich müsste unbedingt zurückkommen, weil wir drei Busse hatten, jede Menge Arbeit. Also bin ich zurück nach Münstermaifeld.«

»Und Kinsi hat sich nicht mehr gemeldet?«

»Nein. Nie.« Sie begann zu weinen, die Wirtin warf mir finstere Blicke zu.

»Wann sind Sie denn zur Polizei gegangen?«

»Am Montag. Ich habe freigekriegt, weil hier nichts los war. Da bin ich wieder nach Meerfeld. Das Auto war immer noch da, aber Kinsi nicht. Da bin ich zur Polizei. Doch sie wollten nicht, dass ich ihn als vermisst melde. Sie sagten: So was haben wir häufig. Dann tauchen die Vermissten wieder auf. Aber ich sagte: Ich mache eine Vermisstenanzeige. Und die Polizisten haben gesagt, dass das mit Kinsis Auto ja wohl klar wäre. Kinsi wäre irgendwo im Dorf. Und ich sagte: Hören Sie mal, warum versteckt er sich vor mir? Sie sagten: Das wissen wir nicht, aber Tatsache ist ja wohl, dass er sein Auto geholt und dann wieder hingestellt hat.«

»Was glauben denn Sie? Sie haben das doch mit Ihrer Chefin hier besprochen. Was glauben Sie, wie das mit Kinsis Auto zu erklären ist?«

Die Wirtin sagte langsam: »Beate hat sich das nicht erklären können. Und ich habe ihr jeden Tag genug Freizeit gegeben, dass sie mit meinem Auto nach Meerfeld fahren konnte. Sie ist wirklich jeden Tag dorthin. Es kann nicht Kinsi gewesen sein, der das Auto in jener Nacht geholt und wieder hingestellt hat.« Sie zündete sich die nächste Zigarette an und wedelte mit der rechten Hand. »Wir wissen ja nun ... wir wissen ja nun, was passiert ist. Vielleicht hat der, der es getan hat, das Auto geholt.«

»Was war mit den Hausschlüsseln und dem Schlüssel für das Auto?«, fragte ich Beate.

»Seine Hausschlüssel und seinen Autoschlüssel hatte er in der Tasche, als ... als er gefunden wurde. Das hat die Polizei mir gesagt.«

»Als Sie an dem Samstag, an dem er verschwand, nach Meerfeld kamen, deutete da irgendetwas darauf hin, dass er kurz vorher im Haus gewesen war?«

»Ja, klar. Er muss da gewesen sein. Morgens noch. Er rauchte einen Zigarillo am Tag. Immer dieselbe Marke und immer frühmorgens zum Kaffee, sonst rauchte er nie. Und er hatte geraucht, denn es roch danach und in der Küche stand der Aschenbecher mit der Kippe. Später hat er ja noch mit mir telefoniert. Um zehn Uhr war das, das sagte ich schon.«

»Anschließend ist er zu Anna Hennef und sie sind zum Einkaufen gefahren. Dann ist er zu irgendeinem Architekten mit Bauplänen. War er für Bliesheim unterwegs?«

»Ja, das hat er noch erzählt. Nach Daun. Oma Ohler hat Anna Hennef gefragt, welcher Architekt das gewesen ist. Anna wusste das und sagte es auch. Und ich bin dann zu dem Architekten und eine Frau aus dem Sekretariat hat mir gesagt, jawohl, Kinsi wäre Samstagmittag da gewesen und hätte die Pläne gebracht. Die Frau wusste das genau, weil sie extra kommen musste, denn normalerweise arbeitet das Büro am Wochenende nicht. Das war Sonnabend um vierzehn Uhr. Seitdem ...« Beate weinte wieder ganz still und senkte den Kopf.

»Wenn ich das richtig verstehe, dann muss Kinsi in sein Haus zurückgekehrt sein, denn sein Auto stand ja dort, als Sie am Samstagabend dorthin kamen. Was hätte denn normalerweise passieren müssen? Hätte er sich gemeldet?«

»O ja. Er hätte angerufen und gesagt: Ich fahre jetzt los! Das machte er immer.«

»Und es war kein Krach zwischen Ihnen und Kinsi? Keine Verstimmung?«

»Nein!«

Die Chefin zischte: »Da war nichts. Sie wollten an dem Tag die Einladung zu ihrer Hochzeit formulieren.«

»Die letzte Frage: Besaß Kinsi ein Handy?«

Beate Laach nickte. »Er hatte eins. Aber das ist weg, sagt die Polizei. Sie haben es nicht gefunden.«

Ich bedankte mich und ging. Als ich die Tür hinter mir schließen wollte, sah ich, dass die Chefin Beate Laach ganz fest im Arm hielt.

Ich setzte mich in den Wagen, stopfte mir eine Zebrano von Stanwell und paffte vor mich hin. Dann rief ich die Auskunft an, fragte nach der Nummer von Gundula Pechter und ließ mich verbinden. Niemand meldete sich, noch nicht einmal ein Tonband. Erneut bemühte ich die Auskunft und bekam Gernot Meyer in Bettenfeld an den Apparat.

»Ich vermute, dass Sie von Pressevertretern die Nase voll haben. Ich bitte trotzdem um ein Gespräch, weil ich Verschiedenes, was Rainer Bliesheim betrifft, nicht verstehe. Ich habe Fragen, die Sie persönlich gar nicht betreffen.«

»Na ja«, antwortete er betulich. Seine Stimme war ausdruckslos, keine Höhen, keine Tiefen. »Wann soll das Gespräch denn stattfinden?«

»Jetzt, wenn das geht.«

»Gut, kommen Sie her. Aber viel erzählen kann ich Ihnen nicht. Sie sind doch der Mann, der diesen ... diesen Mörder gefunden hat.«

»Ja, das stimmt.«

»Ja, gut denn«, beschied er mich lapidar.

Ich fuhr die 48 zurück bis zur Ausfahrt Manderscheid und beeilte mich, weil es manchmal passieren kann, dass Menschen erst ihr Einverständnis zu einem Gespräch erteilen und dann in schöner Unschuld kundtun: »Ich will doch nicht mit Ihnen sprechen!«

Meyers Haus stand in einem Neubaugebiet und sah aus wie eine Burg. Bei jedem Fenster zur Straße hin waren die Rollläden heruntergelassen. Rechts ein Türmchen, links ein Türmchen. In der Mitte eine nach vorn abgeknickte Dachpartie, die aussah, als habe jemand gegen den Regen die Kappe tief ins Gesicht gezogen. Der Garten neuer als neu, kein Hälmchen irgendeines Unkrautes. Selbst die Blumenbeete sahen aus, als seien sie mit einem kräftigen Besen abgekehrt worden. In einer Rasenfläche standen traurig zwei Hängeweiden, vielleicht einen Meter hoch, die schütter im Blattwerk waren, als seien sie barsch eingeschüchtert worden. Es schien mir wie ein Wunder, dass Meyers Name neben der Klingel stand.

Er öffnete die Tür und sagte statt eines Grußes: »Ist ja schon spät.«

Es war durchaus noch nicht spät, aber ich beeilte mich, ihm entgegenzukommen. Ich sagte: »Vielen Dank, dass Sie mich trotzdem empfangen.«

»Na, dann kommen Sie mal rein.« Er wirkte widerlich arrogant, latschte vor mir her wie ein alter Mann und ich stellte mit Vergnügen fest, dass er diese furchtbaren dunkelbraunen Kordpantoffeln trug, die seit Generationen nicht auszumerzen waren.

Es ging durch einen lichtlosen Flur, in dem an einem zweiarmigen Leuchter nur eine 25-Watt-Birne brannte. Dann in eine Küche. Über dem Tisch der gleiche Neonkreis, der auch Oma Ohlers Küche so ungemütlich machte. Der Trostlosigkeit wurde dadurch die Krone aufgesetzt, dass die beiden Rollläden genau zur Hälfte heruntergelassen waren.

»Hier halte ich mich meistens auf«, stellte er fest und wies auf einen Resopaltisch. »Nehmen Sie Platz.« Meyer war ein großer, schlanker Mann mit einer ausgeprägten Stirnglatze und einem Pferdegesicht darunter, in dem die Zähne im Oberkiefer wegen ihrer Hauerqualitäten auffielen. Er trug Jeans, dazu ein blaues Hemd mit einem vollkommen wirren Muster. Es dauerte eine Weile, bis ich erkannte, dass es Delfine waren, die ein wahrscheinlich betrunkener Designer in Herden auf den textilen Untergrund geworfen hatte.

Ich mochte den Mann nicht, das zumindest war mir sofort klar. Und wahrscheinlich mochte er mich auch nicht, aber wir waren nicht zusammengekommen, um Händchen zu halten. »Darf ich mir eine Pfeife stopfen?«

»Normalerweise ist hier rauchfreie Zone«, erwiderte er trocken. »Aber machen Sie mal.« Er setzte sich mir gegenüber und rieb die Hände ineinander. Es entstand ein staubtrockenes Geräusch.

Von allen Mitgliedern der Clique schien er mir der bisher entschieden seltsamste. Er passte überhaupt nicht ins Bild, er war von allen Freuden des Lebens Lichtjahre entfernt. Er hatte das mickrige Gesicht, das Hunderte von katholischen Heiligen zeigen: eine Mischung aus unendlicher naiver Gläubigkeit, gepaart mit ebenso unendlichem Selbstmitleid.

Ich stopfte mir bedächtig eine lange gerade Pfeife von Butz-Choquin und fragte munter drauflos.

»Der Tod Ihrer Verlobten tut mir Leid, mein aufrichtiges Beileid. Nun interessiere ich mich für dieses Clique … Sie gehören da doch auch zu, nicht wahr? Was ist das für eine Clique?«

»Tja, gut, wir sind eine Gruppe von Leuten, die gerne Gesellschaftsspiele machen. Karten, *Monopoly* und so. So Sachen eben.«

»Wie oft in der Woche haben Sie sich denn getroffen?«

»Tja, gut, unterschiedlich. So zwei-, dreimal die Woche, manchmal nur einmal.«

Ich mag Leute nicht, die auf jede Frage erst ein ›Tja, gut‹ ausstoßen. Sie erinnern mich schmerzlich an gut verdienende Fußballer, die vor jeder Antwort grundsätzlich nach ihrem Hirn zu fahnden scheinen.

»Gab es auch andere Gründe für ein Treffen als zu spielen? Ich meine, Spiele können doch nicht alles gewesen sein, oder?«

»Tja, gut, es gab ja auch noch Geburtstage und so, und dann gab es auch Betriebsausflüge. Also, wir nannten das Betriebsausflüge, Tagesausflüge. Mal an die Mosel, mal eine Fahrt mit einem Rheinschiff.«

»Und nach Portugal«, schob ich ein.

»Tja, gut, da waren wir auch mal.«

»Wie oft?«

»Tja, also gezählt habe ich es nicht. Viermal vielleicht.«

Claudia Vaals hatte wütend erklärt: Zwanzigmal! Der Mann log.

Und weil ich ihn sowieso nicht mochte, sagte ich: »Das glaube ich Ihnen nicht. Viermal? Es gibt Zeugen, die behaupten, dass es zehn, fünfzehn, zwanzig Reisen gab. Na gut, lassen wir das. Haben Sie auch Bargeld für den alten Forst im Gepäck gehabt?«

»Tja, gut, es wird behauptet, dass andere aus der Gruppe Geld dabeihatten. Aber ich nicht, ich wusste nichts davon, ich wäre auch nicht damit einverstanden gewesen. Das habe ich den Damen und Herren der Mordkommission auch gesagt, natürlich.«

»Herr Meyer, haben Sie jemals Kokain geschnupft? Also, Lines gezogen?«

»Nie! Das kann ich beschwören. Was unterstellen Sie mir!«

»Wie war Ihr Verhältnis zu Elvira Klein? Und kommen Sie jetzt bitte nicht damit, dass Sie mit ihr verlobt waren.«

Er schwieg, presste seine Lippen zusammen. Seine Hände begannen unruhig zu werden. »Es war aber ein Verlöbnis. Wir haben es richtig groß gefeiert. Mit Musik und allem Drum und Dran.«

»Wollten Sie sie denn auch heiraten?«

»Tja, gut, also erst mal wollten wir ... wollten wir ausprobieren, ob wir überhaupt zueinander passen.«

»Haben Sie sie geliebt?«

»Tja, gut, wie soll man das beantworten? Also, ich mochte sie sehr. Sie war eine moderne junge Frau, einfach war sie nicht.«

»Herr Meyer, haben Sie jemals mit Elvira Klein geschlafen?« Ich kam mir bei der Frage selbst lächerlich vor.

Sein Kopf ruckte vor, seine bleichen Wangen hatten scharf umrissene rote Flecken. »Also, ich denke mal, das geht nun keinen etwas an!«

»Ich setze voraus, dass Sie nie mit ihr geschlafen haben. Dafür schlief sie mit anderen aus der Clique. Mit Forst, mit Bliesheim. Ich nehme an, Sie wissen das, und ich nehme weiter an, es hat Ihnen nichts bedeutet. Daher interessiert mich: Was machte dann Ihre Verbindung zu Elvira Klein aus? Und haben Sie auch gewusst, dass Elvira beim Nacktbaden an der Kleinen Kyll sogar zusammen mit dem ebenfalls nackten Kaplan Markus Klinger gesehen wurde? Übrigens an der Stelle in der Auwiese an der Kleinen Kyll, an der auch ihre Leiche gefunden wurde. Haben Sie dafür eine Erklärung?«

Er sah an mir vorbei. »Tja, gut, also das habe ich nicht gewusst. Mit Klinger? Also, gut, das kann ich mir nicht vorstellen. Über Klinger redet man doch ganz was anderes.« Jetzt grinste er.

»Was denn?«

»Tja, gut, das ist ja kein Geheimnis mehr in diesen Dörfern hier. Man sagt, er wäre andersrum.«

»Und wer ist ›man‹, bitte?«

»Tja, gut, also ›man‹ ist die ganze Kirchengemeinde und auch andere Kirchengemeinden, weil er ja als Kaplan ein Springer ist und mal hier und mal da eingesetzt wird, also da, wo man ihn gerade braucht.«

»Sie meinen, er ist schwul. Ist er deshalb ein schlechterer Priester als andere?«

»Tja, gut, also das nicht gerade.« Meyer knetete seine Finger ineinander, als könne er sie nicht voneinander lösen.

»Bleiben wir noch eine Weile bei Markus Klinger. Was hat er für eine Funktion in der Clique?«

»Funktion?« Er riss die Augen auf, als könne er mit dem Begriff nichts anfangen. »Gar keine Funktion. *Monopoly*-Spieler, das war seine Funktion.« Weil er wohl meinte, er habe einen Witz kreiert, begann er leise zu lachen.

»Es steht ziemlich sicher fest, dass auch Klinger Bargeld nach Portugal transportierte. Für Forst. Also gar keine Funktion geht nicht. Noch mal zurück zu dem gemeinsamen Bad Ihrer Verlobten und des Kaplans – wie erklären Sie sich das?«

»Tja, gut, dazu kann ich nichts sagen. Wir, ich meine, die Elvira und ich waren ja noch in der Erprobungsphase. Da kommen so Sachen schon mal vor, oder? Also, kein Mensch ist frei von Sünde, oder?«

»Sagten Sie Sünde?«

»Tja, gut, das ist doch eine, oder?« Er konnte mir immer noch nicht in die Augen schauen.

»Ich kann verstehen, dass Ihnen die Antwort auf die Frage

241

unangenehm ist. Können Sie mir etwas über die tote Anna Hennef erzählen? Wie war sie so?«

»Tja, gut, wie Elvira war sie eine moderne junge Frau. Also, sagen wir mal, eine, die genau weiß, was sie will, und die sich das dann auch holt.«

»So holte sie sich den Rainer Bliesheim«, schloss ich mich brav an.

»Tja, das war nun irgendwie etwas anderes«, sagte er verunsichert. »Also, ich weiß ja auch nicht, was da abgelaufen ist.«

Eine Gelegenheit, ihn ein wenig zu schocken: »Das ist doch eigentlich ganz simpel. Bliesheim und Anna haben miteinander gevögelt, hatten viel Spaß zusammen und jetzt ist Anna mausetot.«

Er starrte mich an, wusste offenkundig nicht, was er mit meiner Bemerkung anfangen sollte.

Ich erlöste ihn, wechselte zum nächsten Thema. »Was denken Sie über Gundula Pechter?«

Er überlegte seine Antwort, dann kam etwas unvermittelt: »Sie ist eine wunderbare katholische Frau.«

Ich war so verblüfft, dass mir die Worte fehlten.

War das nun Naivität oder das, was man gemeinhin Chuzpe nannte? Gab es die Bezeichnung wunderbare katholische Frau im Kirchenvolk etwa immer noch?

»Was verstehen Sie unter einer wunderbaren katholischen Frau?«

»Tja, gut, so Frauen wie Hildegard von Bingen und so.«

»Ja, ich verstehe schon. Aber wir reden über Gundula Pechter – wie kommen Sie da auf Hildegard von Bingen? Oder haben beide ähnliche Qualitäten?«

Er dachte nicht lange nach, sondern sagte tonlos: »Also, irgendwie schon. Tja, gut, ich meine, starke Frauen, stark im Leben und stark im Glauben.«

Ich beschloss, dass seine Schonzeit um war. »Gundula Pechter mit Hildegard von Bingen zu vergleichen scheint

mir etwas gewagt. Als Rainer Bliesheim mal so eben fünfundsechzigtausend Euro brauchte, um eine alte Rentnerin
aus ihrem Haus herauszukaufen, marschierte er in Gundula
Pechters Haus und holte sich das Geld. Ist das für Sie normal? Geraten Sie da nicht ins Nachdenken?«

»Da war ich nicht bei«, sagte er schnell.

»Wie kommt die Frau Pechter, die Ihrer Meinung nach so
viel mit Hildegard von Bingen gemein hat, an fünfundsechzigtausend Euro in bar? Wieso reicht sie das dem Bauunternehmer Rainer Bliesheim mal eben so über den Tisch? Sagen
Sie mal, Gernot Meyer, kommen Ihnen da nicht die Tränen?«

Er spitzte den Mund, als wollte er spucken. »Nein, wieso?
Wenn der Rainer sich bei Gundula das Geld holt, dann hat
er es eben da deponiert. Warum auch nicht? Die beiden sind
enge Freunde, sie kennen sich von klein auf.«

»Sie sind Beamter in der öffentlichen Verwaltung, richtig?
Nun frage ich Sie, was denken Sie von einem Bauunternehmer, der bei einer Freundin aus Kindertagen mal eben tau-
sende von Euros deponiert?«

»Da denke ich mir nix«, antwortete er und starrte wieder
auf die Platte des Küchentisches.

»Dann sollte man Sie schnellstens fristlos feuern«, provo-
zierte ich. »Wie wird Ihr Vorgesetzter in Wittlich reagieren,
wenn ich ihm erzähle, was Sie meiner Meinung nach alles
wussten?«

Er ruckte hoch und sah mich fassungslos an. »Das wollen
Sie tun?«

Ich hatte ihn. Schäbigerweise zog ich die Schlinge noch
ein wenig enger. »Sie wissen, dass Journalisten wesentlich
sanfter fragen als Staatsanwälte.«

Er schnaufte unwillig. »Kann doch sein, dass das Lohngel-
der waren, die Bliesheim eigentlich am nächsten Tag zum
Auszahlen brauchte.«

»Oh, sicher ist das möglich. Aber: Wieso lag das Geld bei
der Pechter? Warum lag es nicht im Büro seiner Firma? Und

wo ist dieses Geld, das sich Bliesheim bei Gundula Pechter holte, verzeichnet? In welcher Bilanz taucht es auf? Ich beantworte die letzte Frage gleich selbst: Das Geld existiert offiziell gar nicht, es ist so rabenschwarz, dass man eine Flutlichtanlage braucht, um es zu entdecken. Denn es ist Drogengeld, Gernot Meyer! Was wissen Sie von dem Kokain?«

»Von Kokain? Was soll ich da wissen?«

»Gernot Meyer«, sagte ich vorwurfsvoll, denn ich hatte begriffen, dass er mich niemals aus dem Haus werfen würde, weil er einfach konfliktscheu war. »Spielen Sie um Gottes willen nicht harmloser, als Sie sind. Und nun tun Sie mir einen Gefallen: Holen Sie Gundula Pechter hierher. Jetzt!«

»Das ist doch unmöglich, das geht nicht.« Er war richtig empört.

»Wenn die so katholisch ist, wie Sie behaupten, dann steht sie hier in zwanzig Sekunden vor der Tür, weil sie fürchten muss, die ewige Seligkeit zu verlieren. Ehrlich gestanden geht mir diese Betulichkeit auf die Nerven. Rufen Sie sie an.«

Er versuchte abzulenken: »Wieso Betulichkeit?«

»Du lieber Himmel! Wir wissen von Bargeldtransporten, Kokain und Schwarzgeld. Und es sind mehrere Morde begangen worden. Und Sie verklickern mir seit einer Stunde, die Clique sei nichts anderes als ein Skatklub. Jetzt rufen Sie endlich die Frau Pechter her.«

Er stand auf und ging an das Telefon, das auf dem Küchenschrank stand. »Gundi, hier ist der Gernot. Also, wir haben einen dringenden Fall zu besprechen. – Nein, Gundi, es ist wirklich dringend. – Nein, morgen Abend reicht nicht. Also, das müsste jetzt sein. – Wie jetzt? Also, jetzt, meine ich. Jetzt. In ein paar Minuten. – Tja, gut, also das kann ich nicht sagen, aber dass es dringend ist, das kann ich sagen. – Tja, also, gut, Gundi. Bis gleich.« Er wandte sich zu mir und seufzte in einem Ton, als habe er das Abendland vor den Hunnen gerettet: »Sie kommt.«

244

Ich kratzte meine Pfeife aus und kramte nach einer anderen. Ich wählte die stark gebogene McRooty von Vauen, die schien mir die richtige für stichhaltige Überlegungen und schnellen Gedankenflug – bei gleichzeitig völligem Verzicht auf eine Erfolgsgarantie.

Fußballspieler dribbeln einander aus, Rennfahrer bremsen einander aus, ich schwieg Meyer aus – das hatte ja schon einmal funktioniert. Ich tat so, als sei er gar nicht vorhanden, stopfte meine Pfeife, achtete darauf, dass der Tabak gut im Ofen lag, grinste ihn sogar für den Bruchteil einer Sekunde an, sprach aber kein Wort.

Einmal sagte er: »Tja, gut ...«, und ließ dann die Finger auf den Tisch trommeln.

Ich blies den Rauch der Pfeife in das elende kalte Neonlicht.

»Tja, gut«, sagte er wieder. »Sie braucht nur drei, vier Minuten.«

Ich nickte.

»Eigentlich müssten wir uns ja absprechen, also ich meine, miteinander reden. Also, bevor wir Ihre Fragen beantworten, meine ich.«

Ich machte große Augen.

»Tja, gut, das machen Parteien, also Fraktionen, genauso. Die sprechen sich doch vorher auch ab, meine ich.« Er machte jedes Mal, bei fast jedem Wort eine kleine runde Geste mit der rechten Hand.

»Tja, also gut, warten wir mal«, murmelte er vollkommen verunsichert.

Freundlich sagte ich nun doch: »Sie können sich vorher beraten, wenn Sie wollen. Ich mache nur darauf aufmerksam, dass das nichts an den Dingen ändert, die ich bereits kenne.«

Es war grotesk, er war mir direkt dankbar.

»Tja, gut, das ist klar.« Er bewegte sich nervös und die Reklameuhr von der Raiffeisenzentrale tickte laut. »Also, eigentlich denke ich nicht, dass wir uns groß beraten müssen.«

»Wie fein«, sagte ich unbeteiligt.

Wenige Minuten später betrat Gundula Pechter die Szene und ich war enttäuscht. Denn sie sah genauso aus, wie ich mir eine Dame der Caritas vorgestellt hatte: schmal, hager fast, vielleicht eins fünfundsechzig groß, mit dunklen kurzen Haaren, die zu einem modischen Schnitt geformt waren, der wie ein Pilzkopf auf dem Schädel thronte. Ihr Make-up erinnerte an eine wütende Kriegsbemalung und ihr Mund war so rot, dass er wie eine Wunde klaffte. Ihre Fingernägel hatte sie mit einem roten Emailleton belegt, aber sie trug keinen Schmuck.

Sie schoss vor Meyer her in die Küche, als ginge es um Sekunden. Vorwurfsvoll sagte sie: »Du weißt doch, dass ich nie Zeit habe. Also, was ist so dringend?«

»Der Mord an Kinsi, der Mord an Anna Hennef und der Mord an dem Förster Klaus Mertes sowie Bargeldtransporte nach Portugal, Merkwürdigkeiten, die mit Kokain zusammenhängen, sowie das Gerücht, dass Männer von Bliesheim Rechnungen anderer Leute eintreiben und nicht gerade brav mit den Mitbürgern umgehen.« Ich stand auf und verbeugte mich artig, wollte ihr die Hand geben, konnte aber nicht, da sie ihre Hand nicht herausrückte.

Ihre Figur straffte sich, sie sagte über die Schulter zurück zu Gernot Meyer: »Warum hast du mir nicht gleich gesagt, dass es um Sachen geht, über die ich nichts weiß?« Sie äußerte das so, als sei ich nicht vorhanden.

»Diese Einlassung ist zwar kriegstechnisch geschickt, aber ansonsten vollkommen blödsinnig«, lächelte ich. »Sie sind Mitglied dieser Clique, Sie managen scheinbar Bliesheims Gelder, zumindest einen Teil. Ich möchte gerne von Ihnen wissen, wie Sie das mit der katholischen Caritas vereinbaren können? Selbstverständlich kann ich Ihre Vorgesetzten in Trier fragen, wenn Ihnen das lieber ist.«

Sie war der Frauentyp, der sogar noch adrett wirkt, wenn er nachts im Bett von einem Kugelblitz erwischt wird. Sie setzte sich. »Was haben meine Vorgesetzten mit dieser Sache zu tun?«, fragte sie aggressiv.

»Na ja«, murmelte ich und sah ihr in die braunen Augen, »Eigentlich natürlich nichts. Andererseits eine ganze Menge. Weil Ihre Vorgesetzten Sie feuern werden, wenn sie hören, was ich wissen will. Sie könnten eine Cousine des gegenwärtigen Papstes sein, Sie müssten gehen. Und ich kann mir nicht vorstellen, dass Ihnen das nicht bewusst ist.«

»Das hört sich nach einer Drohung an, das muss ich mir nicht antun.«

Gernot Meyer ließ sich lautlos auf dem Stuhl neben ihr nieder.

»Das ist richtig«, nickte ich. »Das müssen Sie sich nicht antun. Doch wenn Sie darauf verzichten, wird es ziemlich eng für Sie.«

»Darf ich erfahren, wer Sie eigentlich sind?«

»Mein Name ist Siggi Baumeister, ich komme aus der Dauner Gegend, bin Journalist und arbeite in dieser Sache für ein Magazin in Hamburg. Wieso sind Sie in der Lage, Rainer Bliesheim fünfundsechzigtausend Euro zu geben, wenn er sie braucht?«

Ihre Stimme gefiel mir nicht. Sie klang so, wie wenn ein Glasschneider arbeitet.

Ohne eine Sekunde Verzögerung antwortete sie wegwerfend: »Ach, das!« Dabei ließ sie ihre rechte Hand aus dem Gelenk heraus wedeln. Es sah allerliebst aus. »Das hat die Kripo mich auch schon gefragt, das kann ich getrost wiederholen.«

»Das freut mich aber«, nickte ich leichthin.

»Ja. Rainer hatte bei mir Geld deponiert. Ich habe nicht gewusst, was das für Geld war, also, wofür er es brauchte.«

»Und wieso deponierte er es bei Ihnen?«

»Das macht er häufiger, das ist praktischer für ihn. Er hat ja drei Baufirmen. Und je nachdem, wo er Geld braucht, zum Beispiel, um die Überstunden auf den Baustellen auszuzahlen, deponiert er es in meinem Haus, weil er da morgens vorbeifährt, wenn er in sein Büro muss. So einfach ist das. Ich bewahre in meinem Haus auch Geld der Caritas auf, wenn Sie das interessiert. Aber das interessiert Sie ja gar nicht. Rainer und ich sind Freunde von klein auf. Meinerseits würde ich ihm meine Rentenbeiträge anvertrauen, wenn's nötig wäre, ohne von ihm einen Beleg darüber zu verlangen. Freundschaft, Herr ... wie war das?«

»Baumeister«, sagte ich.

»Ah ja, Freundschaft, Herr Baumeister, fragt nicht nach Quittungen. Freundschaft fragt eigentlich überhaupt nicht. So sehe ich das.«

»Über welche Summen reden wir denn?«

»Weiß ich nicht. Ich habe das Geld nie gezählt, es war in einem Umschlag.«

Spätestens in zwei Minuten würde sie wahrscheinlich behaupten, dass in dem Umschlag auch Konfetti gewesen sein könnte. Kein Zweifel, sie war ein harter Brocken und sie hatte offenkundig keine Angst. Aber warum redete sie überhaupt mit mir?

»Wenn Sie mit Bliesheim so dicke sind, dann wissen Sie doch bestimmt, was der tote Förster mit Bliesheim zu schaffen hatte – gehörte Mertes auch zu der Clique?«

»Tja, gut, nicht direkt«, antwortete Gernot Meyer schnell. »Einmal war er dabei, als wir gespielt haben, aber sonst gehörte er nicht dazu. Oder, Gundula? Sag du doch was.«

»Er war mal da, aber er war kein Mitglied. Wir kannten den alle kaum«, nickte sie.

Gernot Meyer wollte ablenken: »Das ist übrigens der Herr, der den Mörder von Elvira entdeckt hat.«

Gundula Pechter sah mich das erste Mal interessiert an. »Wer war das Schwein eigentlich?«

»Jemand aus der Gegend«, sagte ich. »Morgen können Sie mehr aus der Zeitung erfahren.«

»Ist er alt? Oder jung?«, fragte sie.

»Es ist nicht der alte Forst. Und der junge Kaplan ist es auch nicht«, antwortete ich. »Ich darf es Ihnen nicht sagen. Apropos Kaplan: Wissen Sie, dass er schwul ist?«

»Man hört so einiges«, sagte sie. »Das geht mich nichts an, das ist seine Privatsache. Aber es schadet der Kirche.«

»Das hätte ich gern erklärt«, forderte ich sanft.

»Die Kirche ist die Sache unseres Herrn«, murmelte sie mit Augen, die weit in die Ferne blickten. »Priester und Sexualität, das ist schon schlimm. Priester und Homosexualität ist die Ausgeburt der Hölle.« Ihre Stimme wurde unvermittelt scharf. »Das ist Unnatur, das ist Perversion! Schwule Priester sind keine Werbung für unsere Sache.« Sie hatte sich wieder gefangen und lächelte nun harmlos.

»Es ist auch keine Werbung für die Sache des Herrn, zweitausend Jahre lang alle Krieger und ihre Waffen zu segnen.« Ich merkte, dass ich wütend wurde.

»Die Kriege, die die Kirche segnete, waren heilige Kriege«, stellte sie leicht aufgeregt fest.

»Haben Sie sich mal gefragt, wie Jesus das kommentieren würde?«

Sie schwieg erst, dann sagte sie mit vielen Falten auf der Stirn: »Es wäre arrogant, sich in Jesu Position versetzen zu wollen. Er ist Gott, er starb für uns.«

»O ja«, sagte ich tief zufrieden, »das Argument kenne ich von den Kreuzzügen, angestachelt von ein paar wirklich perversen Päpsten. Da wurden mal so eben siebzigtausend arme Heiden in ein paar Tagen abgeschlachtet – im Namen Christi natürlich, bloß weil man Jerusalem erobern wollte, weil man dachte: Das ist die Stadt der Catholica. Ist Ihnen bekannt, dass Karl Martell, der Hammer Gottes, wie ihn die Kirche nannte, sich damit brüstete, dass er bei der Schlacht von Tours und Poitiers dreihunderttausend Sarazenenleichen auf dem Schlachtfeld liegen ließ? Das Ganze im Namen Gottes. Und im Namen Mariens, der Gottesmutter, natürlich. Die Ritter des Deutschen Ordens im Osten haben

alle ihre Feinde im Namen der Himmelskönigin abgeschlachtet und die Frauen vorher vergewaltigt. Wissen Sie,
ich habe absolut nichts gegen den lieben Gott, aber eine
ganze Menge gegen die Kirche in Rom. Hören Sie also auf
mit dem Scheiß! Vor dem dritten Jahrhundert hat kein Kir-
chenvater sich getraut, Maria als gebärende Jungfrau zu bezeichnen.«

»Mit diesen widerlichen, gotteslästerlichen Bemerkungen
beleidigen Sie mich und mein Leben und Tun. Und wie der
Böse persönlich verfolgen Sie nur ein Ziel: Ich soll Ihnen
leichtfertige Antworten auf Ihre meiner Ansicht nach dummen Fragen geben. Aber ich widerstehe Ihnen. Maria, meine
Himmelskönigin, zu beleidigen wiegt schwer. Doch das
müssen Sie mit sich selbst ausmachen. Außerdem: Was hat
das alles mit der Clique oder den Todesfällen zu tun?« Ihre
Augen waren vollkommen starr auf einen Punkt auf der
Resopalplatte gerichtet, ihr ganzer Körper wirkte wie im
Krampf.

»Es geht nicht um Todesfälle, Gundula Pechter, es handelt sich um Morde.«

»Na ja, meinetwegen Morde.« Ihr Gesicht war steinern.

»Sie zeigen aber eine erstaunliche Brutalität angesichts der
Tatsache, dass Anna Hennef eine gute Freundin aus der
Clique war und Kinsi ein liebenswerter Tollpatsch, der allen
und jedem half. Frau Pechter, wussten Sie, dass in Bliesheims Jagdhütte Kokain gelagert wurde?«

»Natürlich nicht!«, sagte sie aufbrausend und schlug mit
der flachen Hand klatschend auf die Resopalplatte.

»Haben Sie jemals Bargeld nach Monchique in Portugal
geschafft, wo der ehrenwerte Altunternehmer Andreas Forst
residiert?«

»Nie«, sagte sie fest.

»Es gibt aber Leute, die das Gegenteil behaupten.« Ich
musste einfach beginnen zu bluffen, anders war ihr nicht
beizukommen.

»Es ist mir sogar egal, wer diese Leute sind, die das behaupten. Ich habe nie in meinem Leben Bargeld über irgendeine Grenze geschmuggelt.«

»Wussten Sie denn, dass Anna Hennef das tat?«

Eine Sekunde lang war sie still. »Anna ist tot«, sagte sie mit einem Seufzer. »Von Toten kann man eine Menge behaupten.«

»Die Zeugin heißt Claudia Vaals, die Dame ist Annas Schwester. Sie hat das Geld gesehen, Anna zeigte es ihr. Aber zu einem ganz anderen Punkt: Sie selbst wurden von einigen Leuten als eiskalt beschrieben. Was sagen Sie dazu?«

»Och, nee!«, sagte Gernot Meyer angewidert.

Gundula Pechter lächelte fein. »Eines können Sie mir glauben: Frauen, die hier in der Eifel Erfolg haben, werden immer als eiskalt bezeichnet. Natürlich von Männern.«

»Es war eine Frau, die das sagte. Etwas anderes fällt mir ein. Sie haben eben gesagt, Sie kannten Klaus Mertes, den erschossenen Förster, kaum. Wie kommt es dann, dass Sie an vierter Position der Einladungsliste seiner Hochzeitsgäste stehen?«

»Das ist doch ganz einfach«, erklärte sie. »Mertes war jemand, der alle wichtigen Leute einlud, ob er sie kannte oder nicht. Und ich bin wichtig hier in der Gegend. Schließlich sitze ich im Gemeinderat und im Rat der Verbandsgemeinde. Ich leite Ausschüsse.«

Plötzlich wurde mir klar, weshalb sie so ruhig dort saß. Sie hatte keine Furcht vor meinen Fragen und jeder Bluff war ihr egal. Sie wollte meine Fragen hören, um herauszufinden, wie weit meine Erkenntnisse gediehen waren. Ich brauchte einfach bessere Fragen, um sie aus der Reserve locken zu können.

»Da gibt es noch eine Sache, wahrscheinlich gar nicht wichtig. Anna Hennef hat sich mal von ihrer Schwester Claudia Vaals ein paar tausend Euro geliehen. Telefonisch. Der Kaplan Markus Klinger holte das Geld in Trier ab. Und

Sie, Gundula Pechter, brachten es der Claudia zurück. Ist das nicht komisch?«

Ihre Augen verengten sich zu schmalen Schlitzen. »Auch das ist nicht komisch, sondern ganz normal. Ich erinnere mich an den Vorgang. Ich musste sowieso nach Trier und Anna wusste das. Deshalb bat sie mich, Claudia das Geld vorbeizubringen.«

»Und woher hatte Anna das Geld?«, fragte ich geduldig.

»Ich verstehe die Frage nicht«, sagte sie kühl.

»Anna war verheiratet mit einem Mann, der ihr nicht im Vorbeigehen ein paar tausend Euro geben konnte. Woher hatte Anna also das Geld?«

»Lieber Mann!«, murmelte sie gönnerhaft. »Sie können nicht im Ernst von mir verlangen, darauf eine Antwort zu haben. Ich weiß nicht, woher sie das Geld hatte.«

»Alles in allem ist es schon erstaunlich, wie wenig Sie wissen. Was verbirgt sich hinter der *Bliesheim Group* in St. Vith, im schönen Belgien?«

Endlich war sie getroffen, ihre Gestalt straffte sich kaum merklich. Langsam sagte sie: »Davon habe ich noch nie gehört.«

»Das glaube ich Ihnen nicht. Nach Ihren Worten zu urteilen, ist Bliesheim Ihr Freund seit Kindertagen. Sie bewahren viel Geld für ihn auf. Und Sie wissen nicht, was die *Bliesheim Group* ist. Das ist wirklich erstaunlich.« Während ich sprach, hatte ich das Gehörte noch mal Revue passieren lassen. Nun wusste ich plötzlich, an welcher Ecke ich sie packen konnte. »Noch mal zu Markus Klinger. Er hat ja nun versucht, sich das Leben zu nehmen und ...«

»Das ist schwer sündhaft!«, schmetterte Gernot Meyer und nickte dazu, als müsse er sich von der Richtigkeit seiner eigenen Worte überzeugen.

Ich beachtete ihn nicht, ich sah Gundula Pechter an, die vom Trompetenstoß ihres Kumpans schmerzlich getroffen schien und zusammenzuckte.

»Na gut, der Kaplan hat schwer sündhaft versucht, sich das Leben zu nehmen. Ich möchte wissen …«

»Als Priester ist er ein Versager!«, sagte sie heftig.

»Heißt das, dass Sie sich von ihm distanzieren?«, fragte ich schnell.

»Tja«, murmelte Gernot Meyer, »da bleibt uns ja nix anderes übrig, oder?«

»Die Clique bläst zum Rückzug«, grinste ich. »Wieso ist der Kaplan ein Versager? Etwa weil er schwul ist? Priester, die mit ihrer Haushälterin vögeln oder mit der Mama von einem Ministranten, sind in Ordnung, solange sie das unter der Decke halten, nicht wahr? Nicht in Ordnung ist aber, wenn ein Kaplan homosexuell ist und dann auch noch die Gemeinde darüber redet. Wie, um Gottes willen, vereinbaren Sie diese Bigotterie mit Ihrer Seele? Der Klinger soll ein guter, ein liebevoller Priester sein, hörte ich.«

Die Stimme der Pechter kam abgehackt und atemlos. »Die Leute wissen doch gar nicht, wovon sie reden.«

»Oh, die Leute entscheiden aus dem Bauch, ob ein Priester gut ist oder nicht. Frau Pechter, dieser junge Priester brachte auf mindestens einer Reise hunderfünfzigtausend Euro nach Portugal. Ich frage mich, warum Sie davon nicht die geringste Ahnung haben, und ich frage mich, wer das Geld in die Reisetasche des jungen Priesters packte. Und ich reagiere mit Fassungslosigkeit, dass Sie mit Ihrem gottverdammten verquasten Katholizismus diesen Priester überhaupt in der Clique duldeten. Obwohl – ich glaube, mir wird allmählich klar, warum.«

»Warum denn?«, fragte Gernot Meyer dümmlich.

»Weil Sie ihn brauchten«, sagte ich. »Er war ein idealer Kurier. Genauso wie übrigens Anna.«

Die Hände der Pechter trommelten jetzt auf die Tischplatte, die Augen zeigten keine Regung. »Klinger sollte eine Chance in der Gemeinde bekommen. Doch er hat den Teufel in sich nicht bekämpft, er hat versagt.«

»Wobei hat er versagt?«, insistierte ich noch einmal.

»Bei den Dingen des Glaubens«, antwortete sie pathetisch, mit geschlossenen Augen. »Rainer gibt für die Kirche viel Geld, sehr viel Geld. Vieles von dem, was er verdient, fließt in kirchliche Arbeit. Kindergärten, Kindertagesstätten, die Unterstützung der Partei, der Marianische Gesang, Spenden für die Mission und vieles mehr. Er ist zutiefst katholisch, er liebt seinen Herrgott und er widersteht allen schweren Verblendungen.« Sie öffnete die Augen, lauschte in sich selbst hinein und nickte dann zur Bekräftigung.

»Was, bitte, ist der Marianische Gesang?«, fragte ich verblüfft.

»Eine Gruppe katholischer Frauen. Wir singen für die Gottesmutter Maria, wir sind ein Chor, der Chor der Himmelskönigin. Und Rainer Bliesheim, mein Freund, finanziert uns.«

»Verstehe ich das richtig, dass die Clique Markus Klinger als ihren eigenen katholischen Priester begriffen hat? Ist das so?«

»Er las für uns die Messe, jawoll! Jedes Wochenende.« Gernot Meyer trumpfte auf. »Und als Mann des Glaubens hat er versagt.«

»In welchem Punkt hat er denn versagt? Wollte er kein Kokain transportieren? Kein Geld mehr nach Portugal schaffen?«

»Er war unsittlich!«, trompetete Gernot Meyer.

Eine Weile war es sehr still. Draußen war es längst dunkel geworden, eine Bogenlampe an der Hauswand streute mattgelbes Licht in den Vorgarten. Es wirkte trostlos.

»Können Sie mir das, bitte, erklären?«

»Tja, gut, er näherte sich mir ...«, sagte Gernot Meyer leise.

»Er war der Teufel persönlich«, ergänzte Gundula Pechter.

»Nehmen Sie es mir nicht übel«, sagte ich langsam in die Stille, »aber das klingt alles ziemlich idiotisch. Das ist reiner Kindergarten.«

»O nein!« Pechters Stimme war abwehrend, viel zu hoch. »Er war der Teufel. Zu dieser Aussage stehe ich.«

»Einen Kaplan der katholischen Kirche als den Teufel persönlich zu bezeichnen ist ein dicker Hund«, meinte ich. »Und was auch ein dicker Hund ist, Frau Pechter, dass Sie das Loblied der Himmelskönigin singen. Und betonen, Rainer Bliesheim sei zutiefst katholisch. Auf der anderen Seite ist da Elvira Klein, die mit Bliesheim und vielen anderen ins Bett ging und sich mit Gernot Meyer verlobte, der ihr im Grunde nichts bedeutete. Anna Hennef, die ihre Ehe gebrochen hat, sich zu Bliesheim ins Bett legte und nebenbei auch noch mit dem alten Forst herummachte. Ist so ein Cliquenzustand eigentlich auszuhalten? Ich meine: mit so vielen schweren Sündern?«

»Wir wissen, dass wir von Sündern umgeben sind«, giftete Gundula Pechter. Dann senkte sie den Kopf und nuschelte undeutlich: »Sag's ihm, Gerni, sag's ihm.«

Gernot Meyer nahm Anlauf, er war noch blasser geworden. Kaum hörbar murmelte er: »Ja, wenn du meinst, Gundi. Tja, gut, das war in Portugal. Wir wollten dort ein paar Tage ausspannen. Und eines Nachts, ich schlief schon, stand ... ja, da stand der Kaplan vor meinem Bett. Nackt. Und er sagte, er würde es gern mit mir treiben. Also ... also, es war widerlich.«

»Ich kann das nicht länger ertragen«, bemerkte die Pechter sachlich. Sie stand auf und ging hinaus. Wütend knallte sie die Haustür hinter sich zu.

Für Sekunden war nur das Ticken der blöden Küchenuhr zu hören.

»Tja, gut, so was nimmt sie immer stark mit«, sagte Meyer. »Sie kann nicht ... also, sie sagt immer, ein sittliches katholisches Leben sei ihr das Wichtigste auf der Welt.«

»Dann wird sie wohl im Knast weiterbeten müssen«, nickte ich.

ACHTES KAPITEL

Neubaugebiete in der Eifel haben zuweilen etwas Trostloses. Da jedermann bemüht ist, spätestens bei Einbruch der Dunkelheit die Rollläden herunterzulassen, steht man gewöhnlich im Stockfinstern, hält ein wenig verzweifelt nach Licht Ausschau und entdeckt fast erleichtert die leicht flackernden Blitze eines Fernsehers hinter nicht vollständig geschlossenen Jalousien. Das ganze Land wirkt verrammelt. Es regnete, der Himmel war dicht und schwarz.

Ich fuhr gemächlich aus Bettenfeld hinaus und fragte mich, was ich eigentlich Neues von Gundula Pechter und Gernot Meyer erfahren hatte. Beide hatten auf mich den Eindruck gestörter Menschen gemacht, Meyer schien ohne die Gruppe vollkommen hilflos, die Pechter wirkte fanatisch. Meyer war kein Gegner, die Pechter dagegen hatte beachtliches Format. Aber was Hinweise und Fakten anlangte, war ich nicht sonderlich vorangekommen.

Da hockte ich mitten in der Nacht in einem Auto, das nicht einmal meines war, am Rande von Deudesfeld und es regnete Bindfäden. Ich wollte alles Mögliche, nur nicht heimfahren. Ich wusste genau, dass ich nicht schlafen konnte und stattdessen Billardkugeln über das grüne Tuch dreschen würde. Und auch das konnte ich nicht tun, weil Tante Anni dann aufgescheucht werden würde.

Also, was?

Ich rief die Auskunft an und verlangte die Telefonnummer von Markus Klinger. Dann rief ich dort an und musste nicht einmal zwei Sekunden warten, bis der Hörer abgenommen wurde.

»Ja, Klinger. Was kann ich für Sie tun?« Er klang erstaunlich wach.

»Siggi Baumeister hier. Ich möchte mit Ihnen sprechen.«

Eine Weile schwieg er. Dann hörte er sich so an, als würde er lächeln. »Ich vermute, wenn ich frage, wann, antworten Sie: Jetzt. Wahrscheinlich stehen Sie schon vor meinem Haus.«

»So ungefähr. Wo wohnen Sie genau?«

»Lassen Sie die Kirche linker Hand liegen, folgen Sie der Gasse nach rechts, dann nach links. Das dritte Haus auf der rechten Seite. Mein Eingang ist an der linken Hausseite. Was trinken Sie?«

»Kaffee, wenn es geht. Und vielen Dank.«

Ich fand es auf Anhieb, weil er das Licht über der Tür angeknipst hatte. Er trug einen einfachen Trainingsanzug, reichte mir die Hand und murmelte: »Ich konnte mich leider nicht mehr rasieren.«

»Das ist schon gut so«, sagte ich. »Ich gehe Ihnen auf die Nerven, nicht ans Gesicht.«

Er grinste und drehte sich herum. Seine Behausung war eine Souterrainwohnung mit großen Fenstern hintenraus, zum Garten und zum Maar hin. Klinger hatte seine Räume sparsam und sehr liebevoll eingerichtet; das Erste, was mir auffiel, waren die frischen Wiesenblumen, die er in drei Sträußen auf den Esstisch, den Couchtisch und auf eine kleine Anrichte gestellt hatte.

»Die violette Teufelskralle dürfen Sie nicht pflücken«, sagte ich. »Strengster Naturschutz.«

»Oh, das wusste ich nicht. Setzen wir uns auf die Sessel? Das ist bequemer.«

Er ging in einen Nebenraum und kehrte mit einer Thermoskanne und zwei Bechern zurück. »Ich habe den Kaffee etwas stärker gemacht, das werden wir brauchen. Leider habe ich keine Zigaretten da, obwohl ich jetzt gerne eine rauchen würde.«

»Wo ist denn der nächste Automat?«

»Gleich nebenan«, sagte er. »Das mache ich auch eben. Entschuldigen Sie bitte, ich geh schnell welche ziehen.«

Es dauerte nicht einmal eine Minute, bis er wieder im Raum stand. Er riss die Packung auf und fragte: »Wie steht es?«

»Nicht gut für alle Beteiligten«, sagte ich. »Ich war bei Gernot Meyer und habe dann Gundula Pechter hinzugebeten. Alles in allem war das ein sehr unerfreuliches und gleichzeitig unergiebiges Gespräch. Sie haben von nichts gewusst, ziehen sich zurück auf ein christliches Leben, fromm und unerbittlich, aber für mich nahezu krank.«

Er nickte nachdenklich. »Ja, so sind sie. Ist auch über mich gesprochen worden?«

»O ja, und deswegen bin ich hier. Die beiden behaupten, Sie hätten als Priester versagt, seien im Grunde der Teufel selbst und hätten versucht, Gernot Meyer zu sexuellen Spielchen zu überreden. Die Clique habe Ihnen eine Chance gegeben, aber Sie hätten sie versaut.«

Er versuchte, sich eine Zigarette anzuzünden. Seine Hände zitterten so sehr, dass es nicht gelang. Ich nahm eine Zigarette aus der Schachtel, zündete sie an und reichte sie ihm.

»Warum haben Sie versucht, sich umzubringen? Ja, ich weiß, das ist eine dämliche Frage, aber ich stelle sie trotzdem.«

Er nickte zweimal. »Ich war am Ende, hatte Angst. Die Beamten der Kripo haben mir klar gemacht, dass ich kaum eine Chance habe, die Wahrheit zu verschweigen. Hinzu kam, dass ein aufmerksamer Vorgesetzter von mir mich aufgefordert hat, mein Amt ab sofort ruhen zu lassen, mich auf das Beichtgeheimnis zu berufen und selbst den Beamten der Mordkommission auf keine Frage eine Antwort zu geben. Er sagte ferner, dass mir die Kirche einen Rechtsanwalt zur Seite stellen würde, der alles im Sinne meines Bischofs regeln würde.« Er malträtierte die Zigarette in seiner rechten Hand, bis sie zerbrach. Er drückte sie im Aschenbecher aus.

»Und Sie haben versprochen, sich nach den Anweisungen der Kirche zu richten, nehme ich an.«

»Nein, genau das habe ich nicht getan. Ich war sehr wütend. Ich habe meinem Vorgesetzten erklärt, ich könne ganz gut ohne Kindermädchen leben und meine Entscheidungen alleine treffen. Er begann zu toben. Da wusste ich, dass ich über kurz oder lang keinen Schutz mehr bei Mutter Kirche haben würde. Der Gedanke ist nur schwer auszuhalten, das war zuerst überhaupt nicht auszuhalten. Deshalb nahm ich die Tabletten.« Er lächelte sanft. »Sehen Sie, ich glaube gar nicht, dass ich mich umbringen wollte, ich wollte nur … wegtauchen und auf einer anderen Ebene wieder erwachen. Ich habe sicherlich alles in allem hundert Tabletten geschluckt, durcheinander und überhaupt nicht überlegt. Aber ich habe eine gute Konstitution.«

»Und was werden Sie in Zukunft tun?«

»Das weiß ich noch nicht, vielleicht mache ich eine groovie Kneipe auf«, antwortete dieser erstaunliche Mensch. Er versuchte es mit einer zweiten Zigarette und es gelang.

Ich nahm eine Winslow aus der Tasche und stopfte sie bedächtig. »Können wir offen darüber reden, dass Sie schwul sind? Dann muss ich nicht so rumeiern. Im Übrigen ist mir Ihr Schwulsein herzlich egal und ich würde mich freuen, wenn Sie damit zurechtkommen und glücklich werden.«

Markus Klinger nickte zustimmend.

»Stimmt es, was Gernot Meyer Ihnen vorwirft, dass Sie ihn zum Beischlaf aufforderten?«

»Ja, aber der Vorgang ist Ihnen vermutlich vollkommen anders dargestellt worden, als er tatsächlich ablief. Ich nehme an, Meyer hat voller Ekel erzählt, ich hätte ihn verführen wollen.«

»Das ist richtig.«

»Nun ja, so war das natürlich nicht, es gab auch nicht nur einen Vorgang, sondern acht.« Er lächelte traurig. »Als wir uns zum ersten Mal auf der Auwiese an der Kleinen Kyll trafen, sagte ich, dass Gernot Meyer ein seltsam asexuelles Wesen sei. Sie erinnern sich? Natürlich war das nur ein

Bruchteil der großen Wahrheit. Tatsächlich habe ich siebenmal mit ihm geschlafen, ehe das achte Mal beobachtet wurde und er behauptete, ich hätte mich ihm unsittlich genähert. Das alles passierte immer in Portugal. Ich habe kürzlich in meinem Tagebuch nachgesehen, wie oft ich eigentlich mit Cliquenmitgliedern beim alten Forst in Monchique war. Ich bin selbst erstaunt über die Zahl: Vierzehn. Ich war vierzehn Mal mit der Clique dort.«

»Kurz was anderes, bitte. Dass Sie einmal hundertfünfzigtausend Euro mitnahmen, weiß ich von einer Zeugin. Wie oft haben Sie tatsächlich Geld mitgenommen?«

Er seufzte tief. »Jedes Mal.«

»Wie kamen Sie an das Geld, wer gab es Ihnen?«

»Immer Gundula Pechter. Nach meinen Eintragungen waren es in Summe eins Komma sechs Millionen Euro. Die Scheine waren in Packpapier eingewickelt und wurden mit Büchern gemischt.«

»Führten alle Gruppenmitglieder Geld mit sich?«

»Ich weiß es mit Sicherheit von der Pechter, von Anna und Elvira und von Gernot Meyer.«

»Was sollten Sie sagen, wenn der Zoll Sie geprüft hätte?«

»Wir sollten die Wahrheit sagen und unschuldig tun. Das Geld sei für Andreas Forst, dem gehöre es. Aber das passierte ja nie. Wir schwammen immer im Strom der Touristen mit.«

»Sind Sie eigentlich für diese Kurierdienste bezahlt worden?«

»Ja, aber nicht direkt. Das machte die Pechter ganz raffiniert. Sie kam in mein Zimmer, ich packte ihr das Geld auf den Tisch, sie zählte nach und plauderte fröhlich mit mir. Sie wusste immer, was gerade in meinem Leben finanziell los war. Kaufte ich ein Auto, wusste sie davon und bezahlte die nächsten fünf Raten. Manchmal hat sie auch einfach ein paar Fünfhunderter in der Tasche gelassen.«

»Und die Flüge, wer bezahlte die?«

»Das weiß ich nicht. Wir bekamen die Tickets zusammen mit dem Geld, also von Gundula Pechter.«

»Gruppengeld, Gruppenticket, Gruppengefühl, Gruppen-kriminalität. Entschuldigung. Jetzt bitte zurück zu der Geschichte zwischen Ihnen und Gernot Meyer. Erzählen Sie getrost in aller Ausführlichkeit. Ich will begreifen, was da ablief.«

»Dass ich schwul bin, habe ich nie herausgekehrt, aber auch keinen Hehl daraus gemacht.« Er lächelte und breitete die Arme leicht aus. »Man könnte jetzt sagen: Dann hätten Sie aber nie die Priesterweihe empfangen dürfen! Ich möchte antworten: Das ist nicht richtig. Denn ich bin Priester geworden, weil ich Gott und die Menschen liebe, und selbstverständlich auch die katholische Kirche. Sie ist unverrückbar mein Zuhause. Natürlich habe ich in den Anfangsjahren sogar gedacht, dass die Kirche bei dieser meiner Veranlagung ja ein besonders gutes Zuhause ist. Sie beschützt mich und sie sagt: Was immer du bist, was immer du tust: Jesus akzeptiert dich, wie du bist! Das sagt sie, oder?« Er blickte an die weiße Decke. »Außerdem verfügte ich über einige Erfahrungen mit jungen Priestern. Von dem einen oder anderen wusste ich definitiv: Er ist schwul. Und er ist ein guter Priester. Warum konnte das nicht auch mein Weg sein? Wir sollen zölibatär leben und ich wollte dieser Regel folgen. Doch wenn man genau hinguckt, funktioniert das nicht – wie viele Priester leben allein in eheähnlicher Gemeinschaft mit Frauen? Das wird sogar akzeptiert, solange es im Verborgenen geschieht. Totale sexuelle Enthaltsamkeit kann nicht funktionieren! Es ist das, was ich die große Lüge meiner Kirche nenne. Der Zölibat ist eine Sträflingskette, die Jesus niemals gemeint haben kann. Ist das zu abgehoben, oder …«

»Nein, nein, ich verstehe, was Sie meinen«, nickte ich.

»Gut. Was ich damit sagen will: Die Clique wusste, dass ich schwul bin. Jeder. Und sie alle starrten mich an, als sei ich so etwas wie ein ganz erstaunliches, aber natürlich auch abstoßendes Produkt von Mama Natur. Es war belustigend, in ihren Augen nie ausgesprochene Fragen zu sehen. Zum Beispiel die, ob bei uns jemand immer der Mann ist und jemand anderes immer die Frau. Oder ob man die Rolle auch gelegentlich wechseln kann, weil einem so danach ist. ›Mir ist heut so nach Tamerlan …‹ Sie kennen das sicher. Tatsächlich, es war köstlich.« Er paffte fröhlich vor sich hin und musste zuweilen husten, weil Rauchen offensichtlich eine Seltenheit in seinem sündigen Leben war. »Es gab nur eine in der Clique, mit der ich fantastisch konnte: Elvira Klein. Sie war so frei, sich ein eigenes Bild dieser Welt zu machen. Es störte sie nicht, dass ich schwul war. Manchmal sagte sie: Bei dir brauche ich wenigstens die Beine nicht zusammenzukneifen. Wir waren richtig gute Freunde, wir haben auch ein paarmal an der Stelle in der Kleinen Kyll gebadet, wo später ihre Leiche gefunden wurde. Deshalb übrigens konnten Sie mich dort treffen. Sie war irgendwie wunderbar. Von ihr weiß ich auch, dass Elvira und Meyer nie miteinander geschlafen haben. Jedenfalls wurde in Portugal traditionsgemäß viel getrunken. Wir hockten auf der Terrasse zusammen und alberten herum. Und da merkte ich, dass Gernot Meyer mich immer so seltsam anstarrte. Und was passierte? Er tauchte nachts in meinem Zimmer auf. Und was passierte weiter? Er hatte Spaß an dieser Form der Liebe. Er lachte und sagte: Jetzt weiß ich, was mir hilft.«

»Haben Sie begonnen, ihn zu lieben?«

»Er ist nun wahrhaftig kein Typ, in den man sich verliebt. Aber ich mochte ihn, weil er plötzlich so menschlich war. Alles in allem haben wir sieben Nächte zusammen verbracht. Beim achten Mal traf uns der Zufall in Form von Gundula Pechter. Sie kam plötzlich in Gernots Zimmer, wollte irgendetwas Belangloses fragen. Gernot sah sie, starrte mich an und schrie: Du mieses Schwein! Und die Pechter klirrte wie eine eingeschlagene Glasscheibe: Jetzt reicht es mir, du perverse Sau! Sie rief mitten in der Nacht die Clique auf der Terrasse zusammen. Alle waren da: Forst, Bliesheim, Meyer, Pechter, Elvira und Anna. Die Pechter stellte feierlich den Antrag, mich am nächsten Tag nach Deutschland zurückzuschicken und die Verbindung zu mir grundsätzlich und für alle Zeit abzubrechen. Doch Andreas Forst sagte: Kinder, macht keinen Scheiß, was soll die Kleinkrämerei? Bliesheim stieß ins selbe Horn, sagte: Seid ihr verrückt geworden? Es gibt schwule Priester wie Sand am Meer, hättet ihr lieber einen Pädophilen? Der Antrag wurde abgeschmettert. Mir war aber klar, dass meine Tage in der Clique gezählt waren, denn gegen die Pechter kann letztlich keiner an, nicht mal Bliesheim, den sie vergöttert und der gleich nach dem heiligen Bernard von Clairvaux kommt.«

»Haben Sie denn die Sache nicht aufgeklärt? Ich meine, Meyer hatte immerhin schon siebenmal mit Ihnen geschlafen.«

»Ich habe nichts gesagt, kein Wort. Ich gebe zu, ich betrachtete fasziniert diese Leute, wie sie sich da bloßstellten. Außerdem brauchten mich Forst und Bliesheim ja.«

»Wie bitte?«, fragte ich.

»Na ja, ich hab noch extra Montagsreisen unternommen, von denen niemand wusste, nicht einmal die gute Gundula. Bliesheim stattete mich jedes Mal mit einem kleinen Leinensäckchen aus, nicht größer als ein Tempotaschentuch. In Monchique gab ich das Säckchen Forst, schwang mich in ein Taxi zum Flughafen und flog wieder zurück.«

»Was waren das für Säcke?«

»Da waren Diamanten drin, Sir, richtig schöne Klunker.« Fast wirkte er wehmütig.

»Wie oft?«

»Sechsmal.«

»Haben Sie eine Ahnung, woher die Steine stammten?«

»Vermutlich war es die Bezahlung für irgendwelche Drogen. Auf diesen Montagsreisen bin ich immer in Soutane gereist, mit dem allerliebsten Stehkrägelchen. Ich hasse diese Kleidung.« Er feixte.

»Was waren denn diese Steine wohl wert?«

»Tja, der alte Forst sagte mal anerkennend: Du Diener des Herrn bringst mir jedes Mal eine Million Dollar. Und dann sagte er noch grinsend: Du bist wohl geraten.«

»Und von all dem, was Sie mir hier erzählen, weiß die Kripo noch nichts?«

»So ist es«, nickte er.

»Wie kommen Sie eigentlich selbst damit klar?«, fragte ich etwas verwundert. »Ich danke Ihnen für Ihre Offenheit, aber letztlich ist das alles schwer kriminell.«

»Da haben Sie Recht.« Er gestikulierte verzweifelt mit den Händen. »Ich habe eben mit dem Teufel zu tanzen versucht, ich habe dabei meinen priesterlichen Ruf nicht mehr gehört. Schon vor mindestens zwei Jahren habe ich zu ahnen begonnen, dass ich im Sinne der Kirche längst kein Priester mehr bin. Ich weiß, dass Leute aus der Gemeinde an das bischöfliche Sekretariat geschrieben haben, dass mein Lebenswandel sich nicht für einen Priester geziemt, dass ich dringend abgelöst werden sollte. Einer dieser Briefe, auch das weiß ich definitiv, wurde von Gundula Pechter geschrieben – es ist der hässlichste Brief. Das ist alles so verlogen, wissen Sie.« Er wischte sich mit einem Papiertaschentuch über die Augen, wiegte vor und zurück. »Es gab eine Zeit, da bat mich ein bestimmter Vorgesetzter, mich eng an Bliesheim anzulehnen. Bliesheim spendete seit Jahren unglaublich viel Geld für alle möglichen kirchlichen Zwecke. Natürlich bin ich für vier Gemeinden hier der Springer, der Helfer in personalen Klemmen. Aber eigentlich war ich in erster Linie Bliesheims Hauskaplan. Beinahe wie im Mittelalter. Diesem Vorgesetzten ist es garantiert wurscht, ob ich mit Gernot Meyer oder einem anderen Mann geschlafen habe oder nicht. Aber der Gegenwind wurde schärfer. Der Bischof plante meine Versetzung, ich wurde zu einem Vorgesetzten zitiert, der mich fragte, ob ich mich noch als Priester der römisch-katholischen Kirche fühlte. Ich habe gefehlt, außer Zweifel, ich bin abgerutscht, ich muss wieder zu mir selbst finden. Doch das kann ich unmöglich in der Kirche, unmöglich. Und ich werde es akzeptieren, wenn mich der weltliche Arm bestraft. Ich werde ins Gefängnis gehen. Es mag ja komisch klingen, aber ich gehe gern, damit ich das alles hier hinter mir lassen kann.« Er weinte und stützte den Kopf in beide Hände.

»Werden Sie um Dispensierung von Ihrem Amt bitten?«

Er lächelte unter Tränen. »O nein. Auf das kirchliche Gegurke lasse ich mich nicht ein. Dann habe ich vor Kommissionen zu erscheinen, Rede und Antwort zu stehen, meine Sünden zu bekennen, ich werde in meinem Glauben geprüft und sie werden mir Steine in den Weg legen, ich werde in irgendeinem vollkommen unbedeutenden bischöflichen Archiv stranden. O nein! Ich werde meinen Vorgesetzten mitteilen, dass ich von meinem Amt zurücktrete, weil ich mit einem gewissen Christian Sowieso zusammenleben will. Den gibt es zwar nicht, aber sie werden sich nicht rühren, die Augen zumachen und beten, dass ich nie wieder in diese Gegend zurückkehre. Ich kenne einen ehemaligen Dominikanerpater, der heute ein glücklich verheirateter Mensch ist. Der hat einfach verkündet, dass er seine Susanne liebt und heiraten wird. Und siehe da, die Kirche hat ihn in Ruhe gelassen, das Gehalt nicht mehr gezahlt und das war es dann.«

»Wo kommen Sie eigentlich her?«

»Aus dem schönen Saarland. Dort leben immer noch meine Eltern, die mich lieben. Als ich meinem Vater sagte, ich sei schwul, brach er erst schier zusammen. Damals wohnte ich noch in Mainz. Eines Tages stand dann mein Papa vor meiner Tür und sagte: Scheißegal, du bist mein Sohn.«

»Was hat Bliesheim eigentlich für eine Geschichte? Über den weiß ich bis jetzt herzlich wenig.«

Klinger versuchte es erneut mit einer Zigarette, scheiterte

und musste grinsen. »Ich lutsche die Dinger immer. Also, Bliesheim ist so ein ›Nie-wieder-arm-Typ‹. Er stammt aus kleinsten Verhältnissen, sein Vater war Alkoholiker, die Familie lebte in einem kleinen Dorf, in dem die Armut und soziale Not der Familie wie auf dem Präsentierteller zur Schau standen. Mit sechzehn Jahren ist er wohl von zu Hause abgehauen. Er gibt über die Zeit nicht gern Auskunft, aber manchmal lässt er eine Bemerkung fallen, die darauf schließen lässt, dass er in eine sehr harte Lehre ging. Er lebte wohl erst im Zentrum Frankfurts, später im Hauptbahnhofsbereich und am Eigelstein in Köln. Wenn ich genau zugehört habe, und das habe ich gelernt, lebte er unter Nutten und Zuhältern. Er war alles Mögliche: Zuträger, Bote, Hilfskellner, bis er sich schließlich auf Pfandhäuser spezialisierte. Das scheint zu ihm gepasst zu haben. Er meinte mal: Es ist unfassbar, wie manche scheinbar reichen Leute leben. Sie versetzen alles, was sie haben, und sie sind erpressbar, weil sie für Geld alles tun. Irgendwann geriet er an Andreas Forst. Der kapierte sofort, was er da Kostbares im Netz hatte, und kümmerte sich rührend um den Jungen. Bliesheim war ungefähr fünfundzwanzig Jahre alt, als er bei Forst zuerst Vorarbeiter wurde, dann seine rechte Hand. Als ich vor vier Jahren in die Eifel kam, hatte Bliesheim sich bereits von Andreas Forst abgenabelt und schmiss den Laden allein. Wahrscheinlich war das der Zeitpunkt, zu dem er mit dem Kokainhandel anfing. Von Beginn an hatte ich den Eindruck, dass er irgendwie abgehoben lebte. Gesetze und Verordnungen schienen für ihn nicht zu existieren. Bei der Bauaufsicht gibt es einen Mann, jedenfalls geht das Gerücht, der durch Bliesheim sein Beamtengehalt verdoppelt. So lebt Bliesheim mit dem Bewusstsein: Ich kann alles kaufen! Es heißt, er habe sein Geld gut angelegt, er soll zahlreiche Immobilien besitzen. Und Bliesheim geht es inzwischen nicht mehr um Geld, sondern allein um Macht und Machtausübung. Deshalb auch der Trupp der brutalen Männer aus

Aachen, das ist irgendwie typisch. Bliesheim muss aus den Erfahrungen mit der Unterwelt gelernt haben, dass sehr viele Leute Schwierigkeiten damit haben, ihre ausstehenden Gelder einzutreiben. Sie sind sich oft zu vornehm dazu. Bliesheim spezialisierte sich also darauf, mithilfe seiner Truppe Forderungen im Auftrag Dritter einzutreiben. Es geht da um Autohändler, um Antiquitätenhändler, um Bauunternehmer und was weiß ich noch alles, überall in Deutschland, in Rostock wie in München, in Hamburg wie in Düsseldorf. Bliesheim behält fünfzig Prozent der ausstehenden Summe, das wird sogar vertraglich fixiert. Die Auftraggeber sind froh, dass sie überhaupt noch Geld erwarten können, und in der Regel fragen sie nicht, wie Bliesheim an das Geld kommt. Und Bliesheim ... na ja, seine Hauptleistung besteht eigentlich darin, dass er ausschließlich den Bauunternehmer gibt, der sehr hart arbeitet. Seine Verbindung zu den Geldeintreibern und den Kokainleuten beschränkt er auf ein Minimum.« Klinger wollte von seinem Kaffee trinken, musste aber den Becher wieder absetzen. Er bekam seine Hände nicht unter Kontrolle.

»Hat er eigentlich irgendwo noch eine Wohnung oder ein Haus, dass er selbst nutzt? Gemeldet ist er ja bei Anna Hennef.«

»Ich vermute, aber ich weiß es nicht. Er hat seiner alten Mutter ein Edelhaus an den Rand von Manderscheid gebaut und ihr eine Haushälterin und einen Gärtner organisiert. Nun ist die Mutter todunglücklich, sie war und ist eine Kleinbäuerin. Dort lässt er sich allerdings selten sehen, da ist er kaum.«

»Wie erfolgreich sind denn die legalen Firmen des Bliesheim?«

»Sehr, ist mein Eindruck«, der Blick des Kaplans glitt durch mich durch. »Allerdings verfügt er ja auch über phänomenale Verbindungen. Kein Zweifel, dass da Bestechungen eine Rolle spielen.«

»Jetzt packen Sie ein paar Sachen zusammen. Sie fahren mit mir. Zur Mordkommission.«

»Aber warum denn jetzt?« Nun sah er mich an, er wirkte sehr verblüfft.

»Weil ich den Eindruck habe, dass Sie schwer angeschlagen sind, und ich Angst habe, dass Sie erneut versuchen könnten, pfundweise irgendwelche Pillen einzuwerfen. Ich will kein Risiko eingehen und zur Mordkommission müssen Sie sowieso.«

»Wirke ich wirklich so gefährdet?«, fragte er mit einer beinahe penetranten Naivität.

»Noch viel schlimmer«, nickte ich und kratzte meine Pfeife aus. »Packen Sie ein paar Sachen für die nächsten Tage, dann fahren wir los.«

Drei Minuten später starteten wir. Der Kaplan hockte neben mir wie eine kleine erschöpfte Krähe. Er murmelte: »Trotz aller dieser kriminellen Handlungen geht es auch immer um Liebe. Meistens um die Liebe, die nicht gelebt wird, nicht gelebt werden kann. Gott im Himmel, die kleine Anna, die als Kind schon Kinder kriegt und auf sämtliche Blendwerke hereinfällt, die das Leben um sie herum aufbaut. Haben Sie sie gesehen? Ich meine, haben Sie sie tot gesehen?«

»Ja, habe ich. Ihr Gesicht war zerstört. Und in der Tasche eines winzigen Jeansrocks, der nicht einmal ausreichte, ihren Arsch zu bedecken, steckten zehntausend Euro. Das hat irgendwie Symbolcharakter, das ist unglaublich dick aufgetragen. Wissen Sie eigentlich von Liebhabern neben Bliesheim?«

»Na ja, die Beziehung zwischen Bliesheim und Anna kann man durchaus als offene Beziehung bezeichnen. Anna hat auf jeden Fall mit Forst geschlafen, und auch mit dem Förster Klaus Mertes. Das weiß ich, weil sie es mir selbst erzählt hat. Sie sagte, dass sie Mertes bewundere, weil er so mutig sei, nach Neuseeland auszuwandern, die kleinen Verhältnisse der Eifel hinter sich zu lassen. Sie war sogar ein wenig neidisch auf Mertes Verlobte. Wahrscheinlich hat sie deshalb mit ihm geschlafen. Sie kannte nur eine Währung, wenn es darum ging, Menschen zu sagen, dass sie sie mochte.«

»Wo haben sich die beiden denn getroffen?«

»In der Jagdhütte von Bliesheim auf dem Daxelberg. Mertes hatte Bliesheim versprochen, Anna nach Hause zu bringen. Aber zuerst gingen sie ins Bett. Anna berichtete davon, als handele es sich um eine Selbstverständlichkeit.«

»Das ist aber merkwürdig, dass sie so offen davon erzählte.«

»Nein, im Grunde nicht. Anna war so, sie war irgendwie schrecklich unschuldig. Das war so eine Art Highlight in diesem Spiel, wenn sie Sex wollte, nahm sie sich Sex. Ich weiß nicht, ob das krankhaft war, ich weiß nur, dass Bliesheim das wusste.« Er räusperte sich und versuchte erneut eine Zigarette. »Im Grunde war diese Clique eine Versammlung von Egomanen. Arme Menschenkinder, die Geld zu ihrem Gott gemacht hatten.«

Ich dachte darüber nach. »Ja, wahrscheinlich haben Sie Recht. Und eines dieser Menschenkinder waren Sie.«

»Das ist wohl wahr. Damit werde ich leben müssen. Für mich war es erst wie ein Abenteuer, das ich immer gesucht hatte.«

»Schade, dass Sie nicht weiter Priester sein können«, sagte ich und nahm die Buckelpiste nach Manderscheid hinein.

»Meinen Sie das ernsthaft?«

»O ja, mein Lieber. Ich mag Menschen mit Brüchen, mit Verfehlungen und miesen Erfahrungen. Ich mag die, die dann wieder ans Licht kriechen und sich neu installieren, um die alten Fehler nie wieder zu begehen.«

Ich weiß bis heute nicht, wie sie uns gefunden hatten, wie sie wissen konnten, dass wir um diese Uhrzeit diesen Weg nehmen würden. Sie standen mit zwei Offroadern, einem schweren Nissan und einem Mercedes, an dem kleinen Verteilerkreis in Manderscheid. Sie warteten abseits in der zweiten Reihe, die Schnauzen in Richtung Autobahn.

»Die wirken aber komisch«, stellte Markus Klinger fest. »Oh, oh!«

»Da rechts in der Ablage liegt ein Handy. Rufen Sie die Kripo in Wittlich an, los, machen Sie schon.« Ich diktierte ihm die Nummer. »Verlangen Sie Kischkewitz oder Özcan, machen Sie Dampf.«

Ich raste die Straße hinunter, so schnell es ging, nahm die scharfe Kurve nach rechts mit quietschenden Reifen und kam mir lächerlich vor, weil man mit einem Sechshunderter keinem Drei-Liter-Motor wegfahren kann.

Markus Klinger neben mir haspelte am Handy herum und sagte gepresst: »Verdammter Mist, ich treff kaum die Tasten, es holpert so.«

»Wir sitzen in einem Auto«, sagte ich möglichst ruhig. »Sie werden nicht versuchen, uns zu erschießen, sie werden versuchen, uns in voller Fahrt in die Leitplanken zu drängen.« Die Rechtskurve in der Niederfahrt zu den Burgen machte mir zu schaffen, beinahe wären wir durch das Geländer an der linken Seite gebrochen.

»Ja, ja, ja!«, rief der Kaplan neben mir. »Hallo? Ist da jemand? Ist da ... – Gott sei Dank. Hören Sie, ich muss Kischkewitz sprechen, dringend. – Jetzt, nicht irgendwann. Wir werden verfolgt. – Sie sind ... Sie sind Kischkewitz? – Ich sitze hier mit Siggi Baumeister in einem Auto, wir rasen auf die Autobahn in Manderscheid zu. Hinter uns sind zwei schwere Wagen. – Wer ich bin? Ach so. Markus Klinger, der Kaplan. Die Bliesheimleute aus Aachen sind hinter uns her.«

»Gib mir das Ding!«, sagte ich. »Los, mach schon.«

Er gab es mir, ich sagte: »Lange geht das nicht mehr gut, diese Nuckelpinne ist zu schwach.«

»Geh nicht auf die Autobahn«, riet Kischkewitz hastig. »Auf keinen Fall. Da spielen sie Panzer mit euch. Fahr nach Strohn und hinter der Kneipe scharf links rein in den Bergweg. Achte auf das erste Haus rechts. Und halte dich immer auf der Straßenmitte.«

»Was soll das denn?«

»Das wirst du schon sehen«, sagte er. »Wir kommen.«

Es war eine Albtraumfahrt. Am Bahnhof in Pantenburg konnte ich den Wagen hinter uns in der Linkskurve ausbremsen, aber die Herrlichkeit dauerte schäbige einhundert Meter, dann waren sie wieder da. Bevor wir die Autobahnauffahrt Richtung Trier passierten, bremste ich scharf, die Verfolger bremsten synchron. Sofort gab ich wieder Gas und schoss an der Auffahrt vorbei. Diesmal half es vielleicht zweihundert Meter. Lieber Himmel, warum kam kein Milchtransporter mit vierzig Tonnen am Arsch und gab uns ein wenig Deckung? Nichts, die Straße lag blank wie ein leer gegessener Teller vor uns, die Nacht war hoffnungslos dunkel, die Scheinwerfer erschienen mir wie matt gelbe, nichts taugende Funzeln.

Markus Klinger hatte die Hände vor das Gesicht geschlagen und murmelte etwas.

»Was sagen Sie?«

»Nichts, nichts, ich bete nur.«

»Ein paar Nägel auf der Fahrbahn wären besser«, sagte ich bitter.

»Ich habe keine Nägel!«, stellte er trocken fest. »Der eine, der Rechte, ist gleich neben uns«, sagte er dann. Es klang so wie: »Gleich ist es aus.«

Ich zog leicht rechts rüber, der Verfolger bremste ab. Dann war der Linke fast auf gleicher Höhe und ich zog nach links. Auch er bremste ab und ließ mir den Vortritt.

»Heilige Maria Muttergottes«, stöhnte Markus Klinger.

»Da liegt eine Decke auf dem Rücksitz«, schrie ich. »Kurbeln Sie das Fenster runter. Und wenn er neben Ihnen ist, schmeißen Sie die Decke vor seine Windschutzscheibe.«

»Das soll helfen?«

»Einen Versuch ist es wert«, brüllte ich. Ich fuhr in der Mitte der Fahrbahn. Gleich würde die Abzweigung nach Udler kommen, dann eine Rechtskurve.

»Da vorne!«, sagte ich. »Da geht es rechts in die Kurve. Ich bleibe links, Sie schmeißen.«

»Okay!«, schrie er zurück. Das offene Fenster heulte, der Krach war ohrenbetäubend. Klinger zupfte an der Decke herum.

Groteskerweise fiel mir ein: Hoffentlich ist sie nicht aus Merinowolle und ich muss dem Roland Crump das Scheißding ersetzen.

Dann kam die Kurve. Der schwere Nissan verhielt sich so, wie ich es mir gewünscht hatte. Ich hielt den Wagen starr auf der Mittellinie, er schob sich neben uns.

»Schmeißen!«, befahl ich schrill.

Der Kaplan ließ die Decke fliegen und brüllte dabei laut: »Jesus!« Es hatte nichts von Kampfgeschrei, es war nur tiefe Melancholie und blankes Entsetzen herauszuhören.

Der Wagen rechts entschwand aus meinem Gesichtsfeld, wurde kreischend langsamer, brach erst nach rechts aus, dann nach links. Schon verdeckte ihn der Mercedes, mein Außenspiegel war viel zu klein. Dann tauchte der Nissan erneut im rechten Außenspiegel auf, der Wagen neigte sich in die Knie, bevor er hochschoss, als habe er eine Rakete im Auspuff, und sich dann mehrmals überschlug. Es kreischte, Funken stoben durch die Dunkelheit, dann war der Wagen verschwunden.

»Das ist gut so!«, stöhnte ich.

»Die armen Seelen!« Das Gesicht von Markus Klinger war schlohweiß.

Der Mercedes blieb hinter uns, veränderte den Abstand nicht, war ein sehr beständiger Begleiter, bestenfalls fünf bis sechs Meter entfernt.

Wir rasten nach Gillenfeld hinein. Die weit geschwungene Rechtskurve kam, dann wurde es eng, weil links und rechts Fahrzeuge parkten. Aber es half, den Mercedes hinter uns auf Distanz zu halten. Dann die Neunzig-Grad-Kurve. Ein Reifen berührte den linken Rinnstein, der Wagen wurde nach rechts geschleudert, Markus Klinger gab einen Schreckenslaut von sich, dann hatte ich wieder alles unter Kontrolle und gab Vollgas. Während dieser Hundertstelsekunde bemerkte ich am Straßenrand ein handgemaltes Schild: *Erstklassige Bratwurst!* stand da. Ich war in Versuchung zu lachen.

Auf der langen Gerade, auf den lächerlichen zwei Kilometern bis Strohn, begannen sie zu schießen. Das Heckfenster splitterte und verlor sich in tausend Einzelteilen. Auch in den Rückspiegel schlug etwas ein, das Teil verabschiedete sich.

»Achtung! Rechts!«, sagte der Kaplan gepresst. »Er ist schnell.«

Ich zog nach rechts.

»Hinter uns«, brüllte mein Beifahrer dann. »Er fährt gleich ... Oh, Gott!«

Unser Wagen wurde vorwärts gestoßen und driftete nach rechts Richtung Straßengraben und einer vernichtenden Reihe dickstämmiger Birken.

»Ich bin zu alt für diese Scheiße!«, schimpfte ich und schaffte es, unser Gefährt wieder zurück in die Mitte der Fahrbahn zu lenken.

Sie schossen wieder, sie schossen aus einer Waffe, die auf Dauerfeuer gestellt war. Es peitschte.

Dann tauchte vor uns der Kreisverkehr auf.

»Halten Sie sich fest!«

Klinger hielt sich nicht fest, stattdessen sackte er nach vorn in das Loch vor seinem Sitz. Auch eine gute Idee, da war er geschützt vor den Kugeln.

Der Straßenbelag war geriffelt, die Reifen sangen dumpf.

»Verdammt!«, motzte ich. »Bergweg? Wo ist das?«

Dann sah ich es. Die Einmündung bedeutete eine Neunzig-Grad-Kurve nach links. Es war mir egal, ich bremste hart, der Mercedes hinter mir ebenfalls. Er hatte es leichter, er hatte die besseren Bremsen.

Erstes Haus rechts. Wieso? Die Reifen fanden keinen Halt mehr, unter uns war weiches Gelände, ich stieg mit aller Gewalt auf die Bremse.

Vor uns waren Menschen. Darunter einer, der eine Waffe hielt und schoss. Aber er zielte nicht auf uns. Der Mercedes hinter uns brach nach links aus und der Fahrer gab Vollgas. Wie eine gewaltige Faust aus Stahl zog der Wagen an uns vorbei und der Mann, der die Waffe im Anschlag hatte, drehte sich mit der Bewegung des Wagens und feuerte weiter, als stünde er auf einem Schießstand.

Ich stieg aus und zitterte so, dass ich nicht stehen konnte, also setzte ich mich wieder. »Es ist vorbei«, sagte ich stammelnd zu dem Kaplan. »Ihr lieber Gott hat uns geholfen.«

»Hmm«, machte er undeutlich. Dann übergab er sich.

»Machen Sie sich nichts draus«, murmelte ich. »Kann man alles sauber machen.«

Er machte wieder »Hmm« und übergab sich noch einmal.

»Holt die doch mal aus der Karre raus!«, sagte jemand.

Neben mir erschien plötzlich ein Mann mit einem runden, ungemein freundlichen Gesicht, in dem wie ein Wald ein Schnauzer von beachtlichem Format prangte. Gelassen erklärte er: »Kischkewitz hat mich angerufen. Ich wohne hier, ich bin Polizist.«

»Und? Was ist mit dem Mercedes?«

Er schüttelte den Kopf. »Den kriegen wir nicht mehr. Es war nicht genügend Zeit, eine Fahndung aufzubauen. Aber wir haben seine Nummer. Jetzt stehen Sie mal auf. Aber langsam.«

Es kam mir zu Bewusstsein, dass ich in der offenen Tür auf dem Fahrersitz saß.

»An dem anderen ist eine Menge Blut. Und er atmet so komisch.« Das war eine Frauenstimme und sie klang schrill vor Aufregung.

»Oh, Scheiße!«, dröhnte der Polizist über mir und verschwand.

Ich drehte mich auf meinem Sitz und sah zu, wie zwei Leute an dem Kaplan herumfummelten und versuchten, ihn aus dem Auto zu ziehen. Er hockte immer noch in dem Loch vor seinem Sitz und sein Kopf lag merkwürdig verdreht mit der Stirnseite an der flachen Klappe des Handschuhfaches.

»Holt ihn raus, verdammt noch mal!«, brüllte der Polizist.

»Das geht nicht so einfach«, keuchte ein anderer Mann.

»He, Markus«, sagte ich drängend, »mach keinen Scheiß, schwimm jetzt nicht ab.« Ich fasste seinen rechten Arm und versuchte ihn hochzuziehen. Er war so schwer.

»Langsam«, sagte der Polizist. »Geh mal weg, Herrmann, lass mich mal ran.« Er beugte sich weit über den Kaplan, griff zu und hob ihn an, als wäre er ein Kind. »So ist es gut.« Dann brüllte er: »Eine Decke und ein Kissen.«

»Du kannst ihn doch nicht auf den Rasen legen«, sagte die Frauenstimme vorwurfsvoll.

»Klar kann ich das. Ruf eine Ambulanz, ruf einen Notarzt. Los, mach schon.«

Dann sagte der Polizist zu jemand anderem: »Nicht unnötig bewegen, wir haben doch keine Ahnung, wo es ihn erwischt hat. Himmel, hier kommt wieder mal alles zusammen!«

Ich schob mich auf den Sitz, auf dem bis eben der Kaplan gesessen hatte. Mein Rücken war sofort klatschnass. Es war sein Blut.

»Wir brauchen mehr Licht«, sagte der Polizist drängend. »Er ist bewusstlos und ... Ach du lieber Himmel. Hat jemand ein Feuerzeug oder so was?«

»Markus«, wiederholte ich stumpf, »mach jetzt keinen Scheiß.«

»Kein Puls«, stellte der Polizist hohl fest. »Ich muss an seinen Mund ran. Und, Herrmann, gib ihm Stöße mit beiden Händen fest auf dem Brustkorb. Es muss rhythmisch sein, regelmäßig und stark.«

Lieber alter Mann, sei, verdammt noch mal, fair. Du kannst den jetzt nicht einfach abräumen. Ja, ich bin stinksauer auf dich, wenn der nicht wiederkommt!

»Er kommt«, sagte der Mann, der Herrmann hieß und wie eine Maschine seine flachen Hände in Pumpbewegungen auf den Brustkorb des Kaplans drückte.

»Richtig«, stammelte der Polizist zwischen zwei Atemzügen. »Gleich haben wir ihn!«

»Sie sind unterwegs«, vermeldete die Frauenstimme. »Sie haben gesagt, sie brauchen zwölf Minuten.«

»Nicht aufhören!«, zischte der Polizist. »Immer weiter!«

Endlich stieg ich aus. Mir war schwindlig und ich musste mich am Dach des Wagens festhalten.

Eine Kinderstimme neben mir fragte: »Soll ich dir ein Bier bringen?«

»Ich mag kein Bier. Aber ein Wasser wäre schön.«

»Na klar, kommt sofort.« Es war ein Mädchen und rannte ins Haus.

Ich ging mit Gummiknien um das Auto herum und dachte, dass ein fünfter Toter unannehmbar war.

»Hier ist dein Wasser«, sagte das Mädchen und drückte mir eine Flasche in die Hand.

Ich setzte mich auf den Rasen und trank, während der Polizist und Herrmann in verbissenem Schweigen versuchten den Kaplan am Leben zu halten.

Die Frau war plötzlich neben mir und sagte etwas verwundert: »Sie sind auch überall voll Blut.«

»Das ist vom Kaplan«, sagte ich.

»Kaplan ist der? Ach Gott. Nein, nein, das Blut da oben an Ihrer linken Schulter ist Ihr Blut.«

Ich fasste an meine linke Schulter. Ich erinnerte mich nicht daran, verletzt worden zu sein. Ich hatte keine Schmerzen, körperlich war ich vollkommen in Ordnung.

»Eine ziemliche Schnittwunde«, meinte die Frau gelassen.

»Da reicht ein Pflaster«, sagte ich abwehrend. »Später.«

Ich hob den Kopf und sah flackerndes Blaulicht. »Der Arzt«, sagte ich. Meine Stimme war rau und sie tat mir in der Kehle weh. Ich stand auf, ich wollte nicht zusehen müssen, wie Klinger ihnen durch die Lappen ging.

Ich betrat dieses Haus, rechts war eine Treppe. Ich hockte mich auf die zweite Stufe und trank noch einmal von dem Wasser. Dann stopfte ich mir eine Pfeife und qualmte vor mich hin. Irgendwann begann meine linke Schulter erst zu brennen, dann zu schmerzen.

»Das ist okay, wir können ihn transportieren«, hörte ich endlich jemanden draußen vor dem Haus sagen. »Gibt es weitere Verwundete?«

»Da sitzt noch einer auf der Treppe. Ich weiß nicht, wer das ist. Er hat eine Schnittwunde«, sagte die Frau.

Ein Mann kam zu mir, ging in die Hocke, sah mir ins Gesicht. »Ich bin Arzt«, sagte er. »Was ist mit Ihrer Schulter?«

»Nichts Schlimmes, brennt ein bisschen. Kommt der Kaplan durch?«

»Bringt mal den Koffer!«, schrie der Arzt. Dann nickte er. »Nach menschlichem Ermessen, ja. Zwei Schüsse in den Rücken. Das ist ein Hammer. Was war denn hier los?«

»Leute mit Maschinenpistolen«, sagte ich. »Die wollten wohl den Kaplan töten. Da war auch noch ein Nissan. Schwere Kiste. Der schleuderte und überschlug sich und ...«

»Ich weiß«, sagte der Arzt abwesend. »Es gab einen Toten und einen Schwerverletzten. Ziehen Sie ... warten Sie, ich schneide Ihnen den Hemdsärmel ab. Dann kann ich besser untersuchen. Sie sehen ja wüst aus.«

»Ich fühle mich auch wüst.«

»Hier ist der Koffer«, sagte ein Mann und verschwand wieder.

Der Arzt fummelte in dem Koffer herum, schnibbelte mein Hemd in Fetzen und stellte erstaunt fest: »Glas. Das ist Autoglas. Viele kleine Teilchen.«

»Sieh mal an«, sagte ich müde.

NEUNTES KAPITEL

Es war das klassische Chaos: Niemand wusste Bescheid, jeder gab gute Ratschläge und die Frauen erledigten die Arbeit.

Der Arzt hatte die Splitter entfernt, mir eine Schmerzspritze gegeben, einen Druckverband angelegt und war in den frühen Morgen verschwunden. Es regnete immer noch Bindfäden, Markus Klinger lag unter dem Messer im Operationssaal des Brüder-Krankenhauses in Trier, Kischkewitz ließ ihn rund um die Uhr bewachen und ich hatte mit Rührung vernommen, dass die erste Frage des Priesters, nachdem er aus tiefer Bewusstlosigkeit aufgewacht war, mir gegolten hatte. Genauer gesagt hatte er gefragt: »Passieren dem immer solche Sachen, wenn er gemütlich durch die Eifelnacht fährt?«

Inzwischen war es sechs Uhr und ich hockte am Esstisch des Polizistenhaushaltes, vor mir eine Tasse Kaffee. Heimlich träumte ich von meinem Zuhause, ich hatte eine krankhafte Sehnsucht nach meinem Bett.

Kischkewitz saß mir gegenüber, ihm zur Seite seine rechte Hand Gerald Özcan. Auch die beiden wirkten erschöpft.

»Der Kaplan will Diamanten nach Portugal gebracht haben?«, fragte Özcan.

»Hat er. Glaube ich ihm. Habt ihr die beiden Gruppen, die mich gestern im Wald aufmischen wollten?«

»Langsam, langsam«, murmelte Özcan, sah mich aber nicht an. »Und in welcher Zeitung steht das morgen früh?«

»He, Mann«, motzte Kischkewitz. »Fang jetzt hier keinen Krieg mit Baumeister an! Er ist Journalist und du bist Kriminalbeamter. Das sind zwei Welten. Aber von Baumeister weiß ich, dass er uns nicht bescheißt.«

Ich konnte den Zorn des Kurden gut verstehen. Er war eingeengt von Gesetzen und Vorschriften, war Teil eines manchmal langsam reagierenden Apparates. Und er musste den Eindruck bekommen haben, dass ich ihm dauernd auf der Nase herumtanzte.

»Eine Million für ein Bett«, sagte Kischkewitz wieder ruhiger und streckte sich. »Wir haben diese Gruppen identifiziert. Es sind alles Männer, die für Bliesheim arbeiten und in der Gegend von Aachen zu Hause sind. Wir nehmen an, dass die beiden, die zuerst Kokain aus dem Jagdhaus geholt haben, sich gewissermaßen im normalen Tagesjob befanden. Kuriere, die das Zeug nach Frankfurt bringen sollten. Der zweite Trupp, die Leute im Nissan, sind aller Wahrscheinlichkeit nach von Bliesheim losgeschickt worden, um den Stoff aus dem Versteck bei der Jagdhütte zu räumen und woanders hinzubringen. Sie gehörten zu seinen Torpedos, den Männern fürs Grobe. Das heißt, Bliesheim hat angefangen, gründlich aufzuräumen. Deshalb wohl auch der Anschlag auf den Kaplan. Wenn der vor Gericht aussagt, und Bliesheim musste befürchten, dass es dazu käme, kann es sein, dass Bliesheim in diesem Leben nicht mehr freikommt. Die Besatzung des Mercedes, die euch vorhin verfolgt hat, haben wir übrigens bis auf einen Mann geschnappt. Die haben den Wagen aufsitzen lassen, dabei wurden Bodenbleche und die Auspuffanlage abgerissen, aus die Maus. Aber noch mal zurück zu den beiden Kurieren. Der eine, dieser Lange, ist etwas Besonderes, er ist ein Killer, ein Profi. Der macht uns Kummer. Den Kurierdienst hat er vermutlich nebenbei organisiert. Mit vollständigem Namen heißt er Jenö Schildgen, war Söldner im Kosovo, hat für einen afrikanischen Potentaten gearbeitet, wurde in Afghanistan ausgebildet und von der CIA schon vor zwei Jahren in einer paramilitärischen Einheit der Kokaindealer festgestellt. Man kann wirklich sagen: Leichen pflastern seinen Weg. Er ist wahrscheinlich der beste Schütze in Bezug auf spezielle Langwaffen, den es in Europa gibt. Die .308er-Winchester, mit der wahrscheinlich Klaus Mertes getötet wurde, ist so ein typisch seltenes Stück. Und jetzt kommt's: Er hat eine offizielle Genehmigung des bayerischen Landwirtschaftsministers, mit Jagdwaffen zu handeln. Also Tod allen Karnickeln!«

»Wie weit seid ihr denn inzwischen mit Bliesheim? Und was ist eigentlich mit diesem Forst, kommt ihr an den ran?«, fragte ich.

»Die portugiesischen Kollegen kümmern sich um Forst. Er darf die Stadt Monchique nicht mehr verlassen. Die Strategie wird sein, einen Keil zwischen Forst und Bliesheim zu treiben. Bliesheim könnten wir zwar auch kassieren, aber der Schuss könnte nach hinten losgehen. Am Ende müssen wir ihn wegen mangelnder Beweise wieder laufen lassen und haben immer noch nicht kapiert, was es mit den Morden auf sich hat.«

»Was ist mit Geld? Da müssen ungeheure Summen bewegt worden sein, das muss doch Spuren hinterlassen haben.«

»Schon«, nickte Özcan. »Wahrscheinlich sind die Geld- und Diamantentransporte nach Portugal nur die Spitze des Eisbergs. Aber das Firmengeflecht Bliesheim-Forst ist dermaßen unübersichtlich, dass Fachleute Monate brauchen werden, um Klarheit zu bekommen. Zum Teil sind die Erlöse aus dem Kokainhandel in den Baufirmen gewaschen worden. Wir sind uns sicher, dass der Geschäftszweig der Drogen weit über die Bundesrepublik hinausreicht.« Er sah Kischkewitz an. »Soll ich die Reisen erwähnen?«

Kischkewitz explodierte wieder. »Lieber Gott, spiel nicht den Beamten, Junge. Ich weiß, wir tanzen da auf einem schmalen Grat, aber Baumeister wird nichts schreiben, was wir nicht wollen. Und darf ich dich daran erinnern, dass Baumeister zu einigen Erkenntnissen kam, die wir noch nicht hatten? Also, sag's ihm.«

»Ich kapiere euer Verhältnis immer noch nicht«, murrte Özcan. »Aber schön. Über den Bundesnachrichtendienst haben wir erfahren, dass Bliesheim vor anderthalb Jahren in das Goldene Dreieck Laos–Kambodscha–Thailand reiste und von dort nach Afghanistan. Dort hat er sich jeweils mit Leuten getroffen, die Kontakte zu Heroinproduzenten haben. Vermutlich ist er also auch in das internationale Heroingeschäft eingestiegen. Was für eine Rolle er in dem Bereich genau spielt, ist noch diffus. Tatsache ist, dass die Märkte in Zürich und Wien, in Hamburg und London starke Unsicherheiten zeigen, was eben bedeuten kann, dass ein anderer die Macht übernommen hat: zum Beispiel Bliesheim oder Forst oder beide. Eine zweite Reise führte Bliesheim nach Kolumbien. Er traf in Medellín und Cali Kokainhersteller und Politiker, die im Sold der Kokainleute stehen. Wir müssen annehmen, dass Bliesheim nun die Märkte in den Niederlanden fest im Griff hat, was immer auch bedeutet, dass er die deutschen Märkte beherrscht.«

»Ein Eifler Jung mischt ganz oben mit«, murmelte ich.

»Genau. Bliesheim kennt schon seit einiger Zeit keine Grenzen mehr, er scheint zu glauben, ihm kann keiner was. Doch, was er nicht bedacht hat, ist, dass sein Zentrum, diese blöde kleine Clique in Meerfeld, mal nicht mehr funktionieren könnte. Und nun ist in dieser komischen Gemeinschaft etwas schief gelaufen. Fragt sich allerdings immer noch, was. Solange wir das nicht wissen, kommen wir an die Morde nicht ran.« Kischkewitz zündete sich einen seiner furchtbaren Stumpen an, die als Angriffswaffen unter die Haager Konvention fallen müssten.

»Das bedeutet aber doch«, sagte ich nach einigem Überlegen, »dass man die Verbindung Bliesheim–Anna Hennef in einem anderen Licht betrachten kann. Bliesheim ist der Boss einer mächtigen kriminellen Vereinigung. Und als solcher suchte er eine Frau, eine Familie – der treusorgende Familienvater als hübsche Fassade vor den dunklen Geschäften. Und mit Anna fand er praktischerweise nicht nur eine Geliebte, sondern auch eine Mutter. Die beiden verband vielleicht keine Liebe, sondern reine Vernunft.«

Özcan nickte. »Dass sie wahrscheinlich fantastisch vögeln konnte, war das Sahnehäubchen obendrauf. Tatsächlich lieferte sie ihm die perfekte Legende für seine Außendarstellung: der Bauunternehmer mit der jungen, hübschen Frau und zwei angenehmen Kindern. Eine Vernunftbeziehung. Nur an einer Stelle hat sich Bliesheim absolut unvernünftig verhalten.« Er sah mich herausfordernd an.

Ich zuckte die Achseln. »Ich weiß es nicht, machen Sie mich klug.«

»Er wollte die Eifel nicht verlassen«, sagte Özcan geradezu triumphierend. »Claudia Vaals, die Schwester von Anna Hennef, hat uns erzählt, dass Anna Bliesheim überreden wollte, ganz nach Portugal in die Sonne zu ziehen. Bliesheim jedoch hat gesagt: Nie im Leben. Ich bin Eifler, ich gehöre hier hin!«

»Ja, ja, Anna, das Schätzchen.« Kischkewitz lächelte amüsiert. »Weißt du, dass sie ihrer Schwester auch erzählt hat, sie würde den Kaplan gern umdrehen und ihm zeigen, wie schön Frauen sind?«

»Meine Güte, wie blöd. Und wie geht es jetzt weiter?«

Kischkewitz drückte seinen Stumpen brutal in den Aschenbecher, es knisterte scharf. »Ich gehe schlafen, der Gerald geht schlafen und dir rate ich dasselbe.«

»Jetzt ist das zweite Auto im Eimer«, sagte ich. »Ich komme hier gar nicht weg.«

Özcan bot großzügig an: »Ich kann Sie fahren.«

Kischkewitz grinste.

Özcan ließ seinen Mercedes gemächlich durch die Gegend rollen und verkündete heiter: »Ich habe mich übrigens entschieden, ich werde doch heiraten.«

»Schön!«, erwiderte ich und meinte es so.

»Ich habe gedacht, ich kann heiraten und trotzdem zur Schule gehen. Meine Frau muss es mittragen, sonst funktioniert es nicht. Sie hat gesagt, sie macht es.«

»Wollt ihr Kinder?«

»Meine Frau schon, ich weniger.«

»Die Frau wird gewinnen«, lachte ich.

Dann schwiegen wir, bis wir meinen Hof erreichten. Ich bedankte mich und betrat mein Haus.

»Hör mal«, hörte ich Tante Annis Stimme aus dem Wohnzimmer. »Ich habe kein Auge zugetan, ich habe dauernd gedacht: Warum ruft er nicht an, verdammt noch mal?«

»Du hast Recht.« Es tat gut, sie zu sehen, und ich drückte ihr einen Kuss auf die Stirn. »Ich werde mich bessern. War was?«

»Dein Auto ist fertig, sie haben gestern noch angerufen. Irgendein netter Mensch bringt es nachher vorbei. Was ist passiert?«

»Eine Menge. Aber die Morde sind immer noch nicht geklärt. Ich erzähle es dir, wenn ich geschlafen habe.«

»Du siehst aus wie ein Ferkel. Ist das Blut?«

»Ja, aber nicht meines. Bis später, sonst falle ich in Ohnmacht.«

Als ich die Treppe hinaufging, traf ich auf meinen Hund, der sich gebärdete, als sei ich drei Wochen weg gewesen. Ich wollte ihn wegscheuchen, erinnerte mich aber rechtzeitig daran, dass er für die Wirren des Lebens nicht schuldig zu sprechen war.

Er legte sich auf das Fußende meines Bettes und sah mir liebevoll zu, wie ich einschlief.

Mit den Worten: »Nun ist es aber genug!« weckte mich Tante Anni. Sie stand neben meinem Bett und hielt einen Becher Kaffee in der Hand.

»Was ist genug?«

»Es ist vier Uhr nachmittags, du hast acht Stunden geschlafen.« Dann sah sie den Verband auf meiner Schulter und bekam große, runde Augen. »Was ist das denn? Das ist ja durchgeblutet!«

»Gib mir den Kaffee und verschwinde. Das ist eine unbedeutende Wunde.«

Sie schnaubte verächtlich: »Unbedeutend!«, ging aber. In der Tür murmelte sie noch: »Dein Auto steht übrigens wieder vor der Tür und deine Freunde sind hier.«

Ich sprang aus dem Bett, betrachtete meine Kleidung, die ich der Einfachheit halber abgestreift und auf den Boden geschmissen hatte, und entschied, dass die Jeanshose endgültig versaut und reif für die Mülltonne war. Das Hemd war ja ohnehin ärztlich zerstört. Ich schnüffelte an mir herum und entdeckte, dass ich schlicht stank. Nach Schweiß, nach Dreck, nach altem Blut und nach Angst.

Mir fiel etwas ein, ich lief hinüber in mein Büro und rief das Brüder-Krankenhaus in Trier an. Ich bekam den Oberarzt der Chirurgie zu sprechen, der etwas reserviert sagte: »Sie sind kein Angehöriger. Da erteile ich keine Auskunft.«

»Ich will gar keine Einzelheiten wissen. Der Mann ist Kaplan, ist mit zwei Schüssen in den Rücken eingeliefert worden. Die Schüsse trafen ihn, als ich neben ihm im Auto saß. Ich will nur wissen, ob es ihm gut geht oder schlecht. Bitte.«

»Und wenn ich das verweigere?«

»Lieber Himmel, was soll ich darauf antworten? Gut oder schlecht?«

»Gut!«

»Dann bestellen Sie ihm herzliche Grüße von Siggi Baumeister, er soll zusehen, dass er Ihr gastliches Haus schleunigst wieder verlassen darf.«

Ich duschte, warf die Restkleidung in den Abfall und spazierte nach unten ins Wohnzimmer.

»Es tut verdammt gut, euch zu sehen. Wir haben überhaupt noch nicht miteinander reden können. Tut mir Leid, es war etwas turbulent.«

»Und du hast mir gar nichts erzählt!« Tante Anni war wütend. »Alles musste ich über deine Freunde erfahren.«

284

»Ich war zu kaputt«, sagte ich. »Emma, ich habe dich wirklich vermisst. Rodenstock, dich natürlich nicht.«

»Hör dir den Schnösel an«, Rodenstock lachte. Vor ihm lag Bitterschokolade auf einem Tellerchen. Daneben standen ein Kognak und ein Kaffee. Und im Maul trug er eine ofenrohrdicke Zigarre, um die herum er sich zu artikulieren versuchte. Er sah prächtig und ausgeruht aus.

»Wie geht es euch?«

»Gut«, sagte Emma. »Bis auf die Tatsache, dass dein Bericht und Kischkewitz' Erzählung Rodenstock schon wieder in andere Welten entführt haben. Er hat stundenlang herumtelefoniert und heute früh tauchte ein hilfloses, verunsichertes Ehepaar bei uns auf. Alles deine Schuld, Baumeister.«

»Hast du deine Cadillacs schon verhökert?«

Mit Entzücken in der Stimme hauchte sie: »Ich denke, ich habe einen Abnehmer gefunden. Es gibt tatsächlich Idioten, die eine Halle bauen und ihre gesammelten Oldtimer da reinstellen. Nur so, um sie zu begucken und mit dem Staubwedel drüberzugehen und dabei glücklich zu sein. Und einer von denen bietet mir eine Million.«

»Eine Million Euro!«, sagte Rodenstock stolz. »Meine Frau ist eine richtige Handelsfrau.«

»Ja«, nickte sie, »allerdings will er die Transportkosten noch nicht übernehmen. Aber ich habe Zeit.« Sie lehnte sich zurück und wirkte wie eine satte, zufriedene Katze.

»Ich habe Wein entdeckt«, sagte Tante Anni. »Im Keller. Und der Besitzer trinkt doch nichts. Darf ich eine Flasche aufmachen?«

Ohne auf meine Zustimmung zu warten, verschwand sie.

»Sie ist eine tolle Type«, sagte Emma.

»Ja, das stimmt. Sie braucht Hilfe, dass sie nicht in irgendeinem Altenheim landet.«

»Sie soll den Berliner Klumpatsch verscherbeln«, nickte Rodenstock resolut. »Dann besorgen wir ihr hier in der Gegend eine kleine Erdgeschosswohnung und sie braucht erst dann in ein Pflegeheim zu gehen, wenn ein Arzt meint, dass sie sich bald verabschieden wird.«

»Nicht schlecht«, stimmte ich zu. »Ich habe an so etwas Ähnliches auch schon gedacht, mich aber noch nicht getraut, das vorzuschlagen.«

Tante Anni kam zurück, baute Gläser und die Weinflasche auf, stellte eine Schale mit Keksen auf den Tisch, die grauenhaft schmeckten und an gut verrührten Zement erinnerten.

Sie warf mir einen schrägen Blick zu und murmelte: »Vollkorn mit Apfelsüße!«, als sei das der absolute Gipfel aller Genüsse.

»Emma, hast du die Zusammenfassung auch gelesen? Wenn ja, was hältst du von der Sache?« Ich spürte, dass mir diese Frage ein vages Gefühl von Glück bereitete und mir deutlich machte: Sie sind wieder da.

»Ja, ich habe deinen Bericht gelesen. Und ich hatte bei der Lektüre das Gefühl, einen Ballon vor mir zu haben, die Sache blähte sich immer weiter auf. Ich weiß nicht, ob ich euch klar machen kann, was ich meine. Erst ist da nur eine Clique. Skatspielen, Feiern, Wochenendtouren. Dann haben die Mitglieder der Clique Geld ins Ausland gebracht, Drogengeld. Und plötzlich sogar Diamanten. Ein Kaplan als Kurier eines Kokainhändlers. Es kommen Torpedos hinzu, jetzt sogar eine Kokain-Connection, wenn nicht auch noch Heroin. Das verwirrt, ich denke: Halt, stopp, aufhören!« Sie wedelte mit ihren Händen. »Es wächst mir über den Kopf, ich verstehe es nicht mehr.«

Rodenstock lutschte an einem Stück Bitterschokolade, zog einmal kräftig an seiner Brasil und sagte etwas verkniffen: »Hört euch die Geschichte von Bliesheim als Retter in der Not an. Diese Torpedogeschichte hat mich interessiert, deshalb habe ich mich ein wenig umgehört. Bliesheim stellte also eine Mannschaft zusammen aus Vorbestraften und solchen Leuten, die für Geld so ziemlich alles machen. Er steuert diese Gruppe vom belgischen St. Vith aus, wobei er ungeheuer geschickt die zwischenstaatlichen Lücken nutzt. Zum Beispiel kann ja die Kripo in Aachen nicht mal eben rüber nach Belgien, um dort irgendwelche Details zu klären, und umgekehrt. Von behördlicher Seite dauert alles entsetzlich lang und versandet in der Regel. Nun zu meiner Geschichte, die zeigt, dass die Aktivitäten von Bliesheim und seinen Torpedos längst darüber hinausgehen, im Auftrag Dritter Forderungen einzutreiben. Bliesheim vernichtet Existenzen! Also: Da gibt es ein deutsches Ehepaar, krankhaft darauf bedacht, seinen guten Ruf zu wahren. An die wendet sich ein Autoaufkäufer, kauft in ihrem Geschäft etwa zweihundert gebrauchte Autos. Dann setzt sich der Aufkäufer mit unbekanntem Ziel ins Ausland ab – das Ehepaar steht vor dem Ruin. Es geht um siebenhunderttausend Euro. Bliesheim hört davon und bietet seine Dienste an. Abmachung: Bliesheim treibt den verschwundenen Aufkäufer auf und zwingt ihn, das Geld herauszugeben. Die Hälfte der geschuldeten Summe verbleibt im Erfolgsfall bei Bliesheim. Das Ehepaar sagt sich, besser die Hälfte als gar nichts, und nickt. Nach sechs Wochen erscheint Bliesheim bei dem Ehepaar und behauptet, er müsse seine Partner, zwei Privatdetektive in Deutschland, sechs im Ausland, bezahlen. Er bittet um einen Vorschuss von vierzigtausend Euro. Das Ehepaar sieht die Falle nicht und treibt das Geld auf, gibt es Bliesheim. Nach weiteren sechs Wochen taucht Bliesheim erneut auf, braucht nun unbedingt achtzigtausend Euro. Das Ehepaar hat kein Geld mehr, Bliesheim bietet ihnen einen Kredit über die Summe. Es ist nicht zu fassen, das Ehepaar unterschreibt den Kreditvertrag. Ich will es kurz machen: Nach einem Jahr gehörte der gesamte Besitz des Ehepaares samt Wohnhaus, Autobetrieb, Versicherung, Altervorsorge dem Bliesheim. Sämtliche Anwälte, die im Düsseldorfer und Aachener Raum mit diesem Fall beschäftigt waren, versagten, sämtliche Richter, bei denen zur Sprache kommen musste, was da eigentlich abgelaufen ist, auch. Es ging so

weit, dass Bliesheim dem Ehepaar unter Vorlage von Schuld-
scheinen den Gerichtsvollzieher auf den Hals hetzte ...«

»Aber so viel Dämlichkeit gehört doch bestraft«, sagte
Tante Anni. »Wie kann man nur so einen Kreditvertrag un-
terschreiben? Und wozu?«

»Tja, manchmal kann man den Eindruck gewinnen, die
Menschheit entwickele sich wieder zurück. Aber das Ehepaar glaubte lange, alles würde gut ausgehen. Gleichzeitig
haben sie sich mit jeder Unterschrift weiter ins Unglück
geritten«, nickte Rodenstock.

»Was bleibt zu tun?«, fragte Tante Anni seufzend.

»Ein Abendessen machen«, antwortete Emma fröhlich.
»Im Übrigen will auch ich jetzt wissen, wie diese Leute zu
Tode kamen. Wie heißt dieser Killer, mit dem du schon die
Ehre hattest, bekannt zu werden?«

»Jenö Schildgen«, antwortete ich. »Aber an wen können
wir uns überhaupt noch wenden, um weiterzukommen?«

»Forst fällt aus, der sitzt in Portugal fest«, stellte Tante
Anni fest. »An Bliesheim dürfen wir nicht ran. Die Pechter
wird nicht mehr freiwillig zur Verfügung stehen, der Gernot
Meyer wird ohne Gundula Pechter nichts sagen und der
Kaplan hat schon alles gesagt.«

»Und der Rest ist tot«, sagte Emma ohne besondere Betonung.

»Sackgasse!«, nickte Rodenstock trübsinnig.

Emma grinste wie ein Lausejunge. »Das akzeptierst du
nicht, Baumeister.«

»Als der Förster erschossen aufgefunden wurde, schien es
mir, als hätten die Spurenleute etwas entdeckt, was sie mir
nicht sagen wollten. Was war das? Rodenstock, du hast doch
mit Kischkewitz das Ding durchgekaut, also, was war es?«

»Eine Leinentasche, ein Leinenbeutel, wie man ihn
manchmal in der Apotheke kriegt, wenn man teuer eingekauft hat. Aber es konnte nicht festgestellt werden, was in
dem Beutel gewesen war. Keine Spuren.«

»Bei der Verlobten des erschossenen Försters wurde ein Haufen Bargeld gefunden. Weiß man, ob sie in irgendeiner aktiven Rolle im Umfeld des Bliesheim aufgetreten ist?«

»Nein, nichts bekannt. Kischkewitz meint, sie gebärdet sich als etwas hochfahrende, arrogante Verlobte, die von ihrem Zukünftigen letztlich getäuscht wurde. Kischkewitz hat mir sogar das Verhörprotokoll gezeigt. Sie sagt immer nur: Ich weiß nichts, sieben Seiten lang: Ich weiß nichts.«

»Hat man ihr das Geld abgenommen?«, fragte Tante Anni.

Rodenstock schüttelte den Kopf. »Die Frau sagt, sie habe nicht von dem Geld gewusst, der Verlobte ist tot, eine illegale Geldquelle ist nicht nachweisbar. Die Kripo hat kein Recht, das Geld einzusacken. Sicherheitshalber haben sich die guten Leute, vorneweg die energische Mama der Sippe, einen Rechtsanwalt besorgt, der die Interessen der Verlobten und der Familie wahrnimmt. Denn dem Klaus Mertes sei keine einzige kriminelle Handlung nachzuweisen. Na ja, das stimmt sogar.« Rodenstock seufzte. »Da ist vorläufig absolut nichts zu machen.«

»Das tote Försterlein soll absolut geldgierig und selbstsüchtig gewesen sein«, murmelte ich. »Claudia Vaals, die Schwester der toten Anna Hennef, war einmal ein halbes Jahr mit ihm zusammen.«

»So kommen wir nicht weiter«, sagte Emma kurz angebunden. »Wir sollten etwas anderes überlegen: Wer wird als Nächster getötet?«

Eine Weile herrschte Schweigen.

»Meinst du das ernst?«, fragte ich.

»Natürlich«, antwortete sie leichthin. »Wir müssen überlegen, wer Forst und Bliesheim am meisten schaden kann, weil er am meisten weiß.«

»Aber Forst ist weit weg und Bliesheim wird überwacht«, wandte Rodenstock ein.

»Immerhin läuft hier ein Profikiller durch die Gegend. Was ist, wenn der Auftrag schon vor ein paar Tagen herausgegeben worden ist? Wie genau sieht die Überwachung von Bliesheim aus?«

Rodenstock spitzte den Mund. »Sie hören seine Festnetztelefone und zwei Handys ab und ihm sind ständig Schatten auf den Fersen. Mit Sicherheit weiß er das längst.«

»Trotzdem kann er Nachrichten absetzen«, murmelte ich. »Er kann zehn Handys in der Schublade haben, von denen er jedes nur einmal benutzt. Dann schmeißt er es weg. Er kann Nachrichten auf Papier schreiben und sie der Pechter zustecken oder den zwei Leuten in seinem Büro. Das ist praktisch nicht kontrollierbar, oder?«

Rodenstock nickte. »Er ist überhaupt nur noch auf freiem Fuß, weil die Kommission die Hoffnung nicht aufgeben will, dass er einen Fehler macht und einen Hinweis auf den oder die Mörder liefert.«

»Er wird den Fehler nicht machen, weil er weiß, dass die Kommission darauf wartet«, stellte Emma fest.

»Was würdest du also tun?«, murmelte Rodenstock zärtlich.

»Ich würde mich auf die Gundula Pechter konzentrieren. Sie ist so etwas wie ein stiller, alles beherrschender Mittelpunkt. In diesem dreckigen Spiel kennt sie alles und jeden. Die Frage ist, mit welchen Mitteln man sie unter Druck setzen kann.«

»Mit den Sünden und Sündern dieser Welt«, überlegte ich. Die Schulter schmerzte wieder.

»Lasst uns hier abbrechen«, entschied Rodenstock. »Ich wünsche mir ein Putengeschnetzeltes mit Ananas und grünem Pfeffer.«

»Das ist nicht im Haus«, sagte Tante Anni streng, weil sie wahrscheinlich etwas vollkommen Ungesundes ahnte.

»Das ist im Haus«, grinste Emma spöttisch. »Wir haben alles mitgebracht.« Sie wandte sich zu Tante Anni und flötete: »Wenn du erst einmal kapiert hast, wie dieser nicht existente Haushalt läuft, dann hast du solche Zutaten immer im Gepäck.«

Wir lachten alle und lösten die Runde auf.

Im Flur fragte Emma: »Wirst du dich noch mal mit Vera treffen?«

»Ja, ich denke schon. Aber erst muss etwas Zeit verstreichen. Und jetzt könntest du mir mal, bitte, diese blöde Wunde an der Schulter neu verpflastern.«

»Ich liebe es, meine Krieger medizinisch zu versorgen. Das ist eine typische Frauenrolle, die ich mit Hingabe ausfülle.«

Sie verpflasterte mich, ich ging in den Garten hinaus, um den Katzen zu versichern, dass ich noch lebte. Ich hockte mich auf die Bank und starrte in den Teich, Paul und Satchmo legten sich zu meinen Füßen in das Gras und waren zufrieden, bis Cisco herantrollte und sie mit einem mordsmäßigen Knurren verscheuchte.

Tante Anni kam in den Garten. Sie hatte wohl zwei oder drei Gläser Wein getrunken und kicherte wie eine Göre, die heimlich von Papas Whisky genippt hatte. »Wir fangen jetzt an zu kochen, es kann nicht lange dauern.«

Ich war in der Stimmung, in der mir alles auf die Nerven ging, und verspürte das Bedürfnis, allein zu sein. Ich wollte nicht essen und ich wollte auch nicht mehr diskutieren.

Ich ging zu Rodenstock und sagte ihm, er solle mich bei den Frauen entschuldigen. Er sah mich eindringlich an und nickte dann wortlos.

Eine halbe Stunde später fuhr ich von meinem Hof; die Auswahl möglicher Ziele war nicht groß: Pechter oder die merkwürdige Verlobte des Försters Klaus Mertes namens Jule.

Ich fuhr nach Pantenburg, das schien mir das kleinere Übel. Ich wählte die obere Klingel, auf der nichts stand, und verbuchte einen Anfangserfolg.

»Ach Sie!«, sagte die Mutter. Es klang so, als sei ich ein uralter Bekannter. Dann tat sie allerliebst geheimnisvoll und flüsterte: »Wir haben nun einen Anwalt und dürfen keine Auskunft mehr geben. Überhaupt keine.«

Dabei strahlte sie mich an, die roten Äpfelchen auf ihren Wangen wuchsen.

»Ich will keine Auskunft. Ich bin hier, um Jule vor einer möglichen Gefahr zu warnen.«

»O nee, wirklich?« Sie war erschrocken.

»Ja, wirklich. Das geht auch ganz schnell.«

»Na ja, wenn das so ist. Warten Sie mal, ich frag schnell, ob Sie reinkommen dürfen.« Sie drehte sich und tanzte behände die Treppe zur Souterrainwohnung ihrer Tochter hinunter. Entfernt waren Stimmen zu hören. Dann tauchte die Mutter am Fuß der Treppe wieder auf, strahlte nach oben wie eine kleine Sonne und nickte heftig, als ginge es um eine Audienz bei der Königin.

In Jules Wohnzimmer hatte sich nichts verändert, auch der Sessel stand noch an seinem Platz, auf dem Jule wieder saß, rauchte und in den Garten schaute. Etwas erschrocken dachte ich, ich hätte das Zimmer erst vor Stunden verlassen. Sogar die Auswanderungsdokumente und alle Unterlagen für die Hochzeit, die Mama auf den Tisch geknallt hatte, um zu beweisen, dass wirklich nichts fehlte, lagen noch auf dem gleichen Fleck. Als hätte das Leben hier aufgehört und jede Lust verloren, etwas zu verändern.

Mama schlich lautlos zu einem Stuhl und setzte sich. Ich nahm einen zweiten Stuhl und trug ihn neben den Sessel von Jule.

»Wieso wollen Sie mich warnen? Vor was?«, fragte sie mit ihrer trägen, faszinierenden Altstimme.

»Kennen Sie einen Mann namens Jenö Schildgen, so ein ziemlich langer Mensch?«

»Nein, nie gehört.«

»Über eins neunzig groß. Ist nie über so einen Mann geredet worden?«

»Nein«, sagte sie unwillig. »Hören Sie schlecht?«

Ich dachte: Wenn du sowieso bluffen und lügen willst, Baumeister, könntest du es ein bisschen eindringlicher gestalten! Gib ihr Futter, los! »Jenö Schildgen ist der Mann, der Ihren Verlobten erschossen hat.«

Nun kam Bewegung in ihre schmale Gestalt. Sie streckte sich und drehte sich zu mir.

»Er ist ein Profikiller«, setzte ich ohne Betonung hinzu, als sei so ein Mensch etwas Normales in der Eifel.

Ihr Mund verzog sich verächtlich. »Ihr Pressefritzen seid doch alle gleich. Ihr könnt es euch nicht erlauben, erfolglos zu sein, und kommt dann mit wilden Geschichten, nur um ein Gespräch beginnen zu können. Das ist doch zu dumm.«

Ich hatte mir eine bestimmte Rolle ausgedacht und wollte konsequent bleiben. Sanft sagte ich: »Ich weiß nicht, ob Ihnen schon einmal jemand gesagt hat, dass Sie impertinent und arrogant sind. Ich habe nicht die geringste Vorstellung davon, warum Sie mich und meinen Berufsstand so überheblich verurteilen, obgleich Sie von unserer Arbeit nicht die geringste Ahnung haben. Und ich weiß auch nicht, warum Sie mich beleidigend und unhöflich behandeln. Wie Sie mit so einer Haltung auf Neuseeland überleben wollen, ist mir ein Rätsel. Aber nun gut. Ich bin hierher gekommen, um Sie vor diesem Jenö Schildgen zu warnen. Der Mann ist aller Wahrscheinlichkeit nach von Bliesheim beauftragt worden, Menschen zu töten, die Bliesheim gefährlich werden können.« Ich fummelte das Handy aus der Tasche und tippte Kischkewitz' Nummer ein. »Hier fragen Sie den Leiter der Mordkommission in Wittlich. Dessen Stimme kennen Sie doch, oder? Na los, nehmen Sie.«

Sie nahm das Handy, räusperte sich: »Ja, hier ist die Verlobte von ... – Ja, genau. Also, Baumeister ist gerade hier und behauptet, da wäre ein Mann unterwegs, der möglicherweise Menschen tötet, die zu viel über Bliesheim wissen. Ich will wissen, ob das stimmt. – So, na ja, danke für die Auskunft. – Ja. Moment, hier ist er.« Sie reichte mir das Gerät zurück.

»Ja, mein Alter?«, fragte ich aufgeräumt.

»Was soll das? Wir haben keinen endgültigen Beweis für Jenö, den Killer.«

»Richtig. Der endgültige Beweis wäre die nächste Tote, nicht wahr?«

Er lachte unterdrückt, er hatte verstanden »Du bluffst, hä?«

»Das kann man so sehen.«

»Friede deiner Asche.« Er beendete das Gespräch.

»Das ist ja richtig gefährlich«, sagte Mama hinter mir verängstigt in die Stille. Dass ich ihre Tochter beschimpft hatte, schien sie wenig zu stören.

»Warum sollte dieser Mann mich … umbringen?«, fragte Jule fast gelangweilt.

»Das weiß ich nicht«, erwiderte ich knapp. »Sie sind eine merkwürdige Frau. Sie behaupten, von nichts irgendetwas gewusst zu haben. Die Polizei findet hier in einer Schublade einen Haufen Bargeld und Sie behaupten erneut, von nichts gewusst zu haben. Ihr Verhalten ist beleidigend, denn Sie halten offensichtlich alle anderen Menschen um sich herum für komplette Idioten. Allerdings lässt Ihr Verhalten auch einen anderen Schluss zu: Sie wissen so viel, dass Sie im Schweigen die einzig mögliche Rettung sehen. Und da ich vermute, dass ich damit den Nagel auf den Kopf treffe, gestatte ich mir die Frage, warum Sie verschwiegen haben, dass Ihr Verlobter Kinsi erschlagen hat.«

Ihre Augen wurden augenblicklich groß, ihr fehlten die Worte. Sie stotterte: »Aber … das ist doch. Wie kommen Sie … das ist nicht zu fassen!« Dann hatte sie sich gefangen. »Was sagen Sie da?« Ihre Stimme war jetzt kein sympathischer Alt mehr, ihre Stimme war schrill.

»Warum Sie der Mordkommission verschwiegen haben, dass Ihr Verlobter, Klaus Mertes, Kinsi aus Meerfeld erschlagen hat. Das habe ich gefragt und das haben Sie noch immer nicht beantwortet.« Ich lächelte sie an, mühte mich um eine freundliche Haltung.

Ich zog eine Pfeife aus der Tasche, erwischte eine 200er

von Winslow und begann sie unendlich gemütlich zu stopfen. Nur keine Spur von Unsicherheit zeigen.

Vorsichtig wagte ich einen Blick zur Seite auf Mama, die vollkommen konsterniert war. Am Hals und im Gesicht waren rote Flecken zu sehen.

Nachdem ich die Pfeife angezündet hatte, wandte ich mich wieder der Tochter zu. »Es ist mir wichtig zu betonen, dass ich nicht hier bin, um Sie zu beschimpfen oder zu provozieren, sondern um Sie zu warnen. Wie lautet Ihre Antwort?«

Jules Gesicht war weniger als einen Meter von meinem entfernt. Sie starrte mich immer noch mit weit offenen Augen an, rührte sich nicht, schien krampfhaft zu überlegen, kam wohl zu keinem Ergebnis und schüttelte den Kopf.

Sie nahm eine Zigarette aus der Schachtel und zündete sie an. Endlich sagte sie: »Darauf falle ich nicht herein.«

»Lieber Himmel!«, schnaubte ich wütend. »Auf was wollen Sie denn nicht hereinfallen? Glauben Sie im Ernst, dass ich so viel Zeit mit Ihnen verschwende, nur um Ihnen eine Falle zu stellen? Also, ein letztes Mal: Warum haben Sie der Mordkommission nicht erzählt, dass Klaus Mertes Kinsi erschlug?«

»Julchen!«, sagte nun Mama hinter mir mahnend. »Er meint es doch nicht böse. Du kannst doch ruhig erzählen, wenn da irgendwas … Sag es dem Mann doch, Kind.«

»Mama!«, sagte Jule aufbrausend. »Halt dich raus, verdammt noch mal! Also, wie lautet noch mal die Frage?«

Ich wiederholte die Frage brav, war aber plötzlich vollkommen verunsichert. Wie sollte es weitergehen?

Unendlich langsam wandte Jule den Kopf zurück Richtung Fenster und starrte in den blühenden Garten hinaus. Sie zitterte, als friere sie. Tonlos sagte sie: »Er hat Kinsi nicht erschlagen, er war es nicht.«

Mein Gehirn begann zu rattern. Wenn sie antwortete, dass Mertes es nicht gewesen war, dann musste sie wissen, wer es tatsächlich getan hatte. Welche Frage passte jetzt?

»Jule, ich bitte Sie herzlich, mich nicht zu verarschen. Sie können nicht mehr verlieren, als Sie schon verloren haben. Sie können nur noch gewinnen. Also, lassen Sie uns den Samstag rekonstruieren, jenen verhängnisvollen Samstag, an dem Kinsi verschwand, um viele Tage später in der Heuhalle aufgehängt entdeckt zu werden. Einverstanden? Erinnern Sie sich an das Wetter?«

»Julchen, Kind«, flüsterte die Mama.

»Es war ein grau verhangener Tag«, begann sie leise. »Morgens bin ich mit Mama einkaufen gefahren. Nach Daun. Wir wollten zu Mr. Tom, das ist ein Jeansgeschäft. Da waren wir auch. Es war so gegen elf Uhr, als wir wieder zu Hause waren. Mama hatte Kartoffelsalat gemacht, das weiß ich noch. Klaus war hier. Er arbeitete irgendwelche Forstsachen auf, er saß in seinem Zimmer am Computer. Dann rief Bliesheim an. Er war ganz aufgeregt und sagte, er müsse Klaus sofort sprechen. Klaus ist dann ans Telefon gegangen, aber da war ich nicht bei. Ich habe auch nicht gefragt, es war so, dass wir ...« Sie beugte sich weit vor und starrte auf den Teppichboden zwischen ihren Füßen.

Baumeister, konzentriere dich, da war was! Was hatte Markus Klinger erzählt, als es um Anna ging? Sie habe auch mit dem Förster Klaus Mertes geschlafen. In der Jagdhütte.

»Sie hatten Krach mit Klaus, nicht wahr? Einen sehr schlimmen, fast existenziellen Krach.«

»Mein Gott!«, hauchte Mama am Tisch. »Was war denn so schlimm?«

»Ich habe ihm gesagt ...« Jule stockte wieder.

»Sie haben ihm gesagt, dass Sie unter diesen Umständen nicht mit ihm nach Neuseeland gehen können, nicht wahr?«

Sie nickte.

»Aber worum ging es denn?«, fragte Mama.

»Das alte Lied«, sagte ich. »Jule hatte erfahren, dass ihr Klaus mit Anna Hennef geschlafen hatte. So war es doch, oder?«

»Ja«, bestätigte Jule unbewegt. »So war das. Das haben sie gemacht. Viele Male.«

»Wie haben Sie davon erfahren?«

»Von Anna. Sie hat es mir erzählt. Sie hat mir gesagt, dass Klaus ... dass sie mit ihm was hatte und dass er gut sei im Bett und dass sie mich beneidet, einen Mann zu haben, der mich aus der Eifel rausholt.«

»Oh, mein Kind!« Mama brach in Tränen aus. Schniefend wunderte sie sich: »Aber es hieß doch immer, dass dieser Bliesheim und Anna die ganz große Liebe seien.«

»Ach Mama, das war es eigentlich nie. Bliesheim wollte Anna heiraten, klar, er wollte ja Familie. Doch für Anna war klar, dass es eigentlich schon wieder vorbei war. Anna sagte mal: Den sehe ich ja kaum noch.«

Vor dem Haus fuhr ein Auto vorbei, weit entfernt bellte ein Hund, ansonsten war es einen Augenblick still.

»Können wir noch einmal zu dem Samstag kommen? Bliesheim rief also an, sprach mit Klaus. Sie wissen aber nicht, worum es ging. Richtig?«

»Richtig. Dann sagte Klaus, er müsse noch mal weg. Ich nehme an, er fuhr zu Bliesheim. Jedenfalls erzählte er das am Tag darauf, also am Sonntag. Er kam nämlich erst am Sonntag wieder.«

»Er war der Mann, der Kinsis Auto erst holte und dann wieder zurückbrachte, nicht wahr?«

»Nein, das muss die Pechter gewesen sein. Die haben sie ja auch noch dazugeholt.«

Meine Pfeife war ausgegangen, ich zündete sie wieder an.

»Ich gehe davon aus, dass Sie am Sonntag eine Aussprache mit Ihrem Verlobten hatten. Was hat er Ihnen denn erzählt?«

»Er kam so gegen Mittag zurück und sagte: Ich habe in der Blockhütte von Bliesheim auf dem Daxelberg übernachtet. Schön, sagte ich, das ist mir scheißegal. Ich habe keine Lust, mit einem Kerl nach Neuseeland auszuwandern, der mit der erstbesten Barfrau ins Heu geht. Wir haben wieder heftig gestritten und er hat gesagt, es sei nur ein paarmal passiert und es würde nicht mehr vorkommen. Anna sei sowieso vollkommen verrückt und nymphoman. Ich habe dann gefragt, was wohl passieren würde, wenn Bliesheim von der Affäre erführe. Darauf antwortete er: Das weiß der schon. Deshalb sollte ich ja zur Jagdhütte kommen.«

»Sie hingen von Bliesheim finanziell ab, nicht wahr? «

»Ja«, sagte sie.

»Was erzählte Klaus Mertes nun von diesem Samstag?«

»Bliesheim sei erst allein in der Hütte gewesen. Er habe zu Klaus gesagt, falls er noch ein einziges Mal mit Anna schlafen würde, könnte er sich beerdigen lassen. Bliesheim sagte wohl wörtlich: Meine Frau ist tabu. Und wenn sie noch so gern mit Männern ins Bett geht, sie ist absolut tabu. Klaus hat versprochen, dass es nie wieder geschieht. Er wollte wohl gerade wieder nach Hause fahren, als Bliesheim einen Anruf bekam. Anna war dran und muss sehr aufgeregt gewesen sein. Bliesheim kapierte gar nicht, was sie wollte, und sagte schließlich: Setz ihn ins Auto und bring ihn her! Dann hat er Klaus gebeten zu bleiben, um ihm gegebenenfalls zu helfen. Anna kam dann, in dem Mercedes-Geländewagen, am Steuer saß Kinsi. Klaus hat erzählt, dass dann so eine Art Verhör stattgefunden hat. Kinsi musste sich auf eine Bank setzen und war vollkommen verwirrt. Auf jeden Fall stellte sich heraus, dass die Aufregung damit begonnen hatte, dass Kinsi zu Anna gesagt hatte, er würde kündigen. Bliesheim wollte wissen: Darf ich fragen, weshalb? Du bist schließlich nicht angestellt, du kannst gar nicht kündigen. Und Kinsi antwortete: Ich will nicht mehr für Anna arbeiten und ich will nicht mehr für dich arbeiten und nicht mehr auf die Kinder aufpassen und all das andere. Und Bliesheim sagte: Es ist, weil du heiraten willst, nicht wahr? Nein, antwortete Kinsi. Das ist es nicht. Es ist, weil ihr alle rumvögelt mit allen möglichen Leuten, Frauen und Männer und alle durcheinander.

Und weil ich das weiß von dir und von Anna und von Klaus und von Forst und von der Elvira. Und weil ihr hier mit Kokain handelt und weil ich genau gemerkt habe, dass Gundula nicht so fromm ist, wie sie immer tut. Gundula ist doch nur geldgeil, gar nichts sonst. Am Ende sagte er: Ich habe mir das genau überlegt, ich will nichts mehr mit euch zu tun haben. Und deshalb gehe ich weg, ich gehe zu meiner Beate nach Münstermaifeld. Ich verkaufe das Haus und alles hier, weil ich nichts mehr mit euch zu tun haben will.«

»Großer Gott«, murmelte ich. »Sie hatten Kinsi nicht auf der Rechnung, für sie war er der bequeme Idiot vom Dienst. Jetzt mussten sie begreifen, dass er alles über sie wusste, wirklich alles. Das war es wohl, oder?«

»Genau das war es.« Jule stand auf und bildete vor dem Fenster eine schmale Silhouette.

»Wie ging es weiter, was hat Klaus erzählt?«

»Ich weiß natürlich nicht, ob es stimmt, weil ich überhaupt nicht mehr weiß, was stimmt und was gelogen ist. Klaus behauptete jedenfalls, Bliesheim habe ihn dann weggeschickt, er habe gesagt: Das kann ich alleine klären. Klaus hat sich in den Wagen gesetzt und ist abgehauen. Aber weil er unbedingt wissen wollte, was da ablief, hat er die Karre irgendwo abgestellt und ist zurückgelaufen bis zu einer Stelle, von der aus er die Hütte sehen konnte. Doch inzwischen hatten sich die drei in die Hütte begeben. Klaus hat so nichts sehen und nichts hören können, bis nach ein oder zwei Stunden Kinsi herausgelaufen ist und geschrien hat: Dann laufe ich eben zu Fuß nach Hause! Als er ein paar Schritte von der Hütte entfernt war, stürzte Anna aus der Hütte, mit einer großen Schaufel in der Hand. Und sie hat sie hoch über sich gehalten und von hinten mit voller Gewalt auf Kinsis Kopf knallen lassen. Kinsi fiel um. Klaus hat durch sein Jagdglas Kinsi im Auge behalten und gesehen, dass der sich nicht mehr rührte. Dann kam Bliesheim aus der Hütte. In dem Moment fing Kinsi an sich zu bewegen und sich halb aufzurichten. Doch er brach wieder zusammen. Er probierte noch einmal hochzukommen. Anna und Bliesheim standen wohl da wie festgefroren. Plötzlich ging Bliesheim zu Kinsi und kniete neben ihm nieder, während der versuchte, auf die Beine zu kommen, und ... und ... Dann hat Klaus gesehen, wie Bliesheim die Hände um Kinsis Hals legte und seinen Kopf mit aller Gewalt an den Haaren zurückzog ... Anschließend drehte Bliesheim sich um und prügelte Anna in die Hütte zurück. Dann war es wohl wieder lange ruhig, sagte Klaus. Kinsi lag regungslos in der Sonne. Nach vier Stunden tauchte die Pechter mit einem kleinen Baustellenfahrzeug von Bliesheim auf und ging in die Hütte. Sie blieb ungefähr eine Stunde in der Hütte. Dann kam sie wieder raus und legte eine Decke über Kinsi, setzte sich ins Auto und fuhr weg. Klaus hat mir gesagt: Ich bin dageblieben, die ganze Nacht, ich wollte wissen, was sie mit Kinsi machen. Als es schon wieder hell war, erschien die Pechter wieder, mit Kinsis kleinem Opel. Sie ließ den unten an der Verzweigung stehen, weil man die letzte Steigung mit dem Ding nicht fahren kann, und lief das letzte Stück zu Fuß zur Hütte. Pechter und Bliesheim haben dann Kinsi mithilfe einer Decke zum Opel geschleppt. Anna blieb allein in der Hütte zurück und Klaus meinte, dass er sie am liebsten gefragt hätte, was da abgelaufen war. Aber dann war ihm das doch zu riskant. Er hat sich aus dem Staub gemacht, in Deudesfeld in der Kneipe ein paar Bier getrunken, das machte er sonntags öfter, und ist dann zu mir gekommen.«

»Das ist ja furchtbar«, schluchzte Mama. »Warum hast das alles für dich behalten, Kind?«

Zum ersten Mal ging Jule ernsthaft auf eine Bemerkung ihrer Mutter ein und antwortete sachlich: »Ich musste mich schützen, ich wollte mit niemandem darüber sprechen. Nicht mit dir, nicht mit Papa. Ich habe nur noch einen Gedanken gehabt: Ich muss weg hier. Und mir war klar: Aber nicht mit Klaus!«

»Doch die Geschichte ist noch nicht zu Ende, nicht wahr?« Die Pfeife war wieder erloschen, ich hatte nicht daran gezogen.

»Ja, es ging weiter. Drei Tage später kam Klaus zu mir und sagte: Wir können mit einem einzigen Happen unsere Zukunft finanzieren. Ich fragte: Wie, was hast du vor? Und er antwortete: Ich lasse Bliesheim bluten. Ich habe gesehen, was er mit Kinsi angestellt hat. Er muss bluten ...«

»Das Geld in der Schublade«, sagte ich erregt. »Das war von Bliesheim für das Schweigen von Klaus?«

»Ja.« Endlich verlor Jule die Fassung, sie begann auf eine schreckliche Weise zu weinen. »Er ist zu Bliesheim gegangen und hat gesagt: Ich habe alles gesehen! Ich will Geld, hunderttausend Euro! Und er hat sie gekriegt, er hat sie anstandslos gekriegt. Klaus war ganz glücklich, weil er glaubte, gesiegt zu haben. Und ich sagte noch: Ich will mit dem schmutzigen Zeug nichts zu tun haben! Bring es ihm zurück! Aber er war so siegessicher.« Sie schnaubte verächtlich. »Er hat überhaupt nicht kapiert, dass es Bliesheim nicht ums Geld ging. Ums Geld ging es dem schon lange nicht mehr. Er konnte nicht dulden, dass so ein blödes, geldgieriges Schwein wie Kläuschen ihn einfach ausnahm wie eine Weihnachtsgans. Das war es. Daher war ich nicht erstaunt, als die Polizei hier auftauchte und sagte, Klaus sei erschossen worden. Das musste ja so kommen! Mein Gott, wo soll ich nur hin?«

»Hier bleiben«, sagte ich. »Wie ist Kinsi in diese Halle geschafft worden, wo man ihn fand?«

»Das weiß ich nicht. Das wusste Klaus auch nicht. Jedenfalls behauptete er das. Aber das ist ja wohl auch egal, oder?«

»Völlig egal«, murmelte ich. »Was hat Klaus eigentlich für Bliesheim gearbeitet?«

Sie hatte sich wieder in ihren Sessel gesetzt. »Er steuerte die gesamte Logistik, plante die einzelnen Kuriere, die Transporte, die Anlandungen der Drogen in Amsterdam, in

Rotterdam, in Antwerpen und anderswo. Das meiste kam mit Schiffen. In solchen Dingen war Klaus richtig gut. Er traf die Kuriere nie persönlich, aber er steuerte sie. Es gab einen Mann, der den Kurierdienst organisiert hat. Den hat Klaus dann angerufen und gesagt: Der und der Kurier ist jetzt da und da einzusetzen. Also, damit nicht immer die gleichen Männer auftauchten. Klaus hatte auf dem Computer ein eigenes Programm geschrieben. Ich kann Ihnen die Diskette geben. Und dafür wurde er bezahlt. Gut bezahlt.«

»Was heißt das, wie hoch war die Bezahlung?«

»Zehntausend Euro im Monat, pauschal – für ein paar Stunden Arbeit am Schreibtisch und ein paar Telefonate.«

»Und wer gab ihm seinen Lohn?«

»Die Pechter natürlich. Alles Bare lief doch nur über die Pechter. Klaus wurde gut bezahlt. Wir konnten das Geld für Neuseeland ja auch gebrauchen. Anfangs schien das wirklich eine gute Möglichkeit zu sein, das Geld schnell zusammenzubekommen. Doch dann kamen mir Zweifel und ich dachte immer: Mein Gott, das wird noch mal böse enden.«

»Und Sie besitzen eine Diskette mit allen wichtigen Daten?«

»Ja, die habe ich.«

»Sind Sie damit einverstanden, dass ich jetzt die Mordkommission rufe?«

Mama hinter mir wurde schrill. »O nee!«

Jule nickte: »Muss ja wohl sein. Wie sind Sie darauf gekommen, dass er, ich meine Klaus, das mit Kinsi gesehen hat?«

»Das wusste ich nicht. Ich wusste nur, dass Ihr Nichtwissen nicht stimmen konnte. Es war ein Bluff.«

»Gut gemacht!«, sagte sie in die aufgekommene Stille. Jule stand auf und ging zu der kleinen Schrankwand. Sie bückte sich und zog die rechte Schublade heraus. »So viel Geld!«, murmelte sie. »Und er kriegte den Hals nicht voll. Er kriegte von nichts die Schnauze voll. Immer mehr, mehr, mehr.« Sie

nahm die Schublade aus ihrer Führung, betrachtete mit to-
tenblassem Gesicht den Inhalt und schmetterte die Lade
dann mit einer eleganten Bewegung durch das große Fenster. Der Krach war mörderisch.

Ruhig drehte Jule sich um und setzte sich wieder in diesen
Sessel, in dem sie wohl seit einer Woche hockte, unfähig, zu
handeln.

Ich ging hinaus in den kleinen Vorraum und rief von dort
aus Kischkewitz an. Er war mal wieder schlecht gelaunt.

»Was ist jetzt schon wieder? Ich habe keine Zeit.«

»Du solltest nach Pantenburg kommen. Mertes war Zeuge, wie Kinsi ermordet wurde. Anna Hennef schlug ihm eine
Schaufel auf den Hinterkopf. Weil er sich noch rührte, hat
Bliesheim ihm dann das Genick gebrochen. Gemeinsam mit
der Pechter hat Bliesheim die Leiche in Kinsis Auto wegge-
schafft. Jule ist jetzt bereit zu reden.«

»Bleibst du, bis wir da sind?«

»Ja sicher.«

Ich ging zurück in das Wohnzimmer. Die Mama lag auf
den Knien und sammelte Geldscheine auf. Draußen vor dem
zersplitterten Fenster stand ein Mann mit silbernen Haaren
und hielt Jule im Arm. Jule weinte.

»Es ist so schrecklich«, schluchzte Mama auf dem Boden.

Ich trat durch die Terrassentür und stellte mich vor. »Sie
sind vermutlich Jules Vater. Jule, Entschuldigung, eine Sache
noch: Haben Sie auch eine Ahnung, wer Anna Hennef erschossen haben könnte?«

»Nein, das weiß ich nicht. Das ist alles so sinnlos ... Ich
habe mal gedacht, ob vielleicht Rolli am Ende doch noch die
Nerven verloren und seine Frau erschossen hat. Der hat
doch bestimmt mitbekommen, dass Bliesheim neuerdings
auch plante, die beiden Kinder zu adoptieren.«

»Was wollte Bliesheim?« Mir blieb die Luft weg.

»Er wollte die Kinder von Anna adoptieren.«

»Von wem wissen Sie das?«

»Von Bliesheim selbst. Er meinte: Rolli kann man schließlich kaufen.«

Ich war verwirrt. Rolli hatte an dem Morgen, an dem die
tote Anna gefunden worden war, gesagt, er sei bei einer
alten Schulfreundin in Koblenz gewesen. War das eigentlich
gecheckt worden, hatte jemand verifiziert, ob das stimmte?

»Also, ich denke, nun ist gut«, sagte Jules Vater und sah
mich dabei an. Er hatte ein offenes, kreuzehrliches Hand-
werkergesicht.

Ich nickte und wandte mich ab.

Der Abend zog auf, das Licht des Tages wurde blau. Im
Garten stand eine dick gepolsterte Liege. Darauf setzte ich
mich, schmauchte vor mich hin und wartete auf die Kripoleute.

Kinsi war wohl zum ersten Mal in seinem Leben zu ehrli-
cher, lauter Entrüstung fähig gewesen, Kinsi hatte sich gewehrt, Kinsi hatte gekündigt. Und war getötet worden.

ZEHNTES KAPITEL

Kischkewitz und Özcan waren vorgefahren, hatten Jule
eingesammelt, den Eltern versprochen, sie heil zurückzu-
bringen und waren wieder abgerauscht.

Özcan hatte etwas beleidigt geäußert: »Die Möglichkeiten, die Sie als Journalist haben, habe ich leider nicht.« –
»Wieso denn nicht?«, hatte ich bissig geantwortet. »Sie können bestimmt genauso gut lügen wie ich.« Und Kischkewitz
hatte gebrummt: »Ihr hört euch an wie zwei Hähnchen vor
der Legebatterie.«

Es war dunkel, als ich mich auf den Heimweg machte. Ich
trödelte und ließ den Stress ein wenig von der Seele rieseln.

Als ich nach Brück kam, waren die Fenster meines Hauses
schwarze Höhlen, Tante Anni lag wohl schon im Bett. Also
fuhr ich weiter nach Heyroth und fand eine Szenerie, die ich

über alles liebte: In dem großen Wohnraum brannten zwei Kerzen auf dem Tisch, in zwei Sesseln saßen Emma und Rodenstock nebeneinander und unterhielten sich, ein Bild äußerster Ruhe und Gelassenheit.

Ich klopfte zaghaft an die Scheibe und ihre Köpfe reckten sich, sie sahen mich an. Dann lächelten beide und Rodenstock machte sich auf den Weg, die Haustür zu öffnen.

»Wir gewöhnen uns gerade an die Ruhe«, murmelte er. »Komm herein und erzähle, was war. Kischkewitz hat schon angerufen, dass du eine Glanztat vollbracht hast. Wie hast du Jule Hauf denn geknackt?«

»Ach, Hauf heißt sie mit Nachnamen.« Ich hockte mich zu ihnen und berichtete von meinem Gespräch mit Jule. »Kinsis Tod ist jetzt wohl relativ klar, denke ich«, schloss ich. »Und Klaus Mertes wurde mit hoher Wahrscheinlichkeit erschossen, weil er es gewagt hatte, Bliesheim zu erpressen. Bleibt nur die tote Anna Hennef, ein echter Problemfall.«

»Wenn ich das richtig sehe«, murmelte Emma, »dann hat dir dieser Rolli Hennef wohl nicht die ganze Wahrheit gesagt.«

»Nein, hat er nicht. Aber was ihm widerfahren ist, ist so schrecklich, dass er manches vielleicht auch verdrängt.«

»Sag uns, geliebtes Weib, wer hat Anna Hennef erschossen?«, fragte Rodenstock.

»Lasst uns systematisch vorgehen«, Emma ließ sich nicht verulken. »Ich möchte eine Erklärung für die zehntausend Euro hören, die Anna Hennef bei sich hatte, als sie erschossen wurde. Sie trägt ein Blüschen, ein Röckchen, hübsche Schuhe – wie für den Maitanz. Was will sie dort in dem sumpfigen Ufergelände am Maar? Sie hat dort jemanden getroffen, das ist sicher, weil sie dort auch gestorben ist. Sie wird das Geld wohl kaum als Taschengeld eingesteckt haben. Also wollte sie entweder jemanden bezahlen oder sie hat das Geld von ihrem Mörder bekommen ... Das Letzte ist irgendwie unerklärlich, denn der Mörder hätte das Geld ja wieder mitgenommen, als sie tot war. Oder ist das unlogisch?«

»Mal von der anderen Seite«, sagte Rodenstock. »Bliesheim kommt nicht infrage, er hat ein Alibi. Rolli, der Ehemann, hat ebenfalls eines. Beide Alibis sind todsicher, zehnmal geprüft und durchleuchtet ...«

Ich atmete auf, Rollis Simone gab es demnach wirklich.

Rodenstock sprach weiter: »... Gernot Meyer? Hat der irgendein erkennbares Motiv? Nein, hat er nicht. Die Pechter? Vielleicht hat sie eins, sie ist unberechenbar. Markus Klinger, der Kaplan? Sehr unwahrscheinlich. Also: wieder mal Sackgasse.«

Das Telefon schrillte und Emma prophezeite voll Ironie: »Es geht weiter. Wetten?«

»Rodenstock.« Er hörte zu und fragte dann: »Darf ich auf Lautsprecher schalten? Ich sitze mit Emma und Baumeister zusammen.«

»Natürlich«, war Kischkewitz' verzerrte Stimme zu hören. »Die Pechter ist uns durch die Lappen gegangen. Wir haben Bliesheim und sie hierher geholt. Und dann: typischer Fall von Beamtenschlaf. Sitzt hier in einem Einzelzimmer, bewacht, um auf das erste Verhör zu warten. Dann muss sie mal pinkeln, die Beamtin sagt: Kein Problem!, und geht mit. Eiskalt hat die Pechter dann die Lokusbrille abmontiert und der Beamtin um die Ohren geschlagen. Anschließend ist sie raus. Jetzt steht die Frage schrill im Raum: Wo will sie hin? Nach Hause kann sie nicht, ihr Haus wird gerade von meinen Leuten auf den Kopf gestellt. Das Gleiche gilt für Bliesheims Behausungen und ihr Büro. Ich erzähle euch das, weil ich inzwischen glaube, dass sie es war, die Anna Hennef erschoss.«

»Wie kommst du darauf?«, fragte Rodenstock.

»Weil Anna Hennef garantiert eine hohe Gefahr für Gundula Pechter darstellte. Die kleine Anna übernahm zunehmend Führungsrollen in der Clique, sie wusste alles. Und sie war jemand, der dichter an Bliesheim dran war, als es der Pechter lieb sein konnte. Eifersucht heißt das Motiv.«

»Aber wie erklärst du dir dann die zehntausend Euro in Annas Täschchen?«, fragte Emma drängend. »Oder war diese Anna inzwischen einfach so geldverliebt, dass sie solche Summen mit sich rumschleppte wie andere Leute ihren Personalausweis?«

»Warum nicht?«, entgegnete Kischkewitz hohl. »Auch die Waffe passt zur Pechter. Eine kleine, brutale Kugelschleudermaschine für die ganz kurze Distanz. Und überlegt doch mal: die Pechter mit ihrem religiösen Wahn auf der einen Seite, die fröhlich vögelnde Anna auf der anderen. Anna muss für die Pechter die Sünde schlechthin gewesen sein. Das Böse.«

»Dann hätte sie aber auch Bliesheim erschießen müssen, weil er der Mittelpunkt des Bösen war«, wandte Rodenstock ein.

»Das glaube ich nicht.« Kischkewitz hustete kurz. »Ich qualme zu viel. Die Pechter hat jedem in der Clique eine Rolle zugeteilt. Anna ist das Böse, Bliesheim ist der strahlende Held, der mithilfe des Bösen regiert, aber dadurch gleichzeitig sehr viel Edles für Mutter Kirche tun kann. Für Pechter geht das absolut in Ordnung, sie gleicht darin ein paar neurotischen Päpsten des Mittelalters. Baumeister, du bist ein Eifel-Kenner und du hast die Pechter erlebt. Wo würdest du sie suchen?«

»Ich weiß von ihr erschreckend wenig Privates. Hat sie Eltern hier in der Gegend?«

»Ja. Einen Vater. Aber der Mann ist über achtzig und lebt in einem Altenheim in Trier. Er ist krank und sehr gebrechlich, den können wir als Anlaufstelle vergessen.«

»Was sagt denn Bliesheim zu seiner entflohenen Freundin?«, fragte ich.

»Er hat uns ausgelacht, sonst sagt er erwartungsgemäß nichts.«

»Was ist mit Jule Hauf? Was hat sie zum Komplex Pechter gesagt?«, fragte Emma.

»Nur das, was ihr schon wisst. Sie hat ohne Punkt und Komma in das Diktiergerät von zwei Kollegen gesprochen. Ich hab sie eben nach Hause fahren lassen, für heute reicht's. Aber sie muss uns weiter zur Verfügung stehen. Sorgen macht mir auch, dass wir den langen Jenö Schildgen nicht ausfindig machen können. Wobei Bliesheim natürlich abstreitet, den jemals im Leben gesehen zu haben. Wenn euch was einfällt, sagt Bescheid. Ich muss jetzt Schluss machen.«

»Das ist ja richtig heiter«, sagte Emma in die Stille.

»Ich geh jetzt schlafen.« Ich stand auf und nickte den beiden zu.

Die Luft war lau, der Himmel bedeckt und es regnete leicht, aber kein Feld für Ungeheuer in den Büschen und grässliche Teufel auf den Bäumen, nichts von Apokalypse. Trotzdem sah ich mich um und trotzdem gab ich zu viel Gas, um schnell heim zu Tante Anni zu kommen, als sei der Leibhaftige hinter mir her.

Mein Hund begrüßte mich, vor Freude winselnd, die Katzen waren vermutlich auf der Jagd.

Mitnichten schlief Tante Anni schon, sondern sie saß mal wieder im dunklen Wohnzimmer und sagte aus dem Schatten: »Das wird aber auch Zeit, mein Junge. Möchtest du etwas zu essen?«

»Ja, gerne. Immer vorausgesetzt, es ist nicht so gesund, dass es keinen Eigengeschmack mehr hat.«

»Du bist ein Spötter«, sagte sie sanft und knipste die Stehlampe an. »Du erinnerst mich an deinen Vater.«

»Ist das ein Kompliment oder eine Beschimpfung?«

»Ein großes Kompliment«, nickte sie.

»Erklär mir doch mal, wie wir beide miteinander verwandt sind.«

Sie lachte leise. »Um siebenunddreiundachtzig Ecken. Dein Vater hatte einen Bruder, der als junger Mann in meine

Familie reingeheiratet hat, er heiratete eine Cousine zweiten Grades oder so. Dass wir beide zusammen damals den Bauernhof im Osten erbten, hatte damit zu tun, dass inzwischen alle anderen tot waren. Ich kenne deinen Vater gut, weil er in den Dreißigern zu einer Studentenclique gehörte, die Berlin unsicher machte. Wir haben uns immer gut verstanden. Manchmal ist das besser als Verwandtschaft.« Sie lächelte. »Wie wäre es mit ein paar Spiegeleiern?«

Ich war erstaunt.

Sie grinste: »Emma hat mir etwas ins Gewissen geredet. Also, vier oder fünf?«

»Drei«, bestellte ich.

Tante Anni hüstelte. »Emma und Rodenstock haben vorgeschlagen, mir hier in der Gegend eine nette kleine Wohnung zu besorgen. Ich soll den Kram in Berlin verscherbeln, mein Geld nehmen und hierher ziehen. Ich glaube, das mache ich.«

»Herzlich willkommen!«, sagte ich. »Das würde mich sehr freuen.«

Wir zogen in die Küche um. Während Tante Anni am Herd hantierte, erzählte ich ihr die neuesten Entwicklungen.

»Der Mord an der Anna Hennef bleibt ein Rätsel. Die Pechter, die Dame von der Caritas, zurzeit schwer belastet als Mitwisserin am Mord an Kinsi, hat ein mögliches Motiv: Sie verlor schrittweise den Einfluss auf Rainer Bliesheim an Anna Hennef. Pechter konnte noch vor dem ersten Verhör flüchten. Wir haben keine Ahnung, wo sie sich hingewandt haben könnte. Ihr Büro und ihr Haus sind unter Kontrolle. Wo würdest du als alte Kriminalistin suchen?«

Die Pfanne war heiß, die Butter verlief, Tante Anni murmelte: »Also drei zur sofortigen Erhöhung des Cholesterinspiegels. Tja, wo würde ich suchen? Sie hat Zugang zu viel Geld – kennt sie einen Menschen, den sie bezahlen kann, damit er sie versteckt? Gibt es so einen Menschen? Oder von einer anderen Seite betrachtet: Die Frau hat sich mit der

Arbeit für Bliesheim identifiziert, das war ihr Lebenszweck – hat sie begriffen, dass dieser Lebenszweck ab sofort entfällt? Hat sie das wirklich begriffen? Wenn ja, zu wem muss sie gehen, um möglicherweise Spuren, die sie selbst belasten, vernichten zu können? Gibt es einen solchen Fluchtpunkt? Anders gefragt: Gibt es unter den Überlebenden jemanden, dessen Aussage ihr gefährlich werden könnte. Rolli? Wohl kaum. Der Kaplan? Möglich. Aber der liegt bewacht im Krankenhaus, da kann sie schlecht hin. Wenn du genau hinsiehst, wer bleibt überhaupt noch? Gernot Meyer, der einfältige Bürokrat mit der Angst vor dem Leben? Ist der gefährlich für die Gundula Pechter? Er weiß sicherlich eine ganze Menge ...«

»Halt mir die Eier warm!«, rief ich unnötig laut.

»He!«, schrie sie. »Wo willst du hin?«

»Nachgucken!«, schrie ich, nahm die Schlüssel vom Haken und stürzte hinaus. Inzwischen regnete es Bindfäden, was in der Eifel eine auffrischende Feuchtigkeit genannt wird. Die Nacht war rabenschwarz, es war schon vier Uhr.

Ich nahm den schnellsten Weg nach Daun, weiter ging es nach Manderscheid. In den Kurven schlitterte die Kiste ein wenig, aber das störte nicht weiter, denn ich war ganz allein unterwegs.

Als ich Pantenburg erreichte, schaltete ich die Scheinwerfer aus und ließ den Wagen bei Standgas weiterrollen. Das Haus lag weiß und still im Regen, rechter Hand am Hang begann sich Nebel auszubreiten. Bei den Haufs war alles dunkel.

Ich stieg aus, das kleine Törchen zum Vorgarten stand offen. Ich wählte den Weg links um das Haus herum. Ich wollte auf die Terrasse, weil ich dachte: Das Fenster ist zertrümmert, notfalls kann ich da reinsteigen.

In Jules Wohnzimmer auf der Rückseite des Hauses brannte Licht. Jemand, wahrscheinlich der Papa, hatte vor das zertrümmerte Fenster eine halb durchsichtige Plastikplane gezogen. Das kaputte war nur eines von drei großen Fenstern. Aus meiner Sicht war das linke zerstört, das mittlere war die Terrassentür, das dritte war leicht geöffnet.

Im rechten Bereich des Zimmers stand ein Esstisch. An dem saß Jule, ihr gegenüber Gundula Pechter. Ich fragte mich, wie sie hierher gekommen sein mochte. Wahrscheinlich mit einem Taxi, wahrscheinlich auf eine stinknormale, leicht erklärbare Fortbewegungsart. Sie unterhielten sich, aber ihre Stimmen waren so leise, dass ich kein Wort verstehen konnte. Das Licht war heruntergedimmt, zwischen den beiden Frauen stand eine Kerze.

Ich wollte hören, was sie sagten, unter allen Umständen. Ich musste irgendwie an das offene Fenster herankommen.

Im Moment stand ich noch hinter einer Reihe hochgeschossener Sonnenblumen. Davor war ein Rasenfleck von vielleicht drei Meter Durchmesser, dann kam ein schmales Beet mit Rosenstauden, dann die Terrasse.

Jule und Gundula Pechter sprachen sehr ruhig miteinander, keine von ihnen wirkte erregt oder nervös.

Die Fenster oberhalb von Jules Wohnung waren nachtschwarze Löcher, kein Zeichen von Leben. Der Regen faserte aus, würde dünner, wahrscheinlich würde der Nebel bald in die Mulde gedrückt, in der das Haus stand.

Warum, zum Teufel, stand ich hier noch herum? Wieso tat ich nicht, was logisch war und hilfreich, warum rief ich nicht Kischkewitz an und ließ ihn hierher kommen? Ich machte zwei Schritte durch die Sonnenblumen und betrat den Rasen.

Nun konnte ich nur noch Jule sehen, ihr Gesicht wirkte tödlich erschöpft und war bleich wie Mehl. Sie schien zehn Jahre älter als noch vor ein paar Stunden. Während sie redete, bewegte sie die Hände fahrig auf dem Tisch. Dann zog sie eine Zigarette aus der Schachtel und zündete sie an. Der Arm und die Hand von Gundula Pechter kamen ins Bild. Sie gab Jule Feuer.

Ich schlich vorsichtig weiter nach rechts, um auch Gundula Pechter wieder in den Blick zu bekommen. Am Rand des Rasens stand eine kleine blaue Edeltanne. Mit wenigen Schritten war ich bei ihr und duckte mich dahinter.

Genau im richtigen Moment, denn nun drückte sich ein Mann eng an der Wand um die Hausecke.

Es war ein schmaler, großer Mann, es war Jenö Schildgen. Eine heiße Welle durchlief mich und ich dachte verwirrt, er könne doch, verdammt noch mal, nach Hause gehen, weil er nicht mehr gebraucht würde, weil sein Auftrag hätte storniert werden können.

Mir wurde eisig klar, dass er die beiden Frauen erschießen wollte. Er hatte den Befehl bekommen, sie zu töten. Sie waren für Bliesheim die Garantie auf lebenslanges Gefängnis. Ich erinnerte mich panisch daran, wie gelassen der Lange gesprochen und gehandelt hatte, als ich ihn bei der Jagdhütte traf. Er war ein Mann, der kaum aufzuhalten war.

Auch jetzt bewegte er sich unglaublich ruhig und sanft.

Ich dachte: Du musst was tun. Schreien musst du, schreien! Oder telefonieren? Nein, schreien!

Gleichzeitig sah ich, dass der Kopf von Gundula Pechter leicht zur Seite schwang, sich zum Fenster drehte. Sie hatte den Langen bemerkt.

Ich konnte mich nicht bewegen, alles passierte in Bruchteilen von Sekunden.

Gundula Pechter glitt vom Stuhl und war nicht mehr zu sehen. Jule war verwirrt, sie drehte den Kopf, ihr Mund stand vor Erstaunen offen. Sie starrte Jenö Schildgen an.

Schildgen hatte kein Gewehr, er hielt mit beiden Händen eine schwere Faustfeuerwaffe, ein schwarzes, massives Teil. Er hob den Lauf.

Wo war die Pechter?

Dann war sie da. Sie stand gebückt hinter dem geöffneten Fenster und schoss. Zweimal schnell hintereinander. Der erste Schuss zerbrach die Scheibe, der zweite fuhr Schildgen in die Stirn. Sein Kopf wurde wie von einem Hammerschlag nach hinten gerissen, die Gestalt des Mannes verdrehte sich grotesk und fiel um. Es gab ein unangenehmes Geräusch, es klatschte, als schlüge eine flache Hand auf die nassen Steine der Terrasse.

Dann war es totenstill.

Die Tür zur Terrasse schwang auf, Gundula Pechter trat heraus und mit schnellen Schritten auf Schildgen zu. Sie sagte schrill: »Er ist gekommen, um mich zu töten. Bliesheim ist doch ein Schwein!«

In diesem Augenblick ging in einem der Räume im ersten Stock ein mattgelbes Licht an. Der Kopf der Pechter ruckte in den Nacken, sie sah nach oben. Sachlich stellte sie fest: »Deine Eltern sind wach geworden.«

»Oh, Scheiße!«, stammelte Jule. Sie stand jetzt in der offenen Tür zur Terrasse. »Wie kommt es, dass du den gesehen hast?«

»Ich wusste, dass er unterwegs war, und ich wusste, dass er seine Jobs immer gründlich erledigt. Ich habe auf ihn gewartet. Willst du deine Eltern nicht beruhigen, Kindchen?«

»Klar«, murmelte Jule schnell. »Natürlich.« Sie drehte sich um und lief aus dem Raum.

Die Pechter betrachtete einen Augenblick den toten Schildgen und ging dann in die Wohnung zurück. Ihr Verhalten wirkte brutal, so als habe sie nur ein Staubkorn vom Ärmel gewischt. Sie ging zu dem Tisch, auf dem die Kerze brannte, und setzte sich wieder.

Das Licht im Obergeschoss erlosch. Jule kehrte zurück und verschloss die Terrassentür. Dabei sagte sie: »Die haben nicht kapiert, dass es Schüsse waren.«

Nun erwachte ich aus meiner Erstarrung, ich röhrte: »Auftritt Baumeister.« Ich nickte Jule freundlich zu und zwängte mich an ihr vorbei.

Die Pechter starrte mir entgegen. In ihren Augen war kalte Neugier, keine Spur von Erschrecken.

Ich setzte mich an den Tisch. »Kommen Sie her, Jule, sei-
en Sie nicht ängstlich. Der Derringer ist leer, keine Patrone
mehr für uns.«

Jule kam tatsächlich, sie lief wie eine Schlafwandlerin.

»Bei Anna Hennef war es ähnlich, nicht wahr?« Ich musterte die Pechter interessiert.

Sie lächelte dünn, ihre rechte Hand auf dem Tisch um-
krampfte die kleine silbrige Waffe.

»Was Sie so denken, Herr … äh, wie war doch gleich der
Name?«

»Baumeister«, flüsterte Jule.

»Richtig, Baumeister. Nein, bei Anna war es nicht so, bei
Anna war alles ganz anders.«

Ich dachte mir, das Beste ist es, die Kaffeeklatschatmo-
sphäre beizubehalten, eine Weile gemütlich zu plaudern.

»Ich habe eine Freundin. Emma, sie war Polizistin. Nicht
mehr im Dienst. Mit ihr habe ich darüber nachgedacht, aus
welchem Grund Anna Hennef wohl zwanzig Fünfhunderteuroscheine in dem winzigen Täschchen ihres Jeansrocks bei
sich trug. Kann mich die Frau Pechter klug machen, kann
ich was dazulernen?«

»Na ja«, antwortete sie gelassen, aber klirrend vor Kälte,
»das werden Leute wie Sie niemals kapieren. Dazu fehlt
Ihnen die Lebenserfahrung. Anna war krank, wissen Sie,
sehr krank. Sie war eine Sünderin, o ja, und was für eine! Ein
widerliches sexistisches Biest, triefend vor Geilheit. Und sie
hatte noch eine Krankheit: Sie war raffgierig und demons-
trierte gern Geld. Sie trug immer und ständig Bargeld bei
sich. Das war eine Manie.«

»Und sie musste sterben«, sagte ich mit trockenem Mund.

»Und musste natürlich sterben«, nickte sie. »Ich an Ihrer
Stelle würde mich übrigens nicht so sicher fühlen. Sie befin-
den sich in einer Förster-Wohnung. Hier gibt es Schusswaf-
fen und jede Menge Munition. Nicht wahr, Jule?«

Jules Kopf kam hoch. »Wie? O ja, natürlich.«

Pechter sah mich von der Seite an und ihr Gesicht war heiter. »Sie wissen nicht so genau, was Sie jetzt sagen sollen, nicht wahr?«

»Das ist schwierig«, gab ich zu. Ich dachte an den toten Jenö Schildgen vor dem Fenster zur Terrasse. Ich dachte an die Blutlache unter seinem Kopf. »Es kommt nicht so oft vor, dass ich mit einer Mörderin am Tisch sitze. Noch dazu mit einer, die so ruhig und gelassen ist wie Sie. Warum, um Gottes willen, musste Anna denn unbedingt sterben? Mir erscheint das immer noch sehr sinnlos.«

»Der Tod von Anna Hennef war nicht sinnlos. Sie war eine Sau, sie war vollkommen abgedreht.«

»Sie hat Ihre Macht bedroht, nicht wahr?«

»Das stimmt. Aber unwesentlich. Bliesheim ist der Meinung gewesen, dass sie uns genützt hat und weiter nützen würde. Weil sie so unschuldig wirkte, wissen Sie.«

»Warum sind Sie eigentlich alle so nervös geworden?«

»Weil wir zur Kenntnis nehmen mussten, dass Klaus Mertes uns erpresste.«

»Mit der Geschichte des Kinsi?«

»Oh, Sie wissen davon? Na ja, Bliesheim hat Mertes das Geld in den Rachen geworfen, ein Happen aus der Portokasse. Und das tote Männchen da draußen hat ihn dann weggeblasen.«

»Weggeblasen?« Jemand in unserem Rücken räusperte sich laut.

Wir drehten uns um.

Da stand Jules Vater in einem rot gestreiften hellen Schlafanzug. Er wirkte verschlafen, kratzte sich am Kopf und sagte leicht verlegen: »Ich dachte, ich guck mal. Ich habe Stimmen gehört. Ist irgendetwas?« Die Hose hing ihm schlabberig am Körper und betonte, dass er geradezu schrecklich krumme Beine hatte.

»Nichts ist«, sagte ich beruhigend. »Ich bin in eine Scherbe getreten und das knallte ziemlich.« Fiebrig dachte ich:

Warum sieht er den Toten nicht? Dann begriff ich, dass Schildgen aus Sicht von Jules Vater in einem toten Winkel lag.

»Ach so«, sagte er in schöner Unschuld. »Na, denn gehe ich mal wieder. Julchen, du solltest eine Mütze Schlaf nehmen.«

»Das mache ich gleich«, sagte Jule ruhig und freundlich.

Der Vater nickte, drehte sich und ging langsam wieder hinaus.

Eine Weile herrschte Schweigen.

»Komisch«, murmelte die Pechter. »Ich kann mich nicht daran erinnern, dass mein Vater jemals in einem Schlafanzug in meinem Zimmer stand.«

»Vielleicht waren Sie kein Kind zum Streicheln«, meinte ich. »War Kinsi denn wirklich nötig?«

»Nein«, antwortete sie schnell. »Auf keinen Fall.«

»Wer hat ihn in der Halle aufgehängt?«

»Bliesheim. Ich habe ihm geholfen. Er dachte, er könne den Fall verschleiern. Alles fing damit an, dass sich Bliesheim in Anna verguckte. Da war es aus, da ... na ja. Und dann die Sache mit Elvira. Da fasst man sich an den Kopf. So was Blödes! Aber sie war eben so. Nichts als geil. Eine schlechte Frau.«

»Trotzdem, das mit Anna Hennef verstehe ich einfach nicht. Warum musste das sein?« Ich blieb hartnäckig, sie hatte immer noch nicht zugegeben, dass sie es getan hatte.

»Tja, das kann ich so nicht beantworten«, sagte Gundula Pechter fröhlich. »Da müssen Sie schon Jule fragen. Nicht wahr, Jule?«

Jule hielt den Kopf gesenkt. Ihre Altstimme hatte nun den Klang eines kleinen Mädchens, das verschreckt ist und mit der Welt nicht mehr fertig wird. »Anna hat meine Beziehung zerstört. Sie hat ja nicht nur mit Klaus geschlafen, es war auch, weil sie ... Sie war völlig hemmungslos, sie machte Dinge mit ihm, also ... ich weiß nicht.«

316

»Die Einzelheiten in dieser Sache sind nicht so wichtig«, sagte ich fassungslos. Die Pechter war mir plötzlich gleichgültig und wahrscheinlich hätte ich nicht mal erschrocken reagiert, wenn sie ein Maschinengewehr aus ihrem Ausschnitt gezogen hätte.

»Klaus war so anders, er wurde immer aggressiver und auch raffgieriger. Einmal habe ich ihn angeschrien, ob er vielleicht als Millionär seinen kleinen Posten bei der Forstverwaltung auf Neuseeland antreten wollte ... Er hat das mit Anna zugegeben. Sie trafen sich immer so, dass er sie anrief, wenn er im Wald war. Und sie kam dahin. Und dann war er plötzlich tot und ich saß hier auf dem Geld. Und alles war zu Ende.« Sie begann zu schluchzen. »Was soll ich denn allein in Neuseeland?« Sie kramte ein Taschentuch hervor und schnäuzte sich laut die Nase. »Als die Polizei kam und sagte, Klaus sei tot, erschossen, da wusste ich sofort, dass das mit Bliesheim zusammenhängt. Ich wusste auch, dass jetzt alle Planung am Ende war. Und ich dachte immer nur: Warum hat Anna das gemacht? Warum hat sie ihn mir weggenommen? Warum? Dann waren Sie hier und Sie haben ja gezeigt, dass kein Mensch glauben wird, dass ich nichts weiß. Ich wusste ja auch alles. Ich habe Gundula angerufen und die hat mir geraten, Anna zu treffen, mit ihr zu reden, ihr zu sagen, dass sie alles zerstört hat, mein ganzes Leben. Gundula sagte auch, ich solle sicherheitshalber den Revolver mitnehmen. Das habe ich dann auch gemacht. Ja, und dann stand Anna vor mir und sie hat ... ja, sie hat mir zu verstehen gegeben, dass sie mich verachtet. Sie hat gesagt, ich sei eine blöde Kuh, die niemals kapieren würde, worauf es bei Männern ankommt. Den nächsten Mann würde sie mir auch in fünf Minuten wegnehmen, wenn es überhaupt so weit kommen würde. Lauter solche Sachen ... Dann habe ich geschossen. Direkt in dieses Lachen. Einfach so.« Jules Kopf sank nach vorn und erreichte die Tischplatte.

»Sie manipulieren Menschen!«, sagte ich wütend in die

eiskalten Augen der Pechter. »Fast wundert es mich, dass Sie Jule nicht auch erschossen haben.«

»Das machte sich nicht bezahlt«, erwiderte sie kühl.

Ich konnte nichts mehr sagen. Schwarze Gestalten flogen mit einem mörderischen Krach in den Raum. Sie bauten sich auf, sie schrien wie verrückt durcheinander. »Kopf runter!« – »Unten bleiben!« – »Keine Bewegung!«

Es war ein Heidenlärm, dann herrschte plötzlich Totenstille.

Über mir seufzte Gerald Özcan hell und zufrieden: »Ich ahnte es doch!«

»Na ja!«, murmelte ich.

Ich wollte nichts mehr sehen, nichts mehr hören und schlurfte durch den Regen zu meinem Auto und fuhr nach Hause. Ich rief die Tiere zu mir und wir packten uns auf das Sofa.

Doch bevor mir die Augen zufallen konnten, schrillte das Telefon. Ich griff nach dem Gerät und Oma Ohler sagte: »Ich weiß, dass es noch früh ist, aber ich weiß ja auch, dass Sie genauso wenig Schlaf brauchen wie ich. Ich habe mal einen Zeitplan gemacht. Das wollten Sie doch, haben Sie gesagt. Und da fiel mir auf, dass die Pechter ...«

»Oma Ohler«, unterbrach ich sie müde, »ausnahmsweise muss ich mal schlafen. Wir reden morgen darüber, ja?«

»Ja, aber«, murmelte sie beleidigt, »ich habe doch herausgefunden ...«

Ich kappte die Verbindung und wünschte meinen Tieren eine gute Nacht.

Krimis von Jacques Berndorf

Eifel-Blues
ISBN 3-89425-442-4
Der erste Eifel-Krimi mit Siggi Baumeister
Drei Tote neben einem scharf bewachten Bundeswehrdepot

Eifel-Gold
ISBN 3-89425-035-6
Der zweite Eifel-Krimi mit Siggi Baumeister
Riesengeldraub in der Eifel: 18,6 Millionen sind weg. Wer war's?

Eifel-Filz
ISBN 3-89425-048-8
Der dritte Eifel-Krimi mit Siggi Baumeister
Totes Golferpärchen. Das Mordwerkzeug: Armbrust. Das Motiv?

Eifel-Schnee
ISBN 3-89425-062-3
Der vierte Eifel-Krimi mit Siggi Baumeister
Sehnsüchte, Träume und Betäubungen junger Leute.

Eifel-Feuer
ISBN 3-89425-069-0
Der fünfte Eifel-Krimi mit Siggi Baumeister
Wer hat den General in seinem Landhaus liquidiert?

Eifel-Rallye
ISBN 3-89425-201-4
Der sechste Eifel-Krimi mit Siggi Baumeister
Auf dem Nürburgring wird ein großes Rad gedreht.

Eifel-Jagd
ISBN 3-89425-217-0
Der siebte Eifel-Krimi mit Siggi Baumeister
Ein Hirsch aus der Eifel kann teurer sein als ein Menschenleben.

Eifel-Sturm
ISBN 3-89425-227-8
Der achte Eifel-Krimi mit Siggi Baumeister
Tote träumen von der sanften Windenergie.

Eifel-Müll
ISBN 3-89425-245-6
Der neunte Eifel-Krimi mit Siggi Baumeister
Müllprofit und Liebe machen Menschen mörderisch.

Eifel-Wasser
ISBN 3-89425-261-8
Der zehnte Eifel-Krimi mit Siggi Baumeister
Toter Trinkwasserexperte läßt Rodenstock rätseln.